L'ombre de l'autre femme

Dorothy Koomson

L'ombre de l'autre femme

Traduit de l'anglais par Maud Ortalda

ÉDITIONS
FRANCE
LOISIRS

Titre original : *The Woman he loved before*
Publié par Spheren, an imprint of Little, Brown Book Group, Londres.

Tous les personnages et les événements de ce livre, autres que ceux appartenant explicitement au domaine public, sont fictifs, et toute ressemblance avec des personnes réelles, vivantes ou mortes, serait pure coïncidence.

Édition du Club France Loisirs,
avec l'autorisation des Éditions Belfond.

Éditions France Loisirs,
123 boulevard de Grenelle, Paris
www.franceloisirs.com

© Dorothy Koomson 2011
Et pour la traduction française,
© Belfond, un département de Place des éditeurs, 2012

ISBN : 978-2-298-05390-6

À mes petits anges.

Prologue

28 février 2003

C'est toi ? Tu es celle qui partage sa vie à présent ? C'est pour cela que tu es venue me chercher ?

Si tu lis cette lettre dans cinquante ou soixante ans, alors je suis certainement déjà morte. Probablement assassinée.

Je t'en prie, ne sois pas troublée, ça n'a pas dû beaucoup me surprendre, pas avec la vie que j'ai menée. Mais si tu détiens ces journaux intimes parce que tu es venue me chercher, et que tu as été assez perspicace pour te mettre à ma place et les trouver, ou même si tu es tombée dessus par hasard, je t'en supplie, puis-je te demander une faveur ? Peux-tu, s'il te plaît, les brûler sans les lire ? S'il te plaît ?

Je ne veux pas qu'on sache toutes ces choses. Je les ai écrites pour moi. Je sais que je devrais les faire disparaître moi-même, mais j'aurais l'impression de me suicider, de tuer une part de moi. Et malgré tout ce que j'ai fait, tout ce que j'ai traversé, je n'ai jamais voulu mettre fin à mes jours, je ne peux donc pas détruire ces journaux. Peut-être pourras-tu le faire.

Je dis « peut-être » parce que, si tu es avec lui, tu vas avoir envie d'en apprendre plus, tu voudras savoir s'il est vraiment dangereux et si c'est lui qui m'a tuée. C'est pourquoi, même si cela m'ennuie, je ne peux te reprocher de les lire.

9

Je n'ai pas grand-chose à ajouter, sinon espérer que tu ne sois pas désolée pour moi. J'ai vécu ma vie et, même si j'ai enduré de grandes souffrances, j'ai aussi connu un grand amour. Certains peuvent vivre très, très longtemps sans jamais connaître cela. J'ai eu de la chance.

Je te souhaite une belle vie, qui que tu sois.

Affectueusement,

Eve

Chapitre 1

Chapitre 1

Libby

Quand je pense à Jack, j'essaie de penser à nos jambes flageolantes au sortir des minimontagnes russes au bout de la jetée de Brighton. J'essaie de penser à nous deux, allongés sur une couverture élimée sur la plage de galets, des filaments de barbe à papa collante plein la bouche. J'essaie de penser aux poignées de pop-corn fourrées dans ma chemise au premier rang du cinéma, à nos fous rires, à moi, pliée en deux, le souffle court, les larmes coulant sur mes joues.

« Libby, Libby, allez, réveillez-vous. Ne vous endormez pas tout de suite. »

Cette voix douce, légèrement implorante, résonne comme un encouragement.

J'ouvre les yeux et il est flou. L'homme à la voix douce et implorante apparaît, un peu trouble. Cligner des yeux ne semble rien y faire. J'ai le visage trempé, la tête qui me tourne et un froid glacial s'est emparé de moi. La douleur me transperce le corps.

« C'est bien. Essayez de garder les yeux ouverts, OK? Essayez de rester éveillée. Vous savez qui je suis? Vous vous souvenez de moi?

— *Sam*, dis-je, même si je n'ai pas l'impression que les mots sortent de ma bouche. *Vous êtes un pompier, donc votre nom c'est Sam, comme dans le dessin animé.*»

Je le vois un peu plus nettement maintenant que le voile s'estompe et j'arrive à distinguer suffisamment pour entrevoir son visage mat se fendre d'un sourire.

«C'est presque ça.

— *Je vais mourir ?*»

Encore une fois, je ne sais pas trop si je produis des sons, mais Sam le pompier a l'air de me comprendre.

«Pas si je peux l'éviter.»

Il sourit à nouveau. S'il ne ressemblait pas autant à mon frère, le contour du visage lisse, la peau noire, éclatante, les yeux presque noirs, je pourrais très certainement développer un petit faible pour lui. Mais c'est l'effet que font les héros, non ? On est censée tomber amoureuse d'eux.

«*La voiture va exploser ?*»

Je suis plus curieuse qu'effrayée.

«Non. Ça, ça n'arrive que dans les films.

— *C'est ce que j'ai dit à Jack. Je pense qu'il ne m'a pas crue.*

— Parlez-moi de lui.

— *De Jack ?*

— Oui. Vous étiez en train de m'en parler.

— *Jack…*»

Quand je pense à Jack, j'essaie de ne pas penser au placard fermé à clé, au sous-sol de ce qui est censé être notre maison. J'essaie de ne pas penser à lui, recroquevillé tout seul dans le noir, en larmes devant de vieux films. J'essaie de ne pas penser aux dîners, assise en face de lui, à me demander quand il a commencé à devenir un étranger. Et j'essaie de ne pas me demander quand le temps étendra vers lui ses bras de guérisseur, quand il cicatrisera ses blessures pour que Jack puisse, enfin, m'ouvrir son cœur.

«Libby, Libby, allez, revenez. Parlez-moi de votre mari.

— *Vous m'entendez ?*»

C'est fascinant qu'il arrive à m'entendre alors que moi j'en suis incapable.

«Je lis sur vos lèvres.

— *Alors vous avez perdu à la courte paille, c'est ça ? C'est vous qui vous retrouvez coincé avec moi.*

— C'est pas une corvée.

— *Courte paille, j'ai dit, courte paille. Vous ne savez pas vraiment lire sur les lèvres, en fait ? Vous faites juste semblant, comme ça vous restez avec la voiture. Vous évitez les gros efforts.*»

Un autre sourire.

«Je suis démasqué. Je ne pensais pas que ça se voyait tant que ça.

— *Parfois ce n'est pas plus mal.*

— Alors : Jack ?

— *Il vous intéresse ? C'est pour ça que vous n'arrêtez pas de me poser des questions ? Je peux lui en toucher un mot, si vous voulez.*»

Sam le pompier éclate d'un rire grave et rauque.

«Je suis persuadé de ne pas être son genre. Et cent pour cent sûr qu'il n'est pas le mien non plus.

— *Allez, ne soyez pas si catégorique. Il n'était pas mon genre non plus la première fois que je l'ai vu. Mais regardez-nous maintenant : lui avec une femme décédée et une autre sur le point d'y passer aussi.*

— Vous n'allez pas mourir, Libby», dit-il, sévère.

Tout à coup, il est en colère. Et moi, je me sens fatiguée. J'ai mal partout mais surtout d'un côté de ma tête et au nez. En fait, c'est tout ce côté de mon corps qui souffre sans pouvoir bouger normalement. Et je suis gelée. J'ai vraiment envie de dormir pour que cette douleur et ce froid disparaissent. On ne souffre pas quand on dort, n'est-ce pas?

« Libby, Libby, *Libby*! S'il vous plaît, restez éveillée. Jack vous attend. Il refuse d'aller à l'hôpital tant que vous n'êtes pas en sécurité. Tout va bien se passer.

— *Vous êtes gentil.* »

Il est si gentil que je ne veux pas le perturber en lui révélant à quel point j'ai mal. Il n'a pas envie de m'entendre geindre, et moi, je veux simplement dormir. Simplement fermer les yeux et m'endormir…

« Les gars vont bientôt commencer à vous dégager, Libby. Après on vous emmène directement à l'hôpital pour qu'ils s'occupent de vous. OK? Mais il faut que vous restiez éveillée pendant qu'ils vous dégagent. Libby, vous m'entendez? Vous comprenez ce que je dis?

— *Je comprends tout. Je suis la personne la plus compréhensive de la terre – demandez à Jack.*

— Ça va faire beaucoup de bruit dans quelques secondes. Vous devez rester éveillée pendant ce temps. OK?

— *Rester éveillée.* »

Le monde se met à crisser, la voiture me hurle dessus. On est en train de la découper, de l'arracher de moi et elle est à l'agonie. Elle veut que la douleur s'arrête, et moi, que le bruit cesse. Je veux dormir. Seulement dormir. Je ferme les yeux et repose ma tête.

Quand je pense à Jack, j'essaie de me rappeler comme nous dormions ensemble : nos corps, semblables à deux pièces d'un puzzle vivant, si parfaitement emboîtés que les brèches devenaient des vues de l'esprit. J'essaie de ne pas penser au moment où j'ai commencé à me demander, le soir avant d'aller au lit, s'il priait pour que, ne serait-ce qu'un instant, je sois quelqu'un d'autre.

Quand je pense à Jack...

Juillet 2008
« Je crois que cette voiture et vous allez vivre de beaux jours ensemble. »

Gareth : typiquement le genre d'homme qui peut être votre meilleur ami quand vous vous trouvez en face de lui disposée à débourser votre argent, mais capable de vous ignorer totalement si vous le rencontrez dans un bar ou en boîte avec ses potes – un peu trop vieux pour ça – et même prêt à se foutre de vous. Tout y passerait : apparence, poids, tenue, tout ça parce que vous ne correspondez pas à l'image idéale de star du porno qu'il a dans la tête.

Après environ quarante minutes passées en sa compagnie, je pouvais affirmer de manière certaine que je n'aimais pas Gareth.

Lèvres pincées, je réussis tant bien que mal à sourire. Je voulais en finir. Je voulais verser l'acompte, donner mes coordonnées, puis sortir d'ici – et si possible ne plus jamais revenir, étant donné que je pouvais me faire livrer la voiture après avoir payé le reste par téléphone avec ma carte.

Mes yeux dérivèrent sur la vitrine du show-room, puis sur la Polo bleu Pacifique dans la cour. Elle

17

semblait briller de mille feux, comparée à tous les autres monstres des alentours, gris métallisé, noirs et rouges. Elle paraissait presque majestueuse, mais discrète en même temps.

Je me retournai vers Gareth, qui avait repris son boniment, et me forçai à l'écouter. J'avais plus ou moins perdu tout intérêt pour ce qui m'entourait après m'être assise sur le siège en cuir blanc crème pour faire un petit tour d'essai. Ma première voiture. Deux semaines après avoir passé mon permis, c'était la première voiture dans laquelle je m'imaginais et que je pouvais m'offrir. Sans véhicule à revendre en échange, j'avais dû insister pour faire une bonne affaire, mais tout le marchandage en valait la peine.

« Alors, Libby, on ajoute le traitement de protection intérieur et extérieur ? Ce serait utile, avec les enfants. Ça évite aux boissons et autres d'abîmer ce cuir fabuleux. Et puis avec les embruns de Brighton…

— Gary, mon vieux ! »

Je levai les yeux sur l'intrus, à quelques pas de moi. Il arborait d'énormes Ray-Ban Aviateur noires… à l'intérieur. Tout ce qu'il fallait pour me faire une idée de lui. Le reste de sa personne – taille, chevelure châtain clair, visage soigné, gros anneau doré au majeur droit, chemise Ralph Lauren, jean Calvin Klein, montre Tag Heuer – tout ça n'avait aucune espèce d'importance par rapport au fait qu'il portait des lunettes de soleil à l'intérieur.

Gareth bondit de sa chaise, un large sourire sur le visage, des étoiles dans les yeux.

« Jack ! Content de te voir. »

Il tendit une main enthousiaste à « Jack », excité comme une puce par l'opportunité d'un contact physique avec lui. J'avais déjà été témoin de ce genre de béguin masculin, mais la ferveur de celui-là devenait gênante. J'imaginais très bien Gareth, seul chez lui le soir, téléphone à portée de main, attendant sans relâche un coup de fil de Jack pour l'inviter à boire du champagne tout en pelotant de jolies filles.

« J'ai besoin de toi, mon pote », dit Jack, chaleureusement.

« Jack » semblait apprécier sincèrement Gareth, mais, en réalité, il devait probablement traiter la plupart des gens avec dédain et un léger mépris – c'était écrit en gros sur son front et évident rien qu'à regarder son attitude.

« Une minute » fut tout ce que Gareth réussit à objecter en ma direction tandis que Jack jetait un bras autour de ses épaules pour l'éloigner de son bureau.

« Gareth, j'ai encore fait n'importe quoi. Tu pourrais demander à un de tes gars de me réparer la carrosserie de la Z4 ? Aujourd'hui, si possible. Mon concessionnaire a dit la semaine prochaine, mais je sais que tu es l'homme de la situation si je veux que ce soit fait aujourd'hui ou demain.

— Oui, pas de problème. »

Tels furent les derniers mots de Gareth alors que tous deux s'éloignaient dans la blancheur éclatante et chromée du show-room.

Je pivotai sur mon siège pour les observer devant l'énorme comptoir arrondi de la réception : Jack, une tête de plus que Gareth, jambes écartées, lunettes plantées sur le nez, mimait quelque chose avec des gestes grossiers, évoquant manifestement une femme à forte poitrine. Les yeux grands ouverts, Gareth buvait ses paroles. J'avais posé un jour de repos pour venir acheter cette voiture. Et ce Jack, qui ignorait certainement la définition du mot « travail », n'avait eu qu'à passer la porte pour qu'on s'occupe immédiatement de son petit problème.

Je jetai encore un regard à ma voiture. Ma petite beauté. Je l'aimais, certes, mais pas assez pour me laisser traiter comme ça. Il existait des tas d'autres endroits plus proches de chez moi où je pouvais m'asseoir et être ignorée de la même façon juste avant d'aligner une grosse somme d'argent. Malheureusement pour Gareth, à qui j'avais déjà tendu ma carte bancaire, il ne l'avait pas encore passée dans la machine. Ce qui signifiait que je pouvais toujours sortir d'ici sans avoir rien perdu d'autre qu'un peu de temps. Je me levai, récupérai mon permis de conduire et ma carte parmi les papiers sur son bureau, les fourrai dans mon sac avant de jeter ce dernier fermement sur mon épaule. Gareth pouvait bien faire attendre d'autres poires ; celle-ci avait patienté assez longtemps et, à présent, elle partait.

Avec un regard de pur mépris pour les deux hommes, je me dirigeai vers la porte.

« Libby ? Euh, attendez, je suis à vous dans une minute. »

La main sur la poignée, je me tournai vers Gareth et, avant de sortir, lui coulai un dernier regard de dédain par-dessus mon épaule.

Il faisait chaud dehors et l'air, chargé d'une promesse de pluie, était lourd. Prenant une grande inspiration, j'osai un dernier coup d'œil à ma voiture avant de descendre lentement la large allée du show-room jusqu'à la route principale et l'arrêt de bus.

Je me trouvais prise entre indignation et tristesse : indignée par la manière dont Jack avait interrompu notre conversation sans hésiter, et attristée par mon impulsivité qui m'avait empêchée d'obtenir la voiture de mes rêves. *Arg !* Il fallait tout recommencer depuis le début maintenant – après m'être tapé le bus, le train et encore le bus pour rentrer à la maison. Super, le jour de congé !

« Libby, Libby ! » appela une voix d'homme.

Inutile de me retourner pour savoir à qui elle appartenait. L'homme me barra le passage deux secondes plus tard, lunettes de soleil toujours sur le nez.

« Je suis vraiment désolé. Je n'ai simplement…

— … pas ressenti le besoin d'attendre que la femme insignifiante ait terminé parce que vous êtes tellement plus important que tout le monde que vous devez passer en premier ? »

Surpris, il en ôta ses lunettes.

« Je ne sais pas trop quoi dire, là.

— Peut-être parce qu'il n'y a rien à dire, *Jack.* »

Il eut l'air éberlué : manifestement, on ne se permettait pas souvent de lui répondre de la sorte.

« Peut-être que des excuses constitueraient une réponse appropriée, suggéra-t-il.

— Peut-être, fis-je avec un haussement d'épaules.

— Je suis désolé. J'ai été grossier. Je n'aurai jamais dû interrompre votre conversation, et je ne peux que vous demander de m'en excuser. »

Une nuance déplaisante perçait dans son discours : il l'avait formulé d'une manière techniquement correcte, sur un ton contrit, mais la moquerie suintait à travers. Il se fichait de moi. Il se fichait probablement de tout sans que cela lui porte jamais préjudice, car la plupart des gens devaient être désarçonnés, s'interroger sur sa sincérité ou bien sur leur propre hypersusceptibilité.

« C'est tout ? C'est le mieux que vous puissiez faire ? Waouh, j'espère que vous n'avez jamais besoin de vous excuser dans votre travail, parce que vous n'êtes pas très convaincant. Et si vous croyez que je ne me suis pas rendu compte que vous vous foutiez de moi, alors je suis désolée, mais vous êtes encore plus nul que ça. »

Sur ce, je le contournai pour marcher vers l'arrêt de bus.

À la vue de la merveilleuse petite voiture, je m'étais tout de suite imaginée au volant, vitres baissées, chantant à tue-tête au son de la radio. Même les bouchons n'auraient pas été si terribles, bien en sécurité dans mon petit cocon. Et maintenant, victime tout autant de l'arrogance de cet homme que de ma propre fierté, je devais recommencer à zéro.

Soudain, il réapparut. Jack se dressait devant moi, pour me bloquer une fois de plus le passage.

« Qu'est-ce que vous voulez encore ?

— Écoutez, je suis vraiment désolé. À cause de moi Gareth a perdu une vente. Ce n'est pas juste de le priver potentiellement de son gagne-pain.

— Son gagne-pain ? » dis-je en imitant son ton moqueur.

Je n'étais absolument pas crédible, mais ce type avait clairement besoin qu'on se mette à son niveau.

« Tout son *gagne-pain* se résume à la vente d'une seule petite voiture ?

—Non, mais ce n'est pas bon de perdre des clients, dans cette conjoncture. Et ça lui fera deux fois plus de tort si vous en parlez autour de vous. Tout est ma faute. Je suis désolé. Vraiment. S'il vous plaît, donnez une autre chance à Gareth. C'est un homme honnête qui essaie simplement de gagner sa vie. Et moi, je suis un crétin de jouer avec ça.

—Ça, je ne vous le fais pas dire.

—Vous allez lui donner une autre chance ? S'il vous plaît. »

L'image de moi au volant, vitres baissées, stéréo à fond, dansa un instant dans mon esprit. Gareth allait se montrer plus arrangeant à présent. Il arrêterait d'essayer de me fourguer des options et ferait tout pour que je signe le plus vite possible. Et moi, je voulais cette voiture…

« *Tu te fais du mal,* disait toujours Angela, ma meilleure amie. *Je n'ai jamais rencontré personne d'aussi têtu que toi. Même quand ce n'est pas dans ton intérêt, tu fais tout pour avoir raison. Parfois, chérie, il faut savoir lâcher prise.* »

Une voiture ou bien envoyer ce type se faire voir ? Une seule solution possible.

« Elle est toujours consciente.

—*Consciente ?*

—Elle a les yeux fermés, mais elle essaie de dire quelque chose.

—Libby aime parler.

—*Pas toi, n'est-ce pas, Jack ? Surtout pas du plus important.*

—Continuez à lui parler, ça va l'aider.

—Libby ? C'est moi, c'est Jack. Je suis là. Tout va bien se passer. Tu vas t'en sortir.

— *Je n'en ai pas l'impression. Je ne sens plus tellement…*

— Dans combien de temps on arrive ?

— Environ trois minutes. On aurait dû faire venir un médecin.

— Ils n'en avaient pas sous la main. Appuie sur le champignon. Pression artérielle en chute. »

Juillet 2008

Lorsque j'en eus enfin terminé avec Gareth, Jack mangeait une pomme assis sur le capot d'une voiture rouge. Ses longues jambes repliées en grenouille, les coudes sur les genoux. Je lui adressai un bref signe de tête en passant.

« Alors, tout est bien qui finit bien ? me cria-t-il en retirant ses lunettes.

— Voilà.

— Parfait. »

Contre toute attente, la portière côté conducteur s'ouvrit, laissant apparaître une paire de jambes fines et bronzées, terminées par des sandales Prada. Leur propriétaire, qui s'extirpa lentement de la voiture, était bien évidemment superbe : maquillage parfait, chevelure blond vénitien aux épaules, petite robe évasée de chez Gucci et Rolex incrustée de diamants au poignet. Ils n'auraient pas pu faire plus cliché tous les deux.

« Grace, voici Libby. Libby, voici Grace, la femme de mon meilleur ami. Elle est venue me chercher pendant qu'on répare ma voiture.

— Bonjour », fis-je en me demandant pourquoi il s'empressait de clarifier la situation.

Elle m'adressa un sourire chaleureux qui me déstabilisa : dans mon travail, je rencontrais des tas de femmes comme elles et, en général, elles se comportaient plutôt de la même façon que Jack – comme si le monde tournait autour d'elles.

« Salut », répliqua-t-elle, le coin de sa bouche au rouge à lèvres beige rosé laissant deviner un léger amusement.

Si elle n'était pas la petite amie de Jack, elle appréciait probablement l'idée qu'il s'excuse.

« Enchantée.

— De même », répondis-je.

Avec un signe de tête, je les saluai et continuai mon chemin. Une minute plus tard, il se plantait à nouveau devant moi. Il essuya le jus de pomme luisant sur ses lèvres et coinça ses lunettes dans sa poche de poitrine.

« C'est tout ? demanda-t-il.

— Quoi donc ?

— Vous et moi, ça se termine comme ça ?

— Parce qu'il y a un vous et moi ?

— J'ai cru ressentir un léger frisson tout à l'heure. Quelque chose à creuser.

— Un frisson ? Vous voulez dire, vous en train de vous foutre de moi et moi en train de vous traiter de gros nul ? C'était *ça* le frisson ? Les pauvres femmes avec qui vous sortez…

— Alors, ça, commença-t-il en agitant un doigt entre nous deux, ça ne va nulle part ?

— Où est-ce que vous pensiez que ça mènerait ?

— À un dîner ou un verre ?

— Jack, je suis désolée de vous apprendre que je ne vous apprécie pas particulièrement. Votre ego, manifestement surdimensionné, semble faire remonter à la surface mon côté le moins sympathique. Vous comprenez? En temps normal, je ne parle jamais comme ça aux gens – et, croyez-moi, des gens puants, j'en rencontre tous les jours – mais, avec vous, je ne peux pas m'en empêcher. Donc, non, je ne crois pas que ça puisse mener à quoi que ce soit. »

Il m'observa en silence, sourcils froncés, son regard vert mousse soutenant le mien.

« Dites-moi au moins votre nom.

— Pourquoi?

— Pour que je puisse me rappeler pour toujours l'unique personne qui n'aura pas succombé à mon charme, ou manque de charme en l'occurrence. »

Le ciel mit soudain ses menaces à exécution. Cette averse de début juillet se révéla incroyablement salvatrice : magnifiquement apaisante. Je levai la tête avec un sourire alors que les gouttes explosaient sur ma peau. Même si mes cheveux, qui se transformeraient en moins de deux en une masse crépue, la détestaient, moi, j'adorais la caresse rafraîchissante de la pluie.

En baissant la tête, j'aperçus à l'horizon, derrière Jack, l'énorme silhouette d'un bus. Si je voulais sauver les petits restes de mon jour de congé, je devais absolument l'attraper.

« Non, je ne vous donnerai pas mon nom. Je sais que vous n'allez pas pouvoir vous empêcher de le taper sur Google, et puis vous appellerez n'importe quel numéro que vous trouverez parce que, encore une fois, vous ne pourrez pas vous en empêcher. Croyez-moi, c'est mieux comme ça. »

Tout en parlant, je fourrageais dans mon sac à la recherche de mon ticket que je retrouvai entre mon livre et mon parapluie.

« Au revoir, donc. »

Sans attendre mon reste, je le contournai et me mis à courir sur le trottoir glissant.

« Libby ! » appela-t-il.

Je m'arrêtai et me retournai, écartant des cheveux noirs de mon visage.

« Oui ? »

Il sourit, secoua la tête.

« Rien. À bientôt.

— Tout est possible. »

Puis je piquai un sprint vers l'arrêt de bus et y arrivai juste à temps.

Jack n'avait pas bougé et me fit signe alors que le bus le dépassait.

Je lui retournai un vague sourire avant de me concentrer sur ma destination, c'est-à-dire très loin de cet endroit.

« Pression artérielle toujours en chute, forte tachycardie. »

Pourquoi je ne revois qu'une partie de ma vie défiler devant mes yeux ? Et le reste ? Ça ne compte pas, tout le reste de ma vie ?

« Il lui faut une perfusion. »

Est-ce que toute ma vie se résume uniquement à Jack ?

« Je n'ai plus de pouls ! »

Juillet 2008

« Libby Rabvena, on fait des cachotteries ? » me demanda Paloma à mon retour dans la salle de repos après une épilation du maillot particulièrement éprouvante.

Je tremblais encore en espérant ne pas en rêver la nuit quand les mots de Paloma m'avaient stoppée net sur le seuil. C'était ma chef : la gérante de Si Pur, l'institut de beauté sélect pour celles qui aimaient se faire purifier de la tête aux pieds.

À ses côtés, telle une armée de soldats en uniforme blanc, impeccables jusqu'au bout des ongles, teint hâlé et parfaitement hydraté, se tenaient Inés, Sandra, Amy et Vera, les autres esthéticiennes qui, comme moi, n'avaient qu'un but dans la vie : transmettre la philosophie Si Pur. Devant leurs visages impatients, sans aucune imperfection, j'appréhendais le pire. Elles préparaient quelque chose, une surprise, peut-être. Je détestais les surprises. Je préférais toujours savoir à quoi m'attendre.

« Pas que je sache », dis-je prudemment.

Je ne menais pas la vie la plus exaltante du monde. La seule chose que je ne leur avais pas racontée, c'était la perte de ma carte bancaire la veille, après avoir versé le premier règlement de ma voiture. J'avais heureusement pu la faire désactiver avant qu'on puisse s'en servir. Je ne le leur avais pas raconté parce que je n'en voyais pas l'intérêt. Je leur avais parlé de ma voiture qui serait livrée la semaine prochaine.

« Et ça, alors ? »

Presque comme si elles avaient répété la scène, les cinq filles s'écartèrent pour laisser apparaître un bouquet de roses crème et bordeaux.

J'observai les pétales de velours, doux comme des lèvres pulpeuses, et l'énorme ruban rouge noué autour d'un vase en verre certainement très cher dans lequel elles avaient manifestement été livrées.

« C'est pour moi ?

— Oui, fit Paloma sans essayer de masquer sa jalousie. Elles viennent d'arriver.

— D'accord », répondis-je, perplexe.

Qui pouvait bien m'envoyer des fleurs, et surtout aussi belles ? J'avisai la carte avec mon nom et l'adresse de l'institut au milieu du bouquet.

« C'est qui ce Jack ? » demanda Paloma avant que j'aie pu l'attraper.

Elle faisait ça tout le temps : lire les cartes des autres. Elle pensait avoir des droits sur tout ce qui pénétrait dans son institut – même les choses privées adressées à l'une ou l'autre d'entre nous, et ne s'en cachait pas. À celles qui osaient se plaindre, elle rétorquait que c'était l'avantage d'être directrice : qu'elles essaient un peu de faire marcher de main de maître un institut aussi grand avec un si petit salaire, ça valait bien quelques petits extras, raisonnait-elle. Aucune de nous n'avait jamais été assez courageuse pour lui faire remarquer que cela frôlait le harcèlement moral.

« Un type que j'ai rencontré », répondis-je en ouvrant l'enveloppe.

Vous ne m'avez pas dit votre nom, mais j'ai trouvé ceci, alors j'ai pris ça comme un signe du destin. Appelez-moi. Jack. Il avait laissé son numéro au dos.

Dans l'enveloppe se trouvait ma carte bancaire. Ah. J'avais dû la laisser tomber en sortant mon ticket de bus. C'était pour ça qu'il m'avait appelée quand je courais vers le bus – un instant il avait voulu me la rendre, puis l'opportunité de me revoir lui avait paru trop bonne pour ne pas sauter dessus.

Ce n'était pas le destin, c'était juste le signe que je devais réorganiser mon sac à main pour que cela ne se reproduise plus.

« Tu en as trop dit ou pas assez ! Où tu l'as rencontré ? Quand ? Qui c'est ? Pourquoi il t'envoie des fleurs ? Tu vas l'appeler ? »

Friande de mystères, l'idée d'une intrigue impliquant un homme et un bouquet de fleurs devait rendre Paloma complètement dingue.

Elle était ravissante avec ses épais cheveux noirs relevés en chignon, son visage en cœur, sa peau foncée, parfaite, et ses longs cils qui encadraient ses yeux noisette. Elle adorerait Jack. Et il l'aimerait sûrement. Elle serait probablement moins coriace que moi, mais ils étaient sur la même longueur d'onde : comme lui, elle croyait que tout lui était dû, et l'argent et les gens riches l'impressionnaient. Ils s'accorderaient parfaitement.

« Tu devrais l'appeler, toi, dis-je en lui tendant la petite carte. Tu vas l'adorer : beau, riche. Il a une de ces voitures de sport, une Z4, et une montre Tag Heuer. »

Elle m'arracha presque la carte des mains.

« Tu penses vraiment que je devrais ? demanda-t-elle, l'air de rien, tandis que ses yeux enregistraient désespérément ses coordonnées au cas où je changerais d'avis.

— Bien sûr. Tu es son genre. »

Après avoir mémorisé le numéro, elle leva les yeux, lèvres pincées.

« C'est quoi l'arnaque ? Qu'est-ce que tu veux en échange ? »

Je me dirigeai vers le placard pour prendre le pot de café caché derrière la Javel et le produit vaisselle. (S'il prenait l'envie aux propriétaires « si purs » de ces instituts de venir nous rendre visite, ils mourraient d'apoplexie sur-le-champ – après nous avoir toutes virées – en découvrant que nous ne sirotions pas du thé vert en mangeant des graines toute la journée dans la pureté de notre salle de repos.)

« Rien du tout, dis-je en soupesant la bouilloire. Ah si, peut-être une invitation au mariage, si ça marche. »

Au mot « mariage », les yeux de Paloma se perdirent dans le vague : elle essayait mentalement sa robe de mariage – déjà toute trouvée – Vera Wang, sa tiare en vrais diamants, et le long voile avec des cristaux Swarovski cousus main. Elle n'inviterait jamais aucune de nous, pauvres mortelles, à son mariage. Elle nous tolérait parce que nous faisions bien notre travail, mais, en notre compagnie, elle faisait du surplace – à la seconde où elle mettrait la main sur un mari beau et riche, elle nous quitterait pour toujours. Après avoir touché le gros lot, elle nous croiserait dans la rue sans même nous reconnaître.

Plus j'y pensais, plus elle semblait parfaite pour Jack.

« Adjugé, conclut-elle en voulant attraper le bouquet.

— En revanche, je garde les fleurs. »

Ses doigts manucurés flottèrent quelques secondes devant le vase, avant de battre finalement – à grand-peine – en retraite. Elle venait de penser qu'il y en aurait certainement beaucoup d'autres pour elle.

Pourquoi tout est si calme ?

Et si sombre ?

Et immobile.

Il y a une minute il y avait du bruit, des sirènes et des gens qui parlaient, je crois que Jack me tenait la main, et tout bougeait si vite.

Au moins je n'ai plus mal.

Mais pourquoi tout le reste s'est arrêté aussi ?

Est-ce que je dors ?

Peut-être que je dors. On n'a pas mal quand on dort. Tout ce que je voulais c'était dormir.

Maintenant je veux me réveiller.

Où sont-ils tous passés ?

Pourquoi suis-je toute seule tout à coup ?

« *Tu n'es pas seule*, dit une voix de femme, suave et chaude comme du velours. *Je suis là. Et je sais ce que tu traverses.*

— *Qui êtes-vous ?*

— *Je t'en prie, Libby, tu sais qui je suis.*

— *Non.*

— *Bien sûr que si. Tu es intelligente, c'est pour ça que Jack est avec toi. Allez, tu peux le deviner.*

— *Non, vous ne pouvez pas être. Tu ne peux pas être…*

— Elle revient à elle, mais je ne sais pas pour combien de temps. Il faut vraiment accélérer sinon on va la perdre.

— Je vais essayer, mais il y a trop de monde. Personne ne se pousse parce qu'il n'y a nulle part où se pousser.

— On continue à perfuser mais je ne sais pas combien de temps ça va marcher. »

«Donner mon numéro à votre chef, très amusant», me dit Jack alors que je m'apprêtais à rentrer dans l'immeuble.

Adossé au mur, il portait un plateau contenant deux gobelets de café et un sachet blanc.

À huit heures du matin, le ciel était illuminé et Londres, bien sûr, déjà éveillée : les voitures vrombissaient devant la façade en verre de Si Pur au pied de Covent Garden, les piétons se dirigeaient vers les immeubles ou la station de métro au coin. J'arrivais toujours tôt au travail pour éviter de faire le dernier service de la journée car j'avais un long trajet de retour. J'espérais aussi pouvoir partir tôt le lendemain car on me livrerait ma voiture.

«Vous passiez dans le coin par hasard?

— Non. J'étais venu voir si je pouvais vous inciter à vous asseoir sur un banc, manger un croissant et boire un café avec moi. Et pour vous remercier d'avoir donné mon numéro à votre chef, bien sûr.

— Alors comme ça, elle vous a appelé. Elle n'a pas osé nous le dire.

— Elle l'a fait.

— Et ça ne s'est pas bien passé?

— Pas pour moi.

— Je pensais vraiment que vous vous entendriez à merveille.

— En effet. Il se trouve que nous avons quelques connaissances en commun, elle est rigolote, intelligente, et s'il n'y avait pas eu ce tout petit problème, je lui aurais certainement proposé un rendez-vous.

— Oh, je vois. Dommage.

—Vous ne voulez pas que je vous dise en quoi consiste ce petit problème?

—Non.

—Je vais vous le dire quand même : le problème, c'est que c'est avec vous que je veux un rendez-vous.

—D'accord. »

Le beau visage de Jack, étonnement bien réveillé à cette heure matinale, afficha une expression stupéfaite.

« Vous sortiriez avec moi. Comme ça?

—Oui. Je vais sortir avec vous. Tout de suite. Je vais m'asseoir sur un banc du parc, manger un croissant et boire un café et on appellera ça "sortir" et après, on sera quittes, OK?

—Et si vous appréciez? Et si vous décidez que vous aimez bien la prévenance du Big J et que vous voulez me revoir? Comment vous allez faire pour faire coller ça avec… ?

—Ne poussez pas. Et ne vous surnommez pas Big J vous-même.

—Compris. Ça vous dit, Soho Square? »

J'aimais Londres à l'aube, les gens, les vies et les histoires qui, sans relâche, faisaient circuler le sang de la ville, la faisaient avancer. Rien à voir avec l'aube à Brighton. Là-bas, pour l'apprécier, il fallait se promener sur le front de mer, en saluant les promeneurs de chiens, les joggeurs, et les fêtards qui rentraient de soirée. Le sang de Brighton circulait plus lentement que celui de Londres, mais j'aimais les deux villes tout autant.

« Je sens que si je fais un seul faux pas, vous ne terminerez pas votre petit déjeuner en ma compagnie, dit Jack comme nous traversions Charing Cross Road en direction de Manette Street.

— Alors pourquoi vous vous forcez ? Ce n'est vraiment pas la peine.

— Je vous trouve fascinante et il y a vraiment peu de gens qui me fascinent. »

J'étais déjà sortie avec des types comme Jack. De très, très nombreuses fois : l'uniforme d'esthéticienne semblait attirer comme un aimant ce genre d'hommes, ceux qui voulaient sortir avec une fille mais pas avec une vraie femme. Ils voulaient quelqu'un qui prenne soin de son apparence, apprécie les cadeaux et les destinations exotiques, sourie gentiment au bon moment, mais qui n'aurait jamais de règles douloureuses, du poil aux jambes, ni ne s'attendrait – horreur des horreurs – à ce qu'on écoute ce qu'elle avait à dire. Le dernier en date, un diplomate d'un petit pays d'Afrique, avait été horrifié d'apprendre que la femme qu'il avait rencontrée dans une soirée et qui lui avait dit être esthéticienne, possédait également un diplôme de biochimie et avait été chercheuse. Je l'avais vu sur son visage – il s'attendait à ce que j'enroule une mèche de cheveux autour de mon doigt, et que je l'écoute me parler de son immunité diplomatique et de la situation politique de son pays en frétillant d'admiration. Il n'avait pas pensé que j'allais lui poser une question sur la stabilité économique que la production de pétrole pouvait apporter à son pays (ça, c'était juste parce qu'il m'avait rabaissée à cause de mon boulot), et il s'était précipité vers la sortie à la fin du rendez-vous.

Les hommes comme Jack ne voulaient pas sortir avec de vraies femmes – ils voulaient l'idée qu'ils se faisaient d'une femme. C'était certainement pour cela que je fascinais Jack : je n'étais ni mignonne ni câline, et je n'avais saisi aucune occasion de me comporter comme une « dame » – je n'avais rien à voir avec sa conception de la féminité. Je devenais un défi. Et s'il y avait bien une chose dont les hommes comme Jack raffolaient plus que d'une idiote, c'était de réussir à dompter une femme rétive.

À cette heure matinale, la plupart des bancs de Soho Square étaient occupés par des gens qui n'avaient nulle part où dormir, et les allées étaient jonchées de préservatifs usagés et de seringues. Mais je ne les avais jamais laissés me perturber : rien de plus que des défauts cosmétiques sans importance – derrière s'étendait Soho Square, divin : un parfait petit joyau vert, lové à l'abri de l'agitation de la ville. Je venais souvent déjeuner ici, et j'aimais l'idée d'y prendre également mon petit déjeuner, même si ça n'aboutissait nulle part.

Jack posa le plateau sur ses genoux et me demanda :
« Avec ou sans sucre ?
— N'importe.
— J'ai pris un de chaque, alors choisissez.
— Sans sucre.
— Vous êtes déjà assez sucrée, hein ? fit-il, en me tendant un gobelet.
— Non mais vous entendez ce que vous dites ?
— Pas comme je le devrais. J'admets que c'était un peu douteux.
— Vous comptiez attendre devant la boutique jusqu'à ce que je me montre ? »

Il ouvrit le sachet blanc à présent tout graisseux à cause du beurre des croissants et me le tendit.

« Non, Paloma m'a dit que vous arriviez souvent avant huit heures.

— Vous lui avez posé la question ?

— Je n'allais pas rater l'occasion de poser le plus de questions possible. Elle ne dit que de bonnes choses à votre sujet. Elle pense que vous faites merveilleusement bien votre travail même si ce n'était pas votre premier choix de carrière, et elle soupçonne d'autres instituts d'essayer de vous attirer dans leurs filets. Elle m'a aussi fait part de votre faible pour le café et les croissants, même si vous savez qu'ils occasionnent des ravages dermatologiques.

— Elle a dit tout ça ? C'est très gentil de sa part.

— Elle avait l'air pleine de fierté et d'affection en parlant de vous.

— Et ça ne l'a pas dérangée que vous ne vouliez pas sortir avec elle ?

— Non. Elle n'a aucune pudeur – quand je lui ai dit que je m'intéressais à vous, elle m'a demandé si j'avais des amis célibataires. Je l'ai branchée avec Devin – il est riche et américain. Il va l'adorer. »

Revoilà la robe Vera Wang, pensais-je avec tendresse et jalousie. J'admirais ça chez Paloma : elle savait ce qu'elle voulait dans la vie et en amour. Parfois, je me prenais à rêver que j'étais aussi décidée qu'elle. J'avais toujours aspiré à « être heureuse ». Si je n'aimais pas ce que je faisais, si cela ne me rendait pas heureuse, alors j'essayais autre chose mais, l'un dans l'autre, à trente-quatre ans, « être heureuse » ne semblait plus un but satisfaisant.

« Êtes-vous ambitieux, Jack ? »

J'observai son visage lisse et symétrique, sa peau bien entretenue, son teint lumineux et bronzé. Il avait une forme parfaite, des yeux incroyables et ses lèvres… Pas de doute, il était séduisant et, assis là, à boire son café et manger un croissant, il n'avait rien à voir avec la personne que j'avais rencontrée dans le show-room. Il était normal. Raisonnable, posé, songeur. Il ne répondait jamais à une question sans y réfléchir au préalable. Si j'avais rencontré ce Jack-là la première fois, je n'aurais peut-être pas éprouvé autant d'aversion pour lui.

« Oui, dans un sens. Si je veux quelque chose, je fais tout ce qu'il faut pour l'obtenir, si c'est ce que vous voulez dire.

— En fait, je vous demande si vous savez ce que vous voulez faire de votre vie.

— Au niveau du travail, de la famille et de l'argent ?

— Oui. Et non. Enfin, est-ce que vous visez un but précis dans votre vie ? Est-ce que vous savez ce que vous voulez ?

— Je le croyais. Je croyais l'avoir atteint. Mais ça n'a pas duré. À l'époque, je croyais que ce que je voulais, ma plus grande ambition, c'était – accrochez-vous – d'être heureux.

— Et ce n'était pas ça ?

— Non, il m'est apparu assez vite que le bonheur ne devrait pas être une fin en soi. Ça ne devrait être qu'une conséquence de mes actes. Je sais ce que vous vous dites : profond, venant d'un type comme moi. Mais croyez-en mon expérience : mettre tout de côté pour atteindre ce qu'on croit être le bonheur, ça ne fait de vous que quelqu'un de malheureux tout le long du chemin, et lorsqu'on y accède enfin, on se rend compte que ce qu'on désirait le plus ne nous rend pas aussi heureux qu'on l'espérait. Ou pire, qu'on a complètement oublié comment être heureux.

— Ça, c'est vraiment profond.

— J'ai quelques joyaux de sagesse cachés sous ma superficialité. »

Il passa une main dans ses cheveux et j'aperçus l'heure à son poignet : huit heures trente-cinq.

« Excusez-moi, Jack, je dois aller au travail. »

Il se leva en même temps que moi, sa haute silhouette s'accordait parfaitement avec le glamour discret du parc.

« Je vous raccompagne, dit-il, en cherchant une poubelle.

— C'est gentil, mais non, merci. J'ai passé un moment agréable, malgré mes premières réserves, et vous m'avez donné à réfléchir, mais je… je n'ai pas tellement envie que ça aille plus loin. Et si vous me raccompagnez, ça ressemblera à un rendez-vous et nous serons embarrassés par la suite, à savoir ce que je vous répondrais si vous me demandiez de nouveau de sortir avec vous. Considérons plutôt ça comme un interlude plaisant, d'accord ? »

Il se tut pendant un instant. Je voyais bien qu'il cherchait comment formuler la bonne réponse à cette question car, manifestement, il n'était pas du tout d'accord.

« Vous savez que vous me laissez sans voix. Je suis sûr que vous ne le faites pas exprès, mais je dois toujours réfléchir à ce que je vais dire pour ne pas être pris en flagrant délit de mensonge, ou éviter le moindre petit double sens, soupira-t-il. Non. Je ne suis pas d'accord pour laisser les choses telles qu'elles sont. C'est pourquoi, je vous appellerai en espérant que vous aurez changé de sentiment à mon égard. Avec un peu de chance, vous ne me raccrocherez pas au nez. Vous vous souviendrez de ce moment et vous me donnerez ma chance.

— Vous êtes toujours aussi franc ?

— Presque jamais. Mais je vous appellerai et vous proposerai à nouveau de sortir avec moi parce que, au fond de moi, j'espère que vous accepterez.

— Comme j'ai déjà dit, tout est possible. Au revoir.

— Au revoir. »

Son regard intense dériva sur mes lèvres. Pas un regard trop appuyé, mais tout de même assez long pour que je le remarque.

Et il réussit à me faire penser à lui et au bonheur sur tout le chemin du retour.

« Libby Britcham, trente-six ans, accident de la route. On a dû la désincarcérer du véhicule. Contusions et lacérations multiples sur le corps, la tête et le visage, commotion cérébrale possible, mais elle était lucide et réactive sur les lieux de l'accident. Incapacité à produire des sons, aphonie possiblement due au choc.

« Elle est en hypotension. On a perdu son pouls pendant le trajet mais on l'a récupéré après cinq minutes de réanimation et de perf. Elle a eu deux intraveineuses d'épinéphrine, neuf cents millilitres de Gelofusine et deux litres de sérum phy. Abdomen sensible – on dirait qu'elle fait une hémorragie intra-abdominale, probablement la rate. Son mari, Jack

Britcham, était aussi dans l'accident, on le soigne en salle deux.

— OK. Libby, vous m'entendez ? »

Oui, je vous entends, pensé-je, *pas la peine de crier.*

« Je suis le docteur Goolson. Vous êtes à l'hôpital. On va s'occuper de vous. »

On me met cette lumière éblouissante dans les yeux. Pourquoi font-ils ça ? Ils essaient de me rendre aveugle ?

« Pupilles réactives, préparez le scanner et dites à la chirurgie reconstructrice et aux neurochirurgiens de se tenir prêts. Apportez-moi quatre unités de O négatif jusqu'aux résultats des analyses. Une intraveineuse de morphine aussi. »

Août 2008

Je ne suis vraiment pas en forme ! pensai-je en me forçant à poursuivre Benji, mon neveu, cinq ans, et plutôt doué avec un ballon. Chaque fois qu'il venait pour le week-end, il avait l'air de plus en plus énergique tandis que, moi, je sentais que j'avais de plus en plus de mal à garder le rythme.

Il tapait dans le ballon sur la pelouse de Hove Park. Je préférais ce parc à celui plus proche de chez moi, mais nous y venions uniquement parce que, à présent, j'avais une voiture. Benji aussi préférait celui-ci : il avait l'air plus grand et les pelouses plus plates facilitaient les choses pour le foot.

Je gardais les buts, entre nos deux pulls, mais il frappait la balle dans la direction opposée, toujours plus loin que les limites de notre terrain. Quand il les dépassait, j'avais du mal à le rattraper – il était vraiment rapide. Je me précipitai à sa suite en

41

l'appelant. Poussée par la peur, j'arrivai à sa hauteur en un temps record. Comme j'allais l'attraper, il m'adressait un large sourire malicieux et se mit à pousser sa balle vers les buts vides.

« Oh, toi ! » criai-je, atterrée de m'être fait avoir par un marmot. J'aurais dû m'en douter, en fait. Son père, mon frère, le roi de l'insouciance et de la sournoiserie, était passé maître dans l'art de dire la vérité en faisant croire qu'il bluffait. Il élevait son fils tout seul depuis que sa copine – la mère de Benji – était partie en le défiant de vivre la vie qu'elle menait tandis qu'elle vivrait sa vie à lui, c'est-à-dire, sortir et s'amuser. J'aimais mon frère, mais il fallait bien reconnaître qu'il n'était pas doué pour les relations amoureuses – j'avais même été surprise que quelqu'un apparemment relativement intelligent comme son ex-copine ait pu le croire.

Je me précipitai vers les buts juste à temps pour voir Benji tirer et marquer.

« BUT ! cria-t-il en courant bras en l'air, comme il avait certainement dû voir son père le faire maintes fois.

— Toi ! dis-je en le soulevant pour le faire tourner. Tu m'as eue !

— En amour et au foot, tout est permis ! C'est papa qui l'a dit.

— Ça ne m'étonne pas. »

Soudain, un joggeur qui venait juste de passer sur le chemin réapparut et se dirigea vers nous. Jack. On ne pouvait pas le rater, surtout dans ce décor. Bien que légèrement rouge et transparent, cheveux mouillés et tee-shirt gris taché de sueur, il arborait toujours cette allure caractéristique de « franche camaraderie ».

« De loin, j'ai cru que c'était vous, dit-il en ôtant les écouteurs de son iPod. De près, j'ai su que c'était vous.

— Bonjour.

— Bonjour. »

Son regard dériva sur Benji qui l'observait, pas le moins du monde intimidé.

« Salut.

— Je m'appelle Benji. Et toi ?

— Jack.

— Tu es le petit ami de tata Libby ?

— Non, plutôt un presque-copain.

— Comment tu peux être un presque-copain ? Soit on est copains, soit on est pas copains, on peut pas être presque-copains.

— C'est parce qu'on s'est déjà vus plusieurs fois, mais qu'elle ne veut pas aller dîner avec moi, alors on se connaît seulement presque.

— Mais pourquoi elle devrait aller dîner avec toi si vous êtes juste presque-copains et que vous vous connaissez seulement presque ? Moi je prends pas mes dîners avec tous les gens que je connais pas bien. »

Jack regarda Benji, puis moi.

« On peut dire que vous êtes de la même famille, vous deux.

— Parce qu'on se ressemble ? demanda Benji avec enthousiasme.

— Non, parce que je suis obligé de réfléchir avant de vous répondre.

— Tu veux jouer au foot ? J'arrête pas de battre tata Libby. Elle croit que je suis un petit sournois je-sais-pas-quoi parce que je fais que gagner. »

Jack jeta un coup d'œil pensif à sa montre-chrono.

« Je peux rester un peu pour marquer quelques buts. Mais ne crois pas que je vais te laisser gagner parce que tu es plus petit que moi – je sais que tu es superfort. Tata Libby peut faire le goal.

— Oh, c'est vrai ? Je peux ?

— Oui ! firent-ils comme un seul homme.

— Bon, j'ai compris. »

Benji et Jack se mirent à jouer ensemble : tacles, feintes, vol de ballon. Ils y passèrent tant de temps qu'ils n'eurent pas tellement besoin de moi, mais lorsqu'ils s'approchaient des buts, j'exécutais le plongeon de rigueur pour tenter d'attraper la balle.

Au bout d'une demi-heure, Jack regarda à nouveau sa montre.

« Il va falloir que j'y aille. Je dîne avec mes parents, dit-il en posant une main sur les cheveux crépus coupés court de Benji. Merci, mon pote, on a bien joué. On dit match nul ?

— *Nooon !* J'ai marqué six buts et toi que quatre.

— Flûte ! J'avais espéré que tu ne saurais pas compter. Bon d'accord, tu as gagné. Content d'avoir fait ta connaissance.

— Moi aussi, répondit poliment Benji en lui serrant la main. J'espère que tata Libby va dîner avec toi un jour.

— Et moi donc, mon pote, et moi donc. Peut-être que tu peux lui glisser un mot pour moi.

— Peut-être. »

Jack lui adressa un large sourire avant de se tourner vers moi.

« Toujours un plaisir de vous voir, Libby. »

J'acquiesçai.

Son regard soutint le mien pendant un instant pour voir si je n'avais pas changé d'avis, si j'allais accepter de dîner avec lui. Malgré ce qu'il avait dit lors de notre petit déjeuner ensemble, il ne m'avait pas appelée ces deux dernières semaines, mais il demandait quand même une nouvelle chance. Comme je ne réagissais pas, son visage se voila de déception et il baissa les yeux avant de se détourner lentement. Il repartit vers le chemin, un écouteur dans l'oreille.

Il n'était pas si nul. Par deux fois, il m'avait montré qu'il n'était pas si nul. Jusqu'à présent, l'homme qui m'avait apporté des croissants et qui avait joué au foot avec Benji n'avait rien à voir avec celui que j'avais rencontré la première fois. Peut-être qu'il n'était pas comme les autres, peut-être qu'il valait la peine qu'on lui donne une chance.

« Jack », l'appelai-je, tandis qu'il plaçait le second écouteur dans son oreille. Il se retourna et me lança un regard interrogateur.

« OK.

— OK ?

— Samedi prochain, si vous êtes libre », acquiesçai-je.

Il afficha un mélange de plaisir et de surprise et sourit.

« Appelez-moi à mon travail. »

Il acquiesça à son tour, fit un signe à Benji et repartit de là où il était venu en courant.

Benji l'observa avec moi trotter jusqu'à l'entrée du parc, mais il n'était pas encore complètement hors de vue lorsqu'il bondit en donnant un coup de poing en l'air.

« Pourquoi il a fait ça ?

— Je ne sais pas. Il est juste bizarre, je suppose.

— Je crois que tu as raison. Je peux avoir une glace ? »

« On dirait bien que la rate a explosé et provoque une hémorragie dans l'abdomen. On doit l'emmener au bloc tout de suite. »

Si seulement ils pouvaient arrêter de hurler. Je ne m'entends même plus penser. Ni me souvenir.

« Rappelez les chirurgiens, dites-leur de les retrouver là-haut. »

S'il vous plaît, arrêtez de crier. Ça ne va pas faire accélérer les choses, vous savez.

« Que quelqu'un prévienne son mari. »

Août 2008

Nous nous entendions très bien – sans compter notre première rencontre –, nous discutions, nous taquinions et nous entendions comme de vieux amis. Il me laissait entrevoir des parcelles de ce qu'il était ou de ce qu'il pourrait être en grattant un peu le vernis brillant et tapageur de l'homme qui a eu la vie trop facile. Il ne se mettait jamais en avant et me posait constamment des questions ou essayait de me faire rire. Et rire se révéla aisé, les éclats de rire fleurissaient dans ma poitrine et mon cœur pour virevolter entre mes lèvres. Et lui riait tout autant.

Il trouvait mon travail plus impressionnant que méprisable, et m'expliqua qu'il travaillait dans un cabinet d'avocats à Brighton, en tant qu'associé. Je lui racontai que j'avais déménagé de Londres à Brighton pour aller à la fac et que j'y étais restée, ne me voyant plus du tout vivre dans une grande ville comme Londres ; lui qui avait grandi dans la campagne du Sussex considérait déjà Hove et Brighton comme de grandes villes. Nous continuâmes à bavarder ainsi et, au fur et à mesure de la soirée, l'atmosphère autour de nous se mit à pétiller. Je ne me souvenais pas de la dernière fois où je m'étais autant amusée à un rendez-vous.

Nous parlions encore en sortant du restaurant à Hove quand il me prit précautionneusement la main et suggéra que je l'accompagne chez lui, au coin de la rue, pour appeler un taxi de là-bas.

Pas d'attente particulière – pas de double sens, ni de clin d'œil –, simplement le désir sincère de ne pas terminer la soirée tout de suite.

« Avant que tu dises, ou penses, *quoi que ce soit*, commença-t-il alors que nous débouchions sur sa rue, l'une de celles qui donnaient sur le front de mer, quand j'ai acheté cet endroit, ce n'était qu'une coquille vide. Ça m'a coûté des heures et des heures de main-d'œuvre et pas mal d'argent pour la rendre habitable. J'en suis fier, mais, s'il te plaît, ne crois pas que je l'ai achetée le million ou pas loin qu'elle vaut maintenant. Je n'ai pas payé la moitié de ça. D'accord ?

— D'accord. »

Nous étions arrivés devant une immense villa victorienne couleur crème, avec des fenêtres de part et d'autre de la porte noire, un escalier en pierre qui menait à l'entrée, et un sous-sol auquel on accédait certainement de l'intérieur.

Ma tête se tourna lentement vers lui.

«Je t'avais prévenue ! insista-t-il.

— Je n'ai rien dit. »

La porte d'entrée s'ouvrait sur une grande véranda intérieure pourvue de patères et d'un tapis de seuil encastré. Au fond, une porte de verre donnait sur un vaste couloir en parquet décapé jusqu'à un épous-touflant et majestueux escalier. À gauche de la porte d'entrée se trouvait une console blanche aux pieds courbés sous un miroir dans un cadre doré. À côté du miroir, une porte, ainsi que deux autres plus loin dans le couloir.

S'il ne mentait pas et avait bel et bien eu cet endroit pour une bouchée de pain, alors il lui avait prodigué énormément de soins et d'attention pour lui rendre son aspect glorieux tout en restant fidèle à l'époque – des moulures du plafond aux lambris d'appui en passant pas les radiateurs en fonte.

J'attendis devant le miroir que Jack m'invite à m'aventurer dans la maison. Au lieu d'avancer, il se tourna, un large sourire sur le visage, et s'approcha de moi.

«Puis-je te sentir ? »

Son regard vert dansait alors qu'il manœuvrait pour me repousser contre le mur sans me toucher.

«Me sentir ?

— Oui. Juste ton cou, si tu veux bien ? »

Ça ne pouvait pas me faire de mal – j'avais cru qu'il allait m'embrasser, mais s'il voulait me sentir avant alors…

« Si ça te fait plaisir.

— C'est juste que… »

Il enfouit la tête au creux de ma nuque, et, tout à coup, son odeur à lui m'envahit ; sa peau, légèrement humide et salée mais également aride, avec des touches de quelque chose que j'étais incapable de reconnaître, me renvoyait des notes d'une sensation qui passa de mon nez directement dans mon sang. Je me consumai en un instant. Mon corps souffrait, brûlait d'envie, bouillonnait, débordait d'excitation… *à sa seule odeur.*

« Ce parfum m'a rendu dingue toute la soirée, dit-il sans savoir ce que lui avait déclenché en moi. Il s'est passé des choses incroyables en moi à cause de cette odeur et je me demandais si ça ne venait pas de toi. Maintenant, j'en ai la certitude. »

Son nez se rapprocha de mon cou, nos corps se touchaient à présent.

« C'est exactement ça. »

Quand ces trois derniers mots furent prononcés, il posa ses lèvres sur ma peau. Je déglutis avec difficulté en m'appuyant contre le mur pour rester debout. Il réagit en s'approchant davantage, ses lèvres toujours sur mon cou. Je déglutis à nouveau.

Il se redressa et m'observa un instant.

« Tu es tellement belle », murmura-t-il.

Il baissa la tête et je fermai les yeux en attendant son baiser. Mais comme rien ne se passait, je rouvris les yeux.

« Si belle », répéta-t-il avant d'embrasser mon cou de l'autre côté.

Chacun de ses baisers – doux et mesuré – injectait un peu plus de lui en moi. Ce sentiment nouveau était tellement… *brut*. Ses mains descendirent sur mes épaules, sous mon manteau, le faisant tomber par terre en même temps que mon sac. Son odeur, sa proximité m'enivraient toujours, à tel point que je ne résistai absolument pas. Ses mains effleurèrent mon corps par-dessus ma longue robe bleue.

« Ça va ? murmura-t-il contre mon oreille, le souffle chaud et lourd.

— Oui, réussis-je à articuler sous ma propre respiration haletante.

— Tu veux que j'arrête ? »

Oui, pensai-je. *Oui, oui, oui, arrête. S'il te plaît, arrête.* Je le connaissais à peine. Mais lui semblait me connaître intimement : il savait où me toucher, où m'embrasser, comment réveiller tous mes sens. Je savais que je ne devais pas faire ça mais…

« Non. N'arrête pas, murmurai-je. Ne t'arrête pas.

— Je dois te goûter. »

Ses yeux sombres, vert émeraude, cherchèrent la protestation dans les miens.

« Je dois te goûter », répéta-t-il avant de s'agenouiller pour soulever ma robe et baisser ma culotte noire sur mes chevilles. Je m'en débarrassai mécaniquement et il en profita pour écarter mes jambes. Je sentis tout d'abord son doigt – cherchant, palpant, pénétrant ; puis sa langue – touchant, goûtant, taquinant.

Je me mis à gémir au bout de quelques secondes ; mes genoux allaient lâcher ; mon corps frissonnait, se tordait vers lui pour en demander toujours plus, jusqu'à l'explosion finale de nitroglycérine dans mes veines. Puis je me retrouvai collée au mur, tête basculée en arrière, tandis que, gémissement après gémissement, le plaisir jaillissait de moi.

Mon esprit se dévidait encore quand il se releva et me prit la main pour me placer devant le miroir opposé.

« Regarde comme tu es belle, murmura-t-il à mon oreille. Tu vois ? »

Dans le miroir, je concentrai mon attention sur lui, transformé de l'homme détendu avec lequel j'avais dîné, en cet homme au regard intense et déterminé.

« Je veux te prendre, dit-il, le visage dans mes cheveux. Je peux ?

— Oui, murmurai-je à mon tour. Oui. »

Je baissai les yeux sur la boîte de mouchoirs devant moi et l'écoutai retirer sa ceinture, défaire le bouton, la fermeture à glissière, baisser son pantalon et déchirer l'emballage d'un préservatif. Ensuite sa main me poussa en avant jusqu'à m'allonger sur la table et il retroussa ma robe, écarta mes jambes, s'approcha… Et soudain il était en moi. Son corps suivit les traces de son odeur. Il se courba contre moi, ses grognements étouffés contre ma nuque.

Mes yeux rencontrèrent une fois de plus le miroir pour observer son visage, pour vérifier s'il éprouvait les mêmes sensations que moi, mais mon regard dériva sur mon propre reflet.

J'étais devenue quelqu'un d'autre.

Les cheveux en bataille, le corps penché en avant pour permettre à un homme de me pénétrer, le visage déformé par le plaisir, j'avais un regard animal. J'étais sauvage, passionnée, déchaînée. Cette femme dans le miroir n'était pas Libby Rabvena. Elle ressemblait à une bête féroce. Ce n'était pas le sexe.

C'était *lui*. Et je l'avais laissé faire. J'avais *voulu* qu'il le fasse.

Je fermai vite les yeux de peur de ne revoir que ce visage dans chaque miroir que je regarderais.

Ses mouvements s'intensifièrent et il accéléra la cadence, se redressant pour saisir fermement mes hanches. Il devint pressant et nos gémissements se mêlèrent, de plus en plus forts jusqu'à son dernier cri, une ou deux secondes avant le mien. Nous étions tous deux immobiles tandis que le plaisir se déversait de l'un à l'autre.

Jack ne se retira pas tout de suite, il resta en moi quelques secondes, pour reprendre son souffle, avant de se pencher pour embrasser tendrement ma nuque.

« C'était incroyable », dit-il en s'écartant de moi.

Je l'entendis prendre plusieurs mouchoirs sur la table et attendis, yeux clos, tête baissée, qu'il arrête d'aller et venir en moi. Puis je me redressai, réajustai ma robe et me détournai du miroir avant d'ouvrir les yeux.

« C'était incroyable », répéta-t-il en déposant un baiser sur mon front.

Si quelques minutes auparavant, le moindre contact provoquait un plaisir déstabilisant, presque sauvage, à présent je ne ressentais plus rien que la piqûre de la honte et de la culpabilité.

Je me forçai à sourire avec un petit signe de tête. Comment m'adresser à lui après ce que nous venions de faire ? Parler semblait inadéquat.

« Tu veux bien attendre ici une minute, que je me débarrasse de ça, dit-il, mouchoirs en main. Après je vais te chercher une serviette et un peignoir pour que tu puisses prendre une douche. OK?»

J'acquiesçai à nouveau mais j'étais horrifiée – il voulait que je reste? Pour qu'on se *parle*? Faire comme si c'était parfaitement normal d'avoir fait ça avec un quasi-inconnu?

Il regarda ma bouche comme s'il s'apprêtait à l'embrasser, comme s'il avait besoin que je lui rappelle que j'étais douée de parole, puis, avec un sourire, il m'embrassa une fois de plus sur le front.

«Vraiment incroyable, dit-il en se penchant pour ramasser l'emballage du préservatif. Deux minutes.»

Il disparut dans l'escalier.

Dès qu'il fut hors de vue, je fourrai ma culotte dans mon sac à main, me glissai dans mon manteau et me précipitai vers la sortie. Le verrou ne ressemblait à rien de connu, j'essayai de comprendre ce qu'il fallait tirer ou pousser pour ouvrir le loquet et me libérer.

Bruit de chasse d'eau.

Il faut absolument que je sorte d'ici. Il le faut, pensai-je, désespérée. Je me mis à faire jouer le loquet jusqu'à ce que, finalement, un clic retentisse. Je refermai la porte sans faire de bruit derrière moi puis descendis les marches aussi vite que le permettaient mes talons et me dirigeai vers le front de mer.

Avec un peu de chance, je pourrais trouver un taxi sur Kingsway. Sinon, je remonterais la rue parallèle jusqu'à la station de l'hôtel de ville de Hove.

Comme par miracle, les phares orange d'un taxi passèrent juste devant moi. Je levai un bras et me précipitai en priant pour qu'il m'ait repérée. Dieu merci, il s'arrêta pour m'attendre.

«Devonshire Avenue, à Kemptown, s'il vous plaît.»

Comme le véhicule démarrait, je me rendis soudain compte d'une chose. *On ne s'est même pas embrassés. On a fait l'amour, mais on ne s'est jamais embrassés.*

Cela me trotta dans la tête jusque chez moi : j'avais fait l'amour, et j'étais partie sans recevoir un seul baiser sur la bouche.

Où est passée la femme qui voulait que je devine qui elle était ? Je n'ai pas entendu sa voix depuis que j'ai repris connaissance dans l'ambulance. Sa façon de prononcer le nom de Jack, c'est comme si elle le connaissait – intimement. Était-elle l'une de ses anciennes conquêtes ? Mais elle avait quelque chose de familier. Elle me parlait comme si elle me connaissait. Elle a dit que moi je la connaissais. Où est-elle ? Je veux qu'elle me dise qui elle est, parce qu'elle ne peut pas être…

Août 2008
Sa voiture était garée devant chez moi.

Je venais de monter la butte, chargée de deux sacs de provisions, et de tourner dans ma rue, quand j'avais aperçu une voiture comme la sienne devant mon immeuble. « Pitié, faites que ce ne soit pas lui », me répétai-je dans ma tête en m'approchant. Je n'avais pas répondu à ses appels de la veille, ni à ceux de ce matin. Je voulais qu'il oublie ce qui s'était passé. Qu'il fasse comme si ça n'avait jamais eu lieu. Parce que je l'avais décidé ainsi. L'idée de m'être comportée ainsi, d'avoir fait ça avec quelqu'un que je connaissais à peine, quelqu'un que je n'avais même pas embrassé, tout cela était bien trop déstabilisant. J'avais toujours cru que ce genre de relations sexuelles n'arrivait qu'entre gens qui se connaissaient bien, se faisaient confiance, et qui souhaitaient explorer et repousser ensemble leurs limites en matière de sexualité. J'avais toujours cru que cela n'arrivait que lorsqu'on se sentait parfaitement détendue avec quelqu'un, en sachant qu'il aurait toujours des sentiments pour vous après coup. Je ne voulais pas me souvenir que notre rencontre ne signifiait probablement rien pour lui.

Il était assis sur les marches devant mon appartement, jambes écartées, coudes sur les genoux, lunettes de soleil sur le nez. Il s'était retransformé en l'homme que j'avais rencontré la première fois, pas celui qui m'avait apporté le petit déjeuner, qui avait joué au foot dans le parc et avec lequel j'avais dîné.

Je m'arrêtai devant lui et posai mes sacs trop lourds. À présent que j'avais ma voiture, je me rendais souvent à un supermarché plus grand à Marina ou Homebush pour mes courses hebdomadaires, mais aujourd'hui, je n'avais pas eu le courage d'aller jusque là-bas. Et ça ne servait à rien de prendre la voiture pour descendre la colline, donc j'avais marché. M'infliger cette punition avait soulagé mon corps et rafraîchi mon esprit après la confusion de la veille, mais là, ça faisait mal. Je remuai les doigts pour retrouver un peu de sensation puis observai avec intérêt le sang revenir ; ils passèrent d'un jaune anémié au marron rosé habituel.

Regarder mes doigts me permettait de ne pas avoir à l'affronter.

« Bon, je devrais probablement te dire que j'ai cru que tu jouais à cache-cache hier. Ce n'est qu'après avoir regardé derrière la porte de la salle à manger que je me suis rendu compte que j'étais ridicule. »

Je serrai et desserrai les poings en observant le mouvement des muscles et des ligaments.

« C'était nul à ce point ? » demanda-t-il si bas que j'eus du mal à l'entendre sous le cri des mouettes, les voix, le vacarme chaotique de St. James Street, au coin.

« J'ai cru que tu avais…

— En effet, le coupai-je avant qu'il prononce le mot, mais sans pouvoir lever les yeux. En effet, tu le sais très bien. Et tu sais que ce n'était pas nul du tout.

— Alors pourquoi tu es partie ? Je voulais me réveiller à tes côtés ce matin.

— Je… J'avais honte.

— Mais de quoi ?

— D'avoir fait ça, d'avoir aimé ça, alors qu'en fin de compte, j'aurais pu être n'importe quelle autre fille. »

Je réussis finalement à regarder l'homme avec qui j'avais couché la veille. Il avait ôté ses lunettes et me fixait intensément.

« Ça n'avait rien à voir avec moi, ou nous, ou une connexion spéciale entre nous, n'est-ce pas ? J'étais juste un autre corps à baiser. »

À son tour de regarder par terre, de confirmer mes soupçons. Il avait déjà fait ça, exactement de la même façon, un nombre incalculable de fois. Je tremblai à l'idée de toutes les femmes qui avaient dû poser leurs mains là où j'avais posé les miennes, et écarté les jambes pour lui tout comme moi. J'essayai de ne pas me demander combien étaient restées, combien avaient utilisé les serviettes et le peignoir qu'il était

allé me chercher, combien avaient été assez sûres
d'elles pour le refaire.

« Tu n'as jamais eu de coup d'un soir ?

— Si. Pour la plupart, je ne savais pas que ça allait
être juste un soir jusqu'à ce qu'ils ne rappellent pas.
Mais avec aucun ça ne m'a semblé aussi… calculé et
vide de sentiment qu'hier soir. »

Je dénouai puis renouai le pull bleu qui était
descendu lentement autour de ma taille.

« On a passé une si bonne soirée, j'ai cru que je
m'étais trompée sur ton compte, et puis on a fait ce
qu'on a fait. Je ne pouvais pas rester et faire semblant
que ça allait. Je… J'avais honte de moi. »

Nous contemplions tous les deux le sol, incapables
de sortir de cet imbroglio.

« Tu veux de l'aide pour tes courses ? »

Je secouai la tête sans oser le regarder à cause des
larmes qui montaient dans mes yeux.

Je l'entendis se lever et s'arrêter un instant, probablement pour remettre ses lunettes de soleil avant de
descendre les marches.

« Je suis désolé », murmura-t-il.

J'acquiesçai. Je savais qu'il l'était et venir jusqu'ici
prouvait son courage. Si cela n'avait pas été si douloureux, je le lui aurais dit. Mais je restai immobile, tête
baissée, jusqu'à entendre sa voiture démarrer.

En ramassant mes courses, prête à reprendre ma
vie normale comme si de rien n'était, les larmes
coulaient à flots sur mon visage.

« Il faut l'emmener au bloc *tout de suite*, l'hémorragie de la rate empire, il faut y aller si on veut la
sauver. »

Vous êtes sûrs que c'est ma rate qui saigne ? me dis-je.
Parce que j'ai toujours pensé que c'était mon cœur trop mou,
trop facilement abîmé. J'ai toujours pensé que mon cœur
saignait de naissance.

Octobre 2008

J'étais devenue esthéticienne parce que je ne
pouvais plus continuer à être biochimiste. Enfin,
j'aurais pu, si ne pas gagner assez pour vivre et donc
rester chez mes parents m'avaient convenu, en termes
de style de vie.

Tout juste sortie de l'université, prête à sauver le
monde, j'espérais pouvoir faire la différence. Mon
domaine de recherche n'avait rien du « sujet d'actua-
lité » qu'il est devenu ; à l'époque, personne ne se
préoccupait de savoir si l'utilisation des biocarburants
(le soja ou le maïs pour remplacer l'essence) allait
ou pas affecter gravement les ressources mondiales
de nourriture. Les rares que cela intéressait ne
possédaient pas précisément les fonds nécessaires.
En fin de compte, après un an de lutte acharnée
pour trouver des investisseurs prêts à financer mes
recherches, je décidai d'arrêter. Si je ne pouvais
pas exercer un métier en rapport avec ma véritable
passion, j'allais m'en chercher une nouvelle. Et
cette dernière se trouvait sur l'autre bord du spectre
de mes compétences – la beauté. Il était toujours
question de chimie et de biologie avec les produits
cosmétiques, et j'avais toujours adoré me maquiller,
mais surtout, je pouvais me former en moins d'un an,
acquérir une pratique solide dans divers domaines
et être payée régulièrement, en temps et en heures.

Chose surprenante : j'adorais ça. Vraiment. J'adorais l'analyse chimique qui permettait de trouver les bons produits pour la bonne personne, la posologie presque scientifique de chaque traitement. J'adorais aussi constater le résultat sur le visage des gens qui découvraient dans le miroir ce que j'avais perçu en travaillant sur eux – pas les imperfections, mais, au contraire, tous ces détails si personnels qui faisaient d'eux ce qu'ils étaient.

Le métier d'esthéticienne comportait pas mal d'avantages – même si être prise au sérieux par le reste du monde n'en faisait pas partie. Je savais que les gens me collaient l'étiquette «idiote» sur le front en apercevant mon uniforme. Pour eux, je possédais deux neurones et passais mon temps à me faire les ongles et à penser maquillage. Qui étais-je pour briser leurs illusions ?

Qui étais-je pour leur faire remarquer que, pour devenir une esthéticienne qualifiée et certifiée, il fallait comprendre le corps humain, comprendre la chimie et avoir un talent de communication ? Qui étais-je pour leur expliquer qu'entre être pauvre ou porter une blouse d'esthéticienne, il fallait toujours choisir la blouse ? Ceux qui clamaient qu'ils préféreraient mourir de faim plutôt que d'exercer un métier comme le mien n'avaient jamais touché le fond, ils n'avaient jamais eu à choisir – plus d'une fois – entre se nourrir et se chauffer. Des choix comme ça donnaient de la détermination, vous blindaient contre les sarcasmes.

Sauf peut-être lorsque vous vous retrouviez accroupie derrière un mannequin en bois grandeur nature représentant un maître nageur portant un nageur, à l'entrée de la jetée de Brighton, sac plaqué contre la poitrine, à prier pour que l'homme avec qui vous avez eu une aventure d'un soir trois mois plus tôt ne vous ait pas vue vous retourner et courir jusqu'ici à la seconde où vous l'aviez aperçu. Là, uniforme d'esthéticienne ou pas, tout le monde vous prenait pour une dingue.

J'avais croisé Jack plusieurs fois ces dernières semaines et, chaque fois, je m'étais engouffrée dans un magasin ou j'avais changé de trottoir en espérant qu'il ne m'ait pas vue. Cette fois-ci, je n'avais nulle part où me cacher, j'avais donc dû improviser. C'était ça ou me cacher les yeux comme Benji quand il avait deux ans et qu'il croyait qu'on ne pouvait pas le voir si lui ne nous voyait pas.

« Je crois que tu mérites le prix de l'esquive la plus inventive », dit Jack.

Je m'immobilisai. Était-il trop tard pour essayer le coup des mains devant les yeux ? Lentement, je me relevai. Je soupirai en même temps que lui, tous deux frustrés pour des raisons différentes.

« Écoute, Libby, tu ne peux pas me dire les choses, tout simplement ? On peut quand même se parler après ce qu'on a… »

Il n'avait pas besoin de terminer sa phrase.

« Moi ça ne me dérange pas, bluffai-je.

— Mais moi si, beaucoup. Je t'ai vue changer de trottoir et entrer dans des magasins pour m'éviter. Je veux que ça s'arrange entre nous.

— Il n'y a rien à arranger entre nous. On a fait ce qu'on a fait et on doit juste imaginer que ça n'est jamais arrivé. »

Je hasardai un regard vers lui. L'image de son reflet dans le miroir juste avant qu'il me dise qu'il me voulait me revint d'un coup en mémoire et je reculai en ramenant mes yeux sur le sol.

« Mais c'est arrivé.

— Et pour toi c'est arrivé avec des tas d'autres filles – est-ce que tu les traques toutes comme ça ?

— Inutile, parce que je leur parle encore.

— Tu veux dire, quand tu as besoin de…

— Mais non ! Ce n'est pas du tout ce que je veux dire. Je veux dire qu'on entame la conversation quand on se rencontre dans la rue.

— Pourquoi est-ce si important que je te parle ? Qu'est-ce que ça changerait ?

— Pourquoi est-ce si important que tu ne me parles pas ? demanda-t-il, pensant manifestement qu'en me retournant la question j'allais changer d'avis.

— Je te l'ai dit : te parler, te voir me rappellent quelque chose que je préférerais oublier. J'ai toujours honte de ce que j'ai fait. »

Il resta un instant silencieux.

« Écoute, viens te promener avec moi jusqu'au bout de la jetée, et prends le temps de me raconter ce qui t'a déplu dans ce qui s'est passé entre nous. Je ne dirai rien, je ne t'interromprai pas et n'essaierai pas de me justifier, je ne ferai que t'écouter, et tu pourras te débarrasser de cette nuit une fois pour toutes. Avec un peu de chance, ce sera cathartique, et si, après ça, tu ne veux toujours pas m'adresser la parole, je respecterai ta décision. Je te considérerai comme une parfaite inconnue. Qu'est-ce que tu en dis ? »

«Libby, je suis là, je t'attends, me dit Jack. Je ne bouge pas. Tu vas t'en sortir et on se verra bientôt. »

Octobre 2008

« J'ai perdu mon pari. Et j'ai gagné aussi », me dit Jack, alors que nous nous accoudions aux barrières.

La jetée n'était pas assez longue pour notre conversation. En ce mois d'octobre particulièrement doux, malgré la fraîcheur de l'air, il faisait bon même à cette heure tardive de la journée, ce qui nous permit de rester à regarder l'eau tourbillonner à nos pieds.

« Un pari avec qui ?

— Moi-même. Je me suis parié que je parviendrais à te parler sans tout gâcher.

— Tu n'as rien gâché. »

Il s'était montré remarquablement attentif tandis que j'essayais de lui expliquer à quel point je me sentais mal à l'idée d'avoir couché avec lui de manière si impersonnelle. Une fois lancée, je m'étais rendu compte de la difficulté d'exprimer mes sentiments sans évoquer le fait que nous ne nous étions pas embrassés. Théoriquement, j'aurais pu l'embrasser (même si l'occasion n'avait pas semblé se présenter) par conséquent c'était ma faute. Mais tout cela me paraissait complètement absurde : pourquoi m'accrocher à cette histoire de baiser ? C'était irrationnel, mais vital. Je n'avais pas réussi à oublier ça.

« Nous n'allons pas tarder à régler cela », dit-il en se penchant, les yeux fermés.

Il s'immobilisa à quelques millimètres de moi, pour me donner la possibilité de me dégager, puis, très lentement, ses lèvres touchèrent les miennes. Je fermai les yeux, nos corps se rapprochèrent et nos bouches se pressèrent l'une contre l'autre. Il glissa une main dans mes cheveux, l'autre sur mes reins. J'écartai lentement les lèvres pour laisser sa langue entrer avec prudence et tendresse. Pendant quelques minutes, quelques secondes, nos lèvres remuèrent ensemble et tout s'immobilisa autour de nous. C'était ce qui m'avait manqué cette nuit-là. C'était ce que je n'avais pas été capable d'expliquer avant ce jour-là.

Il s'écarta le premier et regarda fixement ma bouche.

« Tu vois, je te l'avais dit.

— Je le répète, tu n'as rien gâché du tout. »

Je frissonnais légèrement. Jamais un baiser ne m'avait fait frissonner, mais quelque chose en Jack atteignait en moi des profondeurs dont je ne soupçonnais même pas l'existence.

Il posa les doigts sur sa bouche comme pour vérifier qu'elle se trouvait encore sur son visage.

« Tu es la deuxième femme que j'embrasse sur la bouche en trois ans. L'autre était ma femme. Ma défunte femme. Elle est morte il y a trois ans.

— Ta femme ? Tu as eu une femme ? Pourquoi tu ne me l'as pas dit ? »

Il regarda ses mains tout en tripotant la bague en or à son annulaire. Une alliance. Mais bien sûr ! C'était pour cela qu'elle paraissait incongrue sur lui et avec sa façon de s'habiller.

« Parler de sa femme décédée n'est pas tout à fait le meilleur moyen de draguer, non ?

— En effet. C'est pour ça que tu fais l'amour de cette manière ? »

Il continuait à toucher ses lèvres, presque comme si elles avaient été sensibles, blessées, endommagées par le baiser après tant d'années.

« Oui. Je pourrais te faire croire que je viens juste de m'en rendre compte, qu'au milieu de tout ce chagrin, je n'ai pas vraiment conscience de ce que je fais, mais ça n'a rien à voir. Oui, c'est pour ça que je fais l'amour de cette façon. J'aime le sexe, mais embrasser quelqu'un comme on vient de le faire, ç'aurait été comme la tromper. Tromper Eve. C'était son nom. C'est toujours son nom, d'ailleurs. Son nom n'a pas changé parce qu'elle n'est plus là.

— Elle fait toujours beaucoup partie de ta vie, n'est-ce pas ?

— En quelque sorte.

— Tu sais, tu pourrais payer pour coucher avec une fille. Il paraît qu'elles n'embrassent pas. »

Il me lança un regard sérieux et secoua la tête.

« Non, je ne pourrais pas. Tu m'imagines en train d'essayer de me lier d'amitié avec quelqu'un qui ne s'intéresserait à moi que parce que je l'aurais payé ?

— Je vois. Je n'avais jamais vraiment pensé à ce genre de détail avant.

— Ne t'embête pas avec ça, ça ne fera que te contrarier. Je le sais parce que moi ça me l'a fait quand j'y ai pensé. J'ai fait pas mal de choses pas très jolies ces trois dernières années parce que presque tout le monde m'a laissé faire, en gros. Au début, je ne me rendais pas vraiment compte du mal que je faisais, à cause du chagrin, et tout le monde l'acceptait. Quand le brouillard s'est levé, j'ai pris conscience des conséquences de mes actes mais personne ne me disait d'arrêter, alors j'ai continué. En exagérant un peu plus à chaque fois pour voir si quelqu'un allait réagir. Personne ne me l'a fait clairement avant toi.

—C'est terrible.

—Je sais. Et j'en ai vraiment honte. Mais je sais que je ne tomberai jamais assez bas pour payer pour du sexe. Ou me taper quelqu'un avec qui je ne me sens pas la moindre affinité.

—Ça paraît logique. Mais tu n'as vraiment embrassé personne d'autre comme ça en *trois* ans ?

—Vraiment.

—Alors pourquoi tu m'as embrassée ?

—Parce que j'en crevais d'envie. Je me suis dit : "Si je ne dois jamais la revoir, au moins je l'aurais embrassée." J'ai failli, quand on a petit-déjeuné dans le parc, et aussi cette nuit-là, dans mon couloir, mais j'avais trop peur. Je peux l'avouer, maintenant que je l'ai fait. Et c'est encore mieux que je ne l'avais imaginé. »

Pour moi aussi, ç'avait été mieux que je ne m'y étais attendue – je n'avais jamais été capable d'embrasser comme cela avant. Je regardai l'eau en contrebas en me demandant où cela pouvait nous mener. Je l'aimais bien, ce n'était pas le problème. Simplement, je ne savais pas s'il me conviendrait. L'impolitesse dont j'avais fait preuve envers lui, puis le sexe, puis le frisson ressenti en l'embrassant… Jack était différent de tous les autres.

« Libby, je sais que je suis arrogant. Je pourrais prétendre que ça vient de mon insécurité, mais ce n'est pas le cas. C'est la conséquence assez déplaisante d'avoir eu toutes les meilleures occasions dans ma vie servies sur un plateau, puis une période où personne ne me refusait rien. Mais j'ai aussi des qualités, du moins je l'espère. »

Il se tut et ses yeux montèrent jusqu'au ciel, comme si ses qualités étaient écrites quelque part dans l'air pour pouvoir les réciter. Au bout d'un moment, il sembla abandonner ses recherches.

« Je t'aime beaucoup, Libby. Tu es sûre de toi sans être arrogante, et tu es franche. Tu m'as forcé à me poser des questions sur moi et sur le visage que j'offre au monde. Peu de gens sont capables de faire ça. Personne ne l'a fait pour moi depuis longtemps. Tu sais, je me sens mal depuis cette nuit-là. Le sexe, c'était super, certainement le meilleur que j'aie… mais quand tu es partie, j'ai compris que j'avais raté. J'étais allé trop loin. Et ton expression devant chez toi, ça m'a fait un choc, termina-t-il en portant le poing à son plexus solaire. Je ne m'étais pas senti aussi mal depuis… depuis une dispute affreuse avec Eve. Je suis désolé. Je suis désolé de t'avoir utilisée comme ça, et de t'avoir fait autant de mal.

— Ça va maintenant. Je te comprends un peu mieux. »

Il m'adressa un large sourire et tout mon corps se remit à trembler. Je soutins son regard puis, en même temps, nous décidâmes de scruter la mer.

« Comment Eve est-elle morte ? »

Cette fois-ci, il haussa les épaules, un peu sur la défensive.

« Pour être franc, je n'ai pas envie d'en parler. Embrasser quelqu'un avant de lui parler d'elle ne me ressemble pas du tout – je ne suis pas sûr d'être prêt à parler de la façon dont elle est morte. Je ne suis pas sûr que tu comprennes. »

J'acquiesçai. Pendant un instant, les bruits de la jetée vinrent remplir les brèches entre et autour de nous.

« Tu peux m'embrasser encore, si tu veux », dis-je autant pour briser le silence que pour renouveler l'expérience.

Nous ne pourrions jamais revivre ça ; nous ne pourrions jamais renouveler l'expérience car nous ne serions plus jamais ceux que nous étions dix minutes plus tôt. Il ne serait plus jamais l'homme qui n'avait embrassé personne depuis la mort de sa femme ; je ne serais plus jamais la femme qui avait, en quelque sorte, réussi à coucher avec un homme avant de l'embrasser. Désormais, nous serions une femme qui avait aidé un veuf à dépasser ses craintes et un homme qui se remettait du deuil de sa femme.

Jack secoua la tête.

« Je ne vais pas trop pousser ma chance. »

Je lui souris, sachant pertinemment que cela signifiait qu'il avait très envie de retenter sa chance avec moi.

Je veux en finir. Je veux sauter ce passage et aller directement à la fin pour découvrir que Jack m'attend, que l'homme dont je suis tombée amoureuse m'attend, comme il l'a dit.

Octobre 2008
Marcher jusqu'à la gare à six heures du matin en automne n'était pas un fait nouveau, mais je l'effectuais toujours avec un peu d'inquiétude à cause de l'obscurité. Impossible de prendre la voiture sans passer des heures à chercher une place assez proche

pour que cela en vaille la peine. Cela ne servirait qu'à me faire rater mon train.

Il ne m'était jamais rien arrivé lors de ces sorties très matinales, mais il suffisait d'une fois. On m'avait fait des propositions quelques fois – des hommes qui m'avaient vue, arpentant la rue à six heures, et avaient cru que j'attendais le client. Je ne savais jamais bien si je devais me sentir vexée ou flattée alors je leur lançais un regard dur jusqu'à ce qu'ils déguerpissent.

Les phares d'une voiture m'aveuglèrent momentanément, mais je continuai à avancer tandis que le véhicule ralentissait pour s'arrêter. *Allez*, pensai-je, *encore un qui devrait être chez lui dans son lit – seul ou avec sa femme –, pas à essayer de ramasser des filles dans la rue.*

La vitre du conducteur se baissa et il sortit la tête.

« Tiens, ça alors », dit Jack.

Je clignai des yeux en me demandant si c'était bien lui. Cela faisait quelques semaines que nous ne nous étions pas vus – malgré ce charmant baiser, je n'étais pas sûre de devoir entreprendre quoi que ce soit avec lui. Je l'aimais beaucoup, ça, pas de doute, mais je ne savais pas s'il était bien pour moi. Je ne faisais pas toujours des choses bien pour moi – même carrément le contraire parfois – mais Jack entrait dans une catégorie différente de « pas bien pour moi ». Il faisait sur mon corps et mon esprit un effet que je n'avais encore jamais éprouvé.

Mais ce n'était pas comme si je pouvais me le sortir de la tête non plus : dès que j'avais un instant libre, il envahissait mes pensées. Ses lèvres douces, la manière tendre et pressante dont elles avaient embrassé les miennes. L'odeur enivrante de sa peau. Ses yeux vert mousse qui suivaient tout ce que je disais, puis rencontraient mes yeux pour que nous puissions nous sourire. Tout cela me rendait doucement, et agréablement, dingue.

« Jack », dis-je sans pouvoir me départir de mon large sourire.

Il ne m'avait pas appelée car il voulait me laisser le choix, mais avait été ravi d'apprendre que si je le croisais dans la rue, je lui parlerais volontiers.

« En route pour le boulot ?

— Oui.

— Je te dépose ?

— Où ? À Londres ? demandai-je en riant.

— Bien sûr.

— Non, à la gare ce serait parfait.

— OK, mais Londres ne me dérange pas non plus. »

En attachant ma ceinture je m'aperçus que si je l'avais rencontré dehors si tôt, cela signifiait qu'il rentrait certainement de chez quelqu'un. Mon estomac se remplit de glace liquide et se retourna un peu. Je détestais cette idée.

« Alors, qu'est-ce que tu fabriques dehors si tôt ? demandai-je l'air de rien.

— J'étais de service. Mon client a décidé d'entrer par effraction chez ses voisins en leur absence. Sans tenir compte du système de sécurité high-tech, de l'énorme chien de garde, ni de la personne qui gardait la maison. Il s'est pris une bonne raclée avant l'arrivée de la police. Ça ne me dérangerait pas si ce n'était pas la troisième fois cette année. J'ai déjà réussi deux fois à lui obtenir un sursis, mais là, il est bon pour la prison. Entre nous, ce type est un idiot. »

Le soulagement que j'éprouvai en apprenant qu'il ne sortait pas de chez l'une de ses conquêtes se révéla un peu embarrassant, étant donné que je refusais de le voir.

« Ça ne te dérange pas de devoir travailler à des heures pareilles ?

— Pas plus que toi de devoir marcher jusqu'à la gare !

— D'habitude je prends le bus. »

En voiture et à cette heure matinale, nous arrivâmes à la gare en un rien de temps.

« Merci pour le trajet », dis-je, en souhaitant soudain qu'il fût plus long pour passer plus de temps ensemble.

Je me rendis compte que, plutôt que Jack lui-même, c'était avec l'idée de Jack que j'avais un problème. La réalité, elle, était assez séduisante.

« Je ne te conduis pas à Londres, tu es sûre ? »

J'avais envie d'accepter, mais…

« Non, non, je ne veux pas m'imposer. Et puis je vais avancer ma lecture dans le train. »

Déçu, Jack acquiesça et marmonna un au revoir auquel je répondis de la même façon.

Comme d'habitude, j'entrai dans une gare bondée de gens qui partaient comme moi pour Londres et au-delà, et qui avaient besoin d'y arriver tôt. Je me sentais stupide en me faufilant parmi la foule. J'aurais dû le laisser me conduire à Londres, cela aurait été un bon moyen de passer du temps avec lui pour décider si mon attirance pour lui allait au-delà d'un dîner agréable et de quelques minutes par-ci par-là. Je m'arrêtai sans tenir compte des gens qui se cognaient à moi avant de me contourner avec un air désapprobateur. Il n'était peut-être pas trop tard pour faire demi-tour et voir s'il était resté dans le coin? Peut-être attendait-il devant la gare, au cas où je changerais d'avis? Je jetai un coup d'œil aux portes grandes ouvertes par-dessus mon épaule. Il m'avait proposé de m'accompagner; ce n'était pas comme si je le lui avais demandé. Et il avait eu l'air réellement déçu devant mon refus. Peut-être que je devrais y retourner.

Tu es folle ou quoi? résonna la voix de la raison dans ma tête. *On n'est pas dans une comédie romantique où tu te précipites dehors pour le trouver qui t'attend, prêt à te prendre dans ses bras. Bienvenue dans la vraie vie. Où il arrive de vraies choses. Des choses comme monter dans le train et aller au travail.*

Parmi toutes les pensées qui m'avaient traversé l'esprit ce matin, c'était bien la plus réaliste. Je me retournai vers les tourniquets, vers le quai où s'affichait ma destination.

«Libby», dit-il, soudain devant moi.

Surprise, je me demandai si je n'étais pas en train de l'imaginer, si la voix dans ma tête, celle qui voulait que je coure après Jack, n'était pas en train de fabriquer une image de lui pour s'assurer que je ne laisse pas filer cette occasion.

«Jack, fis-je prudemment, au cas où je serais en train de m'adresser à une hallucination.

—J'ai oublié quelque chose.

—Quoi?»

Sans que je comprenne ce qui se passait, sans que je puisse réagir comme il l'aurait fallu, ses bras se retrouvèrent autour de moi et sa bouche sur la mienne, m'attirant plus près, m'emplissant encore une fois de ce qui faisait son essence. Subitement, je défaillis, mes genoux se dérobèrent et mon corps se fondit dans le sien. Je me sentais si faible en répondant à son baiser que j'avais peur de m'effondrer s'il s'éloignait. Je l'embrassai plus intensément et passai les bras autour de son cou. Autour de nous, le monde – les voyageurs, les annonces, les turbines des locomotives, les bourdonnements du matin – s'effaça jusqu'à ce qu'il ne reste plus rien ni personne. La terre entière ne portait plus que Jack et moi qui nous embrassions.

«Je suppose que tu n'envisages pas d'arriver en retard à ton boulot pour que nous ayons le temps de prendre le petit déjeuner quelque part?» demanda-t-il dès que nos bouches se séparèrent.

Nous touchions tous les deux nos lèvres en nous observant, muets, comme choqués par le plaisir.

«Tu sais, pour parler ou…»

Je frissonnais, exactement comme la dernière fois, toute mon attention tournée vers lui sans me préoccuper le moins du monde des gens autour de nous.

Comme je ne répondais pas, Jack baissa les yeux sur ses chaussures, déçu.

«Si je suis en retard, ça ne sert à rien que j'y aille.»

Il se contenta d'un signe de tête, le regard toujours rivé au sol, visiblement blessé.

La façon dont tombaient ses cheveux, son langage corporel plein d'humilité : cet homme me faisait vraiment de l'effet. D'où cela pouvait-il bien venir? Je n'étais qu'une femme ordinaire. J'avais grandi dans une maison banale du sud de Londres, avec un père facteur et une mère infirmière. Ma vie n'avait rien de remarquable, surtout depuis l'arrivée de Caleb. Le monde entier semblait tourner autour de lui depuis sa naissance et ça ne me posait aucun problème. J'aimais mon petit frère et ses petits drames devenaient souvent les miens car je ne pouvais pas le regarder souffrir sans réagir. À la fac, j'avais eu quelques petits copains, mais rien de très important et rien n'avait changé durant mon master et ma thèse. Jamais rien de spécial ni d'extraordinaire ne s'était produit dans ma vie. Jusqu'à Jack.

Jusqu'à cet homme qui pouvait avoir n'importe qui – qui, apparemment, avait eu pas mal de «n'importe qui» – et avait décidé de me conquérir. Son intérêt pour ma personne semblait si inattendu et pourtant si juste. Sans savoir pourquoi ni comment, avec lui je me sentais spéciale, comme si je me distinguais de toutes les autres femmes du monde. Il me donnait envie de faire des tas de choses folles et extraordinaires.

«Je pourrais prendre ma journée à la place?» suggérai-je.

Un sourire qui me fit presque défaillir explosa sur son visage et, sans se préoccuper du reste, il m'attira à lui et m'embrassa encore et encore.

«Maintenant vous allez vous endormir, Libby. Nous allons nous occuper de vous. Pouvez-vous compter à rebours à partir de dix dans votre tête, s'il vous plaît?»

Dix... neuf... huit... sept... six...

Avril 2009
Nous avions le souffle court d'avoir tant ri; titubant et trempés de nous être éclaboussés dans la mer; un peu malades après avoir ingurgité les

grosses bouchées de barbe à papa que nous nous étions mutuellement données.

Après le baiser à la gare de Brighton, nous étions devenus inséparables, sauf la nuit. Ces six derniers mois s'étaient déroulés dans un brouillard de rendez-vous, baisers merveilleux et conversations au téléphone jusqu'au petit jour.

Secoués de fous rires, nous courions et glissions en hurlant jusqu'à notre couverture, dans la fraîcheur d'avril.

« Alors, est-ce que tu veux m'épouser ou quoi ? » demanda-t-il alors que nous nous écroulions sur les galets en nous disputant un coin de couverture pour nous sécher.

Je m'immobilisai, le tissu toujours sur le visage. Avait-il vraiment prononcé cette phrase ? Il attendait ma réponse maintenant. Je le regardai.

« Est-ce que tu viens de… ? »

Il acquiesça.

Je me léchai les lèvres, le sel picotait en se dissolvant sur ma langue.

« Si on s'installait ensemble pour le moment ?

— Si on s'installait ensemble, pendant qu'on planifierait le mariage ?

— C'est un gros engagement, le mariage.

— Je sais. Et je veux m'engager pour et avec toi.

— On est bien ensemble, mais…

— Mais tu m'épouserais sans réfléchir si on ne s'entendait pas bien ? »

Il sourit, de ce sourire qui m'avait enivrée ces derniers mois, et je sentis tous mes sens et ma raison se mettre à battre de l'aile, prêts à s'envoler. Une fois de plus.

« Le mariage, c'est pour la vie, dis-je.

— Je sais.

— Tu es vraiment sérieux ?

— Je ne pense pas avoir été aussi sérieux depuis un bon moment. Peut-être même de toute ma vie d'adulte. »

Et Eve ? Cette pensée apparut d'un coup dans mon esprit.

« Et Eve ? »

Les mots sortirent brusquement de ma bouche.

Bien sûr, il m'avait parlé d'elle. Il l'avait mentionnée quelques fois, mais nous n'avions pas eu de discussion sérieuse sur elle, et je n'avais pas eu le cran de prendre le risque de détruire notre relation en posant des questions à son sujet. J'aurais pu chercher sur Internet ce qui lui était arrivé, mais ça aurait été comme violer son intimité et sa confiance en moi. Si je voulais savoir, je devais demander et non fouiner dans son dos.

Son regard resta direct, inébranlable.

« Je veux que ce moment, cette demande, ne concerne que toi et moi. Après, quand tu auras dit oui ou non, on pourra parler de tout ce que tu veux. Mais là – c'est entre toi et moi.

— Et pour toujours.

— Et pour toujours. »

Le vent souffla sur la plage, poussant l'air frais, qui avait déjà commencé à m'imprégner à travers mes vêtements mouillés, plus près de ma peau encore. Je me mis à trembler alors que j'aurais pu me sécher avec la couverture.

Jack tremblait aussi, rafraîchi comme moi par l'humidité et la température.

« Je n'avais pas prévu de te faire cette demande, en fait. C'est sorti tout seul, mais j'ai tout de suite su que j'avais envie de t'épouser. Pas seulement pour vivre avec toi, mais aussi pour officialiser un engagement permanent. »

Quelque chose me poussait à lui faire confiance. À suivre le courant et à sauter le pas. C'était la même voix qui avait cherché à me faire sortir de la gare de Brighton pour le retrouver. C'était cette part de moi, complètement dingue et idiote, celle que j'avais probablement réussi à ignorer jusque-là – mais elle parlait tellement fort quand cela concernait Jack. *De toute façon*, expliqua la voix folle à la voix sensée, *je peux toujours changer d'avis plus tard, non ? Non ?*

« D'accord, oui. Oui, j'accepte de t'épouser.

— Et venir vivre avec moi avant le mariage ?

— Oui, répondis-je, sans pouvoir m'empêcher de sourire. Et venir vivre avec toi avant le mariage. »

Pendant un instant, le monde s'arrêta, et je me délectai d'avoir fait quelque chose d'irresponsable et d'imprudent parce que j'étais complètement amoureuse et que je n'avais pas à me soucier des conséquences.

Chapitre 2

Jack

Presque tout le monde déteste les hôpitaux. Moi je m'en fiche – en tout cas je les déteste moins que les morgues. Ou les cimetières. Quand on dit ça aux gens, en général, ils se rangent à votre avis. Ou bien ils la ferment parce qu'ils ne savent pas quoi dire.

Je commence à détester cet hôpital. Ça fait une éternité que j'arpente ce couloir et je ne sais toujours pas si Libby va s'en sortir. Il le faut, elle va s'en sortir, mais je préférerais que quelqu'un me le confirme. Au lieu de ça, ils me font lanterner aux urgences en me posant des questions débiles, en me faisant passer des tests de mémoire et soigner mes blessures. Des blessures ? Quelques éraflures et une petite brûlure due à l'airbag, ce ne sont pas des blessures. Les hémorragies internes et externes, avoir tellement peur qu'on est incapable d'émettre le moindre son, mourir techniquement dans l'ambulance, ça ce sont les véritables blessures et leurs conséquences, et c'est ce qui est arrivé à Libby.

Contre mon gré, l'image de Libby, piégée sous les plaques de métal écrasées qui firent un jour ma fierté et mon bonheur, revient à la charge dans mon esprit et, comme chaque fois depuis l'accident, elle ouvre une nouvelle déchirure en moi. J'ai essayé de la sortir de là, j'ai voulu lui tenir la main, mais les pompiers m'en ont empêché. Ils sont entraînés pour se glisser dans les carcasses des automobiles afin d'en extraire les personnes qui en sont prisonnières, pas moi. *Mais vous, vous ne l'aimez pas comme moi je l'aime,* avais-je envie de crier quand ils m'ont forcé à rester dans l'ambulance. *Si vous n'aviez pas le choix, si vous deviez décider entre votre vie et la sienne, vous choisiriez la vôtre. Moi je choisirais la sienne. Toujours.*

L'attente me rend fou. Qu'est-ce qui peut bien prendre autant de temps? Ils ont dit qu'il y avait une hémorragie interne de la rate, et que les entailles profondes dans sa peau étaient aussi graves qu'elles en avaient l'air. Ils avaient l'air si sûrs de savoir ce qui n'allait pas et comment y remédier que j'aurais déjà dû avoir de ses nouvelles. Ils devraient savoir si elle va s'en sortir. Si elle va aller mieux et pouvoir reprendre sa vie normale. La tête contre la machine à café, j'essaie de respirer calmement. J'essaie de me dire: «Pas de nouvelles, bonnes nouvelles.» «Plus ils passent de temps là-dedans, mieux ils soignent ma femme.» Et d'y croire.

«Monsieur Britcham, quelle coïncidence.»

Sa voix sort tout droit d'un cauchemar et son visage ne me fait pas un meilleur effet. Elle n'est pas moche, simplement, c'est moche de se trouver près d'elle. On dit que la beauté ne se résume qu'à l'enveloppe corporelle, mais, en ce qui concerne cette femme, la laideur commence au noyau, rampe dans chaque artère, chaque veine, emplit chaque organe avant de se répandre partout pour révéler au monde son véritable visage.

Je me redresse pour affronter cette femme qui me hante. Petite et androgyne, elle arbore une coupe au carré courte et brune qui souligne son teint beige, un nez retroussé et des yeux ronds et sournois. Elle devait s'attendre à ma réaction car elle y répond avec un sourire tout en sortant un carnet et un stylo.

« Mademoiselle Morgan.

— Inspecteur Morgan, pour vous. Ou Maisie, si vous voulez. On commence à bien se connaître, tous les deux, n'est-ce pas, Jack ? »

Je ne reconnais pas le policier en civil, aussi banal qu'elle, qui se tient derrière. Il n'a probablement jamais arrêté l'un de mes clients, mais, de toute façon, ils ne se préoccupent jamais tellement des criminels à la petite semaine dont je m'occupe.

« Alors, monsieur Britcham, Jack, dit-elle en levant théâtralement son stylo. Racontez-moi ce qui s'est passé.

— Ils vous ont mise sur un simple accident de la route ? Qu'avez-vous fait pour être rétrogradée ?

— Désolée de vous décevoir, Jack, mais lorsque j'ai entendu que ce n'était pas un simple accident, vu que vous et votre femme étiez impliqués, je devais entendre de mes propres oreilles comment vous alliez expliquer la mort de votre seconde femme. »

Elle a prononcé ces phrases avec un accent sarcastique et condescendant, comme si elle s'apprêtait à me coffrer quoi que je lui réponde.

« Elle ne mourra pas.

— Espérons-le, parce qu'il vous serait plutôt difficile d'expliquer le décès successif de vos deux épouses – sans témoins qui plus est –, n'est-ce pas ?

« — Il y avait beaucoup de gens sur le lieu de l'accident et c'est quelqu'un qui nous est rentré dedans, pas le contraire.

— Hmmm, mais c'est bizarre, vous ne croyez pas, que votre airbag ait fonctionné et pas celui de votre femme ?

— L'airbag côté passager était défectueux. Je voulais le faire réparer mais je n'ai jamais eu le temps. Et je me déteste pour ça.

— Votre femme était au courant pour l'airbag ?

— Oui, fis-je en serrant les dents.

— Quelqu'un de suspicieux dirait que c'était un accident qui ne demandait qu'à se produire. D'aucun dirait *voué* à se produire.

— Mademoiselle Morgan, si vous avez quelque chose à dire, dites-le. »

Elle secoue la tête, tord sa ridicule petite bouche et hausse vaguement un sourcil vers moi.

« Non, rien. Je me demande simplement si votre seconde femme savait que vous épouser nuit gravement à la santé.

— Si vous avez des preuves que j'ai tué… »

J'ai encore du mal à prononcer son nom. J'essaie de me contenir devant Libby, mais, en général, dire ce nom fait monter des sanglots dans ma gorge, ce nom qui me tord la langue quand je l'articule.

« … Eve, alors inculpez-moi et allons au tribunal. Sinon, j'apprécierais que vous me laissiez tranquille.

— Ah, Jack, si je vous laisse tranquille vous penserez que vous vous en êtes tiré, et je ne voudrais pas que vous vous berciez de ce genre d'illusions. »

Elle veut me faire perdre mon sang-froid, elle veut que je lui hurle dessus pour dévoiler mon autre côté. C'est ce qu'elle a fait pendant les interrogatoires la dernière fois : elle m'a poussé à bout jusqu'à ce que j'explose. Ensuite elle m'a demandé : « C'est ce qui s'est passé ? Elle vous a agacé en vous parlant de son passé et vous l'avez tuée par accident ? Ce serait compréhensible, certaines femmes peuvent pousser un homme aux pires extrémités. Elles vous forcent à les gifler pour les faire filer droit. C'est ce qui s'est passé ? Nous comprendrions, si c'était le cas. » Et malgré toute ma rage, je lui ai dit que je ne pourrais jamais frapper quelqu'un comme ça, et encore moins Eve. « Je l'aime, répétais-je sans cesse, je l'aime, comment peut-on tuer quelqu'un qu'on aime ? »

« Vous comptez prendre ma déposition sur l'accident ou pas ? » demandé-je calmement.

Ça l'énerve un peu que je n'aie pas réagi à son dernier commentaire.

« Bien sûr, ça me fera de la lecture avant de dormir. Allez, Jack, mettez le paquet. »

Derrière elle apparaît le chirurgien qui m'a parlé avant qu'ils emmènent Libby. Il porte encore son bonnet et son masque sous le menton. Il a l'air préoccupé. J'ai le cœur en chute libre.

Rassemblant mon courage, je contourne Morgan.

« Monsieur Britcham », dit le chirurgien.

Jusqu'à ce moment, je ne me rendais pas compte que je m'étais déjà préparé au pire.

Libby

Avril 2009

« Parle-moi d'Eve. »

Depuis que nous avions officiellement décidé de nous marier, quarante-huit heures auparavant, nous avions dormi deux fois dans le même lit. Pelotonnés l'un en face de l'autre, en nous tenant la main ou en nous caressant, jambes mêlées. Nous nous touchions sans ressentir de pression ni le besoin de faire quoi que ce soit d'autre. Parce que nous nous trouvions dans mon lit, dans mon petit appartement, je me sentais assez détendue pour lui poser la question. Je n'aurais pas pu demander dans sa maison à elle, dans son lit à elle, dans les draps qu'elle avait probablement choisis elle-même.

« Qu'est-ce que tu veux savoir ? » demanda-t-il l'air de rien, tandis que ses muscles se raidissaient et qu'il cessait de caresser mon corps.

« Comment elle était ? Comment vous êtes-vous rencontrés ? Est-ce que vous étiez heureux ? Comment est-elle morte ? Je ne sais pas, je ne sais pas quoi demander. Mais je devrais quand même savoir des choses sur elle.

« — Je ne sais pas quoi te dire, alors tu vas devoir m'aider. Pose-moi des questions précises et j'essaierai d'y répondre.

— OK. »

Je me blottis contre l'oreiller, prête à entendre ses réponses, même si une part de moi aurait voulu faire semblant qu'Eve n'avait jamais existé. Je lui avais dit tout ce qu'il y avait à savoir sur moi, et ça ne pesait pas grand-chose – je n'avais, entre autres, aucun revenant accroché dans mon cœur. Si Eve n'avait jamais existé, Jack et moi serions partis à égalité, chacun offrant son cœur à l'autre en sachant que c'était la toute première fois.

Jack repoussa la couette et s'adossa à la tête de lit en fer forgé, l'air déjà pensif, sourcils froncés, le regard dans le vague.

« Comment elle – Eve – est morte ? »

J'avais pris une profonde inspiration. Nous avions passé la période du divertissement que procurait une nouvelle relation et celle-ci venait d'entrer dans une nouvelle phase. La réalité venait de pénétrer notre monde.

Il passa une main dans ses cheveux châtains, le visage encore plus pensif, avant de se tourner vers moi en s'efforçant de sourire.

« On peut dire que tu ne commences pas par le plus simple. Elle… Personne ne sait vraiment. Je l'ai trouvée en bas de l'escalier de notre maison. Apparemment, elle se serait pris les pieds dans son pantalon et sa nuque s'est brisée en tombant. »

Je posai une main sur son front, ressentant d'un coup l'horreur de cette révélation.

« Personne ne sait vraiment parce que je n'ai pas eu le réflexe de ne pas la toucher. J'aurais dû la laisser exactement comme elle était pour que les légistes puissent l'examiner, mesurer des tas de choses et échafauder tous les scénarios possibles de sa chute, et la disposition de ses jambes et de ses bras et la distance de la dernière marche, etc. Je ne savais pas tout ça alors, débile que je suis, quand j'ai trouvé ma femme en bas de l'escalier, je l'ai prise dans mes bras et j'ai essayé de la réveiller et de lui parler, je l'ai suppliée de ne pas me faire ça, et je lui ai promis tout ce qu'elle voulait si seulement elle se réveillait. Puis j'ai supplié le ciel de la laisser vivre, que je ferais n'importe quoi, j'ai même offert ma vie en échange de la sienne. Ensuite j'ai repris pied dans la réalité et j'ai appelé une ambulance en leur disant de se dépêcher parce que je pensais qu'ils pouvaient encore la sauver, tout cela en la berçant dans mes bras et en m'imaginant que je pouvais sentir la chaleur – la vie – revenir dans son corps. Je ne me suis pas rendu compte que tout ce que je faisais, c'était altérer une scène de crime.

— Oh, Jack », dis-je en l'attirant à moi.

Après un instant de résistance, il se laissa faire et me laissa le réconforter, la tête contre ma poitrine.

« Oh, Jack », répétai-je.

J'essayai d'assimiler l'énormité de ce qu'il avait enduré : trouver sa femme dans cet état, tenter de la ranimer et tenir son corps sans vie jusqu'à l'arrivée des secours. Mais il n'y avait aucun secours possible, personne ne pouvait la secourir, c'était trop tard. Tout ce que pourraient faire ces gens qui allaient arriver, ce serait de devenir les témoins de la tragédie qui avait frappé Jack et Eve.

« Rien ne colle dans tout cela. Eve n'était pas maladroite, elle ne trébuchait jamais ni ne se cognait dans des meubles, mais c'est vrai qu'elle portait toujours des pantalons trop longs et passait son temps à descendre et monter l'escalier en courant, et il suffit d'une fois. Je ne sais pas, mais je n'arrive toujours pas à l'imaginer tomber dans l'escalier pour cette raison. »

Son corps se tendit à nouveau. Sans voir son visage, je savais qu'il était déformé par l'amertume.

« La police non plus n'est pas parvenue à comprendre ce qui s'était passé, alors ils ont ouvert une enquête pour meurtre.

— Parce qu'ils ne l'imaginaient pas tomber accidentellement dans l'escalier ?

— Pas seulement. Il y avait des traces de lutte en haut, la pièce avait été mise à sac, mais aucun signe d'effraction, alors ils se sont dit que ce n'était peut-être pas un accident, qu'on l'avait peut-être "aidée" à tomber. Ou peut-être que sa nuque avait été brisée avant qu'on la jette dans l'escalier pour camoufler le meurtre. On ne pouvait être sûr de rien, évidemment, parce que le corps avait été déplacé. »

Comme une chenille le long d'une branche, le froid se mit à ramper le long de ma colonne vertébrale.

« Ils m'ont arrêté dix jours plus tard.

— Mon Dieu, Jack. »

Il se blottit contre moi. Heureusement, ma présence semblait le réconforter.

« Je m'en fichais. Elle était partie, rien ne pouvait la ramener et j'avais arrêté de me préoccuper du reste. J'ai répondu à leurs questions, mais je nageais en plein brouillard. Je n'avais même pas d'avocat. »

Je ne pouvais que lui prodiguer des caresses pour l'apaiser, mais ça ne suffisait pas.

« Je ne sais même pas combien de temps ils m'ont gardé, tout est encore si confus dans ma tête. Mon père est venu mettre un terme à tout ça. Il leur a dit que, s'ils n'avaient pas de preuves, ils devaient me relâcher. C'est ce qu'ils ont fait mais ils n'ont pas clos l'enquête. J'étais tellement furieux contre mon père d'avoir fait cesser la torture. Je ne voulais pas qu'on me sauve. Je voulais rester là-bas, parce que même si l'on m'accusait d'un crime affreux, tant que j'y étais, je n'étais pas dehors sans elle, et je n'avais pas à organiser ses funérailles, à emballer ses affaires ni à me réveiller dans notre lit sans elle.

— Ton père n'avait pas le choix, Jack, tu le sais, n'est-ce pas ? Tu es son fils, il ne pouvait pas te laisser croupir en prison sans réagir. C'est le rôle des parents. Tu peux comprendre ça.

— Bien sûr. Mais à l'époque… Les choses étaient très compliquées entre mon père et moi depuis des années. C'est difficile à expliquer à quelqu'un qui ne l'a pas eu comme père. Autrefois, je l'ido-lâtrais – il réussissait tout ce qu'il entreprenait – et je voulais devenir exactement comme lui. Le jour de mes quinze ans, il m'a donné l'occasion de lui prouver que je voulais suivre sa voie dans tous les domaines, mais je n'y suis pas parvenu. Alors, il m'a fait comprendre que je n'étais pas assez viril pour lui être comparé. À ses yeux, je ne fais rien correctement – je préfère le foot au rugby, j'ai eu le choix entre Oxford ou Cambridge et, contrairement à lui, j'ai choisi Oxford, mais je n'ai pas eu les meilleurs résultats. J'ai suivi ses pas dans le droit, mais je n'ai jamais accepté d'utiliser son nom pour trouver du travail. C'est pour ça que j'étais tellement furieux : il se servait de ce que j'étais en train d'endurer – et qu'il ne pouvait certainement pas comprendre – pour essayer d'arranger les choses entre nous. Il estimait que c'était à lui de réparer mes erreurs et de donner à ma vie pathétique un sens plus conforme à ce qu'il en avait attendu par la même occasion.

« J'avais envie de lui casser la figure mais, en même temps, je voulais que ce soit lui – et vraiment personne d'autre – qui s'occupe de moi. J'étais tellement troublé et en colère. Je n'ai pas résisté quand ma mère et lui ont emballé mes affaires et m'ont contraint à emménager chez eux. Ils se sont occupés de presque tout pour les funérailles et m'ont dit quoi faire le jour J, quoi dire, où me tenir, qui remercier pour les condoléances. Je ne me rappelle pas ce jour comme le jour de l'enterrement d'Eve parce que ça ne ressemblait en rien à ce qu'elle aurait voulu.

— C'est-à-dire ?

— C'était tape-à-l'œil et cérémonieux, et comme elle n'avait pas de famille, il y avait là un tas de gens qu'elle connaissait à peine. Ils ont fait des sermons et lu des textes religieux et chanté des cantiques, alors qu'elle n'avait jamais mis les pieds dans une église de toute sa vie. Moi j'étais seulement reconnaissant d'avoir à jouer les maris suffisamment éplorés pour devoir rester assis en retrait en secouant la tête et serrer des mains en acceptant des tasses de thé.

— Tu ne jouais pas les maris éplorés, tu *étais* le mari éploré.

— Ce que je veux dire c'est que me voir silencieux au fond de la pièce correspondait à leur idée d'un mari éploré. Alors qu'en réalité, j'étais obligé d'être là. Ça n'avait rien du dernier adieu que cela aurait dû être – j'ai fait ça bien plus tard, lorsque je suis allé à Bartholomew Square le jour de notre anniversaire de mariage, pour m'asseoir et regarder les jeunes mariés sortir de l'église. En les observant commencer leur vie d'époux, je me suis souvenu de ce que j'avais ressenti dans la même situation. C'est ce jour-là que j'ai dit au revoir à Eve.

— Vous vous êtes mariés à la mairie de Brighton ?

— Oui. Comme je te l'ai dit, elle n'était pas du genre tape-à-l'œil. On voulait un petit mariage avec le minimum de tapage. Elle portait une robe qu'elle avait depuis des années et il n'y avait que nos deux témoins, Grace et Rupert. »

Eve me donnait une leçon d'humilité. Par l'amour que Jack lui portait. Par sa souffrance lorsqu'elle était sortie de sa vie, et parce qu'ils avaient officialisé dans la plus stricte intimité. Je n'aurais jamais cru que quelqu'un comme Jack – quelqu'un qui conduisait une voiture de luxe, ne portait presque que des vêtements de créateur, possédait une immense maison – se serait marié comme ça, modestement.

Manifestement, c'était Eve qui lui faisait cet effet – qui avait ramené à la surface ce côté calme de Jack, le côté dont j'étais tombée amoureuse. Eve devait être une personne extraordinaire.

Est-ce que je lui faisais le même effet ? Parce que son côté prétentieux ressortait de temps en temps. Il lui arrivait encore d'avoir envie de faire son show, de montrer qu'il existait, et ç'avait le don de m'agacer. Eve avait été capable de tempérer cette part de lui : dès le début, ou avec le temps ?

« Que veux-tu savoir d'autre ? » demanda-t-il, l'air las.

Il ne voulait pas en dire plus et je ne voulais pas en savoir davantage pour le moment, soudainement effrayée par l'amour et le chagrin qu'il éprouvait pour elle. C'était immense et irréfutable ; et cela signifiait qu'il n'aurait probablement jamais assez de place dans son cœur pour moi. Il essaierait constamment de me trouver une place dans son cœur qu'Eve occupait toujours.

« Euh, rien. Enfin, je veux dire, tout cela représente beaucoup, on devrait en reparler une autre fois.

— Tu en es sûre ? Je ne veux pas que tu penses que je te cache des choses.

— Je ne pense pas que tu me caches des choses. C'est juste que ça devient un peu trop intense : peut-être qu'on devrait revenir en arrière. »

En un instant, il se redressa sur les genoux et me regarda, dubitatif.

« Tu es en train de me dire que tu ne veux plus m'épouser ? »

Qu'est-ce qui avait pu lui mettre cette idée dans la tête ? Je n'avais pas voulu dire ça, mais à présent qu'il abordait le sujet, peut-être était-ce ce à quoi je faisais allusion. Je commençais à penser qu'il n'était peut-être pas prêt. On ne se remet pas d'un amour comme ça en trois ans ; on ne s'en remet probablement jamais. Pourquoi vouloir épouser quelqu'un quand son cœur appartient à une autre ?

«Peut-être qu'on devrait continuer à sortir ensemble un peu plus longtemps? On n'est pas pressés, si? On devrait continuer à se voir et…

—Je n'ai aimé que deux femmes dans ma vie, m'interrompit-il. Eve et maintenant toi. Ce sont des amours différents parce que vous êtes des femmes différentes. Mais, Libby, ne te trompe pas: je t'aime et je veux passer le reste de ma vie avec toi.»

Je pris une profonde inspiration et baissai les yeux sur les reliefs que formaient nos corps sous la couette blanche.

«Je ne peux pas faire comme si Eve n'avait pas existé, dit-il, de la même façon que je ne peux pas faire comme si tu n'étais pas la personne la plus importante de ma vie à présent. Je t'aime autant que je l'aime. Que je *l'ai* aimée.

—Je ne connais rien aux relations à long terme, et je ne sais rien sur le mariage non plus, mais ce que je sais, c'est que j'ai…

—… peur que je ne t'aime pas autant que j'ai aimé Eve? Que je ne sois pas capable de t'aimer autant parce que je suis toujours amoureux d'elle?»

J'opinai, honteuse de ma puérilité et de mon irascibilité. Je détestais avoir l'air de mendier de l'attention, de ne pas me montrer sûre de moi.

«Elle appartient au passé, je te le promets. Tu es mon présent et mon futur. Je ne peux pas réécrire mon passé, et je ne le souhaite pas, mais…»

Il se rapprocha de moi, prit ma main et attendit que je lève les yeux sur lui.

«Mais je t'aime.»

Ces mots sonnaient différemment à présent. Il les avait dit auparavant et c'était toujours merveilleux à entendre, mais cette fois-ci, il y avait un nouvel élément – la garantie que, dans son cœur, j'occupais la plus grande place. Chaque part de lui qui ressentait quelque chose, elle le ressentait pour moi. Cette fois-ci, je n'eus pas de doute quand il prononça ces mots :

« Toi. Toi seule. »

J'acquiesçai.

« Veux-tu m'épouser ? » demanda-t-il avec un large sourire.

J'acquiesçai de nouveau.

Son visage s'éclaira.

« On va être heureux, tu verras. Je te le promets, on va être tellement heureux. »

Jack

La première fois, je n'avais vraiment remarqué Libby que quelques minutes après lui avoir parlé. Après qu'elle m'avait signifié à quel point j'étais nul en excuses et nul de me ficher d'elle.

Sa sortie du show-room, lorsque j'avais interrompu l'achat de sa voiture, m'avait déjà intrigué, mais c'est la façon dont le mépris lui courbait les lèvres, sourcil levé, narines écartées, qui me frappa. Elle ne m'a pas vu scruter son corps alors qu'elle s'éloignait en trombe : ses jambes fines dans son jean qui moulait ses fesses parfaites ; sa taille et sa poitrine fermes ; la forme délicatement dessinée de sa nuque sous la masse de sa chevelure brillante, lisse et noire.

Quand Libby m'a lancé son regard dédaigneux en refusant catégoriquement d'accepter mes excuses pour la deuxième fois, quelque chose inconnu, aussi puissant qu'une bombe, a explosé dans ma poitrine. C'était l'explosion de quelque chose qui était, pensai-je, mort depuis longtemps. Je l'aimais bien. À l'époque, je n'aimais pas grand-monde. Je n'étais pas capable d'apprécier les gens, surtout pas les femmes, et surtout pas celles avec lesquelles je ne couchais pas. L'égoïsme et l'arrogance dont je ne pouvais me départir m'avaient consumé jusqu'à ce que je trouve un nouveau personnage derrière lequel me cacher. Mais là, j'avais soudain une raison de changer, parce que cette femme en face de moi n'accepterait rien de moins qu'une transplantation de personnalité.

« Je ne vous le fais pas dire », avait-elle répondu quand je lui avais dit que j'étais un crétin d'avoir fait rater sa vente à Gareth. À ce moment-là, j'ai su que je devais changer. Grace me disait depuis des mois que je ne pouvais pas continuer à faire ce que je faisais – me taper des nanas avant de leur dire que je n'étais pas prêt pour une relation mais que je voulais qu'on reste amis. Elle avait raison, Grace, bien sûr, mais je n'en avais absolument pas tenu compte jusqu'à ce que Libby me dise qu'elle ne m'aimait pas en me regardant droit dans les yeux.

D'un coup, je me suis senti comme un ado amoureux de la plus jolie fille du lycée – désespéré qu'elle ne me remarque pas ; impatient qu'elle me donne une chance.

Et me voilà assis sur son lit d'hôpital, à la regarder dormir grâce aux médicaments, à lui tenir la main des deux miennes comme pour prier. Je veux prier pour elle et pour nous deux, mais je me suis brouillé avec Dieu il y a déjà bien longtemps, ça serait malvenu de me tourner vers lui maintenant – surtout s'il répond comme il l'a fait la dernière fois, s'il laisse mourir la femme que j'ai épousée.

« Libby, ma belle, ma si belle Libby. »

Je lui murmure à l'oreille dans le silence de sa chambre d'hôpital. Tout le côté gauche de son corps est gonflé et contusionné, une grande partie de son visage et de sa tête est recouverte de pansements. Elle est meurtrie et blessée, presque entièrement cassée.

De loin, on dirait un amas de bandages tout abîmé, mais si l'on se rapproche, des morceaux d'elle sont toujours comme avant.

La courbe de sa mâchoire du côté droit est intacte. J'avais remarqué la forme de son visage lorsqu'elle avait levé la tête pour accueillir la pluie, ce fameux après-midi de juillet – j'avais eu envie de passer mes doigts dessus.

Ses lèvres pulpeuses ne portent aucune trace de l'accident, elles non plus. Je voulais embrasser les miettes de croissant qu'elles avaient retenues le jour de ce petit déjeuner au parc, et cette nuit-là, dans mon vestibule, mais j'avais eu trop peur de ce que ça pouvait amener, alors comme un idiot, j'avais fait avec elle ce que je faisais avec les autres.

Ses si grands yeux noisette, aux pupilles noires, sont fermés, lisses. Ils sont ce que je préfère en elle. Je vois presque toujours dans ses yeux ce qu'elle s'apprête à dire. Je porte encore en moi les cicatrices de son regard lorsque je suis allé la voir après la première fois que nous avons fait l'amour. Elle me l'a caché jusqu'au moment où elle m'a fait avouer que je séduisais et baisais des femmes régulièrement dans mon vestibule – et puis ses yeux ont explosé d'une douleur qui m'a transpercé le cœur. Je pensais avoir enduré toutes les souffrances du monde trois ans auparavant, mais là, sans crier gare, elle m'a prouvé le contraire.

Son front – là où je l'ai embrassée après avoir fait l'amour – n'est pas trop endommagé.

Chaque endroit de son visage, abîmé ou pas, est parfait, me rappelle le processus – grisant, exaltant et dévastateur – qui m'a fait tomber amoureux d'elle.

Je veux qu'elle se réveille. Je veux qu'elle se réveille et me parle et me dise que tout va bien se passer. Ce n'est pas juste, je le sais. Ça devrait être le contraire, c'est moi qui devrais me montrer fort et résistant, lui promettre que nous allons surmonter cette épreuve. Mais comment faire alors qu'elle est allongée sur un lit d'hôpital, dans cet état ?

Chapitre 3

Libby

Je suis restée inconsciente vingt heures. Du moins c'est ce que l'on m'a dit. Je me suis réveillée dans une chambre d'hôpital, entourée d'équipement médical, avec l'impression que tout cela n'était pas réel. Je me sens tellement déconnectée du monde et du corps qui est le mien. Je ne sais pas si c'est la douleur, ou les antidouleurs, mais je n'arrête pas d'avoir envie de tout toucher pour vérifier que mon corps est encore solide, que je suis réelle. En même temps, j'ai peur de découvrir que je ne le suis pas. Que tout se mette à fondre ou devienne spongieux au toucher – ce qui voudrait dire que je suis toujours endormie. Ou que je ne me réveillerai jamais.

Mes parents, Angela, Grace, Rupert, Caleb, Benji et les parents de Jack – Harriet et Hector – attendent devant la chambre tandis que le médecin et Jack reconstituent ce qui s'est passé. Je sais que je suis restée inconsciente pendant vingt heures au lieu des vingt-quatre prévues parce qu'ils ont réduit les doses de médicaments ; j'ai perdu beaucoup de sang et j'ai eu besoin d'une grosse transfusion avant et pendant l'opération ; ils ont réussi à reconstituer ma rate ; j'ai une côte fêlée à gauche et des contusions graves sur les autres ; j'ai aussi des contusions importantes sur tout le côté gauche du corps qui vont se résorber avec le temps ; l'accident a été causé par un homme qui utilisait son téléphone tout en conduisant sa voiture ; il a mal évalué la distance entre la sienne et la nôtre et il a exécuté une manœuvre irresponsable.

Ce qu'ils sont en train de me dire en fait, c'est que j'ai de la chance d'être en vie. Moi je n'arrive qu'à exploser en sanglots.

Ça ne dure pas longtemps, mais chaque fois que je pleure, le docteur se tait et attend que je me calme, ravale mes larmes ou les laisse sécher sur mon visage car je ne peux rien toucher – et encore moins moi-même – au cas où ça ne serait pas réel. Au cas où *je* ne serais pas réelle.

Je vois bien qu'ils me cachent quelque chose. Je ne sais pas quoi, mais ça doit être important. Je crois que je pourrai marcher parce que mes jambes bougent ; je sais que je pourrai parler parce que le médecin m'a demandé mon nom et la date d'aujourd'hui.

J'aimerais qu'ils me disent ce qui ne va pas. La peur rampante prend très vite racine dans mon corps et mon esprit, bientôt, elle deviendra incontrôlable et je ne pourrai plus ni réfléchir ni respirer.

J'aimerais aussi que Jack me tienne la main, qu'il se rapproche, qu'il me regarde. Il paraît tellement distant, absent, alors qu'il se tient juste à côté de moi. Si tout cela était réel, je sentirais la chaleur de son corps. Peut-être n'est-il pas là. Peut-être n'est-il pas réel. Peut-être est-ce ce que le médecin me cache. Peut-être est-il mort.

Paniquée tout à coup, sans me préoccuper du monde spongieux ou irréel, je lève un bras lourd et douloureux pour toucher Jack. Il est solide et réel comme jamais. Sa chaleur n'a rien de celle d'un fantôme. Il recule. Instinctivement, il recule quand je le touche, il s'écarte légèrement. Je n'écoute plus le docteur, je me tourne le plus possible pour le regarder, essayer de comprendre pourquoi il refuse que je le touche.

«Jack?

— Libby?»

Il essaie de contrôler ses expressions, de ne pas flancher. Il pense à elle. À Eve. À moi qui lui ai presque fait ce qu'elle lui a fait.

Une nuit, trois mois après avoir décidé de nous marier, il est rentré tellement saoul qu'il a failli ne pas arriver jusqu'à la chambre de mon petit appartement. Quand il s'est effondré sur le lit, il s'est mis en tête de vouloir me faire promettre que je ne mourrais pas en premier. Si je devais mourir, je devais le prévenir pour qu'il puisse se suicider et ne pas avoir à vivre sans moi.

«Je ne peux pas, avait-il dit, enterrer une autre femme.»

Il a sûrement vécu dans la terreur de devoir revivre ça une fois de plus.

«Rien, dis-je, en me reposant sur les oreillers. Rien.»

Avec un signe de tête, Jack se tourne vers le médecin.

Mon mari est effrayé, blessé, et furieux contre moi aussi. Quand il a été question de cette promesse de ne pas mourir la première, il avait pris mon silence pour un accord. Aujourd'hui, bien sûr, j'ai presque rompu le pacte.

« La dernière chose dont je dois vous parler, ce sont les lacérations sur votre visage et votre crâne, dit doucement le docteur.

— D'accord », dis-je en m'efforçant de ne pas pleurer cette fois.

Soudain, la main de Jack trouve la mienne, me fait sursauter, et la peur m'empêche de respirer.

« Ce n'est pas facile à dire, madame Britcham, mais votre cuir chevelu a subi de gros dommages, ce qui veut dire que nous avons été obligés de vous raser le côté gauche de la tête pour le soigner. »

Mes cheveux ? Ma main libre monte à ma tête, mais il y a un bandage autour et je ne sens rien d'autre sous mes doigts. En fait, je sens toujours mes mèches douces. Je peux passer mes doigts dedans, et on dirait qu'elles sont réelles, pas abîmées ni rasées. Peut-être qu'il en fait un peu trop et qu'ils n'ont dû en enlever qu'une petite partie qui se cachera facilement jusqu'à ce que ça repousse.

« Votre visage a aussi été touché, surtout le côté gauche. Ces blessures devraient guérir complètement, et le chirurgien qui s'en est occupé a fait de son mieux pour ne pas laisser de traces, mais il y aura quelques cicatrices.

— À quel point ? »

Normalement, c'est le moment où je me mets à pleurer, mais là, ça ne vient pas. J'ai plutôt envie de rejeter les couvertures et de me précipiter devant un miroir.

« Vous avez de très graves blessures et, comme je l'ai dit, assez profondes. »

Des blessures profondes ne donnent pas « quelques » cicatrices, que je sache.

Je regarde Jack qui regarde le médecin en essayant de se contrôler, de ne pas pleurer. À présent je sais pourquoi il ne me regarde pas : il sait à quel point c'est grave.

« Il me faut un miroir.

— Je ne crois pas que cela soit utile pour le moment.

— Il me faut un miroir ! répété-je, la voix rendue aiguë par la peur et le désespoir.

— Demain. Nous aurons enlevé vos pansements et vous pourrez voir vos blessures. »

Demain ? Vous savez à quel point demain paraît loin quand quelque chose comme ça vous tombe dessus ?

« Je vous envoie une infirmière pour vous expliquer comment gérer la douleur. Essayez de vous reposer, madame Britcham.

— Merci, docteur », dit Jack tandis que le médecin sort.

Je me touche le visage recouvert en partie d'un pansement collant. Tout semble épais, gonflé et mou. Si je touche plus longtemps, la douleur me transpercera jusqu'au cuir chevelu.

« C'est si grave que ça ? » demandé-je à Jack.

Lentement, comme s'il ne pouvait plus l'éviter, Jack finit par se tourner vers moi.

« Je ne sais pas, je n'ai rien vu.

— Mais ils pensent que c'est grave, non ? »

Il s'accroupit près de moi, ses deux mains saisissent la mienne comme pour me protéger et me réconforter.

« Quoi qu'il arrive, on le surmontera ensemble. Tout se passera bien. »

J'acquiesce. Je sais que lui non plus n'y croit pas.

Libby

Je ne me suis jamais considérée comme quelqu'un de laid.

De la même façon que je ne me suis jamais vraiment regardée dans un miroir en me disant que j'étais incroyablement belle. Ça m'étonne souvent que des femmes le fassent. Qu'elles puissent porter de tels jugements définitifs sur elles-mêmes – surtout celles qui rêvent d'être mannequins – en se regardant simplement dans un miroir.

Je me regarde dans le miroir, et je me vois pour la première fois.

Je ne suis pas laide.

Le blanc qui entoure mes iris marron presque noirs est injecté de sang. J'ai un nez large et plat et le teint uni de ma peau marron foncé a toujours été facile à rendre lumineux avec un peu de fond de teint. Mon front est légèrement bombé et mon menton petit et discret. J'ai une grande bouche et des lèvres pulpeuses.

Je ne suis pas laide. L'air un peu fatiguée, peut-être, ce qui n'a rien de surprenant si on tient compte des dernières quarante-huit heures. Mais je n'ai pas l'air radicalement différente. C'est ce que je suis.

C'est ce que j'ai été depuis que je suis adulte. Et je ne suis pas laide.

Mais maintenant que j'autorise mes yeux à faire la mise au point, maintenant que je cesse d'être floue dans le miroir, je peux voir qui je suis à présent. Aujourd'hui. À cette minute.

De l'oreille gauche jusqu'à environ un quart de la ligne de naissance de mes cheveux, puis directement jusqu'à la nuque, je n'ai plus de cheveux. On voit mon cuir chevelu marron, nu, et une cicatrice irrégulière rouge sang maintenue par des points de suture.

C'est à cet endroit que ma tête a percuté la vitre ouverte et que la peau s'est fendue, comme lorsqu'on pèle une tomate après l'avoir fait bouillir.

Une autre ligne rouge sombre s'étire du milieu de mon nez au centre de ma joue, mais celle-ci est toute fine et parcourue de minuscules points de suture, apparemment l'œuvre d'un excellent chirurgien. Cette cicatrice provient d'un bout de métal – probablement du toit de la voiture – qui m'a tranché le visage quand nous nous sommes écrasés contre le réverbère.

Des éraflures dues aux éclats de verre parsèment le côté gauche de mon visage. Elles disparaîtront avec le temps.

J'ai de la chance que l'impact n'ait pas été assez violent pour que la vitre me fende le crâne ; j'ai de la chance que le morceau de métal n'ait pas pénétré mon visage un peu plus haut sinon il aurait touché l'œil ; j'ai de la chance d'avoir mis ma ceinture de sécurité qui a limité les dégâts internes à ceux qu'a subis ma rate ; j'ai de la chance qu'un pompier m'ait gardée éveillée pour m'empêcher de tomber dans un coma dont je ne serais certainement jamais sortie. J'ai de la chance d'être en vie. J'ai de la chance.

C'est pour cela que de violents sanglots secouent mon corps mais ne s'échappent qu'en petits gémissements étranglés ; c'est pour cela que mes yeux sont mouillés de larmes qui ne tombent pas. J'ai de la chance. Tout ce que je vois dans le miroir signifie que j'ai de la chance d'être en vie.

« La reconstruction de votre visage est un succès, avec des soins adaptés, les cicatrices devraient à peine se voir », m'explique gentiment le docteur, tandis que l'infirmière éloigne le miroir.

Je n'en ai plus besoin, mon image – changée et marquée – est gravée dans mon esprit, comme une image holographique imprimée derrière mes paupières.

« Et vos cheveux repousseront autour des cicatrices », ajoute-t-il avec encore plus de douceur.

La main de Jack remplace le miroir.

« Tu peux porter un foulard ou quelque chose comme ça jusqu'à ce que ça repousse. »

Je me rends compte qu'il me connaît depuis moins de trois ans. Il ne m'a jamais vue autrement qu'avec mes cheveux noirs et longs. Il sait que je me fais lisser les racines toutes les huit semaines, mais il ne sait pas combien de temps j'ai mis à trouver un coiffeur qui n'abîme pas mes cheveux, ne m'arnaque pas et ne me fasse pas poireauter des heures. Il ne sait pas que j'ai parcouru Londres et sa banlieue pendant un an, avant de trouver le bon coiffeur. Il ne se doute pas que, même si j'ai déménagé à Brighton, j'ai dû continuer à aller chez mon coiffeur londonien jusqu'à ce que je rencontre Angela, une coiffeuse à domicile fantastique et professionnelle.

108

C'est facile pour lui de parler de foulard jusqu'à la repousse de mes cheveux – il n'a aucune idée du temps que cela va prendre, des décennies sans doute, pour qu'ils retrouvent leur longueur idéale.

« Quand pourrai-je rentrer chez moi ? demandé-je au médecin en ignorant Jack, parce que ce n'est pas le moment de lui expliquer tout ça.

— Votre état s'améliore régulièrement, je pense que ce sera possible dans une dizaine de jours.

— D'accord. Merci.

— Merci », répète Jack au médecin qui s'éloigne.

J'ai de la chance d'être en vie, me dis-je alors que l'infirmière s'agite autour de moi, refait le lit, s'assure que mes antidouleurs sont à portée de main.

J'ai de la chance d'être en vie.

J'ai de la chance d'être en vie.

J'ai de la chance d'être en vie.

Je vais me répéter ça jusqu'à ce que l'horreur qui bouillonne en moi disparaisse. *Mon apparence n'a aucune importance, j'ai de la chance d'être en vie.*

Soudain, sans pouvoir m'en empêcher, mes épaules se mettent à trembler et je fonds de nouveau en larmes. Pas si discrètement cette fois, et sans la moindre dignité que j'avais essayé de maintenir jusqu'ici.

« Oh, Libby, je t'en prie, ne pleure pas, dit Jack, désespéré. Je suis désolé. Tellement désolé. J'aurais voulu être blessé à ta place. Je ferais n'importe quoi pour que tu ailles mieux. Je suis tellement désolé.

— Je sais, je sais. C'est juste que…

— Ça va aller. Ça va aller, c'est ce que le docteur a dit. On va te trouver les meilleurs soins, je ferai venir une infirmière à la maison, si c'est nécessaire. Tu seras sur pied en un rien de temps et tu remarqueras à peine les cicatrices, surtout quand tes cheveux auront repoussé. Le temps va passer en un éclair et tu vas retrouver la santé. Ça va aller, je te le promets. »

Je le laisse parler parce qu'il en a besoin. Il a peur et il se sent coupable. Je connais Jack, je sais qu'il est terrifié à l'idée que je le déteste à cause de ça, que je lui rappelle que je lui avais demandé plusieurs fois d'aller faire réparer l'airbag.

« Tu te rends compte que ma petite voiture est probablement plus sûre à conduire que la tienne, là ? » lui disais-je.

Et il voulait vraiment le faire, je le sais. Je ne lui reproche rien.

Je ne pleure pas seulement à cause de ce que j'ai vu dans le miroir, mais aussi parce que je me sens encore déconnectée de tout. Ce que je peux toucher est réel, mais je n'en dirais pas autant de ce qui se passe dans ma tête. Je pense à des choses, je me souviens de choses, mais je ne sais pas si elles sont réelles, si elles ont vraiment existé. Dans l'ambulance, j'ai entendu la voix d'une femme qui parlait comme si elle nous connaissait, Jack et moi. Avant l'arrivée du pompier, j'étais éveillée – enfin je crois – et j'essayais de dire quelque chose d'important à Jack.

Il y a un fossé terrifiant entre ce que je sais et ce dont je me souviens. Au bord de ma mémoire, quelque chose – je ne sais pas quoi – essaie de m'interpeller, sans succès. Mais cela me fait quand même extrêmement peur.

« Qu'est-ce qui s'est passé ? Après l'accident, qu'est-ce qui s'est passé ?

— Ils t'ont désincarcérée et ils t'ont amenée ici, répond-il, ses yeux émeraude sombre sur moi, comme du velours vert, si doux et épais qu'on voudrait qu'ils nous enveloppent le corps.

« — Je veux dire, après l'accident, avant l'arrivée des pompiers, qu'est-ce qui s'est passé ? »

Jack embrasse mes doigts entrelacés dans les siens.

« Tu ne te souviens pas ?

— Non. Je me souviens… »

Que la violence de la voiture qui s'écrase fait vibrer tout mon corps. Je ferme les yeux, je sens la secousse, puis j'ai l'impression de tomber, le monde autour de moi se soulève et…

Jack serre ma main.

« Ça va. Ça va aller. »

J'ouvre les yeux d'un coup et je suis dans la chambre d'hôpital avec Jack ; en sécurité.

« Je me souviens de l'accident, et je me souviens du pompier. Il s'est passé autre chose mais je ne sais pas quoi.

— Ça n'a plus d'importance maintenant. Ce qui l'est, c'est que tu te rétablisses.

— Il s'est passé quelque chose. Dis-moi ce que c'est. »

Je déteste ne pas savoir, je déteste l'idée que j'étais consciente, que j'ai agi, parlé sans en avoir gardé le moindre souvenir. Elle est bien loin, l'époque où l'on se saoulait à ce point, et puis ça n'a rien à voir. Nous y trouvions un certain plaisir, alors ; mais là, c'est comme fouiller dans son passé et n'y trouver qu'un trou noir béant, prêt à vous engloutir, vous garder prisonnier et vous retrancher du monde.

« Dis-le-moi, s'il te plaît.

— Il ne s'est rien passé. Nous étions tous les deux secoués et tu as été incroyablement courageuse pendant qu'ils te dégageaient. Il ne s'est rien passé, je te le promets. »

Jack me regarde mais ses pupilles ne restent pas en place. Est-ce à cause de mes cicatrices, ou y a-t-il quelque chose qu'il ne peut pas me dire ?

« Tu veux voir des gens ? » dit-il pour changer de sujet et tourner le regard vers la porte derrière laquelle attendent ma famille et mes amis.

Ils m'ont vue alors que j'étais inconsciente, ils m'ont vue avec mes bandages, à présent ils vont me voir avec mon nouveau visage entaillé et sans cheveux. Je ne suis pas prête pour ça. Je ne crois pas que je serai un jour *prête* pour ça, mais aujourd'hui, j'en suis sûre.

« Non. Dis-leur que je me suis endormie et que je les verrai en rentrant à la maison.

— D'accord, beauté », dit-il par automatisme.

Le mot me transperce, m'érafle les oreilles, frotte mes cicatrices avec du sel. Il arrive à peine à me regarder, et moi je suis censée le croire ? Il m'embrasse sur le front, la partie la moins abîmée.

« Je reviens plus tard.

— Oui, à plus tard. »

Il se dirige vers la porte mais je le rappelle.

« Jack ? »

Il s'arrête et se tourne vers moi avec le sourire.

« Hmm ?

— Tu me le dirais si quelque chose s'était passé, n'est-ce pas ?

— Oui. Bien sûr que oui. »

Chapitre 4

Libby

Huit marches de pierre séparent le trottoir de la porte d'entrée. Ça va prendre pas mal de temps de les grimper sans aide.

Même s'il m'arrive de ne plus avoir mal de temps en temps, ça reste assez difficile de marcher sans avoir peur de rompre les points de suture de mon abdomen, ou de causer des dégâts à l'intérieur parce que ça tire.

J'observe les marches – lisses et arrondies, en pierre grise ordinaire – que j'ai si souvent montées et descendues à toute vitesse. Pas cette fois. Cette fois, je dois attendre Jack, exactement comme à l'hôpital toute la semaine – je dois attendre que quelqu'un m'aide à faire les choses les plus basiques : me laver, aller aux toilettes, me brosser les dents, laver les parties de mon visage intactes sans miroir. Et en plus, j'ai dû sourire à mes visiteurs.

Les visites ne duraient pas longtemps et se sont révélées assez agréables, mais je devais toujours leur faire savoir que « tout allait bien » ; j'ai mis l'accent sur le fait que j'étais en vie ; et je ne me suis pas étendue sur l'histoire de mes cheveux, mon visage, et la convalescence après une grosse opération. Après chaque visite, je m'affaissais contre mon oreiller en priant pour guérir vite et rentrer à la maison afin de ne pas avoir à ouvrir la porte si quelqu'un que je n'avais pas envie de voir venait.

Le chauffeur de taxi a déposé mes affaires en haut des marches où il se tient avec Jack.

L'hôpital a insisté pour que je rentre soit en voiture, soit en ambulance – le taxi semblait le moins pire des deux moyens de transport étant donné que la simple idée d'une ambulance provoque chez moi des crises de panique. À l'arrière du véhicule, Jack me tenait la main tandis que moi, pétrifiée, je fermais les yeux quand les autres voitures s'approchaient de la nôtre. Un soulagement extrême m'avait envahie en arrivant devant la maison. Notre maison.

J'ai peur d'y entrer.

À l'hôpital, j'avais désespérément envie de sortir, d'être à la maison, et maintenant, la «maison», c'est l'endroit où je dois tout recommencer. Je vais devoir être moi avec ce visage et ces cheveux-là où l'autre moi vivait. Cette idée me terrifie.

«Tes parents, Angela, Grace et mes parents voulaient organiser une fête de retour, m'avait annoncé Jack en m'installant dans le taxi. Mais je leur ai répondu que tu n'y tenais pas pour le moment. J'espère que j'ai bien fait.

— Oui, tu as pris la bonne décision.»

Jack range son portefeuille dans sa poche, ouvre la porte d'entrée, puis celle de la véranda pour rentrer mes bagages.

«Bonne chance, me dit le chauffeur en passant – une bénédiction inattendue de la part d'un inconnu. Prenez soin de vous.»

Devant moi, Jack m'adresse un grand sourire que je lui rends. Tout cela serait bien plus dur sans lui. Je ne m'en serais pas aussi bien sortie, je n'aurais pas passé quelques heures agréables au milieu des heures de désespoir si je ne l'avais pas eu près de moi tout le temps.

Mai 2009

«Alors vous êtes Elizabeth», dit la mère de Jack alors que nous entrions.

Bras ouverts pour nous accueillir, elle rayonnait. Elle me serra contre elle, m'enivrant de la douce odeur de talc d'une femme qui tire une grande fierté de son apparence et possède l'argent nécessaire pour lui donner un éclat particulier. Pas le genre à fouiller au rayon des bonnes affaires de son super-marché à la recherche de la bonne teinte d'ombre à paupières. Élégamment apprêtée, elle portait une robe droite en soie fauve sous un gilet de cachemire crème, assortie d'escarpins fauves également, même si la maison ressemblait plutôt au type de demeure où l'on doit retirer ses chaussures. Elle portait les cheveux châtains méchés d'argent en carré élégant, et des boucles d'oreilles en or et en perles.

Elle m'étreignit avec force, peut-être pour s'assurer que j'étais réelle, puis s'écarta et me prit les mains.

«Laissez-moi un peu vous regarder. Vous ne ressem-blez pas à l'idée que je m'étais faite de vous. Mon fils n'a jamais voulu vous décrire. Vous êtes superbe.

— *Mère*, dit Jack.

—Oh, tais-toi, répondit-elle, toute joyeuse. Tu devrais t'estimer heureux que je l'apprécie. Combien de jeunes femmes se plaignent que leur belle-mère les déteste? Beaucoup, j'en suis convaincue. Mais vous, Elizabeth, vous avez vraiment remonté le moral de mon fils.»

117

Elle recula un peu, ses mains tenant toujours les miennes.

« Il est transformé depuis que vous vous fréquentez. Je ne pensais pas le revoir rire ou s'intéresser de nouveau à la vie… »

Dans le couloir, tous les quatre, la mère de Jack y compris, nous fûmes horrifiés de voir les larmes lui monter aux yeux.

« Il faut excuser mon épouse. Elle se montre un peu trop directe parfois, dit le père de Jack. La pauvre, tu l'embarrasses. Tu vas lui faire peur. »

Il me tendit la main et immédiatement sa femme me libéra.

« Hector, ajouta-t-il. Enchanté de faire votre connaissance. »

Jack avait hérité de la carrure, de la taille et du sang-froid de son père. Il ne devait pas y avoir beaucoup de gens sur terre capables de déstabiliser Hector. Jack m'avait une fois dit que son père fréquentait toujours la salle de sport et jouait au golf – ça se voyait : il avait la peau lisse et sans taches, et des cheveux bien coiffés qui brillaient de manière déconcertante.

« Moi de même, répondis-je, d'un ton guindé qui me surprit.

— Même si ma femme s'est déjà montrée un peu trop expansive envers vous, je me permets tout de même d'ajouter que c'est un plaisir de vous avoir parmi nous aujourd'hui, Elizabeth. Mon fils s'est montré très discret à votre égard, d'aucuns diraient évasif, dit-il en lançant un regard à Jack qui baissa la tête. Je ne vois absolument aucune raison à cela. Vous êtes la bienvenue chez nous. »

Mon estomac se noua, pas simplement à cause de l'angoisse de les rencontrer, mais aussi parce que j'allais devoir leur dire que je ne m'appelais pas Elizabeth. Ils se montraient tous deux si gentils et accueillants, comment allais-je pouvoir dire ça maintenant? D'un coup, je me rendis compte que Jack non plus ne connaissait pas mon vrai nom. L'homme que j'allais épouser. *Et tu as réussi à te convaincre que tu ne précipitais pas les choses?* me sermonnai-je.

« On va passer toute la journée dans le couloir? demanda Jack.

— Bien sûr que non, bien sûr que non, répondit Harriet. Entrez, entrez. »

Hector lâcha ma main qui commençait à s'engourdir et Harriet me saisit immédiatement par le bras pour m'entraîner vers le salon. Depuis mon arrivée, l'un ou l'autre des parents de Jack m'avait gardée sous la main – comme si j'allais disparaître ou m'enfuir. C'était peut-être ce qui se passait dans une famille lorsque l'un de ses membres mourait; ils s'accrochaient au nouveau venu dans leur monde. Pour ma part, cela aurait été plus difficile s'ils m'avaient regardée avec mépris ou suspicion – s'ils m'avaient interrogée sur mes motivations en montrant même un léger dégoût à mon endroit, moi qui osais essayer de remplacer celle qu'ils avaient perdue.

« Maintenant, Elizabeth, vous devez nous raconter ce que vous avez prévu pour le mariage. Je ferai ce que vous voudrez. J'adorerais vous aider car je n'ai pas eu de fille, mais je suis sûre que votre mère s'en charge déjà.

— Hmm, pas vraiment. Jack et moi n'avons pas encore tellement parlé de ce que nous voulons. Nous avons pensé qu'il valait mieux rencontrer nos familles respectives avant.

— C'est très sage, fit Hector.

119

« — Qui a besoin de sagesse là où il est question d'amour et de romance ? » conclut Harriet avec un sourire complice.

Leur salon, comme toutes les autres pièces de leur maison, était immense. J'aurais pu y faire facilement rentrer deux fois mon appartement. Aux murs pâles, vert d'eau, surmontés d'un haut plafond blanc, s'alignaient vitrines, buffets et magnifiques meubles sculptés, manifestement d'époque et de grande valeur. Je savais que Jack venait d'un milieu aisé, mais cette maison mettait le doigt sur nos différences et notre rapport au monde.

Je m'assis sur le canapé le plus proche de la cheminée et fus surprise de voir Jack s'installer sur l'accoudoir, déployer son bras sur le dossier et poser une main sur mon épaule. J'aimais me trouver près de lui – sa chaleur et son odeur – mais là, c'était gênant dans cette circonstance particulière. On aurait presque dit une démonstration forcée de solidarité, comme s'il marquait son territoire tout en montrant bien que nous étions UN COUPLE. Peut-être que l'idée de notre mariage plaisait moins à ses parents qu'ils ne le prétendaient ? Peut-être attendaient-ils que nous les convainquions que je n'étais pas uniquement la femme qui permettrait à leur fils de passer cette période de transition faisant suite à la mort de leur belle-fille et pensaient-ils qu'il précipitait un peu les choses ? Mon estomac se noua un peu plus. Et le fait que Jack ne connaisse pas mon vrai prénom n'allait pas vraiment les rassurer.

« Du thé, Elizabeth ? J'ai fait des scones ce matin. Hector ne rêve que de les goûter avec la crème qu'il a rapportée de son voyage d'affaires à Devon le week-end dernier. Je crois qu'il me reste aussi de la confiture de fraises maison. Nous avons eu une telle récolte l'an dernier que j'en ai fait des pots et des pots. C'est tant mieux car la récolte n'a pas été aussi bonne cette année. Ça vous dit ?

— Oui, ce serait parfait.

— Fais du café à la place du thé, s'il te plaît, dit Jack à sa mère. Libby ne boit du thé que le soir. Et elle n'aime pas trop la fraise, elle trouve ça trop acide. Mais tu as bien de la marmelade, non ? Elle adore ça. Même si ça ne se fait pas trop avec les scones. Je vais prendre la même chose, si ça ne t'ennuie pas. »

Je savais que Jack remarquait le moindre détail, mais là, c'était stupéfiant. *Comment sait-il tout ça ? Je suis sûre de ne jamais le lui avoir dit aussi explicitement.*

« Bien sûr, mon chéri. Oh, Elizabeth, vous auriez dû me le dire. Nous ne faisons pas de façon, ici. Hector, tu peux venir allumer la machine à café ? Ça vous va le café filtre ?

— Parfait, absolument parfait.

— Bon, c'est quoi le problème ? demanda Jack à voix basse une fois ses parents hors de vue.

— De quoi tu parles ?

— Chaque fois que mes parents prononcent ton nom, tu te crispes. »

Mes yeux s'écarquillèrent.

« Ils n'ont rien remarqué, mais moi je le sens. Je te connais, n'oublie pas. Et je devine quand quelque chose ne va pas. Qu'est-ce qui se passe ?

— Je ne m'appelle pas Elizabeth.

— Oh, mes parents sont un peu vieux jeu, ils s'habitueront à t'appeler Libby. Je suis sûr que les tiens sont pareils.

— Non, Jack, tu ne comprends pas. Libby, c'est le diminutif de Liberty. Je suis née le 6 mars, le jour de

121

l'indépendance du Ghana, donc mes parents m'ont appelée Liberty.

— Oh. »

Il se rendait compte de la même chose que moi : nous avions décidé de nous marier et il ne connaissait même pas mon véritable prénom.

« Tu veux le leur dire ?

— *Non !* Je compte changer officiellement de prénom lundi, comme ça je n'aurai jamais à leur avouer que mon fiancé ne connaissait pas mon vrai prénom. »

Jack se mit à rire et des monceaux d'étoiles scintillèrent dans ma poitrine. C'était pour cela que je l'épousais – il me faisait cet effet rien qu'en riant. Est-ce que cela comptait vraiment, qu'il ne sache pas mon vrai prénom ?

« Si tu peux le supporter, j'expliquerai tout ça à ma mère avant de partir.

— Ça me va, même si Elizabeth c'est pas si mal comme prénom – au cas où tu n'arriverais pas à le dire à ta mère. »

Il m'adressa un grand sourire que je lui rendis, bien contente qu'il soit à mes côtés dans cette galère.

« Ça ne te dérange pas si je vais aux toilettes vite fait ?

— Bien sûr que non.

— Je reviens tout de suite », dit-il en déposant un baiser sur mes lèvres.

Je saisis l'occasion pour examiner l'endroit de plus près. Bien qu'immense et impersonnel, leur salon croulait sous les photos de famille. Pas les stéréotypes que l'on soupçonnerait de la part de gens de leur milieu – poses vieux jeu et tenue du dimanche – au lieu de cela, il y avait des images joyeuses qui montraient de nombreux moments de la vie heureuse

122

qu'ils menaient. Mes parents exposaient quelques photos, mais la plupart restaient dans des albums ou des boîtes au grenier – comme beaucoup de gens, ils ne disposaient pas d'hectares pour pouvoir toutes les exposer.

Au-dessus de la magnifique cheminée, un cliché en particulier attira mon attention. Dans un petit cadre simple, argenté, un couple se tenait la main en riant, sous une pluie de confettis. L'homme portait un costume gris assorti d'une cravate bleue, la femme une magnifique robe rose. De loin, je vis que sa peau rayonnait sans fond de teint et ses yeux d'un bleu hors du commun n'avaient besoin ni de mascara, ni d'eye-liner, ni de fard à paupières. Plus que belle, elle était divine, presque céleste. L'image me cloua sur place : leurs attitudes, leurs visages me fascinaient – jamais je n'avais vu deux personnes aussi heureuses ; le bonheur semblait irradier de leurs corps.

Je n'avais jamais vu Jack sourire ainsi. Et pourtant, sur cette photo, il semblait si naturel. *Quand il était avec Eve.*

Mes yeux revinrent sur la table devant moi juste avant le retour des parents de Jack.

« Elizabeth, dit Harriet en s'asseyant sur le canapé tandis qu'Hector apportait le plateau sans le moindre tintement de faïence. Avez-vous pensé au genre de robe que vous voudrez porter ? Êtes-vous plutôt du genre bustier ? Allez-vous en choisir une longue ?

— Je ne sais pas trop. Je dois dire que je ne suis pas de ces femmes qui ont une idée arrêtée de la robe de mariée parfaite.

— Balivernes, fit joyeusement Hector. Toutes les femmes savent à quoi ressemble la robe de mariée parfaite, même si celle-ci n'est pas d'un style

123

traditionnel. Du moins c'est ce qu'on m'a dit », ajouta-t-il en tapotant le genou de Harriet qui émit un petit gloussement.

Pas traditionnel comme Eve, vous voulez dire ? pensai-je.

« Mon Dieu, je déçois vraiment tout le monde. Il me faudrait une machine à remonter le temps pour avoir une petite discussion avec mon jeune moi-même. »

Ils rirent tous deux tandis que Harriet servait le café et les scones.

Jack n'est pas le seul à être toujours accroché à Eve, pensai-je. J'avais sans cesse envie de regarder la photo de la femme que je ne pourrais peut-être jamais égaler. Inutile de la regarder en fait : son image était tracée à l'encre indélébile dans mon esprit – manifestement la même encre qui avait servi à graver son souvenir dans la mémoire de la famille Britcham.

Jack descend les marches du perron et je m'appuie sur lui pour les monter.

« Je crois que je peux faire mieux que ça, dit-il avant de me soulever dans ses bras en faisant attention à ne rien casser.

— Qu'est-ce que tu fabriques ? demandé-je en riant doucement.

— Je te porte pour franchir le seuil de notre maison, bien sûr.

— Bien sûr. »

Et c'est ce qu'il fait, exactement comme il l'avait fait toute la semaine qui avait suivi notre mariage.

Jack

Libby se laisse faire dans mes bras. D'habitude, quand j'essaie de la soulever, elle hurle de rire en exigeant que je la repose par terre et me promet des vengeances terribles si je la laisse tomber. Elle est plus légère aussi, mais c'est parce qu'elle n'a pas beaucoup mangé cette semaine.

S'il y a bien une chose que j'adore chez Libby, c'est son appétit, la façon qu'elle a d'attaquer chacun de ses repas, comme si c'était le dernier. Elle mange proprement mais avec enthousiasme. Durant sa première année de doctorat, elle ne s'est nourrie que de soupe, de pain, de haricots, de semoule de manioc que sa mère lui envoyait de Londres et de ragoût ghanéen maison.

« On peut donner bon goût à tout avec quelques herbes, mais qu'est-ce que j'en ai eu marre d'avoir à me débrouiller tout le temps. Maintenant, je prends toujours ce que je peux acheter de plus cher et je ne gâche jamais rien parce que je sais ce que c'est de devoir s'en passer. »

Elle a complètement perdu l'appétit ces jours-ci ; tout ce qu'elle peut avaler c'est un peu de soupe.

Je la porte jusqu'au salon pour lui montrer ce que j'ai fait. Toujours dans mes bras, elle jette un coup d'œil à la pièce. J'ai descendu presque toute notre chambre : la commode dans laquelle j'ai rangé ses vêtements préférés ; la télévision portable et le lecteur de DVD ; les tables de chevet avec les lampes à pied en cristal, et, de « son » côté, j'ai mis la photo de Benji et moi dans le parc après un match de foot assez salissant ; j'ai aussi descendu les deux gigantesques tapis en forme de cœur qu'elle avait apportés de son ancien appartement. J'ai même fixé des crochets derrière la porte pour pendre nos robes de chambre. La seule chose qui ne vienne pas de l'étage, c'est le lit. Il est tout neuf. J'ai dû faire des tas de magasins pour le trouver, mais c'est le même que celui à tête en fer qu'elle avait dans son appartement, le premier lit dans lequel on a fait l'amour. Je l'ai acheté pour lui rappeler que je l'aime et que, quoi qu'il arrive, je chéris chaque moment passé avec elle.

Avant que Libby emménage, Grace nous avait acheté tout un tas de linge de maison et l'amie de Libby, Angela, un placard entier de nouvelles serviettes de bain – prétextant toutes deux un cadeau de mariage en avance. J'avais appelé Grace pour la remercier et lui demander pourquoi elle avait acheté toutes ces choses dont nous n'avions pas réellement besoin.

« Quel genre de femme aimerait dormir dans les draps de la première femme ? avait-elle répondu d'un ton cinglant. Nouveau lit, nouveaux draps.

— Nouveau lit ?

— Tu ne crois quand même pas que Libby va dormir dans le lit conjugal d'Eve ? »

Il est vrai que même si Libby était venue dormir plusieurs fois chez moi quand nous avions décidé de nous marier, elle préférait rester dans son appartement. Elle disait qu'il y faisait plus chaud et qu'elle avait toutes ses affaires à portée de main.

« Mon Dieu, qu'est-ce que tu peux être bête parfois, avait dit Grace.

— C'est pour ça qu'elle n'arrête pas de proposer d'apporter son lit?

— Mais oui, idiot.

— Pourquoi elle ne l'a pas dit?

— Euh, voyons voir, pourquoi la femme que tu vas épouser, qui t'aime de tout son être, ne veut pas te contrarier en te proposant de te débarrasser de quelque chose qui te rappelle ta femme décédée? Hmmm… Je ne sais pas, tu croyais quoi? Qu'elle allait juste te sortir ça comme ça?

— Je n'y avais pas pensé. Ça ne m'a même pas traversé l'esprit, à vrai dire.

— Essaie de te mettre un peu à sa place. Elle est sur un terrain glissant parce que, toi, tu as déjà fait ça et elle, comme le reste du monde, elle voit que le simple nom d'Eve te met dans des états pas possibles. Donne-lui une chance, d'accord? »

Alors, j'avais suggéré à Libby de partir de zéro, d'aller acheter le mobilier de la chambre ensemble, et peut-être aussi d'autres choses pour la maison. Le soulagement que j'avais lu dans ses yeux m'avait confirmé que Grace avait raison.

J'ai fait l'effort pendant un moment, j'ai essayé de penser à Libby, de lui montrer par tous les moyens qu'elle passait en premier, mais cette dernière année, j'ai un peu laissé tomber. Je ne fais pas assez attention, je ne pense pas à elle et je me détourne quand je devrais faire le contraire. Ce lit est le signe que je veux corriger ça. Un nouveau lit pour un nouveau départ, si elle est d'accord.

À contrecœur, parce que ça signifie m'éloigner d'elle, je l'installe doucement sur le lit.

Elle passe la main sur la couverture crème et observe longuement la colonne.

« Tu as acheté un lit neuf.

— Oui, j'ai pensé que ça serait plus facile pour toi en bas, au lieu de te battre avec les marches. C'était l'occasion d'acheter un nouveau lit. »

Devant ses yeux embués de larmes, une douleur me transperce le crâne et la poitrine, comme à chaque fois que Libby est blessée.

« C'est le même que celui de mon ancien appartement. »

Je hoche la tête, incapable de parler en la regardant essuyer une larme.

« Merci. Vraiment. J'avais tellement peur de revenir ici, de trouver tout changé et de ne pas pouvoir m'y habituer. Mais c'est sûrement mieux comme ça, n'est-ce pas ? C'est quelque chose de nouveau que nous pouvons partager. »

J'acquiesce une seconde fois. Elle s'allonge avec précaution sur les oreillers, je vois la douleur sur son visage et dans ses yeux à chaque mouvement qu'elle fait.

« Tu veux un thé ou un café ?

— Non. Ça va. Je vais essayer de dormir un peu.

— OK. Je te réveille pour le dîner.

— Ou alors tu pourrais venir t'allonger avec moi un petit peu ? »

Mon visage se détend et je souris en m'apercevant qu'elle ne m'en veut pas du tout pour ce qui s'est passé. Je grimpe sur le lit, heureux d'avoir une chance de la serrer contre moi, en repoussant la culpabilité de ne pas lui avoir tout dit sur l'accident.

Chapitre 5

Libby

Ça, c'est moi.

Je ne suis pas comme ça : je me fiche de l'apparence, je sais que la beauté vient de l'intérieur, je sais que la longueur des cheveux, le poids, le grain de peau, ne sont pas aussi importants que la personne qu'on est. Et pourtant, je n'arrive pas à refouler les pensées, les sentiments, la douleur qui me conduisent à me comporter ainsi, à rester assise devant un miroir, les larmes roulant silencieusement sur mes joues tandis que je dérive dans une mer de désespoir.

Je suis toujours Libby. Cette ligne irrégulière qui serpente de mon front à ma nuque ne m'empêche pas d'éclater de rire quand je trouve quelque chose amusant. Les égratignures qui parsèment mon visage comme du gravier épars ne m'empêchent pas de zapper les pubs à la télé. La diagonale qui traverse le côté gauche de mon visage ne m'empêche pas d'aimer me réveiller aux cris des mouettes semblables à des marchands trop zélés.

Aucune de ces marques, aucun de ces détails superficiels, ne peut changer qui je suis vraiment. Qui Libby est réellement. C'est pour cela que je ne devrais pas être en train de pleurer. Je n'ai pas changé.

Et quand Angela, dans le miroir, ciseaux en main attendant mon feu vert, aura commencé à couper, je n'aurai toujours pas changé.

J'observe seulement ma longue chevelure noire et je dis adieu à la personne que je suis grâce à elle.

Ce n'est pas parce que j'ai peur de devenir laide et de ne plus me ressembler sans mes cheveux. C'est parce que je suis encore sous le choc de l'accident.

Je ferme les yeux et fais un signe de tête.

«Tu es sûre de toi, ma chérie? demande Angela. On peut essayer de se débrouiller avec ce qu'on a, tu sais.»

Angela a une peau superbe et des cheveux divins. Elle est aussi foncée que moi et son teint est lisse et sans aucune imperfection. Ses longues dreadlocks toutes fines ondulent jusqu'au milieu de son dos. Elle a l'air d'une femme, d'une vraie femme.

«S'il te plaît, fais-le.»

Elle est douce et appliquée tandis qu'elle coupe, mais je garde les yeux fermés. Je ne peux pas regarder. Je ne peux pas me voir dans le miroir, et je ne peux pas affronter ses mains qui s'affairent autour de moi.

Elle s'arrête et je l'entends changer d'instrument.

«Deuxième étape, ça va, ma chérie?»

J'acquiesce sans ouvrir les yeux. Je me crispe au son menaçant de la tondeuse qui emplit le silence fragile. J'essaie de ne pas me crisper, je m'efforce de ne pas hurler au contact du métal glacial sur ma peau. Ça ne lui prend que quelques minutes pour enlever ce qui reste de mes cheveux.

Mais ça me prend une éternité pour ouvrir les yeux.

Pour regarder dans le miroir la femme que je suis devenue.

Jack

À sa vue, mon cœur s'arrête. Elle est chauve, tout ce qu'il reste sur son crâne c'est la cicatrice et les points de suture.

Dans le couloir, elle tripote nerveusement ses doigts avec l'air d'une petite fille prise en flagrant délit de bêtise qui attend sa punition.

« Tes cheveux, ils ont disparu. »

Elle fait un signe de tête et les larmes lui montent aux yeux. Je me précipite vers elle pour lui poser une main sur l'épaule.

« Je préférais ne plus en avoir du tout plutôt qu'un tout petit peu.

— Ça te va super bien.

— Vraiment ?

— Oui. Il y a peu de femmes qui peuvent se le permettre, et tu en fais partie.

— Vraiment ?

— Oui. Et le plus génial, c'est que je peux voir tout ton magnifique visage comme ça.

— Alors je ne suis pas horrible ?

— Tu ne pourras jamais être horrible. »

Ses mots résonnent dans mes oreilles : *Je préférais ne plus en avoir du tout plutôt qu'un tout petit peu.*

J'espère que ce n'est pas vrai. J'espère de tout mon cœur que ce n'est pas vrai.

Chapitre 6

Libby

« Madame Britcham, ça ne sera pas long », dit la femme policier.

Elle est en civil et accompagnée d'un officier également en civil qu'elle n'a pas pris la peine de me présenter. Tout cela me paraît un peu « too much » pour une déposition sur un accident « banal ».

Et la situation me dérange énormément.

Je voulais que toute cette histoire reste en dehors de la maison. Ils ont parlé à Jack durant ma semaine à l'hôpital alors que je n'avais rien d'autre à faire que de répondre à leurs questions, mais personne n'a semblé s'intéresser à ma version des faits. Et maintenant que je suis chez moi, que j'essaie de « me remettre », comme on dit, les voilà qui me retiennent dans le passé. J'ai l'impression d'être convoquée pour un interrogatoire, comme si j'avais fait quelque chose de mal en m'asseyant dans une voiture qui s'est fait emboutir. Au fond de la pièce, Jack s'appuie contre la table alors que les policiers lui ont demandé de sortir. Il allait s'exécuter quand j'ai voulu savoir pourquoi Jack devait quitter cette pièce. Comme la femme n'avait aucun argument à m'opposer, elle a dit qu'il pouvait assister à mon audition à condition de se taire et de rester discret. Dans une autre situation, j'aurais pu croire qu'on m'interrogeait pour un crime, pas pour raconter ce dont je me souvenais.

« Pouvez-vous nous dire, prenez votre temps, ce qui s'est passé le jour de votre "accident"? demande-t-elle en insistant bizarrement sur le dernier mot.

— Je ne me souviens pas de grand-chose. Je parlais avec Jack et puis nous avons été heurtés et je me rappelle avoir vu le mur et le réverbère venir vers moi. Et puis je parlais avec un pompier. C'est tout.

— Et que faisait votre mari quand on vous est rentré dedans?

— À part conduire la voiture?

— Est-ce qu'il avait une conduite dangereuse, trop rapide? Ce genre de chose. »

Je ferme les yeux un instant en essayant de me rappeler ce qui s'était passé avant.

« On parlait, et puis la voiture nous est rentrée dedans.

— Vous parliez, ou vous vous disputiez?

— Si on se disputait, j'aurais dit qu'on se disputait.

— Nous savons toutes les deux, commença-t-elle avec un regard appuyé à Jack, qu'il n'est pas toujours facile de parler librement lorsqu'on se sent sous pression.

— Je ne me sens pas sous pression, et Jack et moi ne nous disputons jamais vraiment. »

C'était vrai. Nous n'avions en général aucun sujet de discorde – le plus délicat, c'était Eve, et on n'en parlait tout simplement pas, si on commençait, on finissait par ne plus se parler du tout.

« Pas du tout? demande l'inspecteur Morgan.

— Non, pas vraiment. On n'a jamais aucun sujet de discorde. »

Avec un hochement de tête sceptique, elle prend des notes dans son carnet, pour la première fois depuis le début de l'interrogatoire. Elle essaie de me parler de femme à femme, mais ça ne marchera pas, j'ai l'impression qu'elle déteste les femmes. Et les hommes aussi, d'ailleurs. Mais il y a quelque chose qui cloche. Jack se tient tout raide, il la regarde avec un air furieux sans ciller. Ils se connaissent. Comment ça se fait ? Elle n'a pas l'air de quelqu'un que Jack pourrait avoir envie de séduire, mais il est possible que les choses aient été différentes lors de leur rencontre. Il a pu y avoir une étincelle entre eux.

Je la regarde plus attentivement en prenant en compte le fait qu'elle a pu coucher avec mon mari. Elle ne se met pas tellement en valeur. Question maquillage, elle a tout faux : ce rouge à lèvres marron ne lui va pas du tout. Je lui conseillerais bien de choisir un fond de teint moins orange beige, plutôt rose bleuté. Pour ses lèvres, un rouge plus intense – pas rouge vif, peut-être bordeaux, et puis une couche de mascara pour la journée et deux pour le soir. Ce qu'elle porte là lui donne l'air méchant. Finalement, je conclus que Jack n'a jamais couché avec elle. Elle est bien trop désagréable. Alors pourquoi a-t-elle une dent contre lui ? Parce qu'elle en a une, c'est sûr.

« De quoi parliez-vous avant l'accident ?

— De notre première rencontre. Je crois que j'étais en train de dire que, heureusement, toutes les femmes ne le trouvaient pas irrésistible, il m'a demandé pourquoi heureusement, j'allais répondre et on a été heurté.

« — Donc il vous a posé une question ? Vous regardait-il à ce moment-là ?

— Pas que je me souvienne. »

Tel un chien sur un os, elle bondit sur mes mots comme si elle tenait la preuve qu'elle attendait.

« Êtes-vous en train de me dire que vous ne vous rappelez pas s'il avait les yeux sur la route lors de l'accident ?

— Excusez-moi, mais je ne vois pas le rapport. »

Tout en lui parlant, je refais mentalement son maquillage. Elle fait peut-être la même chose avec moi, elle efface les cicatrices et remet mes cheveux sur mon crâne.

« Ce n'est pas l'autre conducteur qui était en infraction, en faisant demi-tour sur une route bondée avec son téléphone à l'oreille ? Moi je regardais dans la direction de cette voiture et je ne l'ai pas vue arriver, alors comment Jack l'aurait vue ? Et même si ç'avait été le cas, qu'est-ce qu'il aurait pu faire ? »

Les yeux marron quelconques de l'inspecteur Morgan me dévisagent comme si je venais de l'insulter. Puis elle se met à chercher la meilleure façon de m'atteindre, de me contrarier. La dent qu'elle avait contre Jack vient manifestement de s'allonger jusqu'à moi.

« Passons. Que savez-vous de la mort de la première Mme Britcham ? »

Est-ce que c'est comme ça qu'elle compte m'atteindre ? En m'impliquant dans la mort d'Eve ?

« Rien, réponds-je rapidement au cas où elle croirait que je suis en train de me chercher un alibi. Rien du tout. Pourquoi ? Vous pensez que j'ai quelque chose à voir avec sa mort ? Je ne la connaissais pas, ni Jack, à l'époque.

— Mais vous saviez que l'airbag de la voiture de votre mari ne fonctionnait pas, n'est-ce pas ? »

Je commence à avoir la nausée. Qu'est-ce qui se passe, bon sang ?

« C'est illégal ? Je n'aurais pas dû monter dans une voiture avec un airbag défectueux ? Vous allez m'arrêter pour ça ?

— Non, non, ce n'est pas du tout ce que je dis.

— Alors que dites-vous ? »

Elle lance un regard à Jack, elle aurait préféré qu'il ne soit pas là. C'en est trop. J'ai déjà eu mon compte de gens qui parlent à mon côté droit en évitant à tout prix ma cicatrice et mon crâne rasé. Je n'ai pas besoin qu'une flic venue de nulle part essaie de me faire porter le chapeau pour quelque chose que je n'aurais pas pu éviter.

« Je peux vous demander quelque chose ? Pourquoi me posez-vous ces questions ? Qu'est-ce qu'Eve vient faire là-dedans ? Et d'ailleurs, qu'est-ce que la conversation qu'on a eue avant l'accident a à voir avec l'accident ? C'est l'autre type qui nous est rentré dedans. Je veux savoir pourquoi vous faites ça ! »

L'inspecteur Morgan pousse un long soupir, un peu trop long pour quelqu'un d'aussi froid.

« Madame Britcham, je n'aime pas avoir à faire ce genre de chose, dit-elle alors que, manifestement, elle a l'habitude d'agir ainsi, mais je me dois de faire une enquête quand une personne proche d'un suspect de meurtre se retrouve blessée dans des circonstances étranges. Désolée de mettre ça sur le tapis, mais votre mari a failli vous tuer.

— Vraiment ? Quand ça ?

— À l'occasion de cet accident.

— Mais quelqu'un nous est rentré dedans.

— Je sais, mais vous avez été la plus touchée à cause de l'airbag qui n'a pas fonctionné. »

Oh, alors c'est elle. C'est l'officier de police qui a interrogé Jack quand Eve est morte. C'est forcément elle.

« Donc vous pensez que Jack conduisait cette voiture en espérant qu'un jour quelqu'un nous heurte et que je serais tuée à cause de l'airbag défectueux ?

— C'est aussi plausible que de nous demander de croire qu'Eve Britcham est morte d'une simple chute dans l'escalier.

— Oh, bien sûr », réponds-je sans savoir quoi dire.

Dans la pièce, le silence n'en finit pas de s'étendre, il me semble que c'est à moi de le briser. Mais je n'en ai pas tellement envie. Qu'est-ce que je suis censée répondre à cette accusation qui ne tient pas debout et à ces questions qui n'ont aucun sens ?

« Je suis désolée d'avoir eu à vous parler de ça, dit l'inspecteur Morgan.

— Non, vous ne l'êtes pas. Vous voulez me troubler ; vous voulez que je soupçonne Jack. Ce que je ne comprends pas, c'est pourquoi.

— Je ne veux pas que vous soupçonniez M. Britcham, je veux simplement m'assurer que vous savez à qui vous avez affaire. Je n'ai pas classé le cas Eve Britcham, et le jury a rendu un verdict de décès sans cause déterminée.

— Et vous n'avez pas inculpé Jack.

— Ce n'est pas aussi simple, madame Britcham. Quand nous avons enquêté sur la vie d'Eve Britcham, ou Eve Quennox de son nom de jeune fille, nous avons découvert beaucoup d'informations qui nous ont amenés à suspecter M. Britcham. En un mot : si mon mari découvrait ce genre de choses sur moi, je ne serais pas surprise qu'il me brise le cou et me jette dans l'escalier pour dissimuler son crime. »

Mon regard glisse vers Jack qui n'observe plus l'inspecteur Morgan avec tout le ressentiment qu'il doit éprouver envers elle – au lieu de ça, il fixe le sol, bras croisés, cheveux dans les yeux, on dirait un saule pleureur qui tente d'atteindre le sol pour y trouver le réconfort. Il n'est pas fâché ; il essaie de ne pas lâcher prise. De ne pas s'effondrer.

« Quel genre de choses ? » dis-je en ramenant mon attention sur elle.

Je déteste devoir faire ça alors que Jack semble sur le point de tomber en miettes.

« Ce n'est pas à moi de vous le dire », fait-elle, satisfaite d'avoir enfin réussi à piquer ma curiosité.

Cela peut m'amener à me méfier de Jack et c'est exactement ce qu'elle vise depuis le début.

« Je veux juste que vous fassiez attention. Je n'aimerais pas qu'il vous arrive un autre accident. »

Si j'avais un autre « accident » – si possible fatal –, je crois qu'elle serait aux anges. Elle serait là à attendre qu'on me déclare morte pour pouvoir passer les menottes à Jack. Elle est plus que méchante, elle est mauvaise, manipulatrice et cruelle. Je me mords les lèvres pour m'empêcher de lui révéler le fond de ma pensée. Et de lui dire que si je n'étais pas certaine que Jack n'avait pas tué Eve, elle aurait pu facilement me détruire avec ce qu'elle venait de déclarer.

« Pouvez-vous partir maintenant, s'il vous plaît ?

— Bien sûr, dit-elle, bien contente d'avoir réussi à m'atteindre.

— Je dois mettre ma crème pour les cicatrices et prendre mes antidouleurs. C'est ce que je suis obligée de faire maintenant. Je vous accompagnerais bien jusqu'à la sortie, mais il m'est très difficile de marcher avec ma jambe gauche et le nombre de mes organes contusionnés. Le médecin qui a recousu ma tête a dit que je devrais éviter toute forme de stress, donc vous comprendrez pourquoi je n'ai pas vraiment envie de penser à l'éventualité d'un autre accident. »

Elle avale sa salive avec un éclair de culpabilité dans les yeux. Son acolyte sans nom la regarde avec dégoût, lui non plus pas vraiment impressionné par sa délicatesse.

« Mais c'est bon, maintenant que vous avez fait de votre mieux pour me mettre en tête que mon mari est probablement un assassin, et que vous n'aimeriez pas que je sois blessée – ni même tuée –, je suis sûre que ça va aller. Ça ne ralentira pas du tout ma guérison. »

En partant, elle ne prononce pas un mot, mais l'autre policier m'adresse un sourire triste pour me signifier qu'il n'approuve pas ce qu'elle a fait, et qu'il ne croit pas que Jack soit un assassin.

Jack, lui, ne bouge pas jusqu'à ce que la porte se referme. Une fois certain que nous sommes seuls, il lève la tête et nos yeux se rencontrent. L'odeur de caoutchouc brûlé, la voiture qui se soulève, le bruit du métal broyé enflent autour de moi et mes organes se contractent douloureusement. J'essaie de chasser les souvenirs, mais nos regards prudents restent connectés.

«Je suis désolé, dit Jack, l'air las. J'aurais dû la faire taire.

— Je crois que rien n'aurait pu la faire taire.

— C'est juste qu'elle a cette capacité à me faire me sentir…

— Coupable ?

— Même si je n'ai rien fait. Je ne l'ai pas tuée.

— Je sais. Je n'ai jamais pensé que tu avais fait ça. Je sais que tu ne pourrais pas. »

J'ai envie de poser d'autres questions. Sur ce qui, dans le passé d'Eve, aurait pu les amener à penser qu'il l'avait tuée, quelque chose qui aurait fait passer Jack de la colère à la peur et l'aurait bouleversé à ce point. Mais je ne peux pas. C'est une « conversation Eve ». Et, de toutes les « conversations Eve » que nous n'aurons jamais, celle-ci est probablement la moins susceptible de se produire.

« Tu peux aller me chercher mes antidouleurs, s'il te plaît ?

— Bien sûr, dit-il en se levant. Bien sûr. »

Une fois seule dans le salon, je ferme les yeux. J'arrive facilement à voir l'image que j'ai d'elle dans mon esprit, ce sourire, cette étincelle dans ses yeux, et cette robe rose.

Quels secrets cachais-tu, Eve ? Est-ce que je devrais essayer de les découvrir ?

Chapitre 7

Libby

« Tu sais ce que c'est, frangine », dit Caleb, mains écartées, avec sa tête de « ça nous dépasse ».

Il fait et dit ça bien plus que ne le devrait un adulte. Malgré son comportement, il *est* adulte – et il a un fils. Et maintenant un chien, apparemment.

Je secoue la tête.

« Non. Vraiment pas, crois-moi. »

Je suis presque sûre que la plupart des gens ne comprendraient pas comment on peut s'amener joyeusement devant chez quelqu'un avec un chien en lui demandant de s'en occuper parce que, dans la hâte des préparatifs des vacances qu'on a réservées *il y a six mois*, on a oublié de trouver une pension pour le chien. Et ils sont en chemin pour l'aéroport.

Qui ferait ce coup-là à deux personnes saines d'esprit, sans compter que l'une se remet d'un accident de voiture ? Ah, oui, mon frère.

« Mais, frangine…

— Je t'en ficherais, moi, du frangine. Pourquoi tu cherches toujours à tirer partie de notre gentillesse ?

— Mais ce n'est pas ça, proteste-t-il, sincèrement horrifié de voir que c'est ce que je pense de lui. On n'a personne pour s'en occuper. Benji refuse que je le laisse à quelqu'un d'autre, tu sais à quel point il te fait confiance, alors qu'est-ce que je suis censé faire ? Laisser le chien tout seul ?

— Tu aurais simplement pu décrocher ton téléphone et me prévenir plus tôt. Tu sais comment on se sert d'un téléphone, n'est-ce pas ? »

À peine les mots sortent-ils de ma bouche que le portable de mon frère se met à sonner.

« Je dois répondre, dit-il en portant immédiatement le téléphone à son oreille. Allô ? » ajoute-t-il d'une voix mielleuse.

Il est grand, mon petit frère, et beau, et charmeur à tous les niveaux.

Il fait les cent pas dans ma cuisine. Dehors, dans le petit bout de jardin, Jack joue avec Benji et Butch le chien. Il est mignon, une petite boule de poils marron avec des taches noires et un petit museau qui a toujours l'air d'essayer de comprendre ce qu'on lui dit tout en taisant tous ses secrets. Je n'ai rien contre le chien. Ce qui me dérange, c'est qu'on ne m'ait pas prévenue – c'est de me faire avoir, pour tout dire. J'ai parlé à mon frère au moins trois fois ces jours-ci, et à aucun moment, il n'a parlé du chien. J'aurais dû détecter quelque chose de bizarre étant donné qu'il n'appelait que quand Benji dormait. *Parce que Benji me l'aurait dit.*

Avec raideur, à cause de la sensation de tiraillement et de la douleur qui fuse au bout de mes terminaisons nerveuses, je m'approche de lui et lui arrache le portable des mains. C'est une femme au bout du fil.

« Chérie, il ne vaut pas le coup, lui dis-je avant de raccrocher.

— Libby ! C'était ma banquière !

— Ah vraiment ? Elle t'appelle un samedi ? Il n'y a pas assez de jours dans la semaine ? »

Son regard noir aurait eu l'air coupable si je ne le connaissais pas depuis toujours. Il est toujours prêt à rigoler et je l'adore, mais il est également connu pour se moquer du monde. Son regard furieux se transforme instantanément en regard boudeur. On dirait un adolescent grondé par sa mère. Mais il est père. J'ai souvent l'impression qu'il l'oublie. Il aime Benji et sait se montrer responsable lorsqu'il le doit, mais je crois que la pensée de l'étendue de son devoir l'effraye. Dans ces moments-là, il baisse les bras et laisse nos parents, ou moi, prendre le relais. Enfin quoi, il a acheté un chien, *sans rire* ?

« Caleb, tu n'as pas été très honnête avec nous, avoue-le. Qu'est-ce que tu ferais si maintenant je te disais qu'on ne peut pas s'en occuper ? Que nous aussi, on part en vacances ?

— Mais vous ne partez pas, n'est-ce pas ? demande-t-il, soudain alarmé. Non, bien sûr que non vous ne partez pas. Tu n'irais jamais nulle part avec ta tête dans cet état. »

Par réflexe, je passe la main sur mon crâne accidenté, en évitant la cicatrice. Il n'avait pas eu l'air de la remarquer en arrivant. Par contre, Benji avait fait des yeux ronds.

« Wahou ! avait-il dit avec un large sourire. T'as l'air trooop cool, tata Libby. »

Puis il s'était précipité à l'arrière de la voiture pour sortir le chien.

Le téléphone de Caleb sonne de nouveau, cette fois, c'est celui dans la poche intérieure de sa veste.

Mon frère possède plus d'un téléphone ; je suis presque sûre qu'il a aussi plus d'un nom pour ses nombreuses « amies ». Au moins, je sais que Jack n'a toujours utilisé que son vrai nom avec toutes les femmes. Caleb cherche son portable.

« Si tu décroches, non seulement je le balance dans les toilettes, mais en plus j'emballe ton chien et je te l'envoie par la poste. C'est compris ? »

Il étudie mon expression quelques secondes, ne sachant pas si je suis sérieuse ou non, puis décide que si.

« Ah, frangine, tu sais ce que c'est, répète-t-il, Benji voulait un chien. Ce gamin n'a pas de mère. Comment je pouvais lui dire non ?

— Je me fiche du chien. Ce n'est même pas le fait que tu ne m'aies pas prévenue. Tu prends tout le temps des décisions qui m'impliquent en espérant que je vais être d'accord. Tu trouves ça juste ?

— Désolé, frangine », marmonne-t-il comme s'il le pensait.

D'un côté, je sais qu'il est sincère ; mais de beaucoup d'autres, il dit ça uniquement pour que l'engueulade se termine plus vite.

« Jack doit retourner travailler lundi et je ne peux pas m'occuper d'un chien – j'arrive à peine à traverser la pièce, alors le sortir deux fois par jour… Comment on est censés faire ça sans être prévenus ?

— Désolé, frangine.

— Mais tu ne l'es pas.

— Mais si !

— Même si je te croyais, et je dis bien "si", peux-tu me dire comment je suis censée faire ça ? Et pour l'argent ? »

152

Caleb a l'audace de parcourir la pièce des yeux, comme pour me signifier que l'argent n'est pas un problème pour moi. Ce n'est pas le seul à penser que j'ai gagné le gros lot en épousant Jack. Paloma, qui est encore en train de planifier son mariage avec Devin, a en fait commencé à lui chercher un remplaçant à l'annonce de mon mariage. Le fait que je continue à travailler l'a horrifiée. La plupart des gens pensaient que j'allais abandonner mon boulot, alors que, pour moi, il n'y a rien de pire que de rester à la maison sans enfants à garder. J'ai conservé mon emploi et je suis allée à Londres tous les jours, comme avant. J'épargne toujours de l'argent pour un emprunt immobilier et je paie ma part des factures.

« Tout ne t'est pas dû, dis-je à Caleb. Et Jack et moi ne sommes pas à ta botte. Si Butch doit rester ici quatre semaines, tu dois me payer.

— On s'arrangera à mon retour.

— Allô ! Allô ! Tu sais à qui tu parles, là ? Je ne suis pas une de tes "banquières", je suis ta sœur. Je te connais, tu te souviens ? Il y a un distributeur un peu plus loin, tu peux aller retirer de l'argent.

— J'ai déjà atteint ma limite de retrait pour aujourd'hui.

— OK, donc tu en as forcément sur toi, dis-je en tendant la main.

— J'ai tout utilisé pour l'essence.

— Vais-je devoir te fouiller ? Parce que tu sais que j'en suis capable.

— Ah, frangine ! »

Il sort une liasse de billets de sa poche. Bien plus que sa limite quotidienne de retrait ne l'autorise, ça c'est sûr. Il me tend quelques billets de vingt.

J'observe les billets violets dans sa main droite, puis la liasse dans sa main gauche que je lui arrache. Je prélève six billets plus deux dans son autre main.

« C'est l'argent de nos vacances ! » se plaint-il en me regardant avec inquiétude rouler les billets pour les coincer dans mon décolleté.

Je n'ai jamais fait ça de ma vie mais je suis à peu près sûre que mon frère ne va pas y plonger la main pour récupérer son argent – il a quand même des principes.

« Qu'est-ce qu'on va faire maintenant ?

— Je ne sais pas, mais tu devrais commencer à réfléchir à d'autres solutions, parce que je ne vais pas passer ma vie à te sortir de la mouise dans laquelle tu te mets systématiquement. »

Pendant un instant j'ai l'impression qu'il va se mettre à hurler : « C'est pas juste ! » et se jeter par terre comme il faisait au supermarché quand il avait quatre ans. Je lui lance le même regard qu'à l'époque : ébahie que quelqu'un d'aussi petit puisse causer un tel bazar. Un instant, il semble considérer sérieusement l'idée du caprice par terre, puis, à contrecœur, il hausse les épaules.

« Je vais dire au revoir à Butch. »

Jack est allongé dans le jardin, couvert d'herbe et de terre, tandis que Benji essaie de faire sauter Butch par-dessus son corps.

« Au pied, Butch », répète-t-il en tapant ses cuisses.

Butch, lui, semble très absorbé par la poursuite de sa propre queue.

J'aime l'optimisme sans faille de Benji, j'admire l'enthousiasme de Jack quand il partage ce genre de jeu avec Benji, et j'adore que Butch ne comprenne absolument rien à ce qui se passe.

« OK, mon pote, dit Caleb à Benji, il faut qu'on y aille. Dis au revoir à Butch et à tout le monde. »

Benji saute par-dessus Jack et prend Butch dans ses bras. Ce dernier, manifestement habitué aux câlins, ne proteste pas.

« Salut, Butch. S'il te plaît, prends bien soin de tata Libby. Elle est cool. Et oncle Jack aussi. »

Caleb aussi va voir Butch, mais se contente de le caresser entre les oreilles.

« À plus, Butch. »

Puis il se dirige vers Jack pour échanger avec lui une poignée de main virile tandis que Benji m'entoure de ses bras, sa tête dans mon abdomen me fait mourir de douleur.

« À bientôt, tata Libby. Butch est sympa. Il va bien s'occuper de toi.

— Merci. Amuse-toi bien avec ton père. »

Puis Benji va toper dans la main de Jack et Caleb. Mon frère me prend gentiment dans ses bras. Ses câlins me surprennent toujours. Même si je lui fais un sketch sur son égoïsme et sa bêtise juste avant de partir, il me fait un câlin pour me dire au revoir.

« Allez, frangine. Prends bien soin du petit Butch, et prends bien soin de toi. »

Butch arrête de poursuivre sa queue et s'assied pour regarder patiemment Benji et Caleb s'éloigner. Je suis d'ailleurs un peu surprise qu'il ne lève pas une patte pour leur faire signe. Dès qu'ils ont disparu, le chien se tourne vers moi et penche la tête de côté. Il me jauge. Il détermine si je remplis ses critères. Finalement, il semble se résigner au fait que, à la hauteur ou pas, il est avec moi maintenant. Il se secoue une fois, comme un haussement d'épaules canin, avant de se diriger vers Jack. Probablement pour voir s'il a une meilleure option.

« Eh bien, toi non plus tu n'es pas vraiment un beau parti, mon vieux, lui dis-je.

— Tu comptes démarrer une dispute avec un chien ? demande Jack toujours allongé sur la pelouse.

— Non », dis-je avec humeur.

Le visage de Jack se tord en un sourire à moitié rigolard entre incrédulité et désespoir, celui qu'il m'offre quand il me trouve déraisonnable ou excessive.

Il faut que je détourne les yeux parce que, moi aussi, j'ai envie de sourire. Il a souvent raison quand c'est comme ça – je suis déraisonnable ou excessive ou ridicule.

« Je vais m'allonger un peu, lui dis-je en essayant toujours de réprimer mon sourire.

— OK. »

Je me traîne jusque dans la maison, en sachant qu'il ne me laissera pas m'en sortir comme ça.

Jack

Ne pas avoir eu d'enfants avec Eve fait partie des choses qui m'ont longtemps hanté. Des tas de choses m'ont hanté, mais celle-ci a laissé les sillons les plus douloureux dans mon cœur.

Je ne l'ai jamais dit à personne. Ça ne se fait pas, n'est-ce pas ? Les hommes ne sont pas censés avoir envie d'être pères – ils sont censés se satisfaire de planter leurs graines dans le corps d'autant de femmes que possible.

Ils ne sont pas censés être jaloux en voyant d'autres hommes se rouler dans l'herbe au parc avec leurs enfants, les attacher dans le siège-auto à l'arrière d'énormes et affreuses voitures familiales, ou essayer de maîtriser leur progéniture dans les super marchés. Ils ne sont pas censés sentir leur estomac se nouer de douleur en regardant les autres hommes faire ce qu'eux ne peuvent pas faire. Je ne voulais pas simplement avoir des enfants – j'aurais proba-blement pu trouver quelqu'un qui en voulait un aussi –, j'en voulais avec *elle*. Je rêvais de retrouver les étincelles de ses yeux dans les yeux d'un enfant ; son rire contagieux sortir de la bouche d'un bébé en le chatouillant ; je voulais tenir un enfant dans mes bras, le regarder et nous voir, elle et moi, nos gènes combinés devenus un autre être humain. Lorsque je me suis rendu compte, six mois après sa mort, que cela n'arriverait jamais, mon poing s'est enfoncé dans la porte de derrière. Toutes ces petites choses ne cessaient de me revenir, tous ces «jamais», mais celui-là, c'était le pire après «je ne la reverrai jamais». Je me suis détesté pour avoir dit que nous avions le temps.

Elle avait voulu essayer dès notre mariage, mais je pensais que nous méritions d'apprécier les instants passés ensemble avant de nous établir pour de bon. «On n'est pas pressés. On ne va nulle part. On a toute la vie», avais-je dit avec toute l'ignorance et l'arrogance de quelqu'un qui croit que la mort n'arrive qu'aux autres. Je ne savais pas alors que je voulais dire: «On va vivre pour l'éternité, on peut faire ça quand ça nous chante.»

J'ai fait le deuil de l'enfant que nous n'avons jamais eu presque autant que j'ai fait le deuil d'Eve.

Les aboiements de Butch interrompent mes pensées. C'est sa première balade le long de la jetée, exactement comme j'aurais emmené mon enfant en poussette. Butch aime que je lui parle des bâtiments devant lesquels nous passons, des cabanes de plage, des bateaux. Dès que je me tais, dévoré par mes pensées, il s'assied pour m'aboyer dessus.

«Écoute, Butch, j'ai beaucoup de choses à penser. Je n'ai pas le temps de te faire la visite guidée de Hove et Brighton.»

En réponse, il baisse la tête, comme blessé que je n'aie pas un moment à lui consacrer. Aurais-je fait ça à mon fils ou ma fille? Aurais-je été trop occupé pour jouer avec mon enfant et regretté ces opportunités plus tard ?

« D'accord, d'accord, arrête ça. Je vais faire de mon mieux. »

Butch relève la tête d'un coup et se remet en route.

« Les choses à voir, lui dis-je tandis qu'il trottine sur ses pattes maigres de yorkshire terrier croisé, en faisant bien attention de ne pas trop tirer sur la laisse pour ne rien louper de la visite. Ici, à ta droite, c'est le bout de plage où j'ai maladroitement demandé Libby en mariage. »

J'ai demandé Libby en mariage parce que je voulais faire un enfant avec elle. Après avoir bien rigolé et être retournés à notre couverture, alors qu'elle s'essuyait la figure, haletant toujours de rire, je me suis rendu compte que mon sentiment d'avoir laissé passer la chance d'avoir des enfants avec Eve serait deux fois plus douloureux si je ne la saisissais pas avec Libby. On m'avait montré à quel point la vie était courte, comme elle pouvait si facilement voler en éclats, alors qu'est-ce que j'attendais avec cette femme trempée d'eau de mer qui riait devant moi ? Qu'est-ce que je ferais si je perdais l'occasion de la voir mûrir et devenir splendide avec notre bébé ? De manquer de sommeil et de nous déchirer en essayant de traverser les océans déchaînés de la condition de parents ensemble ?

Butch me gratifie d'un grognement – d'approbation ou non, impossible de le déterminer.

Nous nous arrêtons.

« Et qu'est-ce que ça veut dire, ça ? lui demandé-je avec indignation tandis qu'il me regarde par-dessus son épaule. Je l'ai fait parce que je l'aime. Je lui aurais demandé convenablement, tu sais, autour d'un dîner, ou d'une manière originale, mais c'est arrivé comme ça. Et, tu sais, je voulais passer ma vie avec elle, avoir des enfants avec elle, alors c'est sorti d'un coup. Il est vrai qu'elle n'a pas dit oui tout de suite, elle a un peu discuté, mais ça c'est Libby tout craché. »

Butch me regarde de ses grands yeux marron et je me rends compte que je fais exactement ce que faisait Libby un peu plus tôt – je lui parle comme à un humain, comme s'il comprenait et (le plus important) me jugeait. Ça m'avait fait rire que, en quelques minutes passées près d'elle, cette petite créature réussisse à faire sortir le côté que j'aime de Libby – cette extravagance déraisonnable qui fait de notre relation un défi, jamais ennuyeux. Elle repousse mes limites et ne me permet jamais de « m'en tirer » comme le garçon pourri gâté qui a eu trop de privilèges dans sa vie. Elle essaie constamment de me faire parler de mes problèmes, de m'ouvrir, même si je ne suis pas certain de le vouloir. Et le plus important : elle me fait confiance. Elle n'a pas cru un instant aux insinuations de l'inspecteur Morgan. Elle a été troublée par l'interrogatoire et indignée par les allusions de cette femme.

Je dégouline de honte. Libby me fait confiance, et je lui ai menti, je l'ai presque trompée. Pas physiquement, mais avec mon cœur. Je ne sais pas bien comment faire machine arrière maintenant que je suis allé si loin, parce que, si je lui avoue maintenant, comme je le devrais, ça sera terminé entre nous.

Butch se remet à aboyer, manifestement pas très satisfait de la tournure que prennent la balade et la conversation. Je comprends ce qu'il peut apporter à Libby. Il peut l'aider à retrouver qui elle était, à surmonter la phase tourmentée et redevenir elle-même. Et si elle redevient elle-même, peut-être qu'elle ne me détestera pas autant si elle découvre la vérité ? Peut-être sera-t-elle plus compréhensive qu'en ce moment ?

« Je crois que je vais apprécier ta présence, Butch. »

Il ne répond pas. Il est bien plus intéressé par la petite chienne terrier écossais noire qui caracole vers nous le long de la promenade. Je regarde Butch qui regarde le chien et cela me rappelle que je n'ai pas encore détruit mes chances d'avoir des enfants. Il me suffit de faire attention à ne rien laisser échapper. De ne pas laisser échapper la partie la plus importante de ce qui s'est réellement passé après l'accident.

Libby

«Eve, Eve, Eve ! hurle Jack.

—Jack», lui dis-je doucement, en le secouant avec précaution.

Il ne bouge pas, il continue seulement à frémir dans le lit, paupières serrées, visage tordu par quelque souffrance, piégé dans son rêve.

«Eve, non…

—Jack», insisté-je en le secouant plus fort.

C'est horrible de le voir empêtré dans une telle douleur.

«Hein ?» fait-il, ouvrant soudain les yeux tandis que son visage et son corps se détendent.

Il se redresse, sa poitrine se soulève, son cœur doit battre la chamade.

«Qu'est-ce qui s'est passé ?

—Je crois que tu as fait un cauchemar.»

Ses yeux se perdent dans le vague : il fouille dans sa mémoire pour retrouver son rêve.

«Je crois que je rêvais de l'accident.

—Tu appelais Eve.»

Il réagit comme chaque fois que je prononce son prénom : il se raidit comme si je l'avais insulté, comme si j'avais prononcé un mot interdit mortel-

lement dangereux. Je suis presque sûre que dire
«Adam et Eve» ne poserait aucun problème. Ce
qu'il a du mal à assimiler, c'est le fait qu'on la nomme
concrètement.

«Ah bon? demande-t-il, l'air absent.

— Oui, plusieurs fois.

— Je ne sais pas pourquoi. Je jurerais avoir rêvé de
l'accident.»

Il ne me regarde toujours pas, mais ça ne veut
peut-être rien dire. Ou peut-être que ça veut dire
quelque chose. Tout comme ça voulait peut-être dire
quelque chose quand il a failli s'effondrer en entendant l'inspecteur parler du passé d'Eve. Avec lui, c'est
parfois assez difficile de déterminer ce qui a du sens
ou ce qui n'en a pas. Alors en général, je laisse couler.

«D'accord, dis-je, d'accord.

— Il fait encore nuit, continue Jack.

— Oui. On ne dort que depuis une heure.»

Je n'ai pas encore fait mes cauchemars de l'accident; il reste encore des réjouissances pour cette
nuit.

«Tu faisais ces rêves quand j'étais à l'hôpital?

— Pas que je me souvienne.

— OK.»

Inutile d'enclencher une «conversation Eve». Ça
se termine toujours de la même manière: Jack, silencieux et renfermé dans sa coquille; moi, en train de
patauger, sans savoir si je devrais me taire ou aller au
bout des choses. Je me blottis sous les couvertures et
lui tourne le dos.

Parfois, vivre avec Jack c'est comme si l'on me
disait de retenir ma respiration, question de vie ou
de mort – sans jamais me dire quand je vais pouvoir

respirer. Alors je ne sais pas quoi faire. Laisser sortir ce souffle et endurer les conséquences, ou continuer de le retenir quoi qu'il arrive.

Parfois, j'ai peur de souffler quand je suis près de lui car cela pourrait signifier la fin de notre mariage.

« Bonne nuit. »

Je n'ai pas l'énergie pour décider quoi faire, choisir mes mots, essayer de lui tirer les vers du nez. Nous avons tous deux été blessés, secoués et traumatisés par l'accident, et puis par la visite de cet inspecteur – si c'est ainsi que ça se manifeste en Jack, alors tout ce que je peux faire c'est ne pas rajouter à sa douleur et sa confusion en le forçant à parler. Tout ce que je peux faire, c'est me retirer et le laisser se débrouiller seul.

« Je t'aime », murmure-t-il soudain, subitement, en se lovant contre moi.

Il est doux, attentionné, il essaie de ne pas exercer une pression trop forte sur mon corps meurtri.

« Moi aussi », dis-je, un peu secouée. Il ne fait jamais ça après un « moment Eve ».

Il dépose un baiser sur ma nuque et répète ces mots contre ma peau, comme pour les graver dans mon corps. Pour la toute première fois après un « moment Eve », nous sommes ensemble et non au même endroit, à des kilomètres l'un de l'autre.

Février 2010
Debout en pyjama à la porte du salon, je regardais une version en noir et blanc de Rex Harrison s'adressant à Margaret Rutherford. Aucun son ne provenait de la télé. Les images sur l'écran envoyaient des rais de lumière danser dans la pièce obscure.

Parfaitement immobile dans le canapé, dos à la porte, dos à moi : Jack. Il avait dû m'entendre descendre mais n'avait pas bougé. J'allai jusqu'au canapé où il ne bougeait toujours pas, télécommande dans une main, regard vissé à l'écran.

« Jack ? Il est tard, viens te coucher. Tu te lèves tôt demain. »

La. lumière illumina soudain son visage, me révélant des traces de larmes, des larmes qui dégoulinaient encore de ses yeux. Mon cœur se glaça, terrifié par ce qui avait pu provoquer ça.

« Jack ? Tu vas bien ? Qu'est-ce que tu as ?

— C'était son film de Noel Coward préféré », dit-il au milieu de sanglots sourds à peine contrôlés.

Je me tournai vers l'écran. Moi aussi j'aimais *L'esprit s'amuse*. C'était bien pensé, intelligent et absolument absurde.

« Elle disait que c'était le meilleur de Coward. Mon Dieu, elle me manque tellement. »

C'était la première fois qu'il laissait un peu apparaître quel genre de personne était Eve, au-delà du fait que c'était la femme qu'il avait épousée. La première fois qu'il révélait une parcelle de ses goûts.

« Oh, mon chéri, bien sûr qu'elle te manque », dis-je en m'approchant pour l'entourer de mes bras, pour l'aimer et l'aider à surmonter ce moment douloureux.

Il eut un mouvement de recul comme si je lui voulais du mal.

« J'ai besoin d'être seul, dit-il les yeux sur la télévision, manifestement désireux que je m'en aille. S'il te plaît. »

Je l'observai, horrifiée. Pourquoi refusait-il mon aide? Mon contact? Elle, je ne la connaissais pas, mais lui, je l'aimais et m'inquiétais pour lui. J'aurais fait n'importe quoi pour l'aider à surmonter cette souffrance. Je croyais avoir été claire là-dessus, j'avais cru que c'était ce qu'il voulait, pour cela que nous nous étions mariés. Je croyais que le but du mariage, c'était de tout affronter ensemble – tous les problèmes.

« OK », dis-je, le cœur empêtré dans des fils barbelés, et transpercé en plusieurs endroits.

Faites que ce ne soit pas le début de ce que je crains, pensai-je en quittant la pièce. *Faites que ce ne soit pas le début d'Eve entre nous.*

Jack

Je fais souvent ce rêve : j'entre dans ma chambre et Eve est assise sur le lit, dans sa robe de mariage rose, les bras autour de ses jambes repliées contre sa poitrine, ses cheveux tombant en cascade et sa tête posée sur ses genoux. Ses sanglots emplissent l'espace de la pièce qui semble trembler de compassion.

« Mon Dieu, Eve, que se passe-t-il ? »

Je suis incapable d'approcher du lit, son chagrin forme comme un mur autour d'elle. Je veux la toucher, mais ça ne la consolera pas.

« Oh, Jack. Comment as-tu pu ? Comment as-tu pu tomber amoureux d'une autre ? Comment as-tu pu l'épouser ? Ça ne te fait rien que je ne sois plus là ? Tu ne m'aimes pas ? »

Au début, j'ouvrais les yeux à ce moment-là, la culpabilité me donnait presque la nausée, et mon cœur battait la chamade. Je devais me démêler de Libby qui dormait dans mes bras, tout doucement pour ne pas la réveiller, puis je m'éloignais dans le lit, lui tournais le dos en essayant d'effacer le son des pleurs d'Eve dans ma tête.

Avec le temps, le rêve s'est développé. D'abord plus détaillé, plus élaboré, plus accablant. Au lieu de

167

me réveiller à ses accusations, je restais devant elle à la supplier de me comprendre.

« Bien sûr que ça me fait quelque chose que tu ne sois plus là. Bien sûr que je t'aime.

— Alors pourquoi a-t-il fallu que tu tombes amoureux d'elle ? Le sexe, ça ne veut rien dire, c'est l'amour qui importe. »

Et les sanglots s'intensifiaient, m'emplissant d'une douleur vibrante.

« Eve, je suis désolé, pardonne-moi. Je ne l'aime pas, disais-je, essayant à tout prix de faire cesser ses pleurs. Eve, Eve ! Eve, non ! J'ai fait une erreur, je n'aurais jamais dû l'épouser. Je ne l'aime pas. »

Et ça marchait, Eve cessait de pleurer et levait finalement son visage rouge et gonflé pour regarder au-delà de moi, vers la porte.

« Tu vois ? Je te l'avais dit », disait-elle.

Je me tournais pour trouver Libby qui m'observait. Son regard compréhensif et triste me transperçait le cœur tant son désespoir était palpable. Puis elle se retournait et quittait la pièce.

Je fais ce rêve depuis l'accident. Libby rêve de l'accident, et moi de cela. Comme elle, je me réveille trempé de sueur, tremblant, angoissé. Contrairement à elle, je me réveille amputé d'un autre morceau de mon âme. Et voilà que, maintenant, j'appelle Eve tout fort.

J'aimerais tant pouvoir expliquer à Libby ce que la mort d'Eve a provoqué en moi, que je la vois devant mes yeux presque tous les jours. Mais je ne peux pas sans lui raconter toute l'histoire. Et « toute l'histoire », je ne peux pas la lui raconter.

Mais ne pas lui dire, c'est aussi lui nuire.

Elle est si fragile à présent. Les changements invisibles à l'œil nu me nouent l'estomac : elle se montre irritable, nerveuse, hésitante. Quand je la regarde, je ne vois que de la confusion dans ses yeux, dans ses actes. Parfois, on dirait qu'elle ne sait plus faire les choses quotidiennes comme faire bouillir de l'eau ou ouvrir une boîte pour le chien, parce qu'elle n'est pas certaine d'exécuter ces tâches correctement.

La douleur que je ressens en l'observant se débattre pour redevenir normale alors qu'elle parvient à peine à se maintenir à la surface m'était jusque-là inconnue. Quand Eve est morte, c'était facile de me laisser aller au chagrin, inutile de me contrôler pour ne pas la blesser. Eve ne savait pas. Mais avec Libby, quand je reviens à la réalité après le rêve, je reste éveillé, à regarder le plafond, à retracer tous les moments où je l'ai laissée tomber.

Avant le mariage, nous avons emménagé dans son petit appartement de Brighton parce que nous faisions repeindre la maison. Aller acheter de nouveaux meubles pour la chambre à coucher s'est vite transformé en désir de nous bâtir un nid rien qu'à nous. Quand j'ai proposé une nouvelle couleur pour les murs et une nouvelle moquette, elle m'a demandé si j'étais sûr de moi. Je ne l'étais pas – ça revenait à peindre par-dessus la peinture qu'avait choisie Eve – mais il le fallait, pour construire ma vie avec et autour de Libby. Elle voulait qu'on fasse la peinture nous-mêmes, mais après avoir pris conscience du travail que cela représentait, alors que nous étions en pleine préparation du mariage, elle accepta de me laisser appeler les peintres.

Nous dormions donc dans son appartement, petit et douillet, sans nulle part où s'isoler si l'on commençait à se sentir à l'étroit. Un endroit parfaitement oppressant ; une période confinée comme je n'en avais jamais vécu. Je la regardais dormir, je la regardais aller dans la minuscule salle de bains à côté de sa chambre, dans son pyjama froissé, ses cheveux retenus par un foulard, se frottant les yeux en murmurant des gros mots à cause de l'heure matinale. Je restais au lit et observais, par la porte grande ouverte, ses manies tandis qu'elle mangeait son porridge avec du lait en brick au-dessus de l'évier de sa kitchenette, au fond du salon. J'étais ravi chaque fois qu'elle me criait de bien apprécier le lit car son appartement ne se trouvait qu'à quinze minutes de marche de mon bureau. J'aimais comme elle s'affalait sur le canapé en rentrant du travail, comme elle me souriait si je disais que j'allais préparer le dîner, comme elle tentait de rester éveillée après vingt-deux heures mais finissait toujours par baver sur mon épaule et protester quand je la mettais au lit.

« Arrête de m'observer, disait-elle tout le temps, avec un petit sourire parce qu'elle ne se gênait pas pour le faire avec moi.

— Je n'y peux rien. Tu me fascines, je suis amoureux de toi.

— Eh bien, va te fasciner et tomber amoureux devant la télé. J'essaie de nettoyer cette tache et ce n'est pas facile avec toi qui me regardes fixement. »

Une semaine avant le mariage, alors que je l'observais une nouvelle fois, elle m'a caressé la joue, les yeux fermés et je l'ai embrassée sur la bouche ; pour une raison ou pour une autre, nous allions le faire. Nous n'avions pas retenté l'expérience depuis cette nuit-là, mais allions le faire maintenant parce que j'étais en train de la déshabiller, ses mains couraient sur mon corps et de petits bruits de plaisir s'échappaient de sa gorge. Juste avant que je la pénètre, elle a murmuré quelque chose. Je n'étais pas censé l'entendre – elle ne semblait même pas se rendre compte de ce qu'elle disait ; une pensée de son cœur qui avait accidentellement trébuché hors de sa bouche.

Nous avons fini par nous endormir l'un contre l'autre comme d'habitude, mais ce qu'elle m'avait dit me collait à la peau.

« S'il te plaît, Jack, ne me brise pas le cœur. » *Ça n'arrivera pas*, ai-je répondu silencieusement. *Je ne pourrais pas.*

Et pourtant je l'ai fait.

Je devrais lui dire, la sortir de sa détresse et de sa confusion, nous donner à tous les deux une chance d'aller de l'avant. Les bons moments que nous passons ensemble sont merveilleux, et les mauvais moments arrivent généralement quand j'essaie d'épargner ses sentiments en ne disant rien sur Eve.

Je ne sais pas si ça la dérangerait, mais j'ai peur de tenter le coup, je suis terrifié à l'idée qu'elle me déteste pour de bon. Si elle ne se souvient jamais de ce que j'ai fait après l'accident, alors aucune autre femme que j'aime ne me regardera jamais plus avec tant de haine.

Libby

Comme d'habitude, Jack est à l'autre bout du lit lorsque je me réveille une seconde fois, transpirante et secouée par mon cauchemar de l'accident. Contrairement à l'habitude, il tend le bras vers moi, comme s'il n'avait pu éviter de s'éloigner, mais qu'il faisait tout son possible pour rester près de moi. J'essaie de me rendormir. Peut-être l'accident a-t-il eu un effet bénéfique sur nous, peut-être que, sachant ce que nous avons à perdre, nous allons nous ouvrir plus l'un à l'autre. Peut-être – avec un peu de chance – est-ce le début du reste de notre vie ensemble.

Libby

«Il n'y a rien d'intéressant pour toi en bas, Butch. Je te jure.»

Il gratte à la porte de la cave, il est en train de détériorer la peinture. Ça devrait m'ennuyer – ça ennuierait Jack – mais je m'en fiche vraiment en fait. Il y a des choses plus importantes dans la vie, je crois.

Ce chien est chez nous depuis cinq jours et quand il ne paresse pas dans son panier dans l'entrée, il essaie désespérément d'accéder à la cave. On croirait qu'il y a enterré un os et qu'il veut le récupérer.

Butch s'interrompt et s'assied en me regardant. Il en a marre.

«Je te l'avais dit.»

Il aboie.

La sonnette vient interrompre le conflit et un instant, je considère l'idée de l'ignorer. Faire semblant que je ne suis pas là. Mais ça ne doit pas être n'importe qui, quelqu'un que je peux ignorer en toute impunité, ça doit être quelqu'un que je connais qui va m'appeler sur mon portable aussi. Et si je ne réponds pas, il va appeler Jack qui accourra à ma rescousse, même si c'est sa première semaine au bureau depuis l'accident. Enfin ça, c'est si l'ambulance, la police et les pompiers ne sont pas déjà sur place.

« Ce n'est pas terminé, dis-je à Butch avant d'aller à la porte.

— Ding-dong, voilà Grace Clementis ! »

Elle est radieuse ; l'image même d'une femme qui prend la beauté au sérieux. Elle porte son coffret Vuitton dans lequel elle range son nécessaire à manucure. Avant l'accident, Grace se servait de moi comme école de beauté gratuite, c'est une de ses passions.

« C'est comme si Dieu exauçait toutes mes prières d'un coup, avait-elle dit quand je l'avais revue en tant que copine de Jack. Jack se trouve quelqu'un de charmant et en plus, c'est une esthéticienne. J'ai dû faire le bien dans une vie antérieure. »

Je l'observe en me demandant si elle tient vraiment à ce que je lui donne un cours, là tout de suite. J'arrive à peine à marcher, à peine à penser – lui donner un cours de beauté n'est pas tout à fait la dernière chose que je veuille, mais elle arrive assez bas dans cette liste quand même.

« J'ai pensé que tes ongles ont dû être négligés ces deux dernières semaines. Tu as besoin d'une manucure professionnelle. Et ta-da ! En voilà une ! »

Dans la vraie vie, Grace est directrice du service marketing d'une grande banque.

Je me tais. Qu'est-ce que je pourrais trouver à dire qui ne soit ni grossier ni blessant ?

« Le truc, ma chérie, c'est que je ne pars pas tant que tes ongles ne sont pas vernis, alors on peut employer la manière forte, ou alors la manière encore plus forte. »

Elle sourit tandis que je la laisse entrer.

« Comment était Jack après la mort d'Eve ? »

Nous sommes assises à la table de la cuisine, les instruments de Grace devant nous, un arc-en-ciel de vernis à ongles à ma droite. Elle a travaillé sans mot dire, me massant consciencieusement les mains – la gauche est encore un peu sensible depuis l'accident – avec une crème haut de gamme, avant d'utiliser du dissolvant pour préparer mes ongles à l'application de la base.

Dans sa main, le pinceau s'arrête en plein élan et elle baisse légèrement la tête.

Elle hésite, se reprend. Je ne lui avais jamais posé de questions sur Eve auparavant, je n'en ai jamais eu besoin. Mais Jack qui se met à crier son nom dans son sommeil, cela commence à me monter à la tête. Ça, plus ce que l'inspecteur m'a raconté, je me sens de plus en plus déprimée. Je croyais aller de l'avant, aller mieux, mais j'ai l'impression d'être coincée, incapable de me débarrasser du sentiment que Jack me cache quelque chose. Il n'est pas lui-même et, moi, je veux savoir si c'est sa façon de réagir au traumatisme, ou si quelque chose le ronge.

« Qu'est-ce que tu veux dire ?

— Je veux dire, comment était-il, qu'est-ce qu'il a fait ? Il m'a dit qu'il ne s'était pas bien comporté, mais qu'est-ce que ça veut dire exactement ?

— Ça veut dire qu'il a complètement changé. »

Elle lève la tête, ses cheveux blond miel enroulés autour de son cou pour les éloigner de mes ongles retombent doucement sur ses épaules. Je suis jalouse de ses cheveux. Pas uniquement de ça, je suis jalouse qu'elle puisse se cacher derrière sa chevelure si elle

175

le veut. Et encore plus loin, je suis jalouse qu'elle ressemble à une femme.

« La mort d'Eve l'a presque détruit. C'était comme s'il avait été totalement dévasté et que seule son enveloppe corporelle lui permettait de tenir en un seul morceau. Il était tout le temps en colère, il en avait après n'importe qui – je ne sais vraiment pas comment il a fait pour garder son boulot. Il buvait constamment. J'ai essayé de lui parler – on a tous essayé – mais rien ne l'atteignait.

— Alors, qu'est-ce qui l'a arrêté ?

— Je ne suis pas très fière de ça, alors… Bon, en gros, six mois après la mort d'Eve, un jour, il est allé boire toute la journée, et puis il a pris sa voiture pour venir jusque chez nous. Rupert est devenu fou. Je ne l'avais jamais vu si furieux, parce que non seulement Jack avait mis sa vie en danger, mais aussi celle de tous les gens qu'il avait croisés. Il avait peur, aussi, que Jack ne finisse par se tuer, mais, à ce moment-là, il était tellement en colère qu'il a refusé qu'il reste chez nous. Il l'a installé dans notre voiture et l'a déposé chez lui. Je suis restée avec lui pour m'assurer que ça allait ; Rupert ne pouvait pas, il était bien trop énervé.

« Pour moi, c'était la fin. Jack allait finir par se tuer et moi j'allais perdre un ami. Quand Jack s'est réveillé et m'a vue en larmes, il croyait que je pleurais à cause d'Eve et s'est mis à me réconforter. Je lui ai dit que je pleurais parce que j'avais l'impression qu'il était mort lui aussi et que, avec la vie qu'il menait, ce n'était qu'une question de temps.

« Il a répondu très méchamment qu'il ne voyait plus l'intérêt de vivre. À ce moment-là, j'ai cessé d'avoir peur et je me suis mise en colère comme jamais. Moi

176

– comme tous ceux qui le connaissaient – j'essayais de l'aider et, lui, il avait décidé d'abandonner. Aucun de nous ne comptait pour lui. Je suis partie en le traitant de connard égoïste. Plus tard, ce jour-là, il est revenu chez nous chercher sa voiture et s'excuser, mais je ne l'ai même pas laissé entrer. Je suis restée à la fenêtre de l'étage et lui ai lancé ses clés et je lui ai dit d'aller… se faire foutre et de sortir de ma vie, comme ça, ça me ferait moins mal quand il finirait par se suicider.

Il a été vraiment choqué parce que c'était la première fois que je lui tenais vraiment tête. Il a admis être égoïste et moi je lui ai répondu que tout ça c'étaient de belles paroles et que je voulais voir un vrai changement avant de redevenir son amie.

— Tu étais sérieuse ?

— Je ne sais pas. Je voulais le paraître, en tout cas. Je voulais le sortir de son état, mais je ne sais pas combien de temps encore Rupert et moi allions pouvoir le supporter. Heureusement, il a fait le choix d'arrêter l'alcool et les accès de colère. Je crois qu'il s'est rendu compte qu'il touchait le fond quand on l'a menacé de couper les liens. Dieu sait ce qui lui serait arrivé s'il avait continué comme ça. Il n'a pas changé en une nuit, tu te doutes bien, il n'est pas devenu meilleur, il s'est contenté de laisser tomber les trucs dangereux. Il a continué à mal se comporter mais de façon différente, jusqu'à ce que tu le remettes à sa place. Je suis heureuse qu'il ait mis de l'eau dans son vin avant que quelqu'un soit tué ou blessé par son… »

177

Le rouge lui monte soudain aux joues. Elle ouvre le flacon de vernis, baisse la tête en utilisant ses cheveux comme un écran et se remet à la manucure.

«Désolée, dit-elle.

— Ça va.»

Et je le pense vraiment. L'accident n'était pas la faute de Jack, malgré les doutes que l'inspecteur a essayé de me fourrer dans le crâne.

«Tu as déjà rencontré l'inspecteur Morgan?

— *Celle-là!* Cette… Je déteste dire du mal des autorités, mais elle… Elle a essayé de me soutirer des tas de renseignements sur Jack. De savoir s'il était violent, s'il avait pu tuer Eve. Je l'ai vite remise à sa place. Même s'il avait été violent, elle est arrivée comme ça avec ses gros sabots, alors, même s'il y avait eu quelque chose à dire – et il n'y avait rien – je n'aurais rien dit.»

Grace se tait et me regarde.

«Comment l'as-tu rencontrée?

— Elle est venue prendre ma déposition sur l'accident à la maison, mais en fait, elle a essayé de me faire croire que Jack avait assassiné Eve et que j'étais probablement la prochaine sur la liste.

— J'espère que tu l'as jetée dehors», dit-elle d'une voix plus indignée que ne le laisse paraître son visage.

La façon dont elle baisse les yeux en secouant la tête devant l'audace de l'inspecteur me déstabilise un instant.

«Bien sûr.»

Elle n'ose pas me regarder.

«Elle a du culot, on ne peut pas lui enlever ça.»

Grace retombe dans le silence en se concentrant sur mes ongles: la conversation est terminée. Chaque

178

passage du pinceau me procure une sensation de fraîcheur éphémère. J'observe le produit protecteur qu'elle étale sur mes ongles. J'imagine que ça doit être affreux qu'on vous dépeigne votre ami en assassin : ce n'est manifestement pas quelque chose dont elle a envie de parler. Moi non plus, ce qui m'intéresse, c'est Jack et l'effet que lui faisait Eve.

« Elles étaient comment les copines de Jack, avant Eve ?

— Avant Eve ? Il n'y en a pas eu avant Eve. Je croyais que tu étais au courant.

— Au courant de quoi ? »

Elle garde sa main sur la mienne comme pour m'annoncer une terrible nouvelle.

« Jack était puceau quand il a rencontré Eve. »

Je veux te prendre. Je peux te prendre ? dit la voix de Jack dans ma tête. Ce souvenir me revient souvent en mémoire : la question, modulée avec soin ; la façon dont elle se mêlait à son corps pressé contre le mien ; sa manière de la formuler pour s'assurer qu'il avait tout mon consentement ; son timing parfait pour que j'aie déjà atteint l'orgasme et que je sois plus encline à obtempérer… tout ça c'était l'œuvre d'un expert. Pas d'un…

« Tu ne le savais vraiment pas ? Sans rire, vous parlez de quoi avec Jack ?

— Pas des choses qu'il faudrait, apparemment. Il était vraiment puceau avant Eve ? »

Quand elle acquiesce, ses cheveux se balancent d'avant en arrière, j'aimerais qu'elle arrête ça. J'aimerais qu'elle arrête d'avoir des cheveux qui bougent. J'aimerais qu'elle arrête d'avoir des cheveux juste sous mon nez.

«Après sa mort et quand il a commencé à se reprendre, c'était comme s'il ne vivait que pour coucher avec des tas de femmes différentes. Avant Eve, il n'aurait jamais fait ça, il ne l'avait jamais fait. Il attendait la bonne ; il disait toujours qu'il avait besoin d'être complètement amoureux pour coucher avec quelqu'un.

— Et ç'a été Eve.

— Je suppose que oui. Elle, elle n'était pas vierge. Elle était comme nous toutes, au moins une conquête à son compteur. Je pense que tout ça, c'est la faute du père de Jack. »

Que vient faire Hector là-dedans ?

« Tu as choisi une couleur ?

— Rouge », dis-je, spontanément.

Mon esprit est en train de traiter cette nouvelle information sur Jack. Est-ce pour cela qu'elle l'obsède ? La plupart des gens ont toujours une petite place à part pour leur premier amour, et pour la première personne avec laquelle ils… Pour Jack, cette personne a été la même pour tout ça et, en plus, c'est celle qu'il a épousée. Inutile de se demander pourquoi il n'a pas réussi à la laisser partir complètement.

« Pourquoi ce serait la faute d'Hector ? »

Grace détourne momentanément son regard de sa collection de vernis et m'observe avec surprise et incrédulité.

« Vous ne parlez pas beaucoup, vous deux, n'est-ce pas ? »

Tu n'imagines même pas, pensé-je en moi-même.

« Pas de ce genre de choses.

180

— Bon, je ne devrais sûrement pas te dire ça, mais je ne vois pas ce que ça peut faire ; c'était il y a longtemps. Quand Jack a eu quinze ans, le jour de son anniversaire, son père l'a emmené dans un bordel de luxe à Londres et lui a dit de choisir une fille.

— C'est *horrible*, murmuré-je une fois le premier choc passé.

— Attends, il y a pire. Jack n'a pas pu parce qu'il avait trop peur, il était complètement stressé, alors Hector l'a engueulé pour l'avoir humilié et il ne lui a pas parlé pendant une semaine. »

Mes mains montent toutes seules à ma bouche.

« Je connais Hector depuis toujours, dit Grace, alors découvrir quelque chose comme ça... J'en ai eu, et j'ai toujours la chair de poule quand j'y repense. Lui et mon père sont très bons amis alors, forcément, je me suis posé pas mal de questions... qui m'ont fait tellement flipper que j'ai dû arrêter d'y penser.

— Mon Dieu, mes pauvres.

— Ç'a vraiment mis le bazar dans la tête de Jack. Moi, je n'ai jamais été sûre que mon père faisait ce genre de choses, mais Jack, lui, en a eu la preuve. Il a dû choisir entre se taire ou détruire sa famille en le disant à Harriet. Ça faisait lourd à porter pour les épaules d'un gamin de quinze ans. Normal qu'il n'ait pas eu envie de s'approcher d'une femme avant de trouver la bonne.

— Je n'en savais rien.

— Ça c'est sûr. Personne ne soupçonnerait quelqu'un comme Hector... Enfin, le fait que Jack reste puceau, c'était aussi la vengeance parfaite sur son père parce que c'est devenu énorme dans les cercles sociaux et d'affaires que fréquentait Hector, ce fils qui ne voulait pas « se conduire comme un homme », quoi que ça veuille dire. Hector lui organisait des rendez-vous, lui présentait des femmes, mais Jack refusait de jouer le jeu. Et c'est lui qui a eu le dernier mot.

— J'ai dansé avec Hector à notre mariage. »

Il a mis ses bras autour de moi à notre mariage. Je m'efforce de ne pas penser à tous les moments où j'ai eu un contact physique avec lui, mais ça ne marche pas, ça me revient constamment à l'esprit.

« Il a insisté pour danser avec moi à la fête pour mes dix-huit ans et aussi à mon mariage, c'était juste beurk ! Eve a bien eu raison de s'enfuir à moitié avec Jack, hein ? Elle a pu éviter tout ça.

— Hmmm. »

La première fois que j'ai rencontré Hector, je l'ai préféré à Harriet. Je la trouvais un peu bizarre, un peu trop heureuse que Jack soit retombé amoureux, et un peu trop insouciante de savoir si on allait l'impliquer ou pas dans les préparatifs du mariage, alors qu'elle tenait clairement à être de la partie. Hector, lui, était poli, sympathique et affable, il ressemblait au genre d'hommes que j'aurais aimé voir Jack devenir. Je ne pouvais pas me tromper davantage.

« OK, maintenant, revenons à tes ongles. Quelle couleur ?

— Rouge, je t'ai dit.

— Rouge ? J'ai quinze rouges différents – il va falloir être un petit peu plus précise.

— Je ne sais pas, Grace, je ne fonctionne pas correctement. J'ai déjà du mal à décider si je vais porter un soutien-gorge ou pas la plupart du temps et pourtant c'est essentiel – ça, en revanche, ça ne l'est pas. Alors excuse-moi, je ne peux pas me décider entre les différentes nuances de rouge. Je m'en fiche.

— Tu t'en fiches ? Tu devrais avoir honte, jeune fille. Je ne compte pas laisser un petit accident te distraire de tes devoirs de beauté. Angela et moi, on va te faire revenir à toi en un rien de temps.

— Vous avez parlé de moi avec Angela ?

— Bien sûr ! Tu es notre amie : on va tout faire pour que tu ailles bien.

— Je vais bien. »

Les yeux de Grace, bleu pâle avec des taches noisette, me forcent à lui rendre son regard.

« Tu sais ce que je veux dire. »

Je baisse immédiatement les yeux. Je sais ce qu'elles veulent dire. Je croyais commencer à aller mieux, mais les rêves de Jack et la visite de cet inspecteur m'ont ramenée loin en arrière. Ou peut-être est-ce une dégringolade naturelle, quelque chose qui serait arrivé de toute façon, une fois la réalité de ma situation devenue palpable. Je suis tellement frustrée. J'ai envie de me secouer par les épaules en me hurlant de surmonter ça, d'arrêter de faire ce que je fais, de ressentir ce que je ressens, *de me reprendre*. Mais ça reviendrait à crier sur une femme abasourdie par l'horreur de ce qu'elle voit dans le miroir, vaincue par la peur que le reflet ne change jamais, pétrifiée de savoir qu'elle pouvait tomber si bas. Je veux aller bien, mais, en ce moment, je ne vois pas tellement comment ça va être possible.

J'attrape un vernis rouge foncé. Rouge foncé, comme la couleur de mes cicatrices après deux jours, quand je les ai vues pour la première fois.

« Celui-ci », dis-je en le lui tendant en gage de paix, un drapeau blanc pour qu'elle me laisse tranquille.

Des fossettes apparaissent sur ses joues tandis que son sourire s'élargit. Ses yeux, aussi perspicaces et pénétrants que ceux d'Angela, me disent assez clairement qu'ils ne sont pas dupes. Mais elle va accepter ça, pour le moment.

Chapitre 8

Libby

«Je suis certain de m'exprimer en notre nom à tous, déclare Hector, quand je dis que nous sommes tous extrêmement heureux que Liberty et Jack soient avec nous aujourd'hui.»

Dans la pièce, amis et famille acquiescent. Tout le monde est là : maman, papa, Grace, Rupert, Angela, Spencer, son mari, Paloma, Sandra, Inés, Amy et Vera, les parents de Grace, Harriet et, bien sûr, Hector. Sont aussi présents quelques collègues de Jack, dont Rachel, son assistante. Caleb et Benji sont encore en vacances, tout comme Jeff, le frère de Jack, et sa famille. Sur le canapé en face de la cheminée, je tiens la main de Jack.

«Je suis certain que vous êtes tous aussi soulagés que moi qu'ils soient tous les deux sur la voie de la guérison », continue Hector.

Pour je ne sais quelle raison, il s'est auto-désigné pour prendre les commandes de la barque et prononcer le discours. Avant, ça ne m'aurait pas ennuyée mais, sachant ce que je sais à son sujet, je me sens un peu souillée, comme s'il nous infectait avec ses agissements immoraux. C'est ridicule, je le sais bien, étant donné que, jusqu'à ma conversation avec Grace, Hector ne me dégoûtait pas. Il se contentait d'être le père de Jack, ni plus ni moins sympathique que beaucoup d'autres gens que j'avais rencontrés depuis le début de ma relation avec Jack.

« J'espère que vous vous joindrez à moi pour lever nos verres à Liberty et Jack, et à la vie merveilleuse qu'ils ont devant eux, conclut Hector.

— À Libby et Jack », reprennent-ils tous en chœur.

Jack me presse la main en signe de réconfort et je me penche vers lui. Nous affichons tous deux des sourires figés. Tout cela est un peu trop formel pour nous. Quand Harriet et Hector avaient suggéré une petite réception pour que les gens puissent nous voir et que nous ne soyons pas embêtés par un flot ininterrompu de visiteurs, j'avais pensé que cela se résumerait à eux, papa et maman, peut-être aussi Jeff et sa famille. Je n'avais pas compris qu'ils voulaient parler de tous ces gens, et qu'ils avaient prévu autant de nourriture. Tout cela ne nous ressemblait pas du tout.

Quand je me suis rendu compte hier de ce qui se passait, je me suis sentie mal parce que je savais que mes parents auraient aimé qu'on les implique dans l'organisation, et aussi parce que ça signifiait affronter plus de monde que la famille proche, avec cette tête-là. L'intention était charmante, mais j'aurais préféré une réunion plus simple et intime.

Je porte une écharpe en turban mais c'est trop tôt pour le maquillage, alors je dois braver les regards dans une sorte de dénuement. J'avais espéré pouvoir me fondre dans le décor, m'asseoir dans un coin, le visage un peu dissimulé, et laisser Jack se débrouiller. Mais Hector a gâché ça. Il a dirigé l'attention des convives sur moi. Bien sûr, le problème, maintenant, c'est que, à mes yeux, il ne fera plus jamais rien de bien.

Heureusement, les gens semblent s'amuser entre eux. Ceux qui ne me connaissent pas vraiment restent distants et ne me regardent que lorsqu'ils pensent que je ne les vois pas. Ce qui a pour heureuse conséquence de me dispenser de tout échange verbal avec eux.

« Liberty », dit maman d'un ton sérieux, tout en s'asseyant près de moi tandis que Jack est parti remplir nos verres.

Soit elle va essayer de me convaincre d'aller voir son pasteur afin de prier pour la disparition rapide de mes cicatrices, soit, pire, elle va dire quelque chose dans le genre : « Et si on allait faire du shopping à Londres cette semaine pour acheter des perruques ? »

Mon cœur et mon corps s'affaissent.

« Maman…

— Madame Rabvena, fait Angela, sortant soudain de nulle part. Je voulais vous poser des questions sur votre Église à Londres. »

Elle s'assied à côté de ma mère, prête à prendre ma place en première ligne. C'est pour ça qu'elle est ma meilleure amie.

« Est-ce que tout le monde peut y aller, et est-ce qu'ils font des services toute la journée pour Pâques et pour Noël ? »

Pendant trente secondes, ma mère est déchirée entre me persuader de me plier à sa volonté pour me faire ressembler de nouveau à une femme, ou amener une nouvelle convertie à son Église. Probablement les trente secondes les plus longues de son existence, mais, pour finir, elle choisit Dieu au harcèlement de sa fille.

Pour ma part, j'observe Hector. Je cherche un indice qui révélerait qu'il va, ou qu'il est allé, voir des prostituées. Ou qu'il lorgne sur d'autres femmes, parce que jamais auparavant je ne me suis sentie mal à l'aise auprès de lui. J'essaie de le surprendre en train de regarder subrepticement Paloma ou une autre de mes collègues, ou Grace ou Angela, ou les femmes des collègues de Jack, ou même Rachel. Mais rien, absolument rien. Le seul moment où il les remarque, c'est quand il leur parle. Grace se serait-elle trompée?

Je l'aperçois qui questionne sans relâche Paloma (tout comme lors de notre mariage), elle prévoit certainement d'aller soutirer des secrets de beauté aux autres filles de l'institut. Je remarque que, de temps en temps, son regard s'arrête sur Hector et, chaque fois qu'il menace de se retrouver près d'elle, elle entraîne son interlocuteur plus loin, ou s'arrange pour aller discuter avec quelqu'un d'autre. Maintenant que je suis au courant, il apparaît assez clairement qu'elle l'évite. Qu'il lui donne véritablement la chair de poule. Elle ne s'est pas trompée.

«Libby, comment allez-vous? demande Hector qui se tient juste devant moi avant de s'accroupir pour être à ma hauteur.

— Oh, ça… ça va.»

J'aurais préféré que ma mère soit en train de me harceler à propos de la perruque, au moins je n'aurais pas à parler à Hector. Je ne sais pas quoi lui dire; je ne sais pas comment me comporter. C'est comme quand on entre dans une pièce où deux personnes sont en train de faire l'amour – ce qui m'est déjà arrivé quelques fois avec mes colocataires à l'université: on n'arrive jamais à se sortir cette image de la tête. Je n'avais pas vu Hector le faire, mais rien que l'image de lui en train de tendre une liasse de billets avant de…

« Ça fait plaisir de vous voir en si bonne forme, dit-il, le visage et la voix reflétant une sollicitude authentique. Jack était très inquiet pour vous.

— Je sais. Ç'a été difficile pour nous deux.

— Je suis content que vous alliez mieux. Vous allez vous rétablir complètement et reprendre le travail en un rien de temps.

— J'espère. Même si je ne vois pas aussi loin pour le moment.

— Je comprends. »

J'aperçois une assiette vide sur la table : mon échappatoire à cette conversation. Tout ça est un peu trop pour moi. La main sur l'accoudoir du canapé, je me lève avant que Hector m'offre son aide.

« Je vais rapporter ça à la cuisine, lui dis-je. Je reviens tout de suite.

— Oui, bien sûr », répond Hector en se dressant devant moi.

Sans un regard en arrière, je sors de la pièce en contrôlant ma respiration.

Une fois dans la cuisine, je me débarrasse de l'assiette et m'efforce de respirer normalement. Ce n'est pas comme si Hector m'avait fait quoi que ce soit. Ce n'est pas comme s'il m'avait emmenée dans un bordel. Mais l'idée qu'il ait pu y emmener qui que ce soit, et surtout son fils de quinze ans, ça me paraît un peu difficile à ignorer. Difficile à concilier avec celle de l'homme qui a posé une main au creux de mes reins et l'autre dans la mienne pour me faire tournoyer sur la piste de danse au son de… je ne me souviens plus de la chanson.

191

Je ferme les yeux pour faire cesser le tournis qui m'a prise et donner à mon estomac une chance de se ressaisir.

« Vous allez bien ? » demande Harriet en me faisant sursauter.

Immédiatement, je me mets à rassembler les assiettes vides. Leur cliquetis est amplifié dans le silence de la cuisine vide, même si le bruit des voix et de la musique nous parvient de l'autre pièce.

« Oui, oui, ça va. »

Je ne veux pas la regarder, je ne veux pas qu'elle voie du dégoût ou de la pitié sur mon visage.

« Vous êtes sûre ? Vous m'avez l'air très nerveuse.

— Oh, c'est… parce que… c'est la première fois qu'on invite des gens depuis le… euh… l'accident. Je suis un peu submergée. Vous savez ce que c'est.

— Laissez-moi vous aider, dit-elle en empilant les assiettes.

— Merci.

— Vous devriez vraiment vous reposer.

— Vous devez avoir raison, mais c'est dur avec une maison pleine de monde.

— Voulez-vous que je leur demande de partir ? »

Harriet est une femme charmante. C'est pour cela que ça me tue que Hector lui ait fait ça. En plus, ça n'avait pas l'air d'être la première fois. Rien que d'y penser, je frissonne intérieurement. *Est-ce qu'elle sait ? Est-ce qu'elle sait et le tolère, ou est-ce qu'elle ne se doute absolument de rien ?*

Je m'oblige à lui sourire.

« Entre nous ? J'apprécierais. Mais ce ne serait pas juste ; ils sont venus jusqu'ici pour célébrer le fait que Jack et moi soyons toujours là, alors je ne devrais pas avoir envie d'un peu de paix et de calme, n'est-ce pas ? »

Ma belle-mère m'adresse un sourire conspirateur.

« Libby, si vous saviez combien de fois je pense la même chose pendant les réceptions qui ont lieu chez moi… mais ce que l'on attend de la femme d'un important homme d'affaires, c'est de se comporter en hôtesse parfaite. Parfois je vous envie un peu de ne pas vous être contentée de devenir simplement Mme Jack Britcham, si je peux me permettre.

— Mais Jack n'a rien à voir avec son père, de ce point de vue-là.

— En effet. Mais il aurait pu. Le nom de Britcham a tellement de poids dans les cercles où il travaille.

— Mon Dieu, vous pensez que les gens ne comprennent pas que je travaille encore, que j'aie ma propre vie, et qu'ils le font sentir à Jack ? » *Est-ce qu'Eve se fondait dans ce monde mieux que moi ?*

Harriet m'adresse un large sourire et ça me tue encore un peu plus qu'elle ait été si maltraitée – qu'elle le sache ou non – par Hector.

« Je crois que Jack peut être fier d'avoir réussi à trouver non pas une, mais deux femmes indépendantes.

— Oh, excusez-moi, je viens de me rendre compte de ce que je viens de dire. Comme si, votre vie n'avait pas d'intérêt, alors que je voulais dire que…

— Je sais. Et ça ne me vexe pas. J'ai ma propre vie, mais elle est construite autour de ma famille et de mon mari. Tout comme le vôtre, ce n'est pas un mauvais choix. C'est ce que j'aime dans le monde moderne : le choix. Nous choisissons tout ce avec quoi nous devons vivre. »

193

Ma main monte inconsciemment jusqu'à mon crâne chauve : le choix que j'ai fait à cause du choix qu'une autre personne a fait. Ce que j'ai perdu par la faute d'un automobiliste qui s'est comporté d'une façon égoïste et stupide. C'est pour cette raison que je n'apprécie pas la réception – ce n'est pas quelque chose que j'aurais choisi ; ce n'est pas le genre de réception que j'aurais donnée. Ce n'est pas une réception, mais bien une veillée funèbre comme si nous étions morts dans l'accident.

« Tout compte fait, Harriet, est-ce que vous me trouveriez bien ingrate de vous demander de vous débarrasser des autres ? »

Je déteste me sentir faible et à bout de forces : je déteste ne pas contrôler ma vie et mon destin ; je déteste qu'on m'ôte mon pouvoir de décision.

« Pas du tout, Liberty », dit Harriet, le regard plein de sollicitude.

Un regard que je déteste, parce que, derrière, il y a également de la pitié.

« Pas du tout », répète-t-elle en me tapotant la main.

« Ma chérie, ça va ? » demande Jack, après que tout le monde – y compris Harriet et Hector qui étaient restés pour nettoyer et parler à Jack – est parti. J'ai entendu maman s'agiter un peu en disant qu'elle allait ranger mais papa ne l'a pas laissée faire – il a prétexté qu'ils devaient rentrer pour aider un voisin âgé. Ma pauvre maman s'y est opposée, mais quand papa a fini par se lever pour aller chercher ses clés, elle a, heureusement, accepté de le suivre – elle devait aussi se lever tôt le lendemain pour aller à l'église. Je n'aurais pas résisté à une nouvelle conversation sur les perruques.

« Juste fatiguée, dis-je à Jack tandis qu'il m'aide à m'allonger sur le lit.

— Là, laisse-moi t'aider. »

Il tire doucement sur ma chemise que je n'ai pas réussi à enlever. J'ai attendu trop longtemps pour prendre mes antidouleurs et mes muscles commencent à protester. Je savais que je devais les prendre, mais je ne voulais pas sortir de la salle de bains du bas où je m'étais réfugiée pour aller les chercher – les au revoir auraient duré plus longtemps que la soirée.

« Allonge-toi », dit Jack en me prenant la main.

Au-dessus de moi, son odeur m'envahit tandis qu'il défait le bouton de mon jean.

« Si je ne vous connaissais pas mieux, Jack Britcham, je dirais que vous cherchez des sensations fortes. »

Il me sourit tristement, retire mon jean avec précaution, puis s'arrête pour regarder mon corps. Je sais ce qu'il voit parce que moi aussi, je l'ai regardé ce matin. J'ai la peau noir, bleu, violet et jaune sur tout le côté gauche. Les hématomes s'étendent vers le milieu comme de la peinture répandue sur du papier marron. Ça, ce sont les « contusions multiples ». Ma cage thoracique est encore bandée à cause de ma côte fêlée. La cicatrice de mon opération de la rate se referme lentement, des croûtes se sont formées sur mes égratignures.

Jack ravale son émotion en s'efforçant de ne pas pleurer. C'est pour cela que je me déshabille toujours seule pour aller au lit, pour lui épargner cette vision qui lui fait si mal.

« Tu veux dormir avec ou sans ton soutien-gorge ?

— Sans. »

Je ne peux pas le porter trop longtemps parce qu'il me serre et aggrave mes ecchymoses.

Il le retire avec tendresse, avant de pincer les lèvres pour réprimer un sanglot à la vue des contusions sur ma poitrine.

« Je suis désolé, dit-il tout bas en attrapant mon bas de pyjama.

— Chut. »

La douleur se change lentement mais sûrement en souffrance intense, il m'est difficile de parler, de respirer.

« Ça va. Je vais bien. Ce n'est pas ta faute. »

Je ferme les yeux, impuissante, alors qu'il me met mon pyjama à rayures.

« Libby, Libby. Allez, assieds-toi, prends tes comprimés, après on va se coucher.

— Il est tôt. Tu peux rester debout. »

Je prends les deux comprimés, ma main semble toute faible, déconnectée de mon corps. Je renverse un peu d'eau en portant le verre à ma bouche et Jack doit me redresser. Une fois les médicaments avalés – même si rejeter la tête en arrière pour les faire descendre n'était probablement pas la meilleure idée –, Jack se glisse à mes côtés et m'aide à m'allonger.

Il me borde avant de se déshabiller rapidement.

« Tu es très beau, tu le sais ? lui dis-je tandis que mes yeux s'ouvrent et se ferment telles les ailes d'un oiseau. Bien sûr que tu le sais, tout le monde le sait. »

La dernière chose dont je me souvienne, c'est d'avoir senti les bras de Jack autour de moi.

« Je suis désolé de t'avoir fait du mal », chuchote-t-il à mon oreille avant que la douleur et les médicaments me séparent de Jack et de ma conscience.

196

Chapitre 9

Libby

La porte de la cave est à peine entrouverte que Butch se précipite jusqu'au sous-sol.

« Hé, toi ! crié-je comme il se fait aspirer par l'obscurité. Si tu tombes et si tu te fais mal dans le noir, ça ne sera pas mon problème. »

Nous savons tous les deux que ce n'est pas vrai. Même après avoir laissé de petits « cadeaux » dans mes chaussures et celles de Jack, Butch s'en est sorti sans souci. Je serais anéantie s'il se blessait.

J'allume la lumière et soudain, j'aperçois le bas de l'escalier. Le cliquetis des pattes de Butch résonne jusqu'à mes oreilles. Elle n'est pas mal, cette cave : le sol a été refait, les murs ont été isolés et peints en blanc, même la vieille cheminée a été restaurée et pourvue d'un manteau et d'un âtre victoriens en fer noir. La cave s'étend sous toute la maison, mais les autres parties ont été condamnées. C'est l'unique endroit où j'ai peur d'aller seule.

Quand j'arrive enfin en bas, je trouve Butch, qui voulait y descendre depuis une semaine, devant un vieux placard en bois dans un coin au fin fond de la pièce. J'aperçois à peine ses pattes tant elles s'acharnent vite sur les portes. C'est ce placard qui m'a fait braver la peur que j'ai de la cave, mais Butch semble encore plus impatient de l'ouvrir que moi. Les deux portes lisses, en bois pâle, sont fermées à clé. Et, apparemment, il n'y a pas de clé dans la serrure.

Une vague de déception me submerge au souvenir de la première conversation au sujet de ce placard ; la première fois où je me suis rendu compte que, non seulement Jack pouvait me mentir, mais aussi qu'il ne s'en priverait pas. Un mois après notre mariage, quand descendre à la cave ne me posait pas encore de problème, j'en avais fait le tour et remarqué, forcément, le grand placard fermé à clé. Naturellement, j'avais posé la question à Jack. Avec un regard absent il avait répondu :

« Oh, cette vieillerie ? Il est toujours là ? Je l'avais complètement oublié, à vrai dire.

— Qu'est-ce qu'il y a dedans ?

— Juste des trucs, de vieilles affaires, avait-il dit en haussant les épaules et reportant son attention sur la télé, l'air encore plus absent.

— Tu ne veux pas savoir ?

— Non, pas vraiment. Je ne sais même pas où est la clé. »

Comme une porte s'ouvrant lentement pour laisser entrer la lumière, je commençais à comprendre pourquoi il se montrait si évasif.

« Est-ce que c'est là que tu as rangé les affaires d'Eve ? »

Il avait tressailli comme chaque fois que je prononçais son prénom.

Au lieu de répondre, il regardait la fenêtre comme s'il comptait l'ouvrir et s'envoler. Il avait fini par acquiescer lentement.

«Oui.

— D'accord.

— Désolé.

— Ça va. Je ne veux pas que tu te débarrasses de ses affaires si tu n'es pas prêt. C'est juste que ç'aurait été bien que je le sache, étant donné que je vis ici maintenant.

— Tu as raison. Désolé. Je vais m'en occuper bientôt.

— Quand tu auras retrouvé la clé, bien sûr. »

Il avait tourné la tête vers moi et je lui avais rendu son regard pour qu'il ne croie pas que je l'en tenais quitte avec ce mensonge. Inutile de mentir. Il n'avait qu'à me dire la vérité, j'aurais compris.

«Oui, quand j'aurai retrouvé la clé. »

Il s'était remis à contempler la fenêtre tandis que je repliais mes pieds sous moi, reportant mon attention vers la télé et le journal devant moi. Nous n'avions pas échangé plus de quelques mots tout le reste de la soirée.

Presque deux ans plus tard, le placard est toujours plein, fermé à clé et mon aversion pour cette cave, qui a débuté à ce moment-là, est toujours bien présente. Il s'est montré si secret à ce sujet, que j'ai l'impression qu'Eve est là. Enterrée en bas. J'ai toujours «ressenti » sa présence dans la maison, et j'ai souvent eu l'impression d'être une intruse dans certaines pièces – surtout celles qui n'ont pas été refaites –, mais dans cette cave, c'est comme si je marchais sur sa tombe, comme si, à tout moment, sa main pouvait sortir de terre pour m'attraper la cheville.

Cette pensée m'a fait remonter quelques marches, pour me rapprocher de la sortie. Mais j'ai besoin de découvrir ce qu'il y a dans ce placard, de savoir s'il me donnera un aperçu de leur vie commune.

Mes yeux montent instinctivement en haut de l'escalier *(et si la porte claquait et que la clé se tourne toute seule ?)* avant de poser avec précaution un pied sur le sol en pierre. J'attends quelques secondes que la main d'Eve saisisse ma cheville. Rien. Je continue vers le placard, faisant fuir Butch qui bute dans quelques boîtes, le casier à vin et la cheminée, avant de se précipiter au bout de la pièce. La poussière qu'il a soulevée me fait tousser, ce qui me déchire la cage thoracique, mais je ne compte pas abandonner si facilement.

La révélation de Grace concernant Jack avant sa rencontre avec Eve m'a poussée à me demander pourquoi il était toujours obsédé par elle. Et maintenant qu'il fait ces rêves, qu'il refuse de parler d'elle, je dois découvrir la vérité. La raison qui l'empêche de s'en détacher. Parce que, là, je dois l'avouer, tous les chemins mènent à Eve. Ç'a toujours été le cas et ça le sera toujours. Alors peut-être que ce placard pourra me fournir les informations dont j'ai besoin. J'ai tenté ma chance sur Internet, mais il n'y a presque rien concernant sa mort, et rien du tout sur elle avant de devenir Eve Britcham. Je pourrais appeler l'inspecteur, mais je préférerais mourir que de lui donner l'ascendant sur Jack ou sur moi, alors je n'ai rien à perdre en vérifiant si ce placard est ouvert ou non.

Il l'est peut-être. Jack a très bien pu descendre récemment. Il a très bien pu les sortir pour y chercher le réconfort, essayer de saisir des effluves de son parfum, ou se remémorer des scènes de leur vie commune en tenant des objets qu'elle avait eus entre les mains, ou même relire des lettres d'amour. Si c'était moi qui l'avais perdue, c'est ce que je ferais. Je ne serais pas capable de m'en détacher complètement. S'il a fait ça récemment, il a très bien pu oublier de refermer à clé. Sinon, je pourrais peut-être le convaincre que j'ai soudain perdu le contrôle de la hache que je tenais, et qu'elle s'est plantée dans les portes. Ou même que j'ai trébuché et les ai cassées.

La serrure ne doit pas être bien solide, mais assez pour refréner une envie d'effraction. Les portes n'ont pas de poignées, probablement pour qu'il soit nécessaire d'utiliser la clé pour les ouvrir. Elles sont fermées. Évidemment.

Butch farfouille un peu partout dans la cave.

«Allez, Butch, trouve-moi la clé. Elle doit être dans les parages. J'en suis sûre. Allez, Butch, tu peux le faire.»

Butch me lance un regard mauvais avant de retourner à ses affaires.

«Je sais, je sais, c'était ridicule.»

J'observe les murs de briques peints en blanc, les dalles par terre, le plafond, blanc également, et l'ampoule qui pend au milieu. Sur deux murs s'étendent des étagères, et le grand casier à vin en acajou trône près de l'escalier. C'est là que Butch s'évertue à renifler et gratter les dalles. De vieilles toiles d'araignée poussiéreuses, comme si leurs propriétaires avaient quitté les lieux depuis longtemps, quadrillent l'endroit. La poussière recouvre tout.

Bon, ça ne sert à rien, pensé-je tandis que Butch dégomme une autre boîte. *Il vaudrait mieux ranger tout ça.* La plupart de ces boîtes contiennent de vieux papiers de Jack. Ces dernières années, on aurait dû apporter mes affaires aussi, mais cela m'a toujours paru déplacé, c'est un peu le sanctuaire d'Eve, alors je garde mes relevés bancaires et le reste dans le bureau. Ces boîtes sont beaucoup trop lourdes, sauf si je veux ouvrir ma blessure interne, alors je me contente de les pousser.

Butch s'est cogné dans la plaque arrondie de la cheminée qui penche à présent. On ne la dispose comme ça que pour laisser sortir la fumée quand on allume un feu.

« Tu mets vraiment une sacrée pagaille », lui dis-je en remettant la plaque en place. Mes doigts touchent quelque chose en plastique gaufré. Un peu interloquée, je déplace la plaque pour regarder dans le trou derrière.

Sur une saillie du mur à l'intérieur de la cheminée : un éclat blanc dans l'obscurité. Un frisson d'excitation et de surprise me traverse. *Qu'est-ce que c'est que ça ?* J'ai la bouche sèche, tout à coup, et mon cœur bat à toute vitesse tandis que je me baisse lentement pour scruter les ténèbres.

C'est blanc, mais je ne vois pas très bien ce que c'est. Sans réfléchir plus longtemps, je le touche. Ça ne fait pas de bruit sous mes doigts, ça doit être vieux et en cours de désintégration. Je l'attrape avec précaution.

C'est un vieux sac plastique d'un magasin de Londres dont je ne reconnais pas le nom, mais il y a un numéro de téléphone avec un très vieil indicatif dessus, et il est couvert de débris tombés dans la cheminée. Il s'effrite dans ma main. Je l'ouvre et le plastique tombe en miettes jusqu'à ce que je découvre un autre sac plastique, plus épais celui-ci. Il est vert olive, ne porte aucune inscription, a beaucoup mieux résisté au passage du temps et est donc plus facile à ouvrir. À l'intérieur se trouve un petit paquet, de la taille d'un petit cahier, enveloppé de velours noir attaché par un ruban rose.

Je m'interromps dans mon élan. Quelqu'un s'est donné beaucoup de mal pour cacher ça ; devrais-je l'ouvrir ? Devrais-je vraiment regarder ? Ne devrais-je pas le donner à Jack ? La maison devait déjà lui appartenir quand il l'a mis là ?

Mais si je le donne à Jack, il est possible qu'il ne me dise jamais ce que c'est – il essaiera de m'embrouiller avec des histoires de clés perdues et de mémoire défaillante.

Je me tourne vers Butch pour lui demander conseil, mais il a disparu. Il m'a abandonnée, certainement pour aller s'allonger dans son panier en haut. Ou peut-être a-t-il compris où tout cela allait mener et s'est-il échappé tant qu'il le pouvait encore.

Assise sur le sol poussiéreux, parmi les boîtes près du placard, j'observe ce que j'ai en main. Je ne devrais probablement pas faire ça. Mais bon, qu'est-ce que j'ai à perdre ? Mon mari ? Il m'échappe un peu plus chaque jour. Mes certitudes quant au monde qui m'entoure ? Elles se sont envolées quand le chauffard a fait son choix.

Fais-le. Avant d'avoir pu changer à nouveau d'avis, je tire sur le ruban et défais l'épais velours noir.

Ce que je découvre me coupe le souffle. Je viens de faire la plus grosse erreur de ma vie.

Jack

Que se passerait-il si je lui disais ? Si je lui disais ce qui s'est passé juste après l'accident, ce que j'ai fait, que se passerait-il ? Est-ce qu'elle me pardonnerait ? Est-ce qu'elle me quitterait ? Ou bien est-ce qu'elle y réfléchirait avant de me rejeter ?

« Libby », lui dis-je pendant le dîner.

Elle est distraite depuis que je suis rentré, j'ai eu un peu peur qu'elle se soit souvenue. Ou qu'elle ne soit pas loin de se souvenir. Ce serait mieux si ça venait de moi, n'est-ce pas ? Ce serait moins douloureux, elle serait moins choquée si je le lui disais avant. Comme tous ces petits secrets qu'Eve ne m'a pas dévoilés tout de suite – si je les avais découverts moi-même au lieu de les entendre de sa bouche, les choses auraient été mille fois pires qu'elles ne l'étaient déjà.

« Hmmm ? »

Libby lève la tête de son assiette et m'observe comme si j'étais un inconnu qui connaissait son prénom sans qu'elle sache très bien comment ni pourquoi.

« Je, euh… »

Dis-lui, crétin, dis-lui maintenant. Fais-le vite et elle t'en remerciera. Elle cligne des yeux, ces grands yeux marron limpides, son visage coupé en deux parfaitement impassible.

« Ça va ? »

Elle acquiesce avant de ramener le regard sur son assiette, jouant avec sa nourriture.

Je ne peux pas. Ce n'est pas le moment. Butch vient se glisser entre mes jambes. Lui aussi, il sait que ce n'est pas le bon moment. Quelque chose lui trotte dans la tête, ça pourrait être parce qu'elle sait, ou quelque chose de complètement différent. Quoi qu'il en soit, ce n'est pas le bon moment pour tout déballer et démolir ce que nous avons construit.

Libby

J'ai en main les journaux intimes d'Eve.

*L'*Eve. *Ses* journaux. Le meilleur aperçu de sa vie que je ne pourrais jamais avoir. Je sais que c'est mal. Ça me tuerait que quelqu'un trouve et lise les divagations de ma vie.

Et puis, dans la lettre qu'elle a laissée sur les cahiers, elle demande qu'on les brûle à sa mort. Mais alors...

Ces deux derniers jours, j'ai rangé et nettoyé la cave tant que j'ai pu, en retournant les différentes options dans ma tête, effrayée de ce que j'allais découvrir en les lisant, terrifiée de ce qui pourrait se passer si je ne les lisais pas.

Que faire quand on se retrouve avec toutes les réponses à ses questions à portée de main, mais qu'aller plus loin reviendrait à trahir une personne qu'on n'a jamais connue ? Une personne qui ne nous a jamais fait de mal, pourquoi on ne la respecterait pas ?

«Personnellement, moi, je les lirais», dit une voix. Une voix dans ma tête, bien sûr. Mais c'est aussi la voix de la femme aux cheveux bruns, assise devant moi sur

une pile de boîtes, dans sa robe rose à rayures pailletées. *« Tu voulais me connaître, voilà l'occasion rêvée. »*

Je l'observe. Elle est exactement comme sur la photo de son mariage. Elle est radieuse : des cheveux bruns brillants qui lui tombent sur les épaules, de grands yeux tendres, d'un bleu inhabituel – presque indigo. Pas de maquillage et une peau sans défaut, une bouche à la courbe parfaite sans rouge à lèvres. Sa robe lui va à ravir, comme si elle avait été dessinée pour elle. Elle est comme ça parce que c'est l'unique photo d'elle que j'aie vue.

Quand j'ai lu la lettre qui accompagnait les journaux, j'ai cru qu'elle s'adressait directement à moi – je ne lisais pas, elle me disait ce qu'il y avait écrit sur le papier.

Mon regard dérive sur les journaux, sur la lettre. Le premier journal est un calepin mais les autres sont des carnets reliés, il y a même un magnifique journal recouvert de suédine bleue.

« C'est toi ? » me demande-t-elle, comme elle me l'a demandé hier.

Je ne réponds pas, je ne fais que regarder les mots sur la page, en espérant qu'ils vont finir par disparaître.

« C'est toi ? répète-t-elle. *Tu es celle qui partage sa vie à présent ? »*

J'acquiesce lentement. Oui, c'est moi. C'est moi qui partage sa vie à présent.

Maintenant, elle semble se détendre et se met à parler. Et moi je l'écoute.

Chapitre 10

Eve

C'est toi ? Tu es celle qui partage sa vie à présent ? C'est pour cela que tu es venue me chercher ?

Si tu lis cette lettre dans cinquante ou soixante ans, alors je suis certainement déjà morte. Probablement assassinée.

Je t'en prie, ne sois pas troublée, ça n'a pas dû beaucoup me surprendre, pas avec la vie que j'ai menée. Mais si tu détiens ces journaux intimes parce que tu es venue me chercher, et que tu as été assez perspicace pour te mettre à ma place et les trouver, ou même si tu es tombée dessus par hasard, je t'en supplie, puis-je te demander une faveur ? Peux-tu, s'il te plaît, les brûler sans les lire ? S'il te plaît ?

Je ne veux pas qu'on sache toutes ces choses. Je les ai écrites pour moi. Je sais que je devrais les faire disparaître moi-même, mais j'aurais l'impression de me suicider, de tuer une part de moi. Et malgré tout ce que j'ai fait, tout ce que j'ai traversé, je n'ai jamais voulu mettre fin à mes jours, je ne peux donc pas détruire ces journaux. Peut-être pourras-tu le faire.

Je dis « peut-être » parce que, si tu es avec lui, tu vas avoir envie d'en apprendre plus, tu voudras savoir s'il est vraiment dangereux et si c'est lui qui m'a tuée. C'est pourquoi, même si cela m'ennuie, je ne peux te reprocher de les lire.

Je n'ai pas grand-chose à ajouter, sinon espérer que tu ne sois pas désolée pour moi. J'ai vécu ma vie et, même si j'ai enduré de grandes souffrances, j'ai aussi connu un grand amour. Certains peuvent vivre très, très longtemps sans jamais connaître cela. J'ai eu de la chance.

Je te souhaite une belle vie, qui que tu sois.

Affectueusement,

Eve

7 décembre 1987

Je m'appelle Eve Quennox, j'ai seize ans.

Avant, j'habitais à Headingley, c'est à Leeds, avec ma mère, mais maintenant j'habite à Londres. Comment je suis arrivée là ? C'est une longue histoire, mais maintenant que j'y suis, je compte bien en profiter.

Avant, ma mère était ma meilleure amie. Mais plus maintenant. D'ailleurs, je ne l'appelle même plus « maman ». On s'est disputées il y a deux semaines, après ça, je ne pouvais plus la considérer comme une maman, juste comme la personne qui m'a donné la vie, ma mère biologique. Mais, avant ça, c'était vraiment ma meilleure amie.

Mon père est mort d'une crise cardiaque quand j'avais cinq ans. Je me souviens encore un petit peu de lui. Je me souviens qu'il riait beaucoup et ma mère aussi riait beaucoup quand il était là.

Avant, j'habitais à côté de chez oncle Henry et tante Mavis. Ce ne sont pas vraiment mon oncle et ma tante, mais je les appelle comme ça parce qu'ils me connaissaient depuis des millions d'années, et ils connaissaient mon père. Ils sont morts tous les deux cette année. Oncle Henry d'une crise cardiaque aussi, et puis, une semaine plus tard, tante Mavis est morte. J'ai entendu ma mère demander au docteur si elle était morte d'avoir eu le cœur brisé et il a dit oui. J'étais terriblement triste quand ils sont morts, et puis c'est allé de pire en pire à la maison, surtout à cause du nouveau copain de ma mère, alors j'ai dû partir.

Je n'ai pas emporté grand-chose avec moi. J'ai pris le sac vert qu'oncle Henry m'avait donné quand j'avais neuf ans. Il était dans l'armée, c'était l'un de ses biens les plus précieux, et il me l'a donné. J'ai pris quelques vêtements, mais pas tellement. J'ai pris mon chapelet rouge que tante Mavis m'a donné, mon livret de caisse d'épargne, et dans l'un des albums photos dans le tiroir de l'armoire, j'ai pris une petite photo de mon père, ma mère et moi. C'est ma photo préférée de nous trois. On est devant la maison, je dois avoir deux ans, je porte un manteau en velours côtelé avec une capuche bordée de fourrure, un collant bleu et des chaussures noires qui brillent. J'ai un chapeau blanc et des moufles blanches. Je tiens la main de ma mère. Elle, elle porte un long manteau noir d'hiver et un chapeau en fausse fourrure à motif léopard noir et blanc avec une visière noire. Je m'accroche aussi à la main de mon père. Il porte un costume et un grand manteau noir aussi. On sourit tous à l'appareil mais, si on regarde bien, on voit que mes parents se regardent du coin de l'œil, et se sourient. Ils sont amoureux. C'est ça l'amour. J'ai toujours pensé que c'était ça, l'amour. Pas ce qu'il y a entre ma mère et son nouveau copain.

Moi je n'ai pas de copain en ce moment. J'en avais un, Peter, et je l'aimais vraiment trop, trop, trop. On a même fait l'amour. J'adorais toute sa famille et je pouvais aller chez lui pour m'éloigner du nouveau copain de ma mère. Et puis le père de Peter a perdu son travail et le seul qu'il a pu retrouver, c'était au Canada. Quand il est parti, on a tous les deux pleuré des tonnes. Ma mère a pris le bus avec moi pour aller à l'aéroport et elle a dormi par terre dans ma chambre cette nuit-là parce que j'étais tellement triste. On s'est écrit pendant un moment, avec Peter, mais ce n'était pas pareil et les lettres mettaient tellement de temps à arriver qu'à la fin, on a tout simplement arrêté. Mais je l'aime toujours. Je crois que je l'aimerai toujours. J'ai pris ses lettres avec moi quand je suis partie pour Londres, mais je les ai brûlées dès que j'ai pu parce que je ne voulais pas que quelqu'un d'autre les lise. C'est pour ça que je dois faire super attention avec ce journal. Je ne veux surtout pas qu'on le trouve.

J'ai tout laissé derrière moi parce que j'ai dû partir très vite il y a deux semaines. J'ai tout dit à ma mère, tout ce que j'avais gardé secret pendant deux ans et je pensais qu'elle me croirait. Je pensais qu'elle allait virer son copain. Mais non. Il était là le lendemain matin au petit déjeuner, alors j'ai juste fait mon sac et je suis partie. J'ai revu ma mère deux ou trois fois, mais elle ne veut pas le virer, alors je me suis rendu compte que je devais partir le plus loin possible.

Enfin, bon, là je suis à Londres, et je commence ce journal. Une de mes anciennes profs nous a dit un jour que si on voulait devenir écrivain, on devait commencer par tenir un journal. Elle disait qu'on devait écrire un peu tous les jours et retranscrire les conversations avec la ponctuation du dialogue, comme dans les livres. Que ça nous donnerait une idée de la façon de parler des gens.

Je ne sais pas si je veux devenir écrivain. J'aime bien lire, mais je ne sais pas si je serais capable d'écrire un livre. Je me suis dit que tenir un journal ne serait pas mal pour moi, pour écrire mes pensées quand je n'ai personne à qui parler et pour noter tout ce qui va se passer dans ma vie.

J'étais assez impatiente d'arriver, quand j'étais dans le bus pour Londres. J'avais parlé à Dawn, avec qui j'étais copine en seconde jusqu'à ce que sa famille déménage ici. Elle a son propre appartement et elle a dit que je pouvais dormir sur le canapé jusqu'à ce que je trouve un boulot et un endroit rien qu'à moi.

C'est trop bien ici. Ça s'appelle Kentish Town, c'est tout près d'un énorme parc qui s'appelle Regent's Park. Dawn travaille presque toutes les nuits dans un club en ville, alors elle n'est pas souvent là et moi je me suis inscrite dans des agences d'intérim dans toute la ville. Je n'ai pas encore eu beaucoup de chance vu que je n'ai aucun diplôme à part le brevet et que je ne suis pas très douée pour taper à la machine. Je suis trop jeune pour travailler derrière un bar et je n'ai aucune expérience de serveuse. Certaines agences sont assez sympas et essaient de me proposer pour des ménages, mais personne n'a très envie de m'embaucher parce que je suis tellement jeune. Ils croient tous que je vais les laisser tomber quand l'école reprendra même si j'ai dit que je ne comptais pas y retourner. J'aimerais beaucoup, mais je serais obligée de rentrer à la maison – impossible d'avoir mon propre appartement sans travailler. Tout est tellement cher ici !

J'ai demandé à Dawn de se renseigner à son boulot, au cas où ils auraient besoin de quelqu'un pour nettoyer, mais elle oublie tout le temps. Elle rentre super tard et elle dort toute la journée. Elle a toujours l'air crevée, même quand elle dort jusqu'après midi.

J'essaie de me rendre utile le plus possible – je fais le ménage, la cuisine, les courses. Elle ne mange pas trop parce qu'elle dit que, dans le bar où elle bosse, si on veut de gros pourboires, il faut être jolie.

Je me sentirais bien seule si je n'étais pas aussi ravie de visiter Londres. De temps en temps, je prends un bus pour le centre et puis je traîne dans les rues, je regarde, *c'est fou comme tout est GRAND ici. Il y a des gens partout et les immeubles sont vieux et super beaux. Je pensais que tout aurait l'air sale, mais en fait non. Les routes avec le trafic, on dirait du sang qui coule dans mes veines ; les piétons sont comme une deuxième circulation – le système lymphatique. J'ai lu des trucs sur le système lymphatique à la bibliothèque – c'est beaucoup plus lent, plus près de la peau que la circulation sanguine normale, mais tout aussi important. J'aime me lancer dans le courant, la circulation, avancer avec elle et qu'elle me fasse avancer. J'adore sentir que j'en fais partie et puis, quand c'est trop, quand je veux m'arrêter, je n'ai qu'à faire un pas de côté, m'asseoir dans un parc, dans un square, à un arrêt de bus, jusqu'à me sentir prête à y retourner.*

J'ai besoin de trouver un travail très vite, cela dit. Mes économies s'évaporent rapidement. Je donne de l'argent à Dawn pour les factures et tout, et elle dit que c'est OK, qu'elle n'en a pas besoin, mais moi ça me met mal à l'aise. Je préfère payer ce que je dois dans la vie, c'est ma mère qui m'a appris ça. Elle m'obligeait à payer tous mes cinés avec Peter, pour qu'il ne pense jamais que je lui devais quelque chose. Alors même si Dawn ne veut pas de mon argent, je lui donne quand même. Ce n'est que justice.

Bon, voilà où j'en suis. Je suis à Londres, la City, comme on l'appelle. J'aime bien cette ville. Je crois que je vais rester ici, si j'arrive à trouver du travail. Je croise les doigts.

Bisous,
Eve

P.-S. : J'ai envoyé une carte à ma mère pour dire que j'allais bien et que j'étais à Londres. Je n'ai pas donné l'adresse exacte, mais je ne voulais pas qu'elle s'inquiète. J'ai failli écrire que si elle se débarrassait de son copain, je reviendrais à la maison, mais finalement je ne l'ai pas fait parce que je ne veux plus lui faire de mal. Et je ne savais pas trop si c'était vrai. Je ne crois pas pouvoir quitter Londres maintenant. Pour être honnête.

12 février 1988

J'ai un boulot !

Tout s'est passé tellement vite, j'ai du mal à y croire. J'allais sortir me promener quand le téléphone a sonné. C'était une dame d'une des plus petites agences où je suis allée. Elle est plus vieille que ma mère et quand je l'avais vue, elle avait été sympa et s'était intéressée à moi.

Elle est super bourgeoise, au téléphone elle a dit :

« Eve, ma chère, j'ai une cliente, une vieille amie, qui cherche désespérément quelqu'un pour du classement et des photocopies dans sa petite entreprise à King's Cross. Je lui ai dit que j'avais la personne parfaite pour elle. N'est-ce pas ? Êtes-vous libre en ce moment ?

— Moi ?

— Oui, ma chère, qui d'autre ? Vous n'avez pas pris de drogue, n'est-ce pas ? Je ne supporte pas les drogués.

— Non, je ne prends pas de drogue.

— Alors, ma chère, prenez un stylo, notez les coordonnées de l'entreprise, et rendez-vous là-bas immédiatement. Et, ma chère, surtout enfilez un tailleur convenable. Ophelia, c'est le nom de votre contact, mais vous l'appellerez Mme Whitston, ne supporte pas l'air négligé. Si vous faites bonne impression aujourd'hui, il y a toutes les chances que je puisse la persuader de vous garder. »

J'ai noté l'adresse, je lui ai dit que j'y serais et que je ne la décevrais pas, et puis j'ai raccroché. Je n'avais pas de tailleur, et pas le temps d'en acheter, alors j'en ai emprunté un à Dawn qui dormait encore. Je ne voulais pas la réveiller mais il fallait absolument que j'aille à cet entretien, même si je n'avais qu'une toute petite chance d'avoir le boulot. Je savais que Dawn comprendrait, alors j'ai entrouvert sa porte.

La première chose qui m'a frappée, c'est l'odeur. Tellement forte et envahissante – l'alcool et autre chose, je crois. Comme si on avait fait brûler quelque chose. Je n'avais pas le temps de chercher quoi, je me suis concentrée sur la penderie au bout de la pièce. Le sol de sa chambre était jonché de vêtements, de serviettes encore humides – chaque fois, chaque fois qu'elle rentre, elle prend un bain –, de livres, de magazines et de chaussures en bazar. Elle était allongée sur le ventre comme une étoile de mer, à poil sur son lit, les bras étendus de chaque côté, la tête dans l'oreiller dissimulée par ses longs cheveux bruns. Je me suis faufilée dans sa chambre en évitant le plus possible de marcher sur quelque chose. Dans la penderie, j'ai trouvé d'autres vêtements – je suis sûre qu'elle ne rentre pas dans tous – mais la plupart étaient des articles de lingerie minuscules ou très classe à paillettes. Je les ai observés longtemps en me demandant pourquoi elle les avait bien rangés et laissé le reste traîner par terre.

Mais je n'avais pas le temps de m'attarder. J'ai déniché une jupe droite noire et une chemise blanche, puis je suis sortie.

En partant, je lui ai laissé un mot au cas où elle se réveillerait avant mon retour.

Le boulot était dans une petite entreprise de comptabilité pas très loin de l'appartement de Dawn. J'ai fait tout ce qu'on m'a demandé – des photocopies, le thé, mettre des factures dans des enveloppes, aller à la poste – et à la fin ils ont dit que je pouvais revenir le lendemain. Mme Nixdon, la dame de l'agence, était tellement contente de moi et elle a dit que ce n'étaient pas des gens faciles à satisfaire, alors s'ils voulaient que je revienne, c'est que je devais avoir fait

220

du très bon travail. Le nom officiel de mon travail, c'est secrétaire de bureau et d'administration, j'adore. Je n'ai qu'une seule chef – la directrice du bureau, qui s'appelle Maggie – et elle est vraiment sympa et accommodante. Elle a dit que si je travaillais dur, je pourrais peut-être prendre un jour dans la semaine pour retourner à l'école et passer mon bac, surtout si j'avais envie de devenir comptable.

Donc, ça fait deux mois que je travaille – Dawn a dit que je pouvais prendre tous ses tailleurs parce qu'elle ne les mettrait jamais – et, maintenant que j'ai un boulot, je peux commencer à me chercher un appart. Toutes les balades que j'ai faites se sont révélées bien utiles parce que maintenant, je connais Londres comme ma poche et je peux prendre mon temps pour chercher un endroit bien.

Dawn a été géniale. Elle a l'air plus fatiguée que d'habitude depuis quelques jours et elle reste au lit de plus en plus tard, mais elle n'arrête pas de dire qu'elle est super contente pour moi. Elle répète tout le temps : « Je suis tellement contente que ça se termine bien pour une de nous deux », et puis elle part dans un fou rire. Mais je ne crois pas que ce soit méchant ; je crois qu'elle le pense vraiment.

Donc me voilà. Avec un vrai travail et tout.

J'ai encore écrit à ma mère, je lui ai dit pour le boulot et que j'allais chercher un appart, mais que j'allais encore rester un peu chez Dawn. Je lui ai envoyé la carte plus un bon chez Marks & Spencer pour Noël et je n'ai rien reçu en retour. Même pas une carte. Elle n'a répondu à aucune de mes lettres. Pendant un moment, je me suis demandé si elle les recevait ou si son copain les jetait à la poubelle. Mais j'ai aussi écrit à ma copine Rhian et elle a dit qu'elle avait rencontré ma mère qui s'était extasiée sur mes exploits à Londres. Elle parle de moi aux autres mais pas à moi. Plutôt triste, hein ?

Enfin bon. Peut-être qu'elle m'appellera ou m'écrira quand j'aurai mon appart. Elle pourra même venir me

voir, si elle vient toute seule. Je ne crois pas que j'y retour-
nerai un jour. C'est ici ma maison, maintenant. Je suis
vraiment très heureuse ici.

Bisou,
Eve

31 mars 1988

Je reviens tout juste d'une soirée avec mes collègues.
C'est tellement cool de travailler avec des gens et de
gagner de l'argent. Parfois j'en oublie que je n'ai que seize
ans parce qu'ils sont vraiment sympas avec moi et ils me
traitent comme l'une des leurs. On est allés dîner à China-
town, et Dominic, l'un des associés, vraiment super, s'est
assis à côté de moi pour m'expliquer le menu. Tout était
tellement bon. Je n'avais jamais goûté du vrai porc aigre-
doux avant.

C'est tellement cool de rentrer dans mon chez-moi.
Dawn était sympa, mais vers la fin, elle était juste trop
imprévisible. Elle dormait tout le temps et quand elle se
levait, elle était toujours grincheuse. Elle était toujours
malade et elle reniflait tout le temps, heureusement, je n'ai
jamais attrapé son rhume. Elle était toute blanche et elle
avait l'air vraiment mal en point.

Mon appartement donne sur Caledonian Road,
près de King's Cross. J'ai eu de la chance qu'un collègue
connaisse une fille qui avait besoin d'un nouveau locataire
pour la remplacer en urgence. Le loyer est super bas pour un
salon, une minichambre, un coin cuisine au bout du salon
et – écoute ça – une salle de bains avec une baignoire et une
douche au-dessus. Ce n'est pas parfait, et un peu humide,
mais c'est chez moi. J'ai des fenêtres immenses et je peux
sortir par celle de ma chambre pour aller sur une petite

222

terrasse sur le toit d'où je peux voir au-delà de Londres. C'est chouette parce que, en été, quand il fait jour le matin et le soir, je peux aller au travail à pied. Les meubles sont un peu vieux et cabossés ou sales, mais, après un bon nettoyage, l'appart s'est offert une nouvelle jeunesse. Le propriétaire n'était pas très rassuré de m'avoir comme locataire, et il a bien précisé qu'il ne prenait personne qui touchait des allocations, mais j'avais la caution et un mois de loyer d'avance alors il a dit d'accord.

Combien de gens de seize ans ont leur propre appart à Londres ? Pas beaucoup, je parie.

J'ai encore écrit à ma mère pour lui raconter. Mais toujours pas de réponse. Mais je ne vais pas abandonner comme ça. Au bout d'un moment, elle sera bien forcée de me parler. Dans un sens, ce n'est pas une mauvaise chose, ce qui s'est passé. Sans ça je ne serais jamais venue ici et je n'aurais jamais vécu tout ça.

Bisous,
Eve

1er juin 1988

Beaucoup d'inquiétudes et de messes basses en ce moment au boulot.

Il y a des rumeurs comme quoi les associés vendraient l'entreprise à une plus grosse compagnie. Personne ne sait vraiment, mais Ophelia et Dominic sont tout le temps en « réunion » et c'est Maggie qui fait presque tous les courriers maintenant. Je n'ai pas le droit de voir les lettres ni d'assister à leurs réunions.

« Pour toi ça ira, m'a dit Beatrix, l'une des comptables, l'autre jour. On a toujours besoin de secrétaires. Ce sont les gens comme moi qui ont du souci à se faire : les grosses compagnies ont déjà leurs employés qu'ils ont formés eux-mêmes. »

Je n'ai pas écrit à ma mère depuis longtemps, je ne veux pas l'inquiéter. J'ai aperçu Dawn l'autre jour. Elle montait dans la voiture d'un type qui n'était pas son petit copain, Robbie. C'était super bizarre : la voiture s'est arrêtée un peu plus loin, elle a marché jusqu'à elle et elle est montée à l'arrière. Il a avancé encore un peu, s'est arrêté, je crois qu'il s'est retourné pour lui parler et puis ils sont repartis. Elle avait l'air tellement maigre. Je sais qu'elle ne mangeait déjà pas beaucoup avant, mais là on dirait qu'elle ne mange plus du tout. Elle ne m'a pas vue, dans un sens, ce n'est pas plus mal. Je ne pense pas qu'elle aimerait que je la voie comme ça.

J'espère que tout le remue-ménage au travail n'est qu'une tempête dans un verre d'eau, comme disait tante Mavis.

Eve

3 juin 1988

Bon, voilà. Ophelia et Dominic ont fait l'annonce hier.

Ils nous ont tous rassemblés et Maggie est allée nous acheter du mousseux – j'ai eu droit à un petit verre – et ils nous ont dit qu'ils avaient vendu l'entreprise à une compagnie plus grosse de la City. C'est là où il y a toutes les compagnies, les marchés monétaires et la Bourse.

Tout le monde était choqué, mais pas très surpris. On a tous applaudi en souriant mais TOUT LE MONDE s'inquiétait pour son boulot, ça se voyait. Malgré ce

224

qu'avait dit Beatrix, moi aussi j'étais inquiète. J'aurais été bête de ne pas l'être.

Ophelia nous a dit que c'était un changement palpitant et qu'on devait tous faire de notre mieux pour faciliter la transition parce qu'on allait déménager à la City. Elle nous a tous remerciés pour notre travail et elle a dit qu'on devrait se féliciter qu'une si grosse compagnie veuille nous racheter.

Je n'ai rien dit, mais je ne sais pas si quelqu'un d'autre a remarqué qu'Ophelia n'a pas du tout mentionné qu'il n'y aurait pas de suppressions d'emplois.

Pitié, faites que je garde mon boulot.

Eve

25 juin 1988

Pourquoi tout foire juste quand on pensait que tout allait bien ? On a déménagé les bureaux, et Maggie et moi on y a vraiment mis du nôtre. On a dû s'occuper de l'organisation parce que, même si la compagnie a été vendue, ils ont eu besoin de quelqu'un pour les affaires courantes. Il y avait beaucoup d'absents « pour maladie » – c'est-à-dire, pour entretien d'embauche ailleurs –, alors c'est nous qui avons payé les pots cassés, comme dit Maggie.

Enfin bon, on a terminé le déménagement et tout et on était tous très contents. Avec Maggie, on a essayé de parler de nos emplois à Ophelia, mais elle a simplement dit qu'elle s'occuperait de nous.

On a dû repasser des entretiens. La grosse compagnie avait son propre directeur de bureau et des tas de secrétaires, alors Maggie devait être rétrogradée – et devait en faire la demande en bonne et due forme – et moi, je devais

225

poser ma candidature pour un travail qu'une autre fille faisait déjà.

C'était il y a deux semaines – quand on a enfin réussi à lui parler, Ophelia n'a pas arrêté de dire qu'elle avait fait ce qu'elle avait pu mais qu'elle avait les mains liées. Aucune de nous n'a été prise. Maggie était terriblement blessée parce qu'elle travaillait avec Ophelia depuis des années. Moi je ne pensais pas avoir le boulot parce que tout le monde connaissait l'autre fille. J'ai travaillé très dur, j'étais toujours la première arrivée et la dernière partie, mais ça n'a rien changé.

Alors voilà, plus de boulot. Maggie était trop bouleversée pour parler, j'ai senti qu'elle aurait bien dit le fond de sa pensée à Ophelia, mais elle ne pouvait pas parce qu'elle avait besoin d'une lettre de référence.

Je suis allée dans quelques agences pour l'emploi, et ils étaient plus optimistes que la dernière fois, maintenant que j'avais de l'expérience et de bonnes références – je crois que c'est ce que voulait dire Ophelia quand elle disait qu'elle s'occuperait de nous. Ce n'est pas comme si elle avait eu des choses négatives à dire sur moi, hein ? Enfin, elle ne pouvait pas tellement écrire : « Ne fait rien de toute la journée à part manger du chocolat en rotant », hein ? J'ai TOUJOURS travaillé dur. Comme Maggie.

Le truc, c'est que tout le monde n'arrête pas de me dire qu'à cause de la récession, les employeurs se passent d'intérimaires et n'embauchent presque personne. Je pourrais pointer au chômage, mais je perdrais mon appartement parce que le proprio a dit pas d'allocataires. J'ai assez pour payer le prochain mois de loyer mais j'ai besoin d'un travail très vite.

En parlant du proprio : je suis teeeeeellement bête ! Je l'ai appelé pour lui dire que j'avais perdu mon travail mais que je pouvais payer le loyer et en deux secondes, il était là – littéralement, en moins d'une heure il était à la porte. Il voulait jeter un coup d'œil à l'appartement, ça ne posait pas problème – je ne l'ai pas du tout détérioré. En fait, j'en suis assez fière. J'ai même nettoyé toute la moisissure et j'ai repeint la salle de bains. Il a fait le tour et n'a rien dit. Et puis il s'est assis à côté de moi dans le canapé et m'a demandé ce qui s'était passé avec mon emploi. Je lui ai tout raconté, comme une parfaite idiote que je suis, tout ce que j'avais sur le cœur, et il a compati.

« La vie est dure, Eve. J'aime pas être à ta place, essayer de trouver l'emploi. Mais c'est sûr tu trouves quelque chose. »

Je ne sais pas d'où il vient, mais ce que je préfère chez lui, c'est son accent et son anglais approximatif.

« Merci », ai-je dit.

Et puis soudain, sa main s'est retrouvée sur mon genou. Il l'a vraiment fait. Je veux dire, vraiment ! Et puis il a dit :

« En attendant, on peut trouver l'arrangement ?

— Quel genre d'arrangement ? j'ai demandé comme une idiote, en essayant de retirer sa main sans le vexer.

— Une partie de jambes en l'air ou deux dans le mois – loyer payé. »

Sur ma vie, c'est exactement ce qu'il a dit ! Bon, je voulais lui dire où il pouvait se la coller sa partie de jambes en l'air, mais c'était impossible, n'est-ce pas ? J'ai besoin d'un logement, alors j'ai dit :

« C'est très gentil à vous, mais j'ai quelques entretiens prévus pour demain – pas du tout, en fait – alors je ne voudrais pas avoir l'air de vous mettre dehors.

— Ahh, bien, a-t-il dit, l'air pas du tout ennuyé, tu changes d'avis ou tu veux l'argent, tu me dis. »

Il croyait vraiment que j'allais l'appeler pour une « partie de jambes en l'air » pour payer mon loyer. Je préférerais encore vivre dans la rue.

Pourquoi tout est si difficile, parfois ? Tout se passait si bien et maintenant ça. Mon chez-moi est en péril. Et le proprio veut que je... beurk !

OK, positivons. Je suis sûre que tout va s'arranger si je cherche un travail tous les jours. Je refuse de me retrouver une seule seconde en position de reconsidérer son offre.

En même temps, je me demande combien de ses autres locataires ont fait ça. Arg, l'idée de sa bedaine tremblotante et ses mains grasses sur quelqu'un... moi je ne l'ai fait qu'avec Peter, parce que je l'aimais.

C'est déjà bizarre que certaines personnes le fassent sans être amoureuses, mais le faire pour de l'argent ou pour payer le loyer... Bizarre et triste. Je ne pourrais jamais faire ça.

J'appellerai peut-être Dawn, voir si elle peut me trouver un job de nettoyage à son boulot.

Eve

P.-S. : Avec tout ce qui s'est passé, j'avais complètement oublié que c'est mon anniversaire aujourd'hui. Apparemment, ma mère aussi a oublié, on croirait que s'il ne devait y avoir qu'une personne pour s'en souvenir, ce serait elle.

Bon anniversaire moi-même.

Libby

Butch, qui jusque-là était assis près de moi dans la cave, penche soudain la tête avant de sauter sur ses pattes, comme chaque soir au retour de Jack.

Il est si tard que ça ? Butch bondit jusqu'en haut des marches pour attendre Jack. Pas le temps de remballer les journaux ni de les remettre dans leur cachette. Je dois faire très attention : si je ne les range pas bien et qu'ils tombent par terre, il faudra déplacer tout ce qu'il y a autour pour les récupérer.

Au son des aboiements de joie de Butch, je remets la plaque de la cheminée en place. Ensuite j'attrape une bouteille de vin avant de remonter.

Jack m'attend en haut, Butch dans ses jambes.

« Ça va ?

— Oui, très bien, pourquoi ? dis-je en évitant de le regarder.

— D'habitude, tu ne descends à la cave qu'en cas d'absolue nécessité. »

Je brandis la bouteille de vin rouge.

« J'ai pensé qu'il nous fallait ceci pour le dîner.

— Tu peux boire avec tes médicaments ?

— Probablement pas. Mais je peux te regarder boire. »

Je lui rends son regard. Mon cœur bat à cent à l'heure. Je ne lui ai jamais rien caché ; j'ai toujours été franche et ouverte. Ce que je fais n'est pas bien, mais nécessaire, parce qu'il ne me révélera jamais rien sur Eve. Et chaque nuit passée en sa compagnie, tandis qu'il s'agite et l'appelle, je suis un peu plus persuadée qu'il me cache quelque chose sur ce qui s'est passé pendant ou après l'accident. En fait, je *sais*, avec de plus en plus de certitude en mon for intérieur, que ce n'est pas le traumatisme qui lui fait faire des cauchemars, mais bien la culpabilité.

Nous continuons à nous regarder. Nous avons tous deux clairement quelque chose à cacher.

Chapitre 11

Libby

Je me réveille à l'étage, dans mon lit, et pour la première fois depuis des mois, je ne souffre pas. Remuer un peu ne me fait pas mal. Si j'allonge le bras, je sens la tension normale, naturelle, des muscles se réorganiser après une nuit de sommeil.

Je repousse les couvertures en souriant intérieurement car la douleur ne se fait toujours pas sentir. Avec le temps, mon corps a guéri. Un petit picotement sur mon front me rappelle que mes cheveux ont repoussé. Hier, Angela les a lissés, ils m'arrivent à présent aux oreilles, et couvrent la cicatrice. Pas besoin de me regarder dans un miroir pour me souvenir que celle sur mon visage ne ressemble plus qu'à une fine veine, et est pratiquement invisible quand on ne regarde pas de trop près.

En bas, la radio ou la télé est allumée et une délicieuse odeur d'œufs au bacon monte jusqu'à moi. Benji et Butch sont à la maison. Les odeurs et les bavardages m'attirent jusqu'à la cuisine.

Devant la grosse cuisinière, une femme est en train de faire du porridge pommes-myrtilles. À côté, sur le plan de travail en bois, gît la boîte de porridge vide.

Il n'y en a plus pour moi. Penchés sur un journal, Jack et Benji examinent les actus sport.

« C'est mon porridge, dis-je à la femme, vous avez tout pris. »

Elle se tourne vers moi, ses cheveux bruns ondulent comme un murmure tandis que sa bouche parfaite et ses yeux d'un bleu inhabituel me sourient. Elle porte mon pyjama noir à surpiqûre rose fluo qui proclame « JE SUIS DIVINE » en strass. C'est Jack qui me l'a offert pour notre premier Noël.

« Désolée, Liberty. Mais c'est mon porridge.

— Pas du tout, c'est le mien. Personne d'autre que moi ne l'aime.

— Inutile de s'énerver, Liberty. C'est mon porridge, tout comme c'est ma maison, mon mari et mon neveu. Tu n'as plus rien parce que tu es morte, tu t'en souviens ? Il faut laisser tomber. Tu seras bien plus heureuse de l'autre côté. »

À la table, Jack me fait un signe de tête, Benji aussi – sauf que ce n'est pas Benji, mais un autre garçon. Il a l'âge de Benji, mais il est blanc et a les mêmes cheveux bruns qu'Eve. Dans le panier du chien près de la porte, ce n'est pas Butch, mais un chat.

« Je suis morte ?

— Oui. Tu es celle avec qui il était avant. Je suis celle qu'il aime maintenant.

— Mais tu es morte.

— Non, c'est toi. Tu as eu cet horrible accident, tu te rappelles ? Tu es restée longtemps dans le coma, et puis tu es partie. Jack m'a rencontrée quelques années après.

— D'accord », dis-je, tellement elle a l'air convaincue de ce qu'elle affirme.

Et si les deux autres approuvent et que c'est un chat qui m'observe et non Butch, alors je dois avoir tort et elle raison. Ils ne peuvent pas tous se tromper, n'est-ce pas?

« Si tu en es sûre...

— Pourquoi tu ne retournes pas en haut te reposer? Tout va te revenir et tu t'apercevras que j'ai raison.

— D'accord. »

Je remonte dans la chambre. Au moins il y a toujours mon lit. Je me pelotonne dans les couvertures, ferme les yeux, et retourne à mon état de mor...

J'ouvre les yeux et la petite tête penchée de Butch est en train de m'observer. Je suis dans le salon, je me suis endormie à la table, sur le cahier, devant moi. Je me redresse en ignorant la douleur perçante dans mon torse et je me traite d'idiote. M'endormir comme ça, dans mon état!

Butch m'observe toujours avec intérêt.

« Quoi? J'étais encore en train de gémir? »

Il émet un petit grognement.

« Tu sais quoi? Essaie d'être mort dans ta propre vie en rêve, et on verra si tu ne gémis pas, toi. »

Butch m'observe encore un instant avant de faire demi-tour vers la cuisine.

Depuis que j'ai trouvé ces journaux, je n'ai pas rêvé de l'accident; au lieu de ça, je fais ce rêve avec Eve. Cela fait quelques jours que je ne les ai pas lus. À la place, je griffonne des bribes de souvenirs de l'accident au cas où cela réveille ma mémoire. Ce rêve, c'est comme si Eve m'accablait parce que je n'ai pas eu le courage de retourner à la cave: elle me rappelle que tout cela tourne essentiellement autour d'elle et que si je veux aller de l'avant, je dois en savoir plus.

Ces journaux m'effraient un peu, pour tout dire. Ils me rappellent des choses que je préférerais oublier. Je sais tout à fait ce que c'est d'être sans ressources et d'avoir peur de perdre son logement, sa dignité, sa place dans le monde.

Quand j'ai commencé ma thèse, mon directeur a beaucoup soutenu le sujet que je proposais, surtout parce que cela n'avait jamais été étudié à l'université. Nous pensions tous les deux que j'allais trouver des financements extérieurs, que des compagnies seraient intéressées. Mais peu l'étaient et les quelques rares… J'ai eu un entretien avec quelqu'un d'une entreprise qui semblait enthousiaste, et il m'est arrivé la même chose qu'à Eve avec son propriétaire – je me suis retrouvée avec la main de ce type sur la cuisse. Il m'offrait tous les financements que je voulais si j'étais « gentille » avec lui.

J'ai regardé ses yeux bleu-vert, son visage – qui ne m'avait pas semblé dénué de charme au début – et ressenti une telle révulsion lorsque sa main s'est mise à remonter lentement. Dehors, derrière la porte, il y avait des centaines de gens, mais dans cette pièce, il se sentait assez sûr de lui pour se permettre ça.

« Vous êtes sérieux ? ai-je dit.

— La recherche et les fonds pour la mettre en œuvre sont des choses sérieuses. Nous, vos sponsors potentiels, avons besoin d'une contrepartie, et vous, la candidate, vous devez sortir du lot. »

La description d'Eve avec son propriétaire m'a fait bouillonner de l'intérieur. Je me suis souvenue que pendant une fraction de seconde, je m'étais demandé : « *Est-ce que je dois faire ça pour obtenir ce que je veux ?* » avant de retirer sa main, le remercier et partir.

Sur le chemin du retour, je m'étais rendu compte que si les seules personnes intéressées voulaient en fait coucher avec moi, il faudrait que j'arrête la recherche. J'ai eu peur du choix qu'Eve avait été forcée de faire.

Elle n'avait pas l'air de pouvoir rentrer chez sa mère et elle était juste, question argent : quel choix avait-elle ? Je ne voulais pas lire ces journaux, au cas où Eve aurait été forcée de prendre le mauvais chemin, ça m'aurait forcée à affronter ce qui aurait pu m'arriver si j'avais dû choisir le sexe pour survivre.

Mais ces journaux m'attirent. J'ai le sentiment que la réponse à tous mes problèmes – des gémissements de Jack la nuit à ma perte de mémoire après l'accident – réside dans la relation qu'Eve et Jack entretenaient. *Entretiennent.* Parce que ce n'est pas fini, et je dois savoir pourquoi.

Je retourne à mon cahier. Quand j'aurai terminé de noter tout ce dont je me souviens, je reconsidérerai les journaux intimes. Parce qu'ils me montrent une voie que je ne suis pas certaine de vouloir continuer à suivre.

Libby

« Tout ça c'est ta faute, tu sais, dis-je à Butch. Si tu n'avais pas gratté à la porte, je ne me serais pas souvenue de ce placard débile et je n'en serais pas là. »

Il émet un son nonchalant, l'air absolument pas concerné, sans même lever la tête. Il sait parfaitement bien s'adapter à la personne avec qui il se trouve. Avec Jack, ou même Benji, il est plein de vie et ne cesse de gigoter, d'aboyer, de sautiller – avec moi, il se montre très lent et réfléchi. La plupart du temps, il est là où je suis, comme s'il me surveillait. Je n'irais pas jusqu'à dire qu'il m'aime bien, mais j'ai l'impression qu'il se sent responsable de moi.

J'imagine que ce n'est pas mal d'être surveillée par le chien le plus cynique du monde.

J'ai descendu un coussin pour mon confort, et un petit réveil pour m'arrêter de lire à temps, pas comme la dernière fois.

Je me sens encore mal à l'aise en déballant les journaux.

Tandis que je cherche ma page, je remarque qu'elle est revenue, assise sur une des boîtes. Elle porte toujours sa robe, elle a les pieds et les bras nus, mais cette fois, elle est accoudée, les jambes ballantes comme au-dessus d'un bassin.

« *Où en étions-nous ?* »

La douceur voluptueuse de sa voix me fait involontairement toucher ma cicatrice. Je me sens si grotesque, si mal dégrossie comparée à elle, même si elle n'est qu'une vue de mon esprit.

Elle me regarde me rappeler à quoi je ressemble, et secoue la tête.

« *Quand vas-tu comprendre, Libby ? Ce n'est pas de toi qu'on parle. Tout cela ne concerne que moi.* »

Je ne réponds pas. Je m'applique à trouver ma page dans le journal intime.

« *Ah oui, c'est ça. Je venais de perdre mon travail, je commençais à manquer d'argent et j'allais appeler Dawn pour voir si elle ne pouvait pas me trouver quelque chose à son travail.* »

Eve

Je suis allée voir Dawn aujourd'hui. Je l'ai appelée pour savoir comment elle allait et lui demander pour le boulot. Elle avait l'air tellement à l'ouest que j'ai préféré y aller, vu que je n'avais rien d'autre à faire.

J'ai eu un choc terrible quand elle a fini par m'ouvrir. Elle n'a que la peau sur les os et de larges cernes noirs sous les yeux. Son visage s'est éclairé en me voyant et je me suis sentie mal de ne pas être restée en contact tout ce temps, alors qu'elle était clairement malade.

« Ma parole, Eve, qu'est-ce que t'as changé. T'as pris un bain ou quoi ? »

Son pyjama était tout débraillé et sa robe de chambre indigo – qui m'appartenait avant –, qui tombait sur son épaule, était presque noire de saleté. Apparemment, elle ne l'avait pas lavée depuis mon départ.

« Ouais, j'ai dit en rigolant, et j'ai un peu grandi aussi.

— Ah, je devrais essayer ça un de ces jours. De me laver, pas de grandir – ça c'est pas pour moi. »

Elle s'est posée sur le canapé – mon ancien lit – et je nous ai fait du thé dans sa minicuisine. Tout était propre et il y avait du thé dans le placard, mais pas de lait. Je crois que, pour beaucoup d'entre nous, les produits comme le lait sont devenus un luxe.

Je me suis assise dans le canapé, jambes repliées. Je voulais lui demander ce qui lui était arrivé, mais sans lui forcer la main. Dieu sait qu'elle avait été patiente et gentille quand je voulais lui parler de ce qui était arrivé à la maison, et elle ne me brusquait jamais quand je la fermais, la gorge nouée par les larmes.

« Alors, ça va ? » elle a demandé en me souriant, bouche fermée.

Je savais pourquoi : quand elle avait rigolé, juste avant, j'avais aperçu l'état de ses dents grisâtres et noires, complètement dévastées.

« On peut dire ça. Comme je t'ai dit au téléphone, je n'ai plus de travail. Je suis tellement dégoûtée.

— Ouais, moi aussi. Plus de travail.

— Oh, c'est pas vrai ? Désolée, je ne savais pas. Qu'est-ce qui s'est passé ?

— Je sais pas trop. Je me souviens juste de m'être réveillée un jour en me disant que je ne supporterais pas une nuit de plus à secouer mes fesses sous le nez d'un type pour faire rentrer l'argent. Alors je n'y suis jamais retournée.

— Oh. »

Je suppose qu'au fond, je savais bien ce que Dawn faisait et pourquoi, mais comme elle ne me l'avait jamais dit, et que je ne le lui avais jamais clairement demandé, je faisais semblant de croire qu'elle travaillait vraiment derrière le bar dans une boîte. Et qu'elle aimait la belle lingerie à paillettes, et que l'odeur écœurante dans sa chambre venait d'un encens bizarre qu'elle faisait brûler. C'était plus facile que de penser à l'autre explication.

Si elle ne faisait plus de strip-tease et qu'elle était, manifestement, toujours accro…

J'ai revu le jour où je l'avais aperçue monter dans la voiture de ce type. Mon Dieu, certainement pas, j'ai pensé.

« Comment tu t'en sors ? » je lui ai demandé, parce que même si je n'avais pas envie de savoir, je voyais bien qu'elle avait envie d'en parler.

Après tout ce qu'elle avait fait pour moi, la moindre des choses, c'était de la laisser parler.

« Qu'est-ce que tu crois ? Je couche avec des types pour de l'argent. »

J'ai tout de suite pensé à mon proprio – son visage, ses mains grasses, et sa bedaine tremblotante. Est-ce qu'il avait déjà payé quelqu'un comme Dawn ? Est-ce qu'il avait déjà payé quelqu'un comme mon amie pour coucher avec elle, tellement elle était désespérée – pour trouver de la drogue ou ne pas se retrouver à la rue ?

« Mon Dieu, je suis désolée.

— Pourquoi ça ? elle a demandé en souriant.

— C'est juste que je suis désolée que tu aies tellement besoin de drogue que tu doives faire ça, ai-je répondu en me sentant un peu nulle de n'avoir rien de plus réconfortant à dire.

— Eve, ne perds jamais ça, OK ? Ne sois jamais si… abattue par le monde qui t'entoure à en perdre ta capacité de compatir pour quelqu'un comme moi. Alors que je ne le mérite même pas. »

C'était mon amie, comment j'aurais dû réagir ? Est-ce que j'étais censée lui dire qu'elle me dégoûtait, qu'elle était stupide et que je ne voulais plus rien avoir à faire avec elle ? Si c'est ça, alors il y a quelque chose qui cloche chez moi, parce que je n'ai pas pu. Impossible de penser ça d'elle. Pas quand ses strip-teases m'ont permis d'avoir un endroit où habiter pendant des mois, qu'elle a été tellement adorable avec moi et qu'elle m'a même donné ses tailleurs. Ce n'était pas toujours facile de vivre avec elle, mais toujours mieux que de dormir dans la rue, je crois que tout est mieux que de dormir dans la rue – ce qui m'attend.

« C'était comment, le strip-tease ? »

C'était si horrible que ça ? Ça lui a permis de mener sa vie, avec ses petites habitudes, dans ce quartier cher de Londres, alors est-ce que c'était si terrible ?

« Ça allait, mais au bout d'un moment, quand tu vois toujours les mêmes visages et les mêmes expressions, ça devient surtout chiant. Tu te mets en pilote automatique, tu ne donnes pas vraiment ton maximum, alors que c'est ce qu'il faut si tu veux de gros pourboires. Mais, tu sais, certaines filles adorent ça. Elles disent que ça leur donne du pouvoir, que les hommes paient pour les regarder danser. Moi je pensais plutôt que ça rendait ces types pathétiques, et que je l'étais tout autant. Mais j'avais besoin de ma dose et c'est une méthode plutôt facile pour se faire de l'argent quand tu es au pied du mur. »

Moi aussi je suis au pied du mur, je n'ai presque plus d'argent, mais est-ce que je suis désespérée à ce point ? Deux mois, ou même deux semaines plus tôt, j'aurais dit non. À présent, je ne pourrais pas être aussi affirmative.

Je voulais lui poser des questions sur ce qu'elle fait, coucher avec des inconnus pour de l'argent, mais je n'ai pas osé.

« Dans un sens, c'était mieux que ce que je fais maintenant. Ça, c'est vraiment le désespoir, mais enfin, ça rapporte plus en moins de temps et je n'ai pas à verser de pourcentage à quiconque, comme au club.

— On doit donner une partie de son argent au club ? Je ne comprends pas.

— Toutes les strip-teaseuses sont à leur compte, mais tu dois payer le club pour avoir le droit de danser là-bas. Ce qui veut dire que, chaque nuit, tu dois gagner assez d'argent pour rembourser le club, et tout ce qui reste, ça tombe dans ta poche. Parfois, quand il n'y a pas trop de clients et si les autres filles sont plus tenaces ou désespérées que toi, tu n'arrives pas à couvrir les frais et tu rentres chez toi en ayant perdu de l'argent. C'est pour ça que ce que je

243

fais maintenant c'est mieux, dans un sens. Si je trouve un micheton, je fais toujours du profit.

— Ça ne te dérange pas ? De le faire avec quelqu'un dont tu te fiches ? »

Ses yeux ont dérivé avec ses pensées.

« Je sais pas. J'y ai jamais vraiment réfléchi. Je suis tombée dedans par hasard. J'ai rencontré un client du club dans la rue, il m'a demandé si je faisais des "extras". Je me suis dit, pourquoi pas ? et je suis montée dans sa voiture. Ça s'est passé très vite et j'ai gagné cent livres. Après, j'ai continué. Maintenant, je gagne rarement autant. C'est pas vraiment du sexe, pas comme ce qu'on faisait avec Robbie. Ça revient juste à laisser quelqu'un te coller son truc. »

Autant que je m'en souvienne, avec Peter, le sexe c'était plus que ça. Mais qu'est-ce que j'en sais ? Je ne l'ai fait qu'avec lui après tout.

« On peut parler d'autre chose ? Ça me saoule, a dit Dawn.

— Oui, bien sûr. »

Je suis restée encore une heure, on a parlé de tout un tas de trucs, la conversation était toujours ponctuée de sa toux sèche. Plus le temps passait, plus elle devenait nerveuse, et puis elle s'est mise à transpirer, son teint est devenu plus gris et elle ne cessait de jeter des coups d'œil à l'horloge. Elle allait bientôt avoir besoin de sa dose, j'ai pensé qu'il valait mieux que je parte.

À la porte, elle m'a prise dans ses bras en me disant qu'elle avait été contente de me voir. J'ai répondu que c'était super et je le pensais vraiment malgré tout, c'est toujours Dawn. Je lui ai proposé de l'argent – j'avais vingt livres dans mon porte-monnaie – et j'ai vu ses yeux s'agrandir devant le billet. J'ai vu à quel point elle le voulait mais quelque chose l'a retenue.

« Non, merci Eve, tu es trop gentille, mais te prendre ton argent ce serait comme piquer sa nourriture à un bébé chien. Merci.

— Tu es sûre ?

— Non, bien sûr que non. Mais je t'en prie, range-le avant que je te le prenne et que je me sente mal demain. »

Je n'arrête pas de penser à elle. Elle a l'air si fragile, je ne sais pas combien de temps il reste avant qu'elle finisse par se briser pour de bon. J'aimerais pouvoir faire quelque chose pour elle, mais j'ai déjà du mal à faire quelque chose pour moi en ce moment.

Il faut que quelque chose de bien se produise bientôt, non ?

Eve

17 septembre 1988

Ah, nouveau jour, nouvelle entrée dans ce journal.

Ça fait longtemps, non ? Trois mois. Et tout est de nouveau si merveilleux. Hahahaha ! Je n'arrive pas à croire que je mens à mon journal intime. C'est quoi la prochaine étape ? Essayer de cacher mon reflet dans le miroir ?

Enfin, au moins je suis toujours dans mon appartement, et je n'ai pas eu besoin de « partie de jambes en l'air » avec le proprio. Il a vraiment pensé que je le ferais. Quand je l'ai appelé pour lui dire que j'avais un nouveau boulot, il a eu l'air un peu déçu.

J'ai aussi commencé à fumer. J'avais essayé quand j'habitais avec Dawn, maintenant ça me plaît bien. Ça fait passer le temps et ça m'apaise. Alors, qu'est-ce que je fais ? Devine. Oui, j'ai eu un autre boulot de secrétaire administrative pour une grosse entreprise de comptabilité.

Enfin, c'est ce que j'ai écrit à ma mère dans ma dernière lettre.

La vérité, c'est que je fais ce que faisait Dawn. Je suis strip-teaseuse. Mais je ne fais pas qu'enlever mes vêtements, je danse pratiquement nue pour des hommes.

Le temps passait vite et tandis que je faisais de l'intérim par-ci par-là, je me rapprochais du moment où je ne pourrais plus payer le loyer. Je ne dormais plus et je me sentais mal toute la journée.

J'ai même pensé retourner à Leeds, mais l'idée de vivre sous le même toit qu'« oncle Alan », le copain de ma mère, qui attendait le jour où il pourrait me coincer pour me violer, m'effrayait beaucoup trop. Je savais que, même à ce moment-là, il trouverait un moyen de convaincre ma mère qu'il ne s'était rien passé. J'aurais pu rentrer si j'avais su que ma mère me croyait, ou si oncle Henry et tante Mavis étaient toujours vivants parce qu'ils savaient ce qui se passait et m'invitaient chez eux dès que possible. J'ai failli écrire à ma mère pour savoir si elle comptait lui demander de partir pour que je revienne, mais son visage quand je lui avais dit ce qu'il me faisait, et comme elle l'avait cru, lui, m'en ont empêchée.

Enfin bon, je suis allée à l'agence pour l'emploi pour pointer au chômage. Mais quand j'ai cherché des appartements ou des studios dans les journaux, même ceux où ils acceptaient les allocataires étaient beaucoup trop chers. J'ai bien pensé à m'éloigner du quartier, mais les seuls endroits que je pouvais payer étaient tellement loin que ç'aurait été encore plus dur d'aller en ville pour trouver un travail. J'ai essayé les magasins, les cafés et les ménages, mais rien. Maintenant, mon expérience dans un bureau me dessert parce que les gens ne veulent pas prendre le risque de me voir partir dès que j'aurais trouvé un emploi de bureau. On m'a dit droit dans les yeux qu'on ne pouvait pas se permettre ce genre de pari avec la récession.

246

J'étais tellement désespérée. Quand je suis allée voir Dawn, je savais que j'étais désespérée, mais je ne savais pas que je l'étais autant qu'elle l'avait été – et puis, un jour, je m'en suis rendu compte. J'étais assez désespérée pour au moins tenter le coup. J'ai failli appeler Dawn pour lui demander conseil, mais finalement je ne l'ai pas fait. Elle avait ses problèmes et je savais qu'elle essaierait de me convaincre de renoncer.

J'ai cherché dans le journal et les Pages jaunes les clubs dans le quartier et j'en ai trouvé un à quinze minutes de marche. Puis, j'ai enfilé mon plus bel ensemble de lingerie – au cas où on me demanderait d'enlever mes vêtements –, me suis donné un coup de peigne, appliqué du rouge à lèvres et du mascara, et je suis sortie avant de changer d'avis.

Tête baissée, j'ai marché très vite vers le club, chaque pas me rapprochait de l'endroit où ma vie allait changer, mais je devais le faire. C'était ça, la rue ou rentrer à la maison. C'était la moins pire des options. Enfin, ça le semblait.

Le club se trouvait dans une petite rue que je ne connaissais pas. Même en milieu de journée, elle paraissait relativement déserte. De nuit ça devait être comme de se balader dans un désert industriel. Deux énormes portes en fer noir fermaient l'entrée du club, il y avait des barreaux aux fenêtres et des graffitis obscènes sur les murs. Au-dessus, un panneau indiquait «Habbie's Gentleman's Club» en néons roses éteints.

Mes jambes ont failli faire demi-tour pour entraîner mon corps, très vite, mais mon cerveau a pris le dessus, j'ai frappé. J'ai encore failli m'enfuir en attendant que la porte s'ouvre, et puis j'ai vraiment fait un pas en arrière quand l'homme le plus grand et le plus énorme, avec le cou le plus épais que j'aie jamais vu, a ouvert.

«Ouais?

— Est-ce que vous embauchez ? »

Ma voix avait l'air plutôt normale étant donné que j'étais terrifiée par ce type qui pouvait me couper en deux rien qu'en soufflant un peu trop fort dans ma direction.

Il a reculé en me faisant un signe de tête du genre «Entre» et puis je me suis rendu compte qu'il pouvait m'assassiner sans que personne le sache. Je n'avais dit à personne que j'allais là-bas. Enfin, je suis entrée dans un très long et très large couloir avec une caisse automatique à ma droite et un tapis dégoûtant qui semblait mener à l'endroit d'où provenait la musique. À ma gauche, un escalier descendait dans les profondeurs de l'enfer – j'ai vraiment cru mettre les pieds quelque part plus bas que l'enfer.

«Par là», a dit l'homme en me laissant passer devant lui.

Il s'est penché par-dessus moi pour m'ouvrir la porte et je me suis retrouvée dans une salle gigantesque avec un bar qui s'étendait de la porte presque jusqu'à l'autre bout de la pièce. Devant, il y avait une scène avec un rideau chatoyant et, au milieu, une grosse barre de pole-dance qui montait jusqu'au plafond. Dans la pièce, des tables avec des chaises. Toutes lumières allumées, on apercevait seulement quelques carrés brillants de la boule à facettes qui tournait au-dessus, en revanche on constatait bien l'aspect sordide de la pièce.

«Elle veut bosser», a dit le grand type à un autre, accoudé au bar, que je n'avais pas remarqué.

Il était jeune et beau, mais d'une manière un peu bizarre – noir, les cheveux lissés en arrière et l'air sympa, mais des yeux vraiment déstabilisants et une bouche qui semblait plus méprisante que souriante. Il portait un jean, un polo Fred Perry bordeaux et une énorme montre en or avec d'énormes bagues en or aux doigts. Il y avait un petit

248

verre contenant un liquide ambré posé sur le bar derrière lui.

« T'as quel âge ?

— Dix-neuf, ai-je menti, sachant qu'on ne demande jamais l'âge sauf s'il faut avoir plus de dix-huit ans.

— Ah ouais ? C'est quoi ta date de naissance ?

— Vingt-cinq juin 1969 », j'ai répondu, rapide comme l'éclair, en haussant un sourcil.

C'était osé mais j'ai eu l'impression qu'il le fallait pour qu'il me croie.

« On dirait pas.

— Je sais. Ça facilite les choses, je paie toujours le tarif enfant.

— T'as de l'expérience ?

— Non.

— Et tu crois pouvoir faire ce boulot sans aucune expérience ?

— Je voudrais essayer. J'aime danser.

— Enlève tes vêtements. »

Je me suis ratatinée intérieurement. Mais je ne pouvais pas le lui laisser deviner. Toute faiblesse serait sanctionnée. Je me suis efforcée de ne pas trembler en déboutonnant mon jean. Lui et le grand type me regardaient tandis que le dégoût s'infiltrait en moi. Si j'avais ce boulot, des hommes comme eux et plus graveleux encore allaient me regarder comme ça toutes les nuits. J'ai écarté cette idée et puis j'ai fermé mon esprit à toutes les pensées négatives sur le sujet.

Quand j'étais petite, j'avais vu l'histoire de Gypsy Rose Lee, la strip-teaseuse célèbre. La première fois qu'elle s'était produite en public, elle était super timide, mais elle avait continué malgré sa terreur et elle avait chanté Let Me Entertain You devant des hommes qui voulaient voir de la chair fraîche se trémousser. Alors, j'ai essayé d'être Gypsy Rose, j'ai gardé à l'esprit l'expression de terreur et de défi qu'elle avait en chantant devant les hommes qui riaient, et soudain, sans savoir comment, j'étais devant les deux types en soutien-gorge et culotte roses.

Leurs yeux ont glissé sur moi comme des mains, palpant chaque ligne, chaque courbe et chaque relief.

«Pas mal», a dit l'homme au bar.

Je ne connaissais même pas son nom et j'étais devant lui quasiment nue.

«Ventre plat, belle forme de seins. Tourne-toi, fais voir ton cul. »

Je me suis tournée, Let Me Entertain You dans la tête.

«Hmmm, pas mal. Penche-toi. Écarte les jambes et penche-toi, a-t-il dit comme j'hésitais.

— Non, le plus que tu peux. Mets tes mains sur tes genoux si besoin… Voilà. Maintenant, regarde-moi. »

C'était bien la dernière chose que je voulais. Je ne voulais regarder personne. Je me suis un peu contorsionnée et je l'ai fait.

«C'est ça. Maintenant, souris. Ouais, ça ira. »

Ils ne regardaient pas mon visage, leurs yeux me tripotaient les fesses.

«Relève-toi. »

Je ne savais pas si j'allais pouvoir en supporter plus, mais c'était ça le boulot, non ?

«Enlève tout, il a dit l'air de rien, en sortant une cigarette.

— Tout ?

— Ça te pose un problème ?

— Non, je vais devoir faire ça tous les soirs ?

— Non, en général c'est que le haut. Moi je dois vérifier si t'es pas… »

Il s'est tourné vers son pote et lui a lancé un sourire plein de sous-entendus.

«Tu vois, si tu trimballes pas un truc de trop là-dedans. »

Quoi ? j'ai pensé.

Ça a dû se voir sur mon visage parce que le gros a dit :
« Si t'es pas un mec.

— Oh. Bah non.

— Ouais, c'est ce qu'ils disent tous, bébé. Ça veut pas dire que c'est vrai. »

Let me entertain you, *ai-je chanté dans ma tête en m'exécutant.*

« C'est une fille, y a pas de doute », a dit l'autre type, les yeux rivés sur mon bas-ventre, tout en s'allumant une cigarette.

Pendant un instant, j'ai espéré qu'il mette le feu à ses sourcils avec l'allumette, mais non.

« Ouais, pas de doute », a répété le gros.

Celui au bar s'est tourné pour boire une lampée. Tout à coup, je ne l'intéressais plus.

« Rase-toi les jambes, rase-toi la chatte et tu peux commencer demain. »

Je suis restée là, toute nue, gelée, à l'écouter, sans savoir si je devais me rhabiller ou quoi.

« OK.

— Tu pourrais être un peu plus enthousiaste. Je prends un risque en t'embauchant. Tes seins et ton cul sont pas mal, mais t'as aucune expérience. Mes clients n'aiment pas servir d'essais pour des débutantes.

— Je voulais dire, merci de me donner ma chance.

— Remets tes fringues, a dit le gros.

— Viens ce soir voir comment on fonctionne. Parle aux autres filles, renseigne-toi sur les frais et les règles. Fais bien attention, parce que si tu cherches à les contourner, tu dégages. »

Il a agité la main pour me congédier, je pouvais disposer. Son verre s'est arrêté avant ses lèvres.

« C'est quoi ton nom ? »

J'ai failli sortir « Gypsy » mais ça ne l'aurait pas trop fait. Je ne voulais pas lui donner mon vrai nom et soudain, le film qui passait à la télé quand je suis partie m'est revenu à l'esprit.

« Honey », j'ai dit.

Du film A Taste of Honey. J'étais à deux doigts de pleurer en le regardant – la scène où Josephine doit quitter sa maison à cause du petit copain de sa mère, c'était trop pour moi.

« Honey. Pas mal. T'as l'air douce et innocente. Et j'ai pas d'autres Honey dans le personnel. Allez, barre-toi. »

Et voilà.

En sortant, j'ai croisé une femme qui entrait. Elle était incroyablement grande et incroyablement belle. On s'est souri.

« T'es nouvelle ? a-t-elle demandé.

— Oui.

— Alors, moi c'est Connie et je bosse ce soir, si tu veux venir en coulisse me poser des questions. Je suis là depuis des lustres.

— Oh, merci beaucoup. »

Je n'étais pas trop pressée de devoir faire ami-ami avec des gens pour apprendre le boulot. Après ce qu'Ophelia m'avait fait, j'avais appris à ne faire confiance à personne.

« Je peux te poser une question ? C'est quoi la chatte ? »

J'ai cru mourir quand elle m'a expliqué. Elle m'a aussi conseillé d'épiler plutôt que de raser parce que ça dure plus longtemps et ça ne gratte pas autant quand ça repousse.

Superfatiguée. Je ne sais pas si je peux encore écrire quelque chose. Tout cela m'a un peu épuisée. Normal que Dawn dormait la moitié de la journée. Je suis sûre que ça ne venait pas que de la drogue. Ça vous vide d'une manière totalement différente que le travail normal. J'en parlerai plus tard. Là, j'ai seulement besoin de dormir.

Eve

Ça fait un mois que je danse. Génial, non ? Je bosse six nuits par semaine et je gagne plus que quand j'étais secrétaire. Je peux même m'accorder le luxe de laisser la lumière allumée quand je prends un bain, ou acheter plus d'un pain par semaine. Quand je travaillais au bureau, j'étais pauvre mais ça allait parce que je pensais pouvoir construire ma carrière. J'aurais peut-être pu devenir une directrice de bureau ou même faire ce que Maggie avait suggéré, passer mon bac et faire une formation. En comptabilité ou autre chose.

Maintenant, j'ai plus d'argent – assez pour survivre, pour m'en sortir – mais je ne vois pas ce que je vais faire après. Je pose toujours ma candidature pour des boulots, mais ça me semble un peu vain, à présent. Je ne vais pas mettre ça sur mon CV, hein ?

Ce n'est pas si terrible, sérieusement. Je crois que la deuxième nuit a été pire que la première. La première nuit, j'étais nerveuse. J'avais observé les autres filles, j'avais vu leur façon d'approcher les hommes, de sourire, de bavarder en remuant subtilement leur corps pour les hypnotiser et qu'ils leur demandent un strip. J'ai vu leur façon de s'asseoir presque sur les genoux des types en évitant tout contact physique – c'est la règle principale, ON NE TOUCHE PAS – et comment elles se rapprochaient et devenaient plus aguicheuses vers la fin de la chanson pour que le type fasse durer la danse et débourse plus. Il y avait la barre de pole-dance, à laquelle chacune devait passer dans la nuit, mais les filles n'étaient pas trop pressées parce que ça signifiait aussi moins d'argent.

Je savais que je ne pourrais jamais faire certains trucs que les filles faisaient sur la barre. C'était physiquement éprouvant, donc je me suis dit qu'il fallait que je l'intègre le plus possible à une chorégraphie en espérant être si nulle qu'on me ferait descendre après une ou deux chansons.

Pourquoi la deuxième nuit a été pire que la première ? La première, une petite partie de moi espérait qu'on me dirait de ne plus jamais remettre les pieds là-bas. Je ne voulais pas me tenir devant un type assis jambes écartées, mains sur les cuisses, qui se forçait à ne pas me toucher. Mon premier strip a été pour un jeune type pas mal, seul et qui portait un costume gris à fines rayures. Assis à l'écart, il commandait verre sur verre en m'observant. D'autres filles sont allées le voir mais il déclinait chaque fois, il se contentait de me regarder fixement, du coup, j'y suis allée.

« Tu veux que je danse pour toi ? »

Je m'étais entraînée toute la journée à changer ma voix. J'étais entrée dans le rôle d'Honey. Elle ne marchait pas comme moi, ne parlait pas comme moi, ne dansait pas comme moi. Elle n'était pas comme moi car, elle, elle pouvait enlever ses vêtements devant des inconnus alors que, moi, ça me poserait toujours un problème.

Le type a dit oui. J'avais quelque chose de nouveau à l'esprit – l'argent qu'un strip me rapporterait. J'ai gardé en tête les vingt livres qui allaient arriver. J'ai construit un mur autour de mon esprit pour éviter de penser à ce que je faisais, et sur ce mur, écrit en énorme, je voyais « 20 £ ».

La chanson a commencé et j'ai dansé, en imitant ce que j'avais vu et en ajoutant des mouvements que j'avais répétés à la maison. À la fin, il m'a donné un pourboire de cinq livres et il m'a regardée tandis que je remettais mon soutien-gorge et ma robe. Ça s'est passé à peu près comme ça toute la nuit et, pour finir, on m'a dit de revenir le lendemain. Ils ont prélevé ce que je leur devais pour pouvoir danser, et le propriétaire – Adrian – m'a donné une tape sur les fesses pour me féliciter.

La deuxième nuit a été pire parce que j'ai su que tout était joué. J'étais là pour un bout de temps, j'allais y rester jusqu'à ce que je trouve un autre job et, vu la récession, ça n'allait pas me tomber dessus tout de suite. En me maquillant avant d'y aller, je me suis sentie aussi mal que le jour où j'avais pris cette décision. C'était ça ma vie, c'était ce que j'avais choisi de faire. Jouer le rôle d'un fantasme de fille pour que la vraie fille puisse survivre dans ce monde. Et c'était manifestement ce que j'allais devoir faire pour m'en sortir à l'avenir.

Un seul bain ne suffisait pas à gommer l'odeur de fumée, d'alcool et de désir transpirant qui s'était insinuée dans mes cheveux et dans les pores de ma peau, mais j'ai fini par me sentir mieux. J'étais redevenu Eve.

Je n'avais qu'à laisser tout ça à Honey.

En allant me coucher, cette deuxième nuit, je pensais à Dawn. À ce qui passait en premier pour elle – la drogue ou le strip. Comment pouvait-elle faire ça tous les jours ? Et combien de temps encore allait-elle rester en vie ?

Maintenant, bien sûr, c'est comme une seconde nature. Ça ne m'a pris que deux semaines pour devenir Honey sans avoir besoin de me concentrer. Maintenant, dès que je mets les pieds au Habbie's je me transforme instantanément en Honey, et elle disparaît dès que je sors. C'est l'avantage de l'avoir : je ne ramène pas le boulot à la maison parce que celle qui le fait n'est qu'une création de mon imagination.

Eve

18 octobre 1988

Je passe tous les jours devant ce magasin. C'est juste un magasin de fringues normal. Mais il y a cette robe…

Ce n'est pas le genre que j'aime d'habitude, je ne peux même pas me l'offrir, mais elle est tellement belle que je m'arrête à chaque fois. Belle, ce n'est pas le mot. Ça va plus loin. «À couper le souffle», comme disent les gens, tu sais, quand ils parlent de ce qu'ils ont visité pendant les vacances. Elle me coupe le souffle, cette robe, et je ne peux pas ne pas m'arrêter pour l'admirer. Parfois, même quand je suis loin, je fais un détour exprès. Je la veux. Il me la faut. Je n'ai jamais rien possédé de tel, de si beau, de si élégant. C'est cette nuance de rose totalement incroyable.

Elle est moulante à la poitrine et à la taille, avec des paillettes dispersées délicatement sur le devant et une ceinture au milieu. La jupe est évasée. Les bretelles font un V devant mais ce n'est pas du tout trop décolleté parce qu'il y a un petit cache au milieu. Dans la vitrine, ils ont mis un énorme jupon en dessous, mais moi je ne la porterais pas comme ça – je la laisserais flotter sur mes jambes, sous le genou.

Je la veux.

Je la veux tellement que, parfois, ça m'empêche de respirer. Je la regarde longtemps, j'observe les coutures, les détails, la taille de l'ourlet, l'espacement des paillettes, la façon dont la lumière tombe sur les plis soyeux du tissu. Je cherche toujours un défaut, quelque chose qui me dissuadera, qui fera que je l'aimerai un peu moins.

Elle devrait être à moi. Mais quand est-ce que je pourrais la porter ? À quelle occasion ? Je ne sors jamais. Je vais au travail et je rentre. Je reste dans ce petit appartement, à regarder la télé ou lire un livre de la bibliothèque, ou à fumer. Ce serait débile de l'acheter. Dépenser tout mon argent pour la porter chez moi.

Je veux arrêter de l'aimer, mais je ne peux pas.

Ça ressemble un peu à ce que je ressens pour ma mère.

Eve

Il s'est passé quelque chose aujourd'hui. Pour la toute première fois.

Je suis encore un peu secouée.

Un type m'a agrippée dans la ruelle à côté du club. Il est sorti de nulle part. Je pensais au bain que j'allais prendre en rentrant, quand j'ai senti une main sur mon bras et une autre dans mes cheveux, et puis on m'a attirée dans la ruelle étroite. Ça faisait des bruits indescriptibles et dégoûtants sous mes pieds. J'ai été sonnée quand les mains m'ont plaquée contre les murs, j'ai vu des étoiles.

Juste après, j'ai senti une main, épaisse et lourde comme un jambon, se refermer sur ma gorge et là j'ai vraiment été terrifiée. J'ai compris ce qui allait m'arriver.

« T'as aimé, hein, salope, il a dit juste devant mon visage sans prendre la peine de cacher le sien. Quand t'étais sur moi, t'as aimé. T'en voulais encore. »

Sur toi ? j'ai pensé. Et puis, dans la pénombre, j'ai entrevu les ombres et les contours de son visage. Il ne s'était pas fait remarquer, ils ne se font jamais remarquer. Pas vraiment. Sauf s'il avait été spécialement laid. Ou nauséabond. Ou avec les mains baladeuses. Ou s'il avait sorti une particulièrement grosse liasse de billets pour que des tas de filles se le disputent. La plupart de ces types ont l'air assez ordinaires, je ne les reconnaîtrais pas dans la rue. Cet homme ne se ferait pas remarquer si je le croisais dans la rue, ou s'il me plaquait contre un mur pour avoir plus que ce pour quoi il avait payé. Il voulait un extra au strip qu'il avait certainement payé à contrecœur.

Je l'ai regardé en me demandant s'il faisait partie de ceux qui m'avaient touchée. Ceux que je laissais me toucher en leur faisant croire qu'ils étaient spéciaux pour qu'ils restent avec moi et dépensent leur argent. Ou était-il de ceux qui voulaient toucher mais partaient après une ou deux chansons pour avoir le plus de filles possible à leur compteur et se sentir importants ?

« T'es pas comme les autres. »

Sa voix basse grinçait d'une excitation malsaine. Il n'avait pas l'air d'un voyou, plutôt d'un gars normal, de ceux que je rencontrais le matin en allant au bureau – le genre qui entrait dans un club de strip-tease avec ses potes et quelques verres dans le nez après le travail, surtout pour rigoler.

Ce type-là ne rigolait pas.

« Dis que t'en voulais plus. »

Je le regardais toujours. Pas pour le défier, plutôt muette de peur et choquée. Je suis si bonne actrice que ça ? Il y a vraiment cru ?

« Allez, petite pute, dis que t'en voulais encore ! »

Moi je pensais, c'est à moi que tu parles ?

Une main toujours sur ma gorge, il a commencé à glisser l'autre dans mon pantalon, ses gros doigts avec ses ongles déchiquetés me griffant la peau, essayant d'entrer en moi.

Puis j'ai hurlé. J'ai hurlé et je me suis débattue. Je me fichais que l'étau se resserre sur ma gorge tant que je pouvais encore crier. Il m'a dit de la fermer, d'abord en grognant, puis en hurlant et, même s'il était plus fort que moi, j'arrivais à lutter, à le tenir à distance.

« Hé, laisse-la tranquille ! »

Soudain, on l'éloignait de moi.

« Laisse-la tranquille ! Pour qui tu te prends ? »

Mon agresseur tâtonnait par terre dans la saleté en essayant de se relever.

« Ce n'est pas comme ça qu'on traite les femmes.

— C'est pas une femme, c'est qu'une pute, mon pote, a craché le type au visage de mon sauveur. Elle se fait payer pour ça. Elle aime quand c'est brutal.

— Barre-toi.

— *T'auras rien gratos, mon pote. À ta place je m'en mêlerais pas.*

— *Dégage!* »

Mon agresseur a déguerpi en me laissant avec l'autre homme.

« *Ça va ?* »

J'ai fait oui de la tête, je ne pouvais pas parler.

« *Vous devriez faire attention dans ce coin, vous savez, c'est à cause de ce club. C'est dangereux pour les femmes convenables ici, on les prend tout le temps pour des stripteaseuses. Je me demande si les prostituées là-dedans se rendent compte qu'elles mettent les autres en danger ?* »

Et puis il m'a regardée plus attentivement. Il s'est interrompu à la vue de mon maquillage et de ma coiffure et il s'est rendu compte que je n'étais pas une femme convenable. J'étais l'une de ces prostituées.

Il a secoué la tête avec un air de dégoût.

« *Vous devriez faire attention.* »

Et il est parti.

Ce type m'a fait plus de mal que le premier, en fait.

Mais c'est vrai, n'est-ce pas ? Je ne suis pas une femme convenable. Aucune femme convenable ne ferait ce que je fais.

Mon Dieu, comme je me déteste parfois.

Je vais arrêter de signer par « Eve ». Quel intérêt ? Je sais qui je suis.

8 novembre 1988

Ma robe avait disparu de la vitrine.

Me suis sentie mal.

Me suis précipitée dans le magasin, le cœur battant. Je n'arrivais pas à le croire. Quelqu'un l'avait finalement

259

achetée. C'est une toute petite boutique. La femme m'a toisée de haut en bas.

« Je peux vous aider ? »

Elle était terriblement snob, je n'étais qu'un truc sale et puant pour elle, mais je m'en fichais. Je ne m'intéressais qu'à la robe.

« La robe dans la vitrine, vous l'avez vendue ? »

Ses yeux mauvais m'ont encore examinée de la tête aux pieds, l'air dégoûté.

« Quelqu'un, une vraie cliente, est en train de l'essayer, même si, j'en suis certaine, ce ne sont pas vos affaires.

— Je voulais l'acheter, ai-je dit en lui donnant l'occasion de se montrer encore plus snob, et arrogante, et narquoise.

— C'est une création originale qui coûte plus de quatre cents livres. Avez-vous autant d'argent ? » a-t-elle demandé sans ajouter qu'elle s'attendait à ce que je la vole.

Je ne volerais jamais rien d'aussi fabuleux que ma robe. Je ne volerais jamais rien, un point c'est tout.

« Oui », ai-je dit en m'efforçant de ne pas flancher.

Elle s'apprêtait à se moquer de moi. Je sentais les larmes monter à toute vitesse. Hors de question de pleurer devant elle. Le bruit métallique de l'ouverture d'un rideau a rempli le vide et nous nous sommes tournées vers la petite cabine d'essayage. Une femme en est sortie avec ma robe.

J'avais l'impression qu'elle portait ma robe de mariée et qu'elle allait épouser mon fiancé grâce à elle. C'était comme si elle m'avait écorchée vive et qu'elle portait ma propre peau. Une immense douleur que je n'avais pas ressentie depuis longtemps. Elle avait quelque chose qui aurait dû être à moi et elle pouvait se le payer. Elle pouvait l'acheter quand elle en avait envie. Alors que moi... je serais toujours de l'autre côté de la vitrine, à observer. Je serais toujours du mauvais côté parce que je ne méritais pas de posséder de jolies choses.

« *Vous êtes absolument divine !* » s'est exclamée la vendeuse, plus pour moi que pour elle.

Elle voulait me faire savoir que je n'étais qu'une souillon. Elle s'est avancée vers la femme comme pour me faire sentir que je n'étais pas la bienvenue.

« *Vous devez absolument l'acheter.*

— *Elle est un peu au-dessus de mon budget.*

— *Ne vous inquiétez pas, nous proposons des réductions raisonnables et des paiements à tempérament à nos clientes privilégiées.* »

Elle me parlait à moi.

« *Vous déposez un petit acompte et vous pouvez payer le reste au bout d'un mois et voire plusieurs.*

— *Je ne savais pas que vous faisiez ce genre de choses.*

— *Comme je l'ai dit, seulement pour nos clientes privilégiées.*

— *Mon Dieu, est-ce que je devrais ? C'est vrai que c'est une belle robe, et elle est superbe sur…*

— *Elle va parfaitement à quelqu'un comme vous. Très peu de gens peuvent se permettre de porter quelque chose d'aussi beau. Ça n'irait pas à tout le monde.*

— *Oh… Elle est superbe.* »

Mais non ! j'avais envie de hurler. Elle n'est pas superbe, ni belle, ni aucun de ces mots pathétiques et sans intérêt. Elle est divine. Elle vient de là où le soleil tire ses rayons, elle est tissée de fils d'arc-en-ciel par les anges, elle est bien plus que superbe ou belle. Elle est la perfection.

Je me suis détournée de la scène. Je ne pouvais pas la voir acheter quelque chose qu'elle n'appréciait pas à sa juste valeur, pas comme moi je l'aurais fait, en tout cas. Ça doit être ça, ce que l'on ressent quand l'homme qu'on aime, à qui on a donné sa vie, épouse quelqu'un d'autre. Je ne veux plus jamais ressentir ça.

Je savais que la vendeuse serait bien contente en me voyant partir, elle se sentirait supérieure et satisfaite d'avoir damé le pion à une moins que rien comme moi. Je ne lui ai jamais rien fait, mais elle a quand même pris un grand plaisir à me remettre à ma place.

Je suis rentrée à la maison hébétée, comme si on m'avait chassée de moi-même. Je me rends compte que cette robe m'avait donné une motivation. Un but. Je n'avais jamais sérieusement envisagé de l'acheter, j'imagine, mais l'éventualité que je puisse le faire m'avait aidée à aller de l'avant. L'éventualité qu'un jour, je posséderais quelque chose de joli, quelque chose de chouette – comme mes anciennes collègues que je rencontre tous les jours dans la rue – m'avait empêchée de devenir folle. Elle m'avait empêchée de me demander pourquoi je n'essayais pas plus de trouver des boulots d'intérim, au lieu de retourner au Habbie's nuit après nuit, et d'en sortir avec l'odeur des créatures immondes qui le fréquentaient, et de n'être presque plus capable de me regarder dans un miroir.

Je suppose que cette robe me montrait que je pouvais changer ma vie. Faire mieux. Redevenir « normale ».

Je vais me coucher. Je vais appeler pour dire que j'ai mes règles. Ça ne sert à rien de me lever demain.

Bisous,
Moi

29 novembre 1988

Je n'étais pas passée devant la boutique depuis des semaines. Pas la peine. Ça me tuait toujours que quelqu'un ait acheté la robe – ma robe. Et toujours un peu échaudée par la manière dont cette garce de vendeuse m'avait traitée.

Alors devine ma réaction quand je suis finalement repassée devant l'autre jour – sinon j'aurais été en retard au boulot – et qu'elle était de retour dans la vitrine. La robe. Ma robe. De retour dans la vitrine sur le mannequin brillant sans visage, comme si on ne l'en avait jamais retirée pour la faire essayer à cette femme. La boutique était fermée, mais je me suis arrêtée, même si j'étais en retard, pour la regarder. Je l'ai regardée encore et encore, et puis j'ai touché la vitre en imaginant que je pouvais sentir ses plis soyeux à travers, ses vibrations divines passant doucement à l'intérieur de moi.

J'avais une deuxième chance. Une chance de me venger de cette garce et une chance de me prouver à moi-même que je pouvais faire mieux. Je pouvais posséder quelque chose de parfait.

J'ai retiré ma main doucement et puis j'ai dû courir jusqu'au boulot. Je savais ce que j'avais à faire. Je savais que je devais tout faire, TOUT ce que je pouvais pour obtenir l'argent et acheter cette robe. TOUT.

Chapitre 12

Jack

Parfois, Brighton ressemble à Londres, encombrée de tas de gens différents aux vies bien chargées. J'ai passé quelques nuits à Londres. J'ai vécu à Oxford et à Brighton (et maintenant j'habite à Hove) et je ne me fatiguerai jamais de cette possibilité de se cacher au milieu de la foule. Ça semble même plus facile à faire à Brighton parce que les meilleurs endroits ne sont pas aussi éloignés les uns des autres qu'à Londres.

Dans les rues pavées de North Laines, je suis de nouveau Jack Britcham, anonyme et libre, un trentenaire qui a toute la vie devant lui. Je peux faire ce que je veux, quand je veux. Je n'ai pas d'attaches. Parmi la foule, je suis simplement un autre obstacle à contourner, un autre être qui se trouve dans la même ville au même moment que la personne que je croise. Je ne suis pas important. J'aime ne pas être important. J'ai souvent soif de n'être personne. Dans mon monde, parmi les miens, n'être personne n'est pas une option.

Installé au coin de Gardener Street et Church Street, juste avant que la route se rétrécisse en une ruelle flanquée de magasins, le stand d'un vendeur de rue attire mon regard. Une planche perforée posée sur un cageot en plastique étale des rangs de cœurs en cristal. Il y en a de lisses et limpides, d'autres à facettes, grossièrement découpés, d'autres encore qui ont une surface rugueuse. Leur simplicité en est frappante, la façon dont ils prennent la lumière, leurs myriades de couleurs comme des gouttelettes de tout le spectre de l'arc-en-ciel, dégoulinant sur la planche. Ils ne coûtent rien, mais sont incroyablement beaux, comme on en voit rarement.

Je me pousse pour ne pas gêner le passage de la foule, et je les observe, paralysé. Le vendeur doit avoir mon âge, il porte un vieux ciré jaune moutarde et des mitaines vertes. Il a la barbe blonde, les yeux enfoncés. Et le nez rouge, comme enrhumé en permanence.

« Je les fais moi-même, mon pote », dit-il avec un très fort accent londonien, avant de se détourner de moi pour se rouler une cigarette. Ces petits bijoux de verre m'ont hypnotisé.

Libby adorerait en avoir un. Du moins je le crois. J'ai erré dans Brighton à la recherche du cadeau idéal. Tout ce que j'ai vu susceptible de lui plaire était bien trop cher pour qu'elle l'apprécie. Je suis sûr de faire des jaloux avec les goûts humbles de ma femme. Elle aime les belles choses – elle fait immédiatement la différence entre les grandes marques et le toc – mais elle se permet rarement ce genre d'achat. Elle ne peut pas se résoudre à dépenser autant d'argent – même si elle ne le dit pas, je sais ce qu'elle pense. *Ça représente presque un mois de remboursement de l'emprunt*, quand on achète des choses superflues. *Qu'est-ce qui se passerait si je ne pouvais pas payer mes factures à cause de ça*? Elle se met toujours en situation pour voir si ça vaut vraiment la peine.

Au début de notre mariage, j'ai dit à Libby que je lui paierais ses études pour qu'elle puisse terminer sa thèse si elle le voulait. Elle m'a souri, le visage illuminé de bonheur.

«Merci. Merci beaucoup de ta proposition, a-t-elle dit, mais cette époque est révolue. Je suis esthéticienne maintenant. J'économisais pour y retourner mais finalement je n'en ai plus tellement envie.

— Parce que tu as peur de ne pas être capable de suivre le rythme?

— Non, parce que je suis esthéticienne.

— Alors on pourrait financer l'ouverture de ton propre salon à Brighton ou à Hove.»

Une fois de plus, elle avait souri de plaisir, la joie dansait dans ses yeux.

«C'est vraiment adorable, Jack. Mais non, merci.

— Mais pourquoi?

— C'est juste que je ne suis pas si ambitieuse.

— Tu es incroyablement ambitieuse et motivée, tu as de la passion et de l'énergie.

— Ce que je veux dire, c'est que je n'ai pas le genre d'ambition qui me poussera à tout faire pour obtenir ce que je veux. Je n'ai pas pu terminer ma thèse parce que je ne voulais pas être redevable aux gens qui financeraient mes recherches. Je ne veux pas ouvrir de salon avec ton argent parce que je ne veux rien te devoir.

— Je suis ton mari; c'est notre argent.

— Moralement et légalement, oui peut-être, mais là, a-t-elle dit en posant une main sur sa tête, et là, a-t-elle continué en posant sa main sur son cœur, c'est ton argent. Tu l'as gagné avant de me rencontrer.

— Mais c'est n'importe quoi.

— Peut-être, et je suis sûre que ce ne serait pas pareil si on avait des enfants. Mais, pour le moment, il n'y a que toi et moi, et je considère encore que c'est ton argent. Maintenant qu'on est ensemble, tout ce qu'on gagne nous appartient à tous les deux.

— Toujours n'importe quoi.

— J'ai été pauvre, Jack. J'ai vu ce que le besoin d'argent peut faire faire aux gens. On a très peu de choix quand on est dans le besoin, et, jusqu'à maintenant, j'ai réussi à éviter d'avoir à faire ces choix.

« Et, oui, pour être franche, j'avais un but en décidant de devenir esthéticienne, c'était de créer ma propre ligne de produits de beauté. Mais je dois y travailler, pas me le faire servir sur un plateau. J'aime travailler dur et en récolter les récompenses. J'en tire une certaine fierté. Où sera mon mérite si je sais que mon riche mari me sortira d'affaire si j'échoue ? »

Cette conversation m'avait fait penser à ma relation compliquée avec mon père. Hector essayait toujours de me forcer à compter sur lui. Il détestait que j'agisse sans l'avoir consulté – il aimait (c'était un besoin) tout contrôler. Il nous donnait toujours de l'argent, à Jeff et à moi, en nous disant qu'on pouvait venir le voir en cas de pépin, il ne nous laissait jamais nous débrouiller seuls – ainsi nos succès et nos échecs n'étaient que des reflets de lui-même. Il me faut toujours tempérer ou dissimuler mes combats pour me tenir hors de sa portée, parce que ma mère voudrait tellement que nous formions une famille unie. J'ai souvent peur que ça ne lui brise le cœur de savoir à quel point j'ai détesté mon père et pourquoi il n'a jamais eu une très bonne opinion de moi. Souvent, quand je regarde mon père, je vois tout ce que je déteste dans le fait d'être un homme, puis je regarde ma mère et je me souviens que jamais je ne pourrais lui faire de mal.

Eve se dressait contre les tentatives de contrôle de mon père. Elle n'arrêtait pas de dire que nous ne devions pas accepter son argent, mais ça paraissait difficile de dire non car ça comptait tellement pour ma mère de pouvoir nous aider, Jeff et moi. Eve avait trouvé la solution en faisant don des quatre-vingt-dix mille livres – provenant de la vente d'une de ses propriétés – à un foyer pour femmes et une association caritative pour sans-abri. Moi je n'aurais jamais eu le cran de faire ça, mais, après coup, quand je lui avais dit où était passé son argent, mon père avait cessé de nous en donner.

Je veux acheter un cœur de verre pour Libby. Ils ne sont pas trop chers, très beaux, mais je ne sais pas si c'est le genre qu'elle aime vraiment. Eve aurait adoré, je pense. Je ne sais pas trop. Toutes les deux se mélangent parfois dans ma tête, au point que je ne sais plus laquelle aime quoi. Elles n'étaient/ne sont pas impressionnées par l'argent. Elles aimaient/ aiment toutes les deux les jolies choses. Elles font toutes les deux battre mon cœur plus vite. Elles sont différentes dans beaucoup, beaucoup de domaines, mais, dans des moments comme celui-ci, j'oublie qui est qui. Les subtilités qui façonnent la personnalité de quelqu'un, qui font d'une femme la personne dont je suis tombé amoureux, sont parfois si floues que j'ai peur de parler à celle que j'ai épousée.

J'ai peur d'attribuer à Libby un acte, une parole, un goût qui appartenait à Eve, et qu'elle ne me le pardonne jamais.

Mes yeux sont attirés par le cœur marbré de volutes au milieu de la planche.

Mes doigts se referment dessus sans le décrocher. Tout mon sang semble se concentrer dans cette main et j'ai l'impression que le cœur bat à l'intérieur. Il est vivant, bien vivant, et il bat.

Même si Eve l'aurait adoré, je suis sûr que Libby l'aimera aussi. Que puis-je lui offrir d'autre après tout ce qu'elle a traversé à part ceci : mon cœur défectueux.

Eve

J'ai parlé avec Connie aujourd'hui. Je lui ai demandé comment faire pour gagner plus d'argent, pour pouvoir acheter cette robe. Je ne lui ai pas avoué la raison, je crois que personne ne comprendrait pourquoi j'aurais besoin d'une robe – je lui ai juste dit que j'avais besoin de plus d'argent le plus vite possible. Elle était en train de se maquiller dans le miroir encadré d'ampoules dans les coulisses miteuses ridiculement baptisées loges. Elle s'est tournée vers moi. Connie est vraiment la seule à qui je fasse confiance au boulot.

Elle danse depuis un bout de temps, et elle prend ça du bon côté. Elle n'est pas aussi garce, narquoise et aigrie que les autres. Elle a un corps incroyable, des muscles longs et bronzés et une stature d'amazone, mais en talons, cheveux en arrière, elle a l'air d'une déesse. Les hommes affluent autour d'elle, comme s'ils voulaient se faire écraser par ses talons aiguilles, se faire dominer. Elle semble ne pas s'en rendre compte, être immunisée contre eux. Elle ne devient pas quelqu'un d'autre pour monter sur scène. Elle est Connie devant les hommes qui bavent, elle est Connie dans les loges et elle est Connie en sortant d'ici. Moi, je suis Honey dans les loges, je suis Honey devant les hommes, je suis Eve en sortant d'ici.

273

« Pourquoi tu as besoin d'argent, chérie ? Si ce n'est pas trop personnel. »

Elle avait baissé le ton pour que personne ne nous entende.

« J'en ai juste besoin. »

Quelqu'un immunisé contre les effets du strip comme elle n'aurait pas compris pourquoi j'avais besoin de la robe ; comment cela pouvait m'aider.

« Pas pour un homme, j'espère ?

— Pas du tout. Je ne ferais jamais ça pour un homme.

— Il ne faut jamais dire jamais. Bon, tu as besoin de plus d'argent ? Tu pourrais faire des strips en privé, tu sais, dans la salle VIP. Tu dis à Adrian et aux autres que tu veux faire ça, et eux ils pousseront les types à te choisir.

— On doit faire un strip normal ? Plus long ? Complètement nue ? »

Connie m'a regardée fixement, comme si elle se demandait si j'étais vraiment aussi naïve. Je n'ai jamais fait de danse VIP et je ne m'étais jamais renseignée à ce sujet. D'habitude je gagne assez pour payer le club, le loyer, la nourriture, les factures, etc. Je viens, je danse, je pars. Inutile de s'impliquer plus.

Elle a soupiré.

« Honey, dans les salles privées, leurs prétendues règles ne s'appliquent pas vraiment. Tu sais que, dehors, on leur fait croire qu'on les laisse nous toucher parce qu'ils sont spéciaux ? Eh bien là-dedans, eux ils te touchent. Ils se masturbent en te regardant danser, ils te tripotent, ils te touchent les seins, ils te font te caresser, tu dois les branler s'ils te le demandent, certaines filles sucent et… »

Elle s'est interrompue et m'a regardée avec consternation devant l'expression d'horreur sur mon visage.

« Je ne crois vraiment pas que les strips privés soient pour toi.

274

— Mais j'ai besoin de cet argent. »

Connie s'est mordillé la joue en s'étalant du rouge à lèvres sur les dents – c'était la première fois que je la voyais douter.

« OK, mais il faut que tu t'endurcisses. Au moindre signe de faiblesse, ils te dévoreront toute crue. Je suis sérieuse. Certaines des ordures qui vont là-dedans te forceront à les finir avec la bouche s'ils croient qu'ils n'ont rien à craindre. Une fille a été violée dans une de ces salles avec les videurs derrière la porte, parce qu'elle avait trop peur pour crier. Et puis les branleurs qui dirigent cette boîte lui ont mis la pression pour qu'elle ne le signale pas sinon ils perdaient leur licence. Ils lui ont filé du liquide et lui ont dit d'aller se faire foutre. Et le connard qui a fait ça ? Il a essayé de revenir plusieurs fois jusqu'à ce que toutes les filles refusent de danser pour lui et que les gérants lui interdisent l'entrée. Il doit certainement sévir ailleurs.

— Pourquoi tu travailles encore ici ? »

Je n'aurais jamais pu rester dans un endroit en sachant qu'une amie s'y était fait violer.

Elle a eu un autre de ses sourires sages et contrits, avant de se retourner vers le miroir pour se mettre du blush.

« J'ai besoin d'argent. »

Je me suis tournée vers le miroir à mon tour. Je me suis regardée. Cheveux relevés, yeux lourdement maquillés en noir, marron et bleu pour les faire ressortir, faux cils, bouche rouge sang, joues brillantes. Autour de mon cou un ras du cou doré étincelant. Moi aussi, j'avais besoin d'argent. Pour redevenir Eve.

« Je préférerais que tu ne le fasses pas. Je sais que tu vas le faire quand même, mais je préférerais que tu ne le fasses pas. Je me souviens de la première fois que je t'ai rencontrée, j'ai su que tu n'étais pas à ta place. Tu n'es pas faite pour ce genre d'endroit, Honey. Tu n'es pas assez solide. Plus tard, tu te retourneras sur le passé et tu te détesteras.

— C'est ton cas ?

— Moi je me détestais bien avant d'atterrir ici. Cet endroit me donne simplement une autre raison de me haïr.

— J'ai besoin d'argent, ai-je dit autant pour moi que pour elle.

— Comme nous toutes. »

J'ai besoin d'argent, j'ai besoin d'argent, j'ai besoin d'argent. Je n'ai pas arrêté de me le répéter après mon service quand j'ai demandé à Adrian de me laisser faire les strips privés.

« T'es sérieuse ? » il a demandé, manifestement surpris.

Depuis que je suis là, je ne me suis jamais intéressée à autre chose qu'à faire mes nuits, prendre l'argent et rentrer à la maison.

J'ai acquiescé. J'ai besoin d'argent, j'ai besoin d'argent, j'ai besoin d'argent.

« Les clients vont adorer : un peu de chair fraîche à l'arrière. Tu vas gagner plus de pognon. Il faut leur dire ce que tu fais ou pas avant. Tu vas adorer, a-t-il dit avec une tape sur les fesses. Ils vont être fous de toi, tu vas adorer. »

J'ai besoin d'argent, j'ai besoin d'argent, j'ai besoin d'argent.

8 décembre 1988

Aujourd'hui j'ai fait mon premier strip privé.

Il n'était pas dégoûtant ni bourré. Il portait un costume et il avait l'air assez sympa. Il avait aussi une alliance. Je ne sais pas pourquoi, mais ça m'a troublée. J'ai évité de regarder ses mains.

J'ai dû m'asseoir nue sur lui, en bougeant sur la musique, et lui il a mis sa main, celle avec l'alliance dorée, sur mes reins et l'autre dans son pantalon.

J'ai pris trois douches depuis que je suis rentrée et je sens toujours sa main droite se frotter contre moi quand il la faisait aller et venir, et l'anneau de son engagement pour la vie et de sa fidélité à quelqu'un d'autre contre mes reins. Ça me brûle presque.

J'ai mis la paie de cette nuit dans le compartiment à glace presque tout givré du frigo, comme ça je peux l'oublier là. Impossible d'y penser maintenant. En fait, maintenant, je vais aller prendre une autre douche.

19 février 1989

Aujourd'hui je suis entrée dans la boutique avec un tas d'argent brûlant dans la poche. J'ai gagné chacun de ces billets. Apparemment, une « nouvelle fille » dans la salle VIP, c'est très populaire parmi les habitués et pour ceux qui font plutôt ça ailleurs d'habitude. Ils se disent que ça sera facile d'obtenir des « extras » pour pas grand-chose, qu'ils peuvent me faire faire « la totale » au prix d'un strip, ou qu'ils vont me convaincre qu'ils peuvent m'aider et m'apprendre les ficelles contre une réduction ou carrément gratis.

« Il faut que tu t'endurcisses », avait dit Connie. C'est ce que j'ai fait. Même si, au début, j'étais un peu nerveuse et qu'il fallait puiser dans mes réserves pour le faire, finale-ment c'est l'idée de me faire arnaquer par ces types – surtout ceux avec des alliances en or – qui me terrifiait le plus. Chaque nouveau client tentait le coup. « Désire le fait pour vingt livres », disaient-ils. Au début, je ne savais pas quoi répondre alors je leur disais que je ne pouvais pas le faire pour si peu, mais je leur permettais de marchander un peu. Et puis j'ai pigé le truc. Je disais : « Oh bébé, c'est trop dommage, moi qui me faisais une joie de danser pour toi. Mais, si tu préfères les prix de Desire, attends ici, je vais te la chercher. » Leur ego leur faisait toujours accepter de payer ce que je leur demandais.

Je n'ai jamais rien fait de purement sexuel – pas de pipe, pas de masturbation, pas de sexe – et, dans un sens, j'ai réussi à ne pas me sentir trop mal. J'en faisais payer quelques-uns le prix de cinq strips pour les laisser me toucher en bas quelques secondes à la fin de la chanson, en leur faisant croire que j'aimais ça et que j'aurais aimé continuer gratuitement après.

Le plus bizarre c'est qu'ils me croyaient. Ils pensaient sincèrement que je m'intéressais à eux, que je pouvais me retrouver nue devant eux, sans être payée. Une part de moi avait pitié de ces types, je me demandais ce qui avait bien pu les amener à se bercer d'illusions au point de croire que j'aimais ça. Qu'ils m'attiraient alors qu'ils payaient pour que je les allume. La plupart du temps je m'empêchais de ressentir quoi que ce soit. Je laissais un type me toucher les seins et ouvrir son pantalon pour se faire plaisir pendant que j'ondulais devant lui, mais le mur que j'avais construit depuis le début ne faisait que s'épaissir autour de moi. Je détestais faire ça mais je gardais toujours à l'esprit ma formule : « J'ai besoin d'argent. » Je mettais mes sentiments à l'abri, je ciblais mes pensées.

J'avais gagné jusqu'au dernier penny de cet argent que j'avais stocké dans le freezer pour ne pas avoir à y penser. À présent, ces économies allaient servir à acheter ce dont j'avais besoin. Ça paraissait ridicule quand on ne comprenait pas – que j'aie fait tout ça juste pour une robe – mais j'en avais vraiment besoin. Je n'avais pas besoin de grand-chose dans la vie – il y avait des choses que je voulais, des choses que tout le monde voulait, mais cette robe, j'en avais besoin pour me sentir… réelle, j'imagine.

278

Le monde où j'évoluais, ce que je faisais, tout cela me semblait irréel. Je me dégoûtais si souvent que, quand j'arrêtais d'être Honey, quand j'arrêtais de faire semblant de ne pas voir le mal dans ce que je faisais, je me trouvais confrontée à la peur de disparaître. Petit à petit, Honey allait prendre le dessus et, bientôt, je ne redeviendrais plus Eve en sortant du club. J'y entrerais en Honey, Honey retournerait à mon appartement, Honey enlèverait ses vêtements, prendrait un bain, se laverait, fumerait une cigarette en peignoir, cheveux mouillés, les yeux dans le vague. Finalement, Honey irait au lit et s'endormirait. Puis Honey se réveillerait le matin et commencerait sa journée comme Eve l'aurait fait.

Chaque jour il m'était plus difficile de redevenir moi-même. Ça prenait plus de temps d'arrêter d'être elle pour me retrouver moi. J'avais besoin de cette robe qu'Eve adorait regarder. Avec la robe, le chapelet de tante Mavis, le sac d'oncle Henry et la photo de mes parents et moi à deux ans, je rassemblais de plus en plus de choses importantes pour Eve qui montraient que j'existais. S'il y avait ici des choses pour me retenir, alors je risquerais moins de disparaître.

La cloche discrète de la boutique a sonné à mon entrée. La peste qui m'avait fait pleurer a levé les yeux avec un sourire tout prêt pour la cliente estimée qui venait de mettre un pied dans son club sélect. Elle m'a reconnue, ça se voyait à ses sourcils froncés, mais pourtant son sourire n'est pas devenu narquois et ses yeux ne se sont pas plissés. J'ai pensé qu'elle voulait peut-être attendre de m'avoir devant elle pour me démolir. Mais elle ne pouvait plus, n'est-ce pas ? J'avais de l'argent, j'étais aussi bien qu'elle. Même si elle ne voulait pas, même si elle se croyait meilleure que moi, elle allait devoir me vendre cette robe.

Je tremblais un peu, mais l'argent dans ma poche m'a donné du courage.

279

« *Oui ?*

— *Je voudrais essayer la robe qui est dans la vitrine.*

— *Bien sûr.* »

J'ai eu un mouvement de recul sous le coup de la surprise. Je croyais qu'il me faudrait sortir l'argent pour lui prouver que je ne lui faisais pas perdre son temps et qu'elle n'avait aucune raison de ne pas me vendre la robe.

Elle a terminé ce qu'elle était en train de faire et puis elle s'est dirigée tranquillement vers la vitrine pour retirer avec précaution la robe du mannequin et la suspendre à un cintre. La chanson du film Mannequin *a retenti dans ma tête, «*looking in your eyes, I see a paradise… *» J'étais allée le voir avec Peter au cinéma. Je crois que c'était avant qu'on le fasse pour la première fois. On s'était tenu la main au premier rang, mon cœur allait exploser d'amour, du moins je le pensais. Je crois que l'amour se transforme, au fur et à mesure qu'on grandit, qu'on apprend, qu'on vit. Mon amour pour lui avait tellement changé après qu'on avait couché ensemble. J'avais l'impression d'être à lui, qu'il ne pourrait jamais me faire de mal. Tout le temps que nous avons passé ensemble, j'avais l'impression que rien n'aurait pu nous déchirer. Et puis il est sorti de ma vie.*

Dans la cabine, j'ai retiré la robe du cintre. Le tissu de qualité l'alourdissait. J'ai pris mon temps pour l'enfiler et j'ai remonté la fermeture à glissière presque révérencieusement. Elle me caressait, si douce sur ma peau, si apaisante. Une fois à l'abri dedans, elle me prodiguait d'incroyables ondes de bien-être. Les larmes me sont montées aux yeux. Des bras m'enveloppaient, me berçaient, m'aimaient.

J'ai ouvert le rideau, prête à affronter le mépris de la vendeuse. Elle était au téléphone et ne regardait pas dans ma direction. Pieds nus, je me suis glissée vers le miroir.

La main devant la bouche, j'ai dû lutter pour retenir un sanglot en me voyant. Je ne ressemblais en rien à la personne que je croyais être. Je ne ressemblais pas à Honey.

Je ne ressemblais à aucune des filles que j'avais été depuis que j'étais partie de chez ma mère. J'avais l'air d'une vraie femme, quelqu'un qui avait appris à exister en surmontant les pires obstacles. Mais j'avais aussi l'air fragile, sensible et paisible. Cette robe me faisait briller. Ça devait être la même sensation que lorsqu'on s'habille le jour de son mariage. De se sentir la plus belle femme du monde.

« La couleur fait ressortir vos yeux. »

Je n'avais pas entendu la vendeuse s'approcher, je ne savais pas depuis combien de temps elle était là parce que, pour la première fois de ma vie, j'avais été complètement absorbée par moi-même. J'ai voulu voir l'expression narquoise dans ses yeux, mais elle n'y était pas.

« Vous êtes très belle. Vous méritez vraiment cette robe. Elle aurait l'air moins bien sur quelqu'un d'autre. »

J'ai continué à la regarder dans le miroir en me demandant où était passée la langue de vipère, celle qui m'avait haïe pour avoir osé franchir le seuil.

« Je n'ai pas été gentille, a-t-elle repris devant mon silence. Et vous êtes quand même revenue. Cette robe doit beaucoup compter pour vous. »

J'ai pensé à tout ce que Honey avait dû faire pour me procurer assez d'argent. Ça représentait… Ça représentait assez pour revenir. Je n'arrivais pas à lui parler parce que j'avais peur qu'elle ne m'accuse de quelque chose.

« Je vais emballer vos affaires, si vous voulez, je crois que vous devriez la porter pour rentrer chez vous. »

Elle savait que je n'aurais aucune occasion de la porter, que ce serait certainement la première et la dernière fois que je ressentirais cela. J'ai caressé la jupe, à chaque contact un frisson me parcourait. Il ne faisait pas tellement chaud dehors, mais elle avait raison : je ne voulais pas enlever ma robe.

La vendeuse est revenue avec mes affaires et m'a tendu ma veste et mes tennis, avant d'emporter le reste *à la caisse. Même ma veste et mes tennis complètement ordinaires n'atténuaient en rien la beauté de ma robe ni ce que je ressentais en la portant.*

« *Ça fera deux cent vingt-cinq livres, a-t-elle dit quand je me suis finalement dirigée vers la caisse.*

— Vous m'aviez dit que c'était quatre cents ? »

Elle est devenue toute rouge, les yeux remplis de honte.

« *J'ai été extrêmement méchante.* »

La bile s'est mise à bouillonner en moi. Je n'aurais pas eu à travailler autant dans la salle VIP si... Non, ne dis pas « je », *me suis-je ordonné. J'avais la robe, c'était tout ce qui comptait. Je lui ai tendu l'argent en évitant de penser à quoi que ce soit d'autre.*

En sortant, je me suis arrêtée un instant pour apprécier la sensation d'être une femme vêtue d'une robe inappropriée, mais qui avait le monde à ses pieds. Je pouvais faire ce que je voulais : cette robe me conférait des super pouvoirs ; je pouvais sauver le monde.

Au lieu de ça, je suis entrée dans un café. Je me suis assise près de la fenêtre pour regarder dehors en attendant ma commande. C'était la vie qu'Eve, celle que j'avais vue dans le miroir, voulait avoir. Ce n'était pas grave qu'elle soit seule, elle venait de trouver la paix dans la folie du monde.

« *J'adore votre robe, a dit la serveuse en posant une tasse blanche pleine de mousse devant moi.*

— Merci.

— Elle vient de la boutique au coin ?

— Oui.

— Je bavais devant. Mais je n'aurais pas pu me l'acheter avant des millions d'années. Et puis, je ne crois pas qu'elle me serait allée de toute façon. Tout le contraire de vous. »

Elle m'a souri, et les larmes sont encore montées dans ma gorge – elle était gentille avec moi. À Londres, la plupart des gens n'ont pas le temps d'être gentils sauf s'ils veulent quelque chose. Dans mon travail, la plupart des gens ne prennent pas la peine d'être gentils puisqu'ils me paient pour que je leur fasse plaisir.

« Merci », ai-je répondu.

Son sourire s'est élargi et elle a penché la tête de côté.

« Ça devient plus facile, vous savez.

— De quoi ?

— La vie. Ça devient plus facile et plus simple, je vous le promets. »

J'ai pensé à cette affirmation longtemps après qu'elle était partie. Je me suis aussi demandé pourquoi elle m'avait dit ça et si c'était vrai. Ma vie à moi ne s'est pas passée de cette façon. Elle est devenue de plus en plus compliquée et difficile. Mais si elle avait raison ? Peut-être que la chance va bientôt tourner pour me permettre de vivre la vie normale de quelqu'un de dix-sept ans.

Elle m'a fait un petit signe quand je suis sortie et, dès que j'ai été hors de vue, j'ai couru jusqu'à la maison. Je ne voulais pas qu'elle vienne me voir pour me poser des questions, peut-être m'obliger à reprendre le pourboire de cent soixante-quinze livres que je lui avais laissé. Je ne pouvais pas garder cet argent. J'en avais assez d'essayer d'oublier la manière dont je l'avais gagné. J'avais fait ce qu'il fallait pour obtenir ma robe, et je voulais me débarrasser de ce qui restait de l'argent. Je voulais qu'il revienne à quelqu'un qui l'apprécierait en tant qu'argent pur et simple, qui ignorerait qu'il représentait un certain nombre d'hommes qui avaient utilisé mon corps – soi-disant d'accord – pour prendre leur pied.

Je porte encore ma robe. Je ne veux pas l'enlever. Si je l'enlève, je sais que je vais enlever mon corps d'Eve aussi. Dans ma tête, je me vois comme la femme dans le miroir. Je vais m'accrocher à cette image et à cette sensation encore un peu.

Je ne fais de mal à personne, n'est-ce pas ?

Moi

14 mars 1989

Il s'est passé quelque chose de cool aujourd'hui.

J'étais au supermarché en train de me demander si je devais faire une déclaration d'impôt – parce que, comme je suis à mon compte apparemment, il faut que je calcule ce que je dois, si je dois quelque chose aux impôts – quand je me suis cognée dans quelqu'un.

Un homme. Je l'ai regardé vite fait et puis je suis devenue toute rouge parce que je l'ai reconnu du club. J'ai baissé la tête mais il a dit :

« C'est Eve, n'est-ce pas ? »

S'il avait été au club il m'aurait connue sous le nom de Honey, ça m'a soulagée.

« On se connaît ?

— Ah, dommage ! J'ai cru que tu te souviendrais de moi. Je m'appelle Elliot. Je travaille pour la compagnie qui a racheté ton entreprise. J'étais comptable, enfin, je le suis toujours. »

Il est un peu plus grand que moi, mais pas trop. Des cheveux bruns ondulés et de beaux yeux marron. Il portait un costume bleu marine avec le bouton du haut de sa chemise ouvert et le nœud de sa cravate un peu desserrée.

« Oh, OK », ai-je répondu, sans savoir trop quoi dire.

Mon trac montait – plus ça allait, plus il avait l'air beau.

« J'étais dégoûté pour toi que tu n'aies pas eu le boulot. En plus, ironie du sort, l'autre fille a fini par se faire virer pour vol.

— Ah bon ? Alors il y a une place de libre ? »

284

Ç'aurait été fantastique.

« *Non, c'était il y a longtemps. Ils ont pris quelqu'un d'autre.*

— *Pourquoi ils ne m'ont pas appelée ? J'avais posé ma candidature.*

— *Ça a un peu changé depuis. Ophelia a été poussée dehors en quelques mois. Mais beaucoup ont dit que ça lui faisait les pieds après ce qu'elle vous a fait à toi et surtout à Maggie. Tu savais qu'elles étaient amies depuis l'école ?*

— *Non.*

— *Ma compagnie ne s'intéressait qu'aux gros clients d'Ophelia, pas à elle. En gros, ils lui ont mené la vie dure jusqu'à ce qu'elle parte. Dominic n'était pas en reste, il a bien compris que le vent tournait et il est parti lui aussi. Ils ont créé leur propre boîte mais en partant de rien, sans véritables clients et avec des rumeurs qui couraient sur leur compte.* »

Wahou. Décidément, on récolte ce que l'on sème. J'ai quand même eu un petit frisson en imaginant Ophelia dans la même situation que moi. Cela dit, je ne la vois pas se mettre à danser autour d'une barre en métal.

« *Ça te dirait de prendre un verre un de ces jours ?* a-t-il demandé, sorti de nulle part.

— *Désolée, j'ai un copain.* »

J'ai croisé les doigts dans ma tête parce que je déteste mentir. Mais je ne peux pas sortir avec lui tant que je suis encore strip-teaseuse.

« *Ah bien sûr. Les filles comme toi ne restent pas célibataires bien longtemps.*

— *Les filles comme moi ?* »

Ce n'est pas parce que je me déshabille que je vais coucher à droite à gauche.

« *Les jolies filles.*

— *Oh.*

— Écoute, voici ma carte. Si tu casses avec ton copain, appelle-moi. Et appelle-moi si tu as des problèmes de comptabilité. Je ne pourrais peut-être pas t'aider, mais ça sera une bonne excuse pour te revoir.

— Tu as un stylo ? »

J'ai retourné sa carte pour écrire mon numéro derrière.

« Si tu entends parler d'offres d'emploi, tu peux m'appeler, s'il te plaît ? Je me souviens du numéro du bureau donc je peux t'appeler là-bas.

— Parfait, adjugé. »

J'étais aux anges sur le chemin du retour. Je savais qu'il allait me porter bonheur. Et d'ailleurs, un habitué m'a donné un pourboire de cent livres ce soir.

Oui, cent livres ! Ça n'arrive JAMAIS. Les autres filles étaient jalouses mais je m'en fichais. Je ne m'en suis pas vantée mais la nuit est passée plus vite parce je savais que j'avais assez pour payer l'appart et je n'avais pas eu besoin de me tuer à la tâche.

Je suis même rentrée à la maison avec le sourire. Tu vois ? Si on persévère assez longtemps, quelque chose de bien peut se produire.

Bonne nuit.

Bisous,
Moi

Libby

Un petit paquet enveloppé de papier rose, avec un ruban ivoire et une carte trône sur mon oreiller.

C'est sûrement pour ça que, après le dîner, Jack m'a juste demandé si j'avais besoin qu'il aille me chercher mes médicaments dans la chambre avant de sortir Butch.

Je m'assieds lourdement sur le lit, les yeux sur le paquet. Jack a l'habitude de m'offrir des cadeaux, des symboles de son amour. Toujours beaux, parfois chers, mais, la plupart du temps, je préférerais l'avoir, lui. Je préférerais qu'il me parle, partage des choses avec moi, compte sur moi. Je préférerais que notre relation prenne de la profondeur quand on vient à parler de la toute-puissante Eve.

Sauf que ça devient de plus en plus difficile de penser à elle en mal. Plus j'en apprends sur elle, plus je la comprends, et plus je la comprends, plus je comprends pourquoi elle obsède toujours Jack.

J'ai tellement besoin qu'elle ait été une garce. J'ai besoin qu'elle ait eu une sorte d'emprise néfaste sur lui pour être certaine que, à l'avenir, quand cette emprise sera brisée, il s'abandonnera complètement à moi. Mais savoir ce qu'elle a dû endurer pour gagner sa vie, pour payer le loyer, pour se sentir reliée au monde… ça me déchire de l'intérieur. Comme si je la connaissais personnellement. Ç'aurait pu être moi. J'aurais pu coucher avec quelqu'un pour obtenir mon financement, j'aurais pu faire ce que des femmes qui préparaient des masters ou des thèses font et devenir strip-teaseuse pour joindre les deux bouts. Je ne l'ai pas fait mais ç'aurait pu être moi. Et *c'était* Eve.

Le paquet est étonnamment lourd pour sa taille. J'ouvre le ruban, puis le papier et découvre au milieu un cœur. Il doit mesurer deux centimètres, il est transparent comme du cristal avec des volutes de brume blanche piégées à l'intérieur. Il est accroché à un cordon de cuir noir.

Ça ne ressemble à rien de tout ce qu'il m'a déjà offert.

Je sors la carte de l'enveloppe.

Je t'aime. J x

Le cœur au creux de la main, contre ma poitrine, je m'allonge sur les oreillers.

Je vais arrêter de lire le journal intime. C'est trop indiscret, et maintenant que je la connais un peu mieux, je n'ai pas envie d'envahir son espace plus longtemps. En plus, je trahis aussi Jack. Je devrais lui poser des questions, lui parler, le faire parler d'elle. Je sais que c'est possible maintenant qu'il m'a offert son cœur. Je n'avais jamais eu l'impression de l'avoir complètement pour moi jusqu'à présent.

Chapitre 13

Chapitre 16

Libby

Nous sommes arrêtés au feu en bas d'Eleventh Avenue, sur le front de mer. Une voiture arrive à notre hauteur. Une Ferrari rouge, dont le conducteur a le mot « testostérone » écrit sur le front. Le moteur ronfle pour attirer l'attention de Jack dans sa « petite » Z4 et l'intimider.

« Non, Jack », dis-je les yeux au ciel, en posant une main sur son avant-bras.

C'est le genre de chose qui peut l'énerver suffisamment pour le pousser à laisser l'autre idiot sur la touche au feu vert, sauf que là il ne pourrait pas et que ça le mettrait de mauvaise humeur.

« C'est un branleur, dit Jack entre ses dents serrées.

— Je pense que nous le savons tous. Mais tu seras un plus gros branleur si tu relève son défi. Ton ego est si fragile que ça ? Et si quelqu'un déboule sur la route au moment où ça passe au vert ? Comment tu te sentirais si tu blesses quelqu'un tout ça parce que ce con t'a énervé ? »

Le moteur de la Ferrari ronfle de plus belle, l'animosité fait dresser les cheveux dans la nuque de Jack.

«Parfois on se demande comment les gens comme lui arrivent à se balader avec ce phallus géant en plein milieu du front.

— C'est ce que tu as dit à Angela sur moi après notre première rencontre? demande Jack en riant.

— Je ne peux décemment pas répondre à cette question, monsieur Britcham, pour la bonne raison que je risquerais de me compromettre.

— Ohhh, tu es dure!»

Dès que le feu passe au vert, la Ferrari détale en ronflant et se fait immédiatement flasher par un radar caché là, tandis que Jack démarre tranquillement.

«Je parie qu'il se sent encore plus con que tu ne l'aies pas suivi.

— Ah non, madame, vous ne vous en sortirez pas aussi facilement. Qu'est-ce que tu as dit à Angela sur moi à notre première rencontre?

— On est mariés, qu'est-ce que ça change maintenant?

— Rien, mais je veux quand même savoir. Qu'est-ce que tu lui as dit?

— Je t'ai déjà dit, je n'ai pas parlé de toi. Je ne t'ai pas vraiment remarqué jusqu'au coup du café et des croissants. Et même à ce moment, c'étaient plutôt le café et les croissants qui m'intéressaient.

— Oh, Oscar Wilde avait raison – il vaut mieux qu'on parle de vous dans votre dos plutôt qu'on ne parle pas de vous du tout.

— Ne le prends pas comme ça. Ça n'avait vraiment rien de personnel.

— Je n'arrive pas à croire que je t'étais si indifférent.

« — Toutes les femmes ne te trouvent pas instantanément irrésistible, et heureusement.

— Comment ça, heureusement ?

— Eh bien, je ne voudrais pas que toutes les femmes fan… »

Le premier coup vient de quelque part à ma droite, une fraction de seconde avant que la voiture soit balayée, écrasée par un géant en colère. Le crissement des pneus me casse les oreilles, mon estomac se soulève en même temps que la voiture ; et puis le mur de brique jaune et le réverbère gris arrivent sur moi à toute vitesse.

Quand j'ouvre les yeux, je suis dans ma chambre, dans les bras de Jack endormi. Je transpire et frissonne ; mon cœur bat à tout rompre pendant que je tente de m'éloigner du cauchemar que fut la réalité. Je respire mal et n'importe comment, garder de l'oxygène dans les poumons me fait souffrir.

Je dois sûrement pleurer. J'en ai l'impression en tout cas. J'ai l'impression d'être encore là-bas, piégée dans les décombres de la voiture, coincée contre un réverbère, une sensation cuisante sur mon visage mouillé.

Je ne produisais aucun bruit en parlant ; je n'avais plus la notion du temps. Mais j'ai continué, j'ai essayé de dire son nom, pour savoir s'il allait bien. Je voulais juste qu'il soit en vie et qu'il aille bien.

Je crois que je suis en train d'étouffer. Jack m'étouffe. J'essaie de respirer mais il me serre si fort. Sans me préoccuper de le réveiller ou pas, ni de la douleur qui enflamme mes terminaisons nerveuses, je le repousse et m'assieds au bord du lit. Immédiatement, je respire mieux et mon cœur ralentit un peu plus chaque seconde passée loin de lui.

« Libby ? Qu'est-ce qui ne va pas ? »

Je détourne le visage, je ne veux pas qu'il me regarde ni le voir. Je veux être aussi loin de lui que possible. J'ai envie de répondre : « Rien ne va. »

« Rien, c'était juste un rêve.

— Oh, mon amour. »

Il fait un geste vers moi mais c'est à mon tour de répugner à le toucher. Du coup il se redresse, sourcils froncés. Il tend de nouveau la main pour me toucher, je ne peux pas le supporter, je ne peux plus supporter qu'il se comporte comme ça, qu'il fasse comme si tout allait bien, que tout était normal alors qu'il m'a menti. Depuis que je lui ai posé des questions sur l'accident à l'hôpital, il me ment. Il sait ce qui s'est passé juste après, quand on a tous les deux repris connaissance, il sait ce qu'il a fait. Je m'écarte de lui et me lève.

« J'ai besoin d'un verre d'eau.

— D'accord. »

À peine a-t-il prononcé ce mot que je suis déjà dans le couloir.

Assise dans l'obscurité de la cuisine, j'observe la table, les défauts du bois forment des images.

C'est parce que j'ai décidé d'arrêter de lire le journal, n'est-ce pas ? demandé-je à l'au-delà. J'ai décidé de donner une autre chance à Jack, d'aller de l'avant, peut-être de lui parler, et en retour, on m'offre la vraie réponse à une question à laquelle il a répondu par un mensonge quand j'étais à l'hôpital. À présent, je sais ce qui s'est passé. Je peux maintenant mettre un nom sur ce sentiment qui m'a poussée à vouloir en savoir plus sur Eve. Ce sentiment qui bat dans mes veines rampe sur ma peau comme un million de fourmis rouges, qui me reste en travers de la gorge comme de l'acide.

Je me sens trahie, une trahison comme du lierre grimpant autour d'un énorme monolithe de jalousie.

Jack

Je crois que Libby sait ce qui s'est passé après l'accident et que je lui ai menti. Sa façon de bondir du lit la nuit dernière et de ne revenir qu'après que je me suis rendormi, de rester muette et réservée ce matin, d'oublier sa dispute quotidienne avec Butch pour lui demander s'il comptait vraiment qu'elle lui apporte sa nourriture dans le couloir, et de l'y déposer sans prononcer un mot, me montre qu'elle sait.

Même Butch l'a regardée d'un air suspicieux avant de renifler sa gamelle pour vérifier que rien ne clochait.

« On se voit plus tard, a-t-elle dit après avoir posé le petit déjeuner sur la table sans me regarder. Bonne journée. »

Elle n'a même pas attendu ma réponse avant de me laisser seul.

Elle sait, ce n'est plus qu'une question de temps avant que tout soit fini.

Libby

Je ne me souviens pas d'avoir jamais été jalouse. Pas de la vraie jalousie, de celle qui vous enfonce ses griffes venimeuses dans le cœur, dévore votre raison et entache votre personnalité de son infecte encre verte indélébile. La jalousie est une drogue plus puissante et plus satisfaisante que tout ce que connaît le genre humain. Ses effets vous transpercent plus vite que la lumière pour exacerber instantanément vos émotions.

Une fois dans cet état second, pris au piège, défoncé à ce truc, on trouve toujours des occasions d'obtenir sa dose.

La façon dont Jack porte sa tasse à ses lèvres avant de pencher la tête pour boire une gorgée de café chaud – faisait-il ça avec Eve ou savait-elle le lui servir à la bonne température pour qu'il puisse le siroter sans crainte ? Sa façon d'oublier où il a mis ses clés – a-t-il toujours été comme ça ou est-ce qu'Eve avait mis en place un système pour qu'il n'ait jamais à les chercher ? Sa façon de sourire – a-t-il toujours souri comme ça ou alors souriait-il à Eve en sachant qu'il ne pourrait *jamais* aimer quelqu'un d'autre comme il l'aime elle ?

Parce que c'est toujours à ça qu'on revient, n'est-ce pas ? C'est ça qui alimente ma jalousie à chaque instant – peut-il vraiment aimer quelqu'un d'autre comme il l'aime elle ? Peut-il vraiment m'aimer *moi* comme il l'aime elle ?

Je connais la réponse depuis le jour où nous avons fait l'amour dans le couloir : non. Il le souhaite peut-être, mais il ne le peut pas. Ou ne le fera pas. L'un des deux, mais la réalité est là : ce n'est pas le cas.

Dans la cuisine vide de cette maison parfaite, je m'effondre par terre et m'accroche à l'assiette que je viens de laver comme à un ours en peluche. Toute ma vie avec Jack n'a été qu'un mensonge. Je me suis fait croire à moi-même qu'il était capable de m'aimer. C'est impossible, car il aime toujours Eve. Il a cru pouvoir partager son cœur avec deux personnes, le diviser en deux parts égales.

Quand je ferme les yeux, je suis ramenée là-bas, à l'odeur du caoutchouc brûlé et du métal déchiré, à la souffrance occasionnée par chaque mouvement, à l'humidité qui coule sans arrêt sur mon corps et mon visage, à ces instants qui ont suivi l'accident…

Je n'ai pas très mal, la douleur décroît comme la marée, en revanche j'ai froid. Cela dit, j'ai toujours froid, donc inutile de s'inquiéter. Comme j'arrive à bouger le bras droit, je le tends vers Jack. Je palpe la réalité de son corps, submergée de soulagement et de gratitude en le sentant remuer.

« Jack. Ça va ? »

Mais je ne produis aucun bruit, je parle sans le son.

« Eve, ça va ? demande Jack. Ma chérie, s'il te plaît, dis-moi que ça va.

— Je ne suis pas Eve, dis-je sans bruit.

— Eve. Serre mon bras si tu m'entends. »

Je ne serre pas son bras parce que je ne suis pas la femme qu'il veut que je sois.

« Oh, mon Dieu, Eve. Je sens ta main sur mon bras, je t'en prie, dis-moi que tu vas bien. Je t'en prie. Je t'aime, je ne peux pas vivre sans toi.

— Je ne suis pas Eve », tenté-je de lui crier, mais cela ravive la douleur.

Noir.

« Libby, Libby ? »

Jack me réveille.

« Tout va bien, tout va bien. On a été heurtés, mais ça va aller. Il faut essayer de sortir de là avant que ça explose.

— Ça n'arrive que dans les films. »

Mais bien sûr il ne m'entend pas parce que mes mots sont inaudibles ; mes mots colorent l'air comme des lettres tracées rapidement, sans but, à la surface de l'eau.

« Les secours arrivent. Ça va aller. Tout va bien se passer. »

Noir.

« Libby, Libby, réveillez-vous. »

Je rouvre les yeux et, à la place de Jack, se trouve un homme que je ne connais pas. Il est habillé en pompier. Je décide de l'appeler Sam.

« Est-ce que vous m'entendez ?

— Oui.

— Bien, très bien. Je m'appelle Bill, je suis pompier.

— J'aime bien les pompiers.

— Ça tombe bien. Dites-vous que je suis un peu votre pompier personnel.

— OK.

— On essaie de vous sortir de là, mais c'est compliqué parce que la voiture est mal placée et trop près d'un réverbère pour qu'on puisse découper la carrosserie.

— Très bien. Ne vous occupez pas de moi, je vais dormir un peu.

— Non, Libby, ne vous endormez pas. Vous ne devez pas dormir.

— Pourquoi ? Freddy Krueger va m'attraper ?

— Non, il n'existe pas.

— Rabat-joie. S'il vous plaît, laissez-moi dormir.

— Non. Parlez-moi de vous, parlez-moi de votre mari.

— Jack ? Quand je pense à Jack… »

Noir.

Mes yeux s'ouvrent d'un coup, pour éviter de rester coincée là-bas, pour éviter de m'évanouir comme là-bas, alors qu'il n'y a personne pour me ranimer ici.

Ce n'est pas le fait qu'il m'ait appelé Eve. Il était sous le choc, désorienté et certainement terrifié. Cela, je peux le comprendre et presque l'oublier – s'il n'avait pas eu cette réaction en découvrant que j'étais Libby. Il était inquiet et effrayé, mais où étaient les prières, les « Je ne peux pas vivre sans toi » ? Pour lui, j'aurais bien pu être en train de mourir, il n'a même pas dit « Je t'aime ».

Libby

J'essaie de garder la tête baissée sur le chemin qui me conduit au cabinet médical. Je porte une casquette très large pour dissimuler la cicatrice sur mon crâne, et si je continue à regarder par terre, celle sur mon visage se verra moins. Je marche aussi vite que je le peux mais, avec toutes mes douleurs, ça ne donne pas grand-chose. Je n'aurais pas pu prendre un taxi. J'ai déjà eu du mal avec celui qui m'a ramenée de l'hôpital, à présent, la simple idée d'être dans une voiture me donne la nausée.

Je sais que c'était un accident, que les voitures ne sont pas dangereuses – ce sont les conducteurs qui le sont – et que je devrais à nouveau monter dans une voiture le plus rapidement possible parce que, plus j'attendrai, plus ce sera difficile. Je connais tous les arguments de la raison, je me les suis répétés encore et encore, mais je n'y arrive pas. L'air produit une drôle de sensation sur ma peau : tiède, mais plus fraîche que dans mon souvenir. Je sors dans le jardin quelques minutes chaque jour, donc je n'ai pas complètement oublié ce qu'est l'air frais, mais là c'est différent. Il est plus frais, plus pur, malgré la pollution, malgré le dioxyde de carbone expulsé par les voitures autour de moi. Il m'est déjà arrivé de faire des traitements à l'oxygène, mais ça n'avait jamais semblé aussi purifiant que cet air-là.

Il faut que j'ouvre toutes les fenêtres de la maison, que je laisse entrer cet air, qu'il balaie toute la poussière, les toiles d'araignée, tout ce qui stagne et, bien entendu, *Eve* aussi. On a repeint cette maison, refait les sols, remeublé, on a même apporté quelques-unes de mes affaires, mais – comme j'en ai souvent l'impression – elle est toujours là, à s'accrocher à sa maison, à sa vie, à son mari.

La douleur que j'ai déjà ressentie, celle qui me brûle de l'intérieur, m'oppresse encore une fois. Elle était restée là un bon moment quand je pensais à Jack, assise par terre dans la cuisine, et j'ai failli m'évanouir. Elle est revenue tandis que je rampais pour attraper mon téléphone sur la table, avec Butch qui m'observait depuis le seuil. Ça allait mieux après avoir pris le rendez-vous chez le médecin, mais à présent, la voilà qui se fait de nouveau sentir.

Je m'arrête au milieu de la rue, bras croisés sur le ventre, pour prendre quelques inspirations. Inspiration, expiration, inspiration, expiration.

« Ça va aller, ma petite dame ? »

Horreur, quelqu'un me parle. Je n'ai parlé seule à seul qu'à Jack, Grace et Angela depuis plus d'une semaine. Je baisse un peu plus la tête. L'homme porte un jean délavé et de grosses bottes de chantier. Pour le reste, je n'en sais rien, je ne vois pas du tout son visage.

« Ça va. Je vais chez le médecin.

— C'est loin ? Vous avez besoin d'aide ?

— Non, ça va aller. Merci. »

302

Puis mes pieds me portent vers quelqu'un qui peut vraiment m'aider, qui peut faire disparaître ma douleur.

« En quoi puis-je vous aider ? demande le docteur Last.

— J'ai besoin de plus d'antidouleurs.

— D'accord, dit-elle en se tournant vers son ordinateur. Vous prenez déjà une dose assez forte de Co-codamol. »

L'ordinateur a peut-être raison, la dose est peut-être forte, mais pas assez.

« Ça ne fonctionne pas, j'ai besoin de quelque chose de plus fort. J'ai mal.

— Vous souffrez tout le temps ?

— Pas tout le temps.

— Décrivez-moi la douleur.

— Tout à l'heure, c'était vers la poitrine. J'ai failli m'évanouir. C'est comme si on me serrait de l'intérieur.

— Qu'étiez-vous en train de faire ?

— Rien, je réfléchissais, c'est tout.

— C'est devenu pire ou mieux quand vous avez bougé ?

— C'est resté pareil.

— Alors c'est un nouveau type de douleur comparée à celle causée par vos blessures ?

— Oui, non. Je ne sais pas vraiment. Je sais juste que ça fait mal.

— Les cachets ne font plus d'effet depuis combien de temps, à votre avis ?

— Seulement depuis aujourd'hui, quand ça a commencé. Je crois que j'ai besoin de quelque chose d'autre.

303

—Ça m'inquiète qu'après seulement deux semaines vous commenciez à ne plus ressentir les effets de ce médicament.

—Avant oui, je me sentais mieux, mais plus maintenant.

—Vous vous sentiez mieux émotionnellement ou physiquement ? »

Je sais où elle veut en venir, mais elle se trompe.

« Physiquement, évidemment.

—Les antidouleurs ne sont pas faits pour vous faire sentir mieux physiquement ni émotionnellement. Ils servent à faire cesser la douleur. Si vous en avez besoin pour vous sentir mieux d'une manière ou d'une autre, alors c'est qu'il y a quelque chose d'autre dont vous devez me parler.

—Je veux juste que la douleur s'arrête.

—Vous avez vécu un événement extrêmement traumatisant…

—Je sais ! Je le sais. Je veux juste que la douleur disparaisse. »

Elle me regarde et je sais ce qu'elle pense : Liberty Britcham est folle. Je le sais parce que c'est aussi ce que je pense. Cette hystérie et cette panique ne me ressemblent pas. Je suis plutôt équilibrée et imperturbable d'habitude, mais là, je ne me reconnais pas.

« Excusez-moi, dis-je, je n'aurais pas dû élever la voix.

—Avez-vous un réseau de soutien ?

—Oui. »

Non, me dis-je à moi-même. Il y a des gens qui se soucient de moi, sur qui je peux compter, mais ils ne peuvent pas me soutenir parce que je ne peux pas leur raconter que je rêve d'Eve, que j'ai trouvé ses journaux intimes et que j'ai fait la plus grosse erreur de ma vie. Je n'aurais jamais dû m'approcher de Jack, et encore moins l'épouser. Il n'était pas prêt. J'ai été bête de l'accepter parce que je l'aimais. Qui a dit : « L'amour n'est pas aveugle, il est stupide », déjà ? Il avait raison. Et moi j'ai été la personne la plus stupide du monde.

« Voulez-vous que je vous adresse à une aide psychologique ? »

Je secoue la tête, essuie une larme sur ma joue.

« Je vais me trouver un psychologue privé. Je ne sais pas ce que j'ai. Ce n'est pas comme si quelqu'un était mort.

— Dans un sens, si. La personne que vous étiez avant n'est plus là. Vous êtes probablement sous le choc et sous le coup d'une douleur émotionnelle parce que votre monde a été ébranlé. Ce n'est pas surprenant que vous vous concentriez sur les symptômes physiques plutôt que d'affronter l'impact émotionnel.

— D'accord, merci, docteur. »

Je ne sais pas très bien pourquoi je la remercie alors qu'elle n'a rien fait pour me débarrasser de la douleur.

« Revenez si vous voulez que je vous fasse cette lettre. Si la douleur revient, on adaptera votre ordonnance. »

Avec un signe de tête, je quitte la pièce. J'ai du mal à marcher avec la tonne de briques qui me pèse sur les épaules.

« Maman, regarde ! La dame n'a pas de cheveux ! » crie un gamin dans la salle d'attente.

J'ai oublié ma casquette dans le cabinet.

Je sens tous les yeux se tourner vers moi, ceux à ma gauche voient la cicatrice – une grosse croûte noire graisseuse qui soude les morceaux de ma peau ensemble. Leurs yeux se détournent probablement tout de suite avec désintérêt, mais je sens toujours leur regard collectif ramper sur mon crâne. Retourner chercher ma casquette signifie rester ici plus longtemps que nécessaire. De toute façon, je ne vais pas en avoir besoin parce que, à partir de demain, je ne quitte plus la maison jusqu'au moment où je serai assez forte pour quitter Jack.

Libby

« *Contente que tu sois revenue*, dit Eve depuis sa place sur les boîtes de documents. *Tu m'as manqué.* »

Je l'observe un instant et je comprends qu'elle ne se moque pas de moi. Ce n'est pas son genre.

« *Tu en étais à ma rencontre avec Elliot au supermarché et à mon pourboire de cent livres. Tu te rappelles ?* »

Oui. Je ne fais que me souvenir, ces jours-ci.

Eve

25 juin 1990

Meilleur anniversaire de ma vie.

Je savais que tout finirait par s'arranger. Après les deux derniers anniversaires qui n'ont été qu'« un jour de plus », fois deux, sans même une carte ni un coup de téléphone de ma mère, je me suis dit que j'allais changer les choses cette année. Je n'allais pas rester à la maison à attendre une carte qui n'arriverait jamais.

J'ai écrit des tonnes de lettres à ma mère, sûrement une par semaine, sans rien recevoir en retour. J'aimerais pouvoir arrêter, mais c'est ma mère – c'était ma maman –, comment pourrais-je laisser tomber ? Elle m'a peut-être laissée tomber, mais moi je ne le peux pas. Je l'aime. Toujours.

Hier, j'ai fait quelque chose que j'ai honte de raconter ici. Je l'ai appelée. J'ai décroché le téléphone, et je l'ai appelée. En fait, j'avais déjà appelé plein de fois, mais je raccrochais toujours à la première sonnerie parce que j'avais trop peur de parler et je ne savais jamais quoi dire. Si je lui parle, je vais sûrement dire que je veux rentrer à la maison, mais ce n'est plus ma maison maintenant. Je ne suis plus sa petite Eve. Et puis comment pourrais-je y retourner alors que son copain y est certainement encore ? Mais hier, j'ai pris mon courage à deux mains et je suis

308

restée au téléphone. J'avais une boule dans la gorge et je tremblais en attendant qu'on réponde.

« Allô ? »

Une voix d'homme. Je me suis mise à trembler encore plus – horrifiée qu'il soit toujours là et encore plus horrifiée de ne pas avoir reposé le téléphone.

« Allô ? a répété l'homme.

— Qui est-ce ? » a demandé la voix de ma mère derrière et j'ai dû retenir un sanglot.

Ça faisait tellement longtemps que je n'avais pas entendu sa voix. Je n'avais pas été connectée de cette façon à ma mère depuis la nuit des temps.

« Je ne sais pas, mais il est toujours là, a répondu le type. C'est votre dernière chance : allô ? »

Toujours agrippée au combiné, j'ai fermé les yeux et laissé les larmes couler, la main devant la bouche pour ne pas me trahir.

« Attends, donne-moi ça, a dit ma mère, et soudain, elle était là, elle parlait. Allô, c'est Iris Quennox à l'appareil, est-ce que je peux vous aider ?

— Je t'aime, ai-je articulé sans bruit tant j'avais envie d'être entendue mais trop effrayée par les conséquences.

— Allô ?

— Je pense à toi tous les jours, ai-je continué, toujours sans un mot.

— Eve ?

— Et tu me manques. Tu me manques tellement que ça fait mal.

— Eve, a dit le type. Tu crois que c'est Eve ?

— Non, mais je ne vois pas qui d'autre appellerait sans rien dire.

— Au revoir. Au revoir, maman. »

Et puis j'ai raccroché et j'ai passé toute la nuit à pleurer.

J'ai honte parce que j'aurais dû lui parler pour de vrai, j'aurais dû dire quelque chose. C'est facile d'écrire des lettres, hein ? Mais au moins je sais qu'elle va bien et que s'il est toujours là, c'est qu'elle est sûrement heureuse, à sa façon. Et, peut-être, un jour, elle voudra que je revienne.

Enfin bref, pour éviter de me morfondre aujourd'hui, j'ai décidé d'aller à la plage. C'est dingue quand même, je n'étais jamais allée à la mer ! Sur le chemin du métro afin de prendre le train pour Victoria, je suis encore tombée sur Elliot. Tu te souviens de lui ? Il travaillait pour la compagnie où j'aurais dû être embauchée il y a si longtemps et je l'avais rencontré au supermarché il y a quelque temps. Il avait l'air plus vieux et plus fatigué par la vie, mais aussi plus mignon que dans mon souvenir. Peut-être parce que, à l'époque, j'étais tellement obsédée par le boulot que je ne remarquais pas vraiment le reste. Ou peut-être que, depuis, j'ai tellement fréquenté la laideur de la nature humaine que quiconque n'entre pas dans cette catégorie – celle de la garce qui essaie de me faire du tort sur la piste de danse ou du type qui veut me convaincre de coucher avec lui gratuitement sous prétexte qu'il est tellement spécial – semble tout de suite unique et plutôt charmant.

« Ma parole, Eve, il a dit, sincèrement content de me voir. J'arrive pas à croire que je ne t'ai pas vue depuis si longtemps.

— Oui, moi non plus. Tu es toujours chez Hanch & Gliff ?

— Ouais, malheureusement. Et toi ? T'as trouvé du travail ?

— Eh oui, je ne pense pas faire ça toute ma vie, mais c'est un boulot. Ça paie les factures, je ne suis pas à la rue.

— M'en parle pas. J'ai toujours pas compris à quel moment j'ai décidé qu'être comptable était une bonne idée. »

Moi, bien sûr, je savais exactement à quel moment j'avais décidé que ce serait une bonne idée d'être strip-teaseuse. C'est ce que je suis, d'ailleurs. Je me rends compte que je n'ai jamais eu le courage de nommer ce que je fais, mais c'est ça, je suis strip-teaseuse. Dire que je fais du strip implique uniquement que j'enlève mes vêtements pour émoustiller les hommes, ou que j'en retire une certaine fierté, alors qu'en réalité je m'approche le plus possible de la simulation d'un acte sexuel parce qu'un type m'a filé quelques billets. Bien sûr, certaines filles avec qui je travaille continuent à dire qu'elles gardent le contrôle parce qu'elles arrivent à allumer un homme, et peuvent le jeter s'il est dégoûtant ou brutal avec elles. Moi je dis toujours : « Le véritable contrôle, c'est de pouvoir être fière de son travail et de ne pas avoir à s'excuser d'être qui on est. » À quoi ça sert de croire qu'on contrôle la situation quand le type au bout de l'argent croit que c'est lui ?

« Écoute, excuse-moi, Elliot, mais j'ai un train à prendre. Je suis contente de t'avoir revu.

— Tu vas où ?

— À Brighton. J'avais envie de voir la mer.

— Je peux venir avec toi ? C'est mon anniversaire aujourd'hui et j'adorerais avoir une raison de sécher le boulot. »

J'y ai réfléchi un instant. Ça semblait être un coup du destin que nous soyons nés le même jour, alors j'ai dit oui, et on y est allés ensemble. On a passé la meilleure journée de tous les temps.

On a mangé des fish and chips, on a marché sur la plage, on a joué aux machines à sous, acheté des sucres d'orge, bu de la bière sur la jetée et puis, finalement, on s'est embrassés comme des dingues sur le quai de la gare.

Dans le train, je me suis endormie sur son épaule tandis qu'il me caressait les cheveux. Je crois que c'était le meilleur moment de la journée. J'ai fait l'expérience du contact d'un autre être humain, et c'était tendre, doux et affectueux sans rien devoir en retour que je ne veuille donner.

C'est là que commence l'amour, non ?

Je sors avec Elliot depuis six mois.

Toute ma vie a changé ces trois derniers mois. Il a emménagé ici et il m'a demandé d'arrêter le strip-tease. Il gagne assez pour nous faire vivre, donc je n'ai pas besoin de travailler. Pour être franche, même si je rêvais d'abandonner, ça ne m'a pas semblé correct. Je n'aime pas ne pas être maître de mon destin.

Mais c'est super d'avoir quelqu'un qui m'aime tellement qu'il ne veut pas que je fasse ce genre de choses, que d'autres hommes salivent en reluquant mon corps toutes les nuits. Il n'a pas condamné les choix que j'ai été forcée de faire, mais ça le tuait que j'aie dû faire ça si longtemps. Il n'arrêtait pas de dire : « Mais tu es tellement intelligente, comment tu peux faire ça ? »

J'ai dû lui expliquer qu'enlever ses vêtements pour de l'argent ne veut pas dire qu'on est stupide. Dans un sens, c'est plutôt signe qu'on est perspicace, parce qu'on sait qu'aussi forte soit la récession, le sexe fera toujours vendre. Toujours.

À la fin, je voyais de la douleur dans ses yeux, le chagrin rien qu'à l'idée de ce que je faisais, je ne pouvais pas continuer à lui faire ça. En fait, j'aurais préféré ne pas lui avoir dit, lui raconter que je me contentais de servir à boire derrière le bar, au lieu de faire ce truc débile typiquement Eve : dire la vérité.

Du coup j'ai arrêté et je fais un peu d'intérim et des ménages – je suis plus facilement employable maintenant à cause des gros trous dans mon CV qui prouvent que je ne serai jamais tentée de chercher un boulot mieux payé. Je comprends tous les jours un peu plus que danser contre de l'argent est un boulot comme un autre, sauf que, dans celui-ci, je dois enlever mes vêtements. Ça, ça rend le ménage, les photocopies, le standard et le traitement de données bien supérieurs en termes de dignité. Ce que je déteste, c'est la perte de pouvoir, c'est-à-dire, d'argent. Toute l'histoire avec ma robe m'a appris qu'une fois l'argent en poche, vous avez le pouvoir et les gens vous respectent. Ce n'est certainement pas l'idéal, ce n'est certainement pas un monde parfait, mais c'est comme ça que ça marche dans le nôtre.

Quand j'ai accepté d'arrêter le strip, j'ai demandé en retour qu'Elliot arrête de fumer de l'herbe et de prendre occasionnellement de la coke. Mais il a dit qu'il ne faisait pas ça souvent, surtout la coke, et c'était mieux que sortir tous les soirs pour se saouler. Ce qui est vrai, j'imagine. Mais je n'aime pas la drogue. Après ce que ça a fait à Dawn, je n'aime pas sa proximité et je n'aime pas l'idée qu'Elliot en prenne. Mais il semble avoir la situation en main et il faut que je lui fasse confiance si je veux qu'il continue à me dire ce qu'il fait.

Enfin voilà, retour à la case départ mais en pire. J'ai quelques économies, mais c'est un secret. Tante Mavis m'a dit une fois de toujours conserver à l'abri des convoitises une sorte de fonds de secours. Elle disait : « Peu importe à quel point tu aimes un homme, garde toujours assez d'argent pour pouvoir t'en éloigner en cas d'urgence. » Il se trouve que la première fois où j'ai dû utiliser cet argent, c'était pour fuir ma mère et son « copain ». Ces dernières années, j'ai réussi à mettre assez de côté pour le reconstituer. C'est pour ça que je ne l'ai pas utilisé pour ma robe. J'avais besoin d'assez d'argent pour fuir, au cas où.

Pourquoi j'y perds ? Parce que j'ai moins d'argent à dépenser librement – je dois en demander à Elliot si je ne trouve pas de travail, et ça me met mal à l'aise.

Mais je n'ai pas trop à me plaindre parce que j'ai quelqu'un qui m'aime. Ça c'est quelque chose que je n'aurais jamais cru pouvoir vivre en arrivant à Londres, et surtout après avoir commencé le strip.

J'aime bien pouvoir écrire ça… j'ai quelqu'un qui m'aime.

Ça me donne le sourire.

Bisous,
Moi

11 mars 1991

Quand est-ce que j'apprendrai ? Plus on est fier, plus dure sera la chute. Toujours. J'étais tellement fière de la vie que nous menions et maintenant, trois mois plus tard, voilà que c'est fini.

Ce qui s'est passé ? Aujourd'hui, Elliot est rentré du travail et m'a dit qu'il avait été viré. Et que tout était ma faute. Il n'a pas dit ça clairement, jusqu'à ce que je lui tire les vers du nez.

En fait, quand je suis rentrée de la salle de sport où je fais le ménage, il était déjà dans le canapé, télé éteinte, signe que quelque chose n'allait pas. Il regardait dans le vague.

« Qu'est-ce qui ne va pas ? » je lui ai demandé sans trop m'éloigner de la porte parce que j'avais l'impression que j'aurais envie de m'échapper dès qu'il m'aurait répondu.

314

Ses yeux se sont finalement posés sur moi, il avait l'air accablé, complètement vidé. Il portait toujours son costume, mais sa cravate était dénouée.

« J'ai perdu mon travail, a-t-il fini par dire.

— Oh, mon Dieu, mais pourquoi ? Qu'est-ce qui s'est passé ?

— Ils m'ont raconté des conneries, mais j'arrive pas à croire que c'est arrivé. »

Il avait l'air distant, comme si sa foi en l'humanité en avait pris un sacré coup. Ça m'a rappelé la fois où ça m'était arrivé, et moi je ne travaillais pas depuis très longtemps.

Je me suis assise à côté de lui malgré l'odeur persistante d'ammoniaque, d'eau oxygénée et de chlore qui me suivait encore, et me suis blottie contre lui. J'essayais de lui ôter sa peine, de l'absorber en moi. Son cœur battait tellement vite, j'ai eu peur qu'il ne s'arrête d'un coup.

« Qu'est-ce qui s'est passé ? Ils ne peuvent pas te virer comme ça, si ? Il n'y a pas de loi pour ce genre de choses ? »

Il s'est caressé le menton sans un mot pendant un long moment.

« Tu ne peux pas les traîner en justice ? Comment ça s'appelle déjà – les prud'hommes ? Hein ? Ils ne peuvent pas t'aider, eux ?

— Non, personne ne peut m'aider.

— Mais pourquoi ? Tu ne vas même pas essayer de te battre ? Ils ne peuvent pas faire ça. Tu es un bon employé. Et si tu ne te bats pas, comment tu vas faire pour retrouver un autre travail ?

— Je vais peut-être faire autre chose. Quand ils en auront terminé avec ma réputation, ça ne servira à rien de chercher un autre boulot de comptable. De toute façon, ça commençait à me saouler.

« — Mais non ! Tu adores ton boulot. Et puis qu'est-ce qu'ils peuvent bien avoir à dire sur ta réputation ? Tu n'as rien fait de mal.

— Laisse tomber, Eve. Je suis pas d'humeur. C'est qu'une bande de branleurs, je suis bien mieux sans eux.

— Mais je ne comprends pas. S'il te plaît, dis-moi ce qui se passe. Je n'arriverai pas à dormir sinon. »

Il a soupiré, et mon cœur a coulé, j'ai su que ç'avait quelque chose à voir avec moi.

« Phil m'a fait venir dans son bureau. Il m'a demandé si je sortais avec toi. J'ai dit qu'on vivait ensemble et qu'on parlait même de mariage. »

J'ai eu un coup au cœur parce qu'on n'en avait jamais parlé, mais, apparemment, il y pensait.

« Et il m'a demandé si je savais que tu étais strip-teaseuse. »

Mon cœur, qui venait d'être mis à rude épreuve, retomba dans mon estomac en chute libre jusqu'à mes orteils.

« J'ai dit que tu l'avais été, mais que tu ne l'étais plus. Et il m'a demandé si je savais que tu faisais des extras dans l'arrière-salle. Et j'ai dit que tu ne le faisais pas, mais il a insisté. J'ai dit que tu ne ferais jamais ça. Et puis ça a débordé et une chose en amenant une autre, je lui ai cassé la gueule.

— Mon DIEU, Elliot ! »

Horrifiée, je me suis redressée pour le regarder. Le fait que ce type, Phil, ait menti sur mon compte n'était rien comparé au fait qu'Elliot se soit battu pour défendre mon honneur, aussi entaché fût-il.

« Ne dis rien. Je me sens déjà assez mal comme ça. Mais au moins je lui ai fait avouer que tu ne lui as jamais taillé de pipe.

— Ils t'ont viré.

— Ils ont dit que j'avais de la chance de ne pas être poursuivi pour agression. Mais je vais être payé jusqu'à la fin du mois, c'est déjà ça.

— Oh, mon Dieu, Elliot, je suis vraiment désolée.

— C'est pas ta faute.

— Mais je me sens responsable. Ce n'est pas vrai, tu le sais, n'est-ce pas ? Je n'ai jamais fait ça. D'autres filles le faisaient, mais pas moi.

— Je sais, Eve, je sais. C'est pour ça que je me suis énervé contre lui. Cette ordure. Il a eu de la chance qu'on nous ait séparés.

— Quel bordel.

— Ouais. »

On a soupiré tous les deux, désespérés, et on est restés assis sans rien dire pendant une heure. Je ne sais pas à quoi il pensait, j'avais trop peur de le lui demander, au cas où il aurait répondu qu'il aurait mieux fait de ne pas s'approcher de quelqu'un comme moi. Mes pensées fluctuaient entre ce qui s'était passé et l'envie de le serrer dans mes bras parce qu'il avait pensé se marier avec moi. Et puis l'argent commençait à m'inquiéter. J'avais quitté mon travail parce que Elliot pouvait nous faire vivre tous les deux. Mais si on n'avait plus ça…

Pour être franche, je ne sais pas ce qu'on va faire. Après une heure passée en silence sur le canapé, on n'avait pas tellement envie de dîner, alors il a fumé quelques roulées (je ne le laisse pas s'approcher de mon lit avec ses cigarettes, sans parler de l'herbe – et il en fume de plus en plus, soit dit en passant), moi j'ai fumé quelques cigarettes et puis on s'est couchés.

Là il dort, et moi je suis en train d'écrire, en espérant que la réponse à notre problème d'argent imminent va se présenter d'elle-même. Jusque-là, je n'ai aucune idée. Je ne sais pas, quand je pense à notre situation, ça me donne la nausée. Je ne suis pas sûre de pouvoir refaire du strip-tease.

Même si Connie et certaines autres filles me manquent, et que la liberté que l'argent m'offrait me manque aussi, ça revient toujours – finalement – à se faire reluquer et tripoter par des types bizarres toutes les nuits.

Elliot n'aimait pas trop que je travaille dans un bar, mais comme il va rester à la maison jusqu'à ce qu'il retrouve du travail, ça ne devrait pas trop le déranger de ne pas me voir le soir. Enfin, même si ça le dérange, on n'a pas trop le choix, si ? On a besoin d'argent.

Quel bordel.

Moi

14 octobre 1991

Ça me ferait rire si ce n'était pas aussi… quelque chose.

J'ai du mal à trouver les mots pour décrire ce qui se passe. J'ai parfois l'impression de vivre la vie de quelqu'un d'autre et que mon vrai moi est quelque part à l'université, va voir des spectacles, se saoule dans des bars d'étudiants et s'engage politiquement pour des causes. Le moi avec lequel je dois vivre, celui avec le petit copain au chômage depuis six mois, se réveille un matin et découvre que l'électricité a été coupée, puis, quelques minutes plus tard, trouve des huissiers sur le pas de la porte parce que les factures d'électricité qu'elle croyait déjà payées ne le sont pas et qu'ils ont besoin de l'argent en liquide tout de suite ou alors ils rentrent pour saisir des trucs. Par trucs, bien sûr, ils veulent dire des meubles qui appartiennent au propriétaire, ma télé pourrie qui marche quand elle veut, ma chaîne stéréo manifestement dans le même état de délabrement, et mes vêtements qui, pour la plupart, sont bons à jeter à la poubelle, sauf ma belle robe. Je leur ai donné tout le liquide

318

que j'avais après qu'ils m'ont expliqué que je devais avoir reçu des tas de lettres et aussi des tas de coups de téléphone.

D'instinct, j'ai décroché le téléphone : coupé lui aussi. Alors je me suis habillée et je suis allée à une cabine téléphonique pour appeler la compagnie du gaz pour savoir s'ils avaient vraiment « essayé de me contacter » et, bien entendu, c'était le cas. Idem pour les impôts locaux, la compagnie du téléphone, et – ah oui – la compagnie des eaux. La seule personne qui ne me poursuit pas pour récupérer son argent, c'est le proprio, mais ça, c'est parce que je l'ai payé moi-même. Tout le reste, c'est Elliot qui « s'en occupe ».

Voilà, ça c'est moi, celle qui ne mène pas la vie facile d'une étudiante, qui décide d'utiliser presque toutes ses économies pour payer tous ces gens et, quand son copain reviendra de là où il est encore parti, elle lui dira qu'il faut qu'il trouve un travail, même du genre qu'il ne croit pas digne de lui – comme travailler derrière un bar, par exemple – parce qu'ils n'ont plus rien et ils ne peuvent pas se permettre de supporter sa quête de la carrière parfaite plus longtemps.

Et puis j'ai dû aller à la banque parce que la machine a avalé ma carte, tout ça pour qu'on m'apprenne que j'ai un découvert de cent livres. Ce n'était pas possible parce que j'avais presque deux mille livres la dernière fois. J'avais économisé ça en travaillant au Habbie's, plus les ménages et le secrétariat. Comment tout, et même plus, pouvait-il avoir disparu ?

« Est-ce qu'on a pu vous voler votre carte ? m'a demandé la guichetière sympa, en voyant ma détresse.

— Non, je n'ai qu'une seule carte et elle vient juste d'être avalée par votre distributeur.

— Est-ce que quelqu'un a pu utiliser votre carte sans que vous le sachiez ? »

Je ne sais pas pourquoi il a fallu attendre que cette femme aimable me pose toutes ces questions pour que je comprenne enfin. Je l'ai remerciée, glissé mon relevé de compte dans mon sac et je suis sortie. J'ai marché jusqu'à un parc et là, assise sur un banc, les yeux dans le vague, je me suis demandé comment ma vie, qui devenait enfin stable et plaisante, avait pu basculer à ce point ?

À la tombée de la nuit je n'avais toujours pas de réponse, alors je suis rentrée à la maison pour le trouver affalé dans le canapé, la bouche pleine de chips, télé allumée, lumières éteintes, complètement insouciant. La compagnie de l'électricité s'était montrée étonnamment prompte à la remettre en service après que j'ai réglé une partie de ma dette. Assise à côté de lui, j'ai attendu jusqu'à la pub, parce que ç'aurait été grossier de l'interrompre, n'est-ce pas ? Et voilà ce qui s'est passé :

Lui : Ça va ?

Moi : Non, pas vraiment, non.

Lui : Pourquoi ?

Moi : Les huissiers sont venus aujourd'hui pour saisir nos affaires parce qu'on n'avait pas payé la facture d'électricité.

Lui (éteignant la télé) : Quoi ? Les ordures ! Je les appelle demain, ils vont m'entendre. Ils se sont trompés, je l'ai déjà payée.

Moi : Oh, très bien. Alors tu vas avoir beaucoup de boulot demain parce que le gaz, les impôts, le téléphone et l'eau ont tous fait exactement la même erreur. Bizarre, hein ?

Lui (se redressant) : Eve, je peux tout expliquer.

Moi : Non, ne t'inquiète pas, je m'en charge. J'ai un peu d'argent de côté en cas d'urgence. J'irai le chercher demain pour tout rembourser.

Et il est resté là à me regarder. Puis il a acquiescé, comme si c'était une bonne idée, comme si c'était possible, même.

Moi : Attends une seconde, je ne peux pas, n'est-ce pas ? Parce que tu as déjà vidé ce compte et laissé un découvert de cent livres.

Ses yeux se sont rétrécis, devenant plus noirs à chaque seconde.

« J'avais autant le droit d'utiliser cet argent que toi », a-t-il dit, furieux. *Furieux pour quelle raison, je me le demande.*

« Ah bon ? D'où tu sors ça ? ai-je répondu, *calmement.*

— Qui nous a fait vivre toute l'année pendant que tu passais ton temps assise sur ton cul à ne rien faire ?

— Je n'ai pas arrêté de travailler depuis que tu m'as fait abandonner le strip. Et j'ai toujours gagné assez pour payer le loyer, au cas où tu ne l'aurais pas remarqué.

— Et moi j'ai payé pour tout le reste. Est-ce que tu sais comme c'est dur ? Est-ce que tu as une idée de la pression ?

— Tu veux parler de la pression que j'ai ressentie ces sept derniers mois ? Ou de la pression que je vais ressentir parce que je vais devoir trouver un moyen de payer toutes ces factures sans pouvoir utiliser mes économies ?

— Comment tu crois que j'ai réussi à payer les factures tout ce temps depuis que je suis au chômage ?

— Mais tu ne les as pas payées. Ça fait six mois qu'elles n'ont pas été payées. Et tu as caché toutes les factures, les enveloppes rouges, les derniers rappels, les lettres du tribunal, mes relevés de compte. Tout. La seule question qui me vient, là, c'est, où est mon argent ?

— C'était pas uniquement ton argent. »

Je l'ai ignoré parce que je n'avais jamais ne serait-ce que rêvé lui demander un accès à ses comptes, ni combien il avait à la banque.

« Où est-il ? »

Étrangement, je gardais mon calme devant la ruine financière.

« Je l'ai dépensé, a-t-il répondu, d'un air de défi, me regardant comme si c'était ma faute.

— À quoi ?

— Des trucs.

— Elliot ! Je ne suis pas ta mère et tu n'es pas un ado. On est tous les deux des adultes. Dis-moi ce que tu as fait de mon argent ou trouve-toi une autre idiote pour te soutenir pendant que tu fumes des joints toute la journée en conspirant pour dominer le monde depuis le canapé. »

L'air revêche sur son visage a disparu et, tout à coup, il est redevenu Elliot.

« Je… Je devais de l'argent à des types. De sales types qui allaient repositionner mes rotules si je ne les remboursais pas avec les intérêts.

— De l'argent pour quoi ?

— Si je n'avais pas perdu mon boulot, je ne serais pas dans la merde.

— Tu veux dire, si tu n'avais pas démissionné, tu ne serais pas dans la merde ? »

Ah oui, parce qu'il a démissionné. Pendant l'un de mes ménages, j'ai rencontré une des filles qui faisaient le ménage chez Hanch & Gliff. Elle m'a demandé comment allait Elliot depuis sa démission. Alors j'ai dit, est-ce que c'est la version officielle parce qu'il s'est battu avec un des associés ? Et elle m'a bien remis les idées en place : Elliot foutait régulièrement la merde dans les comptes des clients, en plus d'arriver en retard le matin, de revenir en retard de la pause déjeuner (quand il revenait), et d'avoir été

322

attrapé avec de la coke plus d'une fois. Après tout ça, on lui avait donné son deuxième – et dernier – avertissement. Il l'avait refusé et démissionné.

Ça ne m'a même pas beaucoup contrariée qu'il ait inventé un mensonge aussi élaboré pour se couvrir parce que j'étais si soulagée de ne pas être la cause de son renvoi. Et je n'ai rien dit parce que ça ne valait pas la peine de se disputer. Mais je savais que c'était pour cette raison qu'il ne pouvait pas poser sa candidature – sa réputation l'aurait précédé.

Il a cligné des yeux, stoppé net en comprenant que je savais.

« Tu es en train de me traiter de menteur ?

— Non, je te demande pour quoi tu devais de l'argent.

— Mais je sais pas moi ! Des trucs ! Je devais de l'argent à Zed pour ce qu'il m'a refilé. Et à quelques autres pour des paris. J'essayais de nous sortir de nos dettes. J'ai essayé de le récupérer.

— Pourquoi tu n'as pas essayé de le gagner honnêtement ? Ça te paraissait trop difficile ? »

La gifle qu'il m'a assenée a fait un peu mal, mais pas autant qu'elle aurait dû – parce que j'étais encore sous le choc de découvrir que tout mon argent avait servi à rembourser des dettes de jeu et de drogue.

Je l'ai giflé immédiatement à mon tour, deux fois plus fort.

« Ne va pas trop loin. Tu ne crois quand même pas qu'après m'avoir volée, je vais te laisser me frapper sans réagir. Je ne suis pas ce genre de fille. »

Il s'est réinstallé au fond du canapé, la mine renfrognée, sans savoir quoi faire. Il se demandait sûrement s'il devait me frapper à nouveau, se montrer de plus en plus violent, ou laisser tomber.

Je me suis levée.

« Je vais essayer de régler les factures demain matin, mais toi, tu te trouves un boulot ou tu dégages. Tu n'as que ces deux options. Et, pour être franche, je me fiche totalement de celle que tu choisiras. »

Il s'est montré assez futé pour ne pas insister et dormir sur le canapé ce soir. Heureusement, je garde mon livret d'épargne avec mes journaux intimes, alors il est bien caché, et il y a environ deux cents livres dessus. J'ai toujours mon fonds de secours, mais c'est tout. Ça me rend nerveuse. Je vais appeler demain et régler tout ça, avec un peu de chance. Je vais voir si je peux faire des services de nettoyage le soir et l'après-midi, c'est plus régulier que le secrétariat. Je n'ai pas encore trouvé de boulot de barmaid pour le moment, parce que je dois me lever tellement tôt pour le ménage que je ne dormirais jamais si j'avais en plus un boulot de nuit. Je ne sais vraiment pas comment on va s'en sortir. Je devrais le jeter dehors, mais ce n'est pas mon genre. Il n'a personne d'autre et on faisait une bonne équipe avant, non ? Pendant quelque temps, on aurait dit un peu Eve et Elliot contre le reste du monde. Je l'aimais, avant.

Pour être honnête, je crois que je l'aime toujours. S'il arrivait à s'en sortir, et je suis sûre qu'il le peut, ce serait parfait – autant financièrement, qu'affectivement.

Moi

15 janvier 1992

Les choses se sont un peu arrangées.

Je savais qu'il y arriverait. Il a un travail maintenant. Il est sorti le lendemain de la venue des huissiers et il a trouvé un boulot dans le bâtiment. Au début il était ouvrier, et puis il a discuté avec le contremaître et on l'a autorisé à regarder les registres. Depuis c'est lui qui tient les comptes. Ça ne paie quasiment pas, mais c'est mieux que rien.

Il m'en donne les trois quarts et garde le reste pour lui. Tout ce qu'il me donne sert à payer les services publics auxquels on doit de l'argent. Ça m'a pris du temps, mais, après plusieurs appels, crises de larmes et promesses, ils ont tous fini par accepter que je leur rembourse en plusieurs fois. On doit tellement se serrer la ceinture que ça devient difficile de respirer. Je dois souvent décider entre nourriture et cigarettes et je choisis souvent la nourriture parce que, si je peux tout manger, ça fait toujours quelque chose qu'Elliot n'aura pas. Et puis après je me sens mal parce que je vois bien qu'il fait de son mieux.

Je le déteste pour ce qu'il a fait, mais je l'aime toujours pour l'homme qu'il était. Ce n'est pas du tout logique, mais est-ce que l'amour est logique ? J'aime Elliot parce qu'il s'est assez intéressé à moi pour vouloir me faire arrêter le strip ; quelqu'un contre qui je me blottissais la nuit et à qui je racontais mes rêves ; l'homme qui m'a fait sentir que j'étais une personne entière, complète, après toutes ces années à me faire reluquer quasiment à poil par les clients du Habbie's. Je suis peut-être stupide, mais je pense que le véritable Elliot, l'Elliot que j'aime, est toujours là. Il faut juste qu'il surmonte cette situation et il redeviendra comme avant.

Moi

Le proprio a augmenté le loyer.

Je suppose que c'est normal : il ne l'avait pas fait depuis mon emménagement, et c'est un beau quartier. J'ai vu dans les journaux combien il pourrait gagner avec cet appart, même si ce n'est qu'un studio miteux. Il est venu me l'annoncer, et il a été vraiment sympa. Il ne m'a pas demandé de « faveurs » pour payer la différence en nature. Il a dit que ce n'étaient que les affaires et qu'il serait désolé de me perdre comme locataire – surtout que, grâce à moi, le studio est en bon état –, il voulait appliquer les prix normaux mais j'avais bien sûr une option dessus.

Enfin voilà. Je suis là avec des tas de factures devant moi et un papier rempli de chiffres pour savoir combien je peux gagner et je ne vois pas comment faire pour que ça s'équilibre. On vivait déjà en dessous du seuil de pauvreté avant ça. Elliot est retombé dans ses travers et il se fait passer à tabac parce qu'il ne peut pas payer ses dettes. Comme il n'est pas allé travailler pendant ses convalescences, il s'est encore fait virer. Là il est parti chercher un nouveau job, mais sans son argent, je n'ai aucun moyen de continuer. Je ne lui donne rien du tout, la plupart du temps on ne peut se permettre de manger autre chose que du pain, et j'ai arrêté de fumer, ça revenait trop cher. Je me rends à pied partout où je dois travailler, la plupart du temps je sors de chez moi à quatre heures et demie, quand il fait encore noir en hiver et pas vraiment jour en été. Je marche vite dans la rue, je me sens déplacée parmi les gens qui rentrent chez eux après une grosse soirée. Quand je pouvais me payer le bus, je prenais le premier et j'étais entourée de tas d'autres hommes et femmes de ménage qui ne parlaient pas anglais pour la plupart, qui allaient ensuite se disperser partout dans Londres pour rejoindre les endroits où ils travaillaient. Quand je passe devant des maisons – certaines éclairées, d'autres pas –, je me demande combien de leurs habitants ne mangent pas toujours à leur faim, combien de femmes se sentent piégées par un homme qu'elles ont aimé et voudraient encore aimer.

L'argent, tout tourne autour de l'argent. Je déteste ça. Ce n'est pas l'argent l'origine de tous les maux ; ce n'est pas l'amour de l'argent ; c'est le BESOIN d'argent. On en a besoin, sans, on n'est personne et on disparaîtra dans l'indifférence générale.

Je n'arrête pas de penser à Dawn, de me demander si elle s'en sort. Son quartier est bien mieux – bien plus cher – que le mien, malgré son penchant pour la drogue, elle arrive à survivre. Mais ce qu'elle doit faire pour gagner de l'argent…

Dans trois semaines, si je ne trouve pas de quoi payer le reste du loyer, je serai – nous serons – sans abri. Il faudra que je me débrouille seule dans les rues glaciales alors que j'ai déjà du mal à le faire avec un toit au-dessus de ma tête et un boulot. Et quand je serai dans la rue, comment je ferai pour en sortir ?

Je ne vais même pas prendre la peine d'en parler à Elliot. On n'a presque pas parlé depuis la dernière fois où il s'est fait casser la gueule. De temps en temps, je lui achète des cigarettes, parce que, sans ça, il s'acharne à gratter le mobilier jusqu'à l'usure. Il reste toute la journée sur le canapé à regarder la télé. Parfois je l'entends pleurer, mais on se demande pourquoi il pleure alors que c'est à cause de lui qu'on en est là.

J'ai appelé le Habbie's et quelques autres clubs, mais ils ne prennent personne.

J'ai appelé des agences immobilières qui m'ont dit que je dois payer un mois de loyer à l'avance, plus un mois de loyer de caution et que, de nos jours, beaucoup font des vérifications de solvabilité. Bien sûr, notre solvabilité est partie en miettes grâce à Elliot et je n'ai pas l'argent pour la caution et le mois de loyer d'avance. J'ai cherché des endroits plus loin, moins chers, mais ça m'obligerait à trouver un boulot plus près du nouvel appartement puisqu'il faudrait m'y rendre à pied. Et puis personne ne prend de locataires au chômage. Je suis dans une impasse. IMPASSE. IMPASSE. IMPASSE.

Je devrais peut-être prendre le premier train pour Leeds ? Peut-être que ma mère acceptera que je revienne ? Je ne suis plus une ado – si Alan essayait quoi que ce soit, il se prendrait un coup de genou bien placé et mon poing dans la figure. Mais ce n'est pas comme si elle avait répondu à mes lettres. Et ce n'est pas comme si je lui avais pardonné de l'avoir choisi lui plutôt que moi.

Ce n'est pas comme si je pouvais me remettre du fait que même si elle a pensé que c'était moi, au téléphone, elle n'a pas pris la peine d'écrire ni d'appeler pour en avoir le cœur net.

Mon Dieu, qu'est-ce que je vais faire ?

Comme Toujours

10 avril 1992

Je reviens de chez Dawn.

Elle a l'air d'aller tellement mieux que les dernières fois où je l'ai vue. Elle est allée en désintox et a décidé d'arrêter « pour le moment », elle a dit. Elle a pris du poids, sa peau est beaucoup mieux et ses cheveux sont moins ternes, on ne peut pas en dire autant de ses yeux. Ils ne sont plus vitreux mais son regard est mort, comme si Dawn n'était plus là.

« C'est si horrible que ça ? » lui ai-je demandé, après l'échange de banalités.

Elle a soupiré en regardant le vieux tapis rond qui se trouve maintenant entre le canapé et la table basse, et elle n'a rien dit pendant un moment.

« Oui, elle a dit. Ça l'est. Je l'oublie parfois pour pouvoir continuer, mais ça l'est. »

Je n'ai pas eu besoin de lui expliquer de quoi je parlais. Elle m'a lancé le même regard que Connie quand je lui avais posé des questions sur les salles VIP du Habbie's.

« Pense à la pire fois où tu as couché avec quelqu'un. »

Immédiatement, une nuit avec Elliot, quelques semaines après qu'il m'avait volé mon argent, alors que j'étais trop crevée pour refuser, m'est revenue en mémoire.

« Multiplie par un million et tu t'en approches. Maintenant pense à ta meilleure baise. »

Ce n'est pas Elliot qui m'est venu à l'esprit, mais Peter. Rien ne surpassera ça, probablement parce que la première fois que j'ai couché avec Elliot, j'étais déjà tellement blasée des hommes et de leur façon de regarder le corps des femmes que ça m'a bloquée. Avec Peter, après avoir surmonté notre trac, nous adorions être ensemble, physiquement et sentimentalement. J'adorais qu'il soit près de moi et en moi. C'était le meilleur, sans aucun doute.

« Ça, c'est ce que tu dois leur faire croire chaque fois si tu veux qu'ils reviennent, c'est comme ça qu'on se fait de l'argent à long terme.

— Je ne compte pas faire ça à long terme.

— Moi non plus je ne comptais pas. Mais maintenant, je ne sais pas comment je pourrais faire autre chose. Eve, il faut vraiment que tu fasses ça ? Vraiment ?

— Je ne vois pas d'autre solution.

— Et Elliot ? Qu'est-ce qu'il fait ?

— Il traîne dans l'appart, il fume, il s'apitoie sur son sort. Il n'arrête pas de se faire casser la gueule parce qu'il s'endette pour acheter de la drogue. Ça m'étonne qu'on le fournisse encore.

— Eve, Elliot ne t'apporte que des emmerdes. »

J'ai pensé ça tellement de fois, mais après je pense à l'Elliot que j'ai connu, dont je suis tombée amoureuse, et je ne peux pas me résoudre à le laisser tomber quand je sais qu'il peut redevenir cet homme.

« Pourquoi tu ne t'installerais pas ici, jusqu'à ce que tu t'en sortes ? Le canapé est un peu vieux et défoncé, et c'est un peu comme si tu revenais en arrière, mais c'est mieux que l'autre choix, crois-moi.

— Je ne peux pas, Dawn. Je ne veux pas vivre à tes crochets encore une fois. Et j'ai tellement de dettes à payer. Je suis allée voir d'autres clubs de strip mais personne n'embauche ces jours-ci à cause de toutes les nouvelles restrictions. Et puis en plus… »

Je ne voulais pas le dire, mais nous savions toutes les deux que je ne pouvais pas quitter Elliot. Je ne pouvais pas l'abandonner alors qu'il était tombé si bas.

« Eve, plaque-le. Il va finir par t'entraîner avec lui si tu ne fais pas attention. Ce n'est plus qu'une question de temps avant que les types à qui il doit de l'argent commencent à s'intéresser à toi.

— Je ne peux pas, Dawn, tu le sais. Quel genre de personne je serais si je l'abandonnais alors qu'il est déjà à terre ?

— Tu es trop gentille. J'espère qu'il s'en rend compte. Écoute, si tu dois vraiment faire ça, essaie de ne pas finir dans la rue. Tu es belle et intelligente. Si tu t'habilles bien, tu peux peut-être travailler dans des hôtels. Essaie ceux vers King's Cross et Paddington. C'est là que vont les riches. Je te dirais bien d'essayer l'escort, mais les agences prélèvent un pourcentage énorme et c'est la dernière chose dont tu as besoin dans ta situation. Va traîner dans les bars des hôtels – les types qui se tapent des prostituées ont toujours l'air de savoir qui on est. Moi je ne peux pas faire les hôtels : je suis trop repérable et le personnel me ficherait dehors. Et ne fixe pas de tarifs. Garde en tête une vague idée de combien tu vas demander, mais regarde bien le type et propose un prix en conséquence. Ce serait trop bête de faire ça pour cinquante avec un type qui se balade avec cinq cents dans les poches. »

Je lui étais reconnaissante pour ses conseils. Je lui étais reconnaissante de ne pas avoir cherché à me faire changer d'avis parce que ça ne m'aurait probablement pas demandé beaucoup d'efforts pour me dégonfler.

Ce qu'elle a dit à propos de ne pas savoir quoi faire d'autre m'a vraiment effrayée parce que ça m'a rappelé à quel point je suis de nouveau déconnectée du monde. Ça fait je ne sais combien de temps que je n'ai pas lu un livre, et pourtant j'adorais lire. Maintenant, tout ce que je fais c'est me lever, aller au travail à pied, nettoyer, revenir à la maison, m'inquiéter pour l'argent et dormir. Je ne regarde quasiment plus ma belle robe ; je n'ai rien de nouveau pour me rappeler qui je suis. Je ne fais rien d'agréable pour me rappeler que je suis plus qu'une machine qui essaie de gagner de l'argent pour rembourser des dettes.

Que se passera-t-il si je fais ça et que ce qui reste de moi s'efface jusqu'à disparaître entièrement ?

La Personne Qui Vit Cette Vie.

J'ai dit à Elliot ce que j'allais faire. Il n'a pas bronché mais sa bouche s'est mise à trembler comme s'il allait encore se mettre à pleurer. J'ai su que je ne pourrais pas passer une nuit de plus à le réconforter. C'est déjà beaucoup trop comme ça – qui me réconforte, moi, quand j'essaie de régler les problèmes ? Où est la personne qui doit me prendre dans ses bras pour me dire que tout va finir par s'arranger ?

Il n'a pas pleuré, même si ses yeux marron, des yeux qui un jour m'ont tant ensorcelée, sont devenus un peu humides.

« Je suis désolé », a-t-il fini par sortir.

Va te faire foutre, lui ai-je répondu dans ma tête.

« Je sais », ai-je prononcé.

Et c'est tout, j'imagine.

Moi

Libby

Le téléphone sonne à l'étage. Je veux l'ignorer, mais ça pourrait être Caleb, j'ai essayé de l'appeler des milliers de fois pour lui dire de venir chercher Butch, ou de trouver quelqu'un d'autre pour le garder, parce que, dès que quelqu'un s'occupera de Butch, moi je chercherai un autre endroit où vivre.

Je comprends maintenant pourquoi Jack n'a pas voulu me dire ce qui s'est passé après l'accident : ça montre qu'il ne m'aime pas vraiment. Il a agi machinalement. Sa réaction quand il a découvert que c'était moi dans la voiture et non Eve, c'était comme la différence entre l'agonie d'un membre de sa famille et celle d'un collègue – pour l'un on donnerait tout pour qu'il aille mieux, pour l'autre on espère autant que possible qu'il aille mieux.

Je pose les journaux par terre. Jack ne rentrera pas avant un petit moment : je vais parler à Caleb et je reviens.

Je décroche le téléphone juste à temps.

« Salut, frangine, ça va ? »

Sa voix grésille, lointaine, parce qu'il est loin.

J'ai de l'argent de côté donc je pourrais sûrement trouver à louer quelque part, ou je pourrais accepter mon sort et retourner chez mes parents. Ce n'est pas l'idéal, mais c'est toujours mieux que d'être dans la maison d'Eve avec le mari d'Eve.

« Il faut que tu rentres.

— Pourquoi ? Qu'est-ce qui s'est passé ? Butch va bien ?

— Oui, ça va, mais j'ai besoin que tu le reprennes ou que tu trouves quelqu'un d'autre pour le garder.

— Qu'est-ce que tu veux dire ? »

Soudain, la ligne est rétablie, j'entends clairement sa voix. Soudain il prend la peine de me parler correctement, probablement en plaçant correctement le combiné à son oreille. Les dix messages que je lui ai laissés ne lui ont manifestement pas fait comprendre qu'il pouvait s'être produit quelque chose.

« On ne peut plus s'occuper de Butch, tu dois t'arranger autrement.

— Attends, frangine, qu'est-ce qui s'est passé ?

— J'ai juste besoin que tu viennes chercher Butch ou que tu me dises quoi faire de lui.

— Si c'est vraiment une urgence, alors ramène-le chez moi. La personne qui garde la maison pourra s'en occuper sans problème.

— La personne qui garde la maison ? Tu veux dire que depuis le début il y avait une autre option et tu m'as obligée à prendre le chien ? »

Silence.

« MAIS, MA PAROLE ! C'est quoi ton problème ? Pourquoi tu m'as fait culpabiliser pour que je m'occupe de ton chien alors qu'il y avait quelqu'un d'autre depuis le début ?

— Parce que tu avais besoin de lui. Butch est fougueux et gentil comme Benji et tu as besoin qu'on

334

prenne soin de toi. Je sais que tu te sens mieux quand Benji est là, donc Butch est la deuxième meilleure chose parce que, frangine, tu ne vas pas bien. Je l'ai su en entrant dans ta chambre d'hôpital. Et ta voix au téléphone m'a fait comprendre que tu coulais, alors j'ai pensé qu'il pouvait rester avec toi pour t'aider à surmonter tout ça. »

Mon frère, l'homme le plus égoïste du monde, avait fait ça pour moi ? J'ai porté la main à ma bouche pour m'empêcher de pleurer.

« Écoute, ramène Butch chez moi si tu veux, mais c'est bien que tu l'aies avec toi. Même s'il est un peu agité.

— D'accord. Je, euh, je te dirai ce que j'ai décidé.

— Parfait, frangine. J'espère que tu vas mieux. Je t'appelle bientôt.

— Oui. »

Quand ai-je arrêté de prendre soin de moi ? Je me le demande. Quand ai-je commencé à m'immerger tellement dans la vie d'Eve que ma propre vie s'est mise à paraître moins importante ? Parce que c'est clairement le cas. J'ai farfouillé à la recherche de renseignements sur elle, pour découvrir ce que Jack me cachait, mais je n'ai pas pensé à moi, à ma guérison, à ce dont j'avais besoin pour aller de l'avant. Comment vais-je pouvoir oublier Jack si je ne vais pas bien ? Si ma vie dépend de ses sentiments, de ce qu'il ne me dit pas, de décortiquer la vie de celle qu'il aimait avant moi, alors où suis-je dans tout ça ? Que m'arrivera-t-il quand sa vie à elle sera entièrement mise à nu ? Pour quoi vivrai-je ? Je n'ai pas tellement envie de retourner travailler parce qu'il faudrait porter une perruque et beaucoup de maquillage pendant des mois, et des gens m'observeraient en essayant de comprendre quel est exactement mon problème.

Pour le moment, je n'ai rien. Il faut que je reconstruise ma vie. Ça ne veut pas dire découvrir les secrets d'Eve ; ça veut dire me découvrir moi et où je vais à partir de maintenant.

« J'ai besoin d'une aide psychologique », dis-je tout haut.

J'ai besoin qu'on m'aide à découvrir qui je suis à présent que ma vie précédente n'existe plus.

Les aboiements de Butch me font tourner les yeux.

« Tu penses que j'ai besoin d'une aide psychologique, hein ? »

Il se contente de me regarder.

« Très bien, il vaudrait mieux que je range ces journaux, après je chercherai le numéro de quelqu'un à qui parler. »

Butch émet un aboiement satisfait en trottinant jusqu'à son panier.

Jack

Libby n'avait pas préparé le dîner à mon arrivée, elle était assise à la table de la cuisine, dans le noir. Elle m'attendait. Contrairement à d'habitude, Butch n'a pas sautillé partout pour m'accueillir. Il est resté dans son panier jusqu'à ce que je m'approche, et puis il a levé la tête pour m'adresser un petit gémissement de solidarité.

Je me suis assis en face d'elle.

Elle regardait la table et ne m'a pas prêté attention pendant les quelques minutes les plus longues de ma vie. Ça m'a rappelé les minutes avant que les ambulanciers prononcent le décès d'Eve. Je savais ce qu'ils allaient dire, mais je retenais mon souffle en espérant qu'ils ne prononcent pas les mots que je redoutais d'entendre. Je faisais la même chose avec Libby, retenant mon souffle en espérant qu'elle ne les dise pas.

« J'espère que ça ne te dérange pas que je reste là jusqu'à ce que Caleb revienne chercher Butch et que je trouve quelque part où vivre. »

Elle tremblait en parlant.

« Où vas-tu aller ?

— Je ne sais pas, sûrement chez mes parents. Paloma a dit qu'elle garderait ma place au travail, mais je ne suis pas sûre d'avoir envie d'y retourner. Je ne sais pas, c'est grand, le monde. Je trouverai bien quelque chose.

— Oui.

— J'aimerais bien qu'on puisse rester amis.

— Je ne veux pas être ton ami, je veux être ton mari. »

J'ai vu la douleur la transpercer.

« Je sais, mais tu ne peux pas, n'est-ce pas ? a-t-elle dit en se levant. Parce que, dans ta tête, et partout où ça a de l'importance, tu es toujours marié avec elle. »

Courir a toujours été un moyen de décompresser, de m'éclaircir l'esprit, mais là, ça ne marche pas. Tout comme la nuit où Eve m'a fait cette révélation qui a bouleversé mon monde – j'ai couru des heures et des heures cette nuit-là, et pourtant, je n'arrive toujours pas à remettre de l'ordre dans ma tête.

Le fait que Libby me quitte est déjà assez dur, mais devoir affronter la possibilité qu'elle ait raison, que dans mon esprit et dans mon cœur je sois toujours marié avec Eve, signifierait que j'ai été injuste envers la seule personne qui s'est montrée si merveilleuse avec moi. C'est Libby, pas Eve, qui m'a aidé à devenir l'homme que je suis aujourd'hui, et en retour, moi, je l'ai trahie.

Libby

Aujourd'hui Eve est assise sur les boîtes devant moi. Elle a remonté les genoux contre sa poitrine, et elle parvient à peine à lever la tête pour me regarder tandis que j'ouvre l'un des cahiers.

Je sais que je ne devrais pas faire ça, mais je ne peux pas m'en empêcher. La dernière fois que j'ai dû arrêter de lire, elle se trouvait face à un choix abominable pour régler ses problèmes.

Je sais ce qu'elle ressent. Décider de quitter Jack la nuit dernière a été l'une des choses les plus difficiles que j'aie eu à faire. Mais rester avec lui, vivre comme ça, comme quelqu'un qui n'arriverait toujours qu'à la seconde place, aurait fini par me détruire. Je me connais, et – exactement comme pour ma carrière de biochimiste, ou pour mes cheveux – je préférerais n'avoir rien du tout que quelque chose de tout juste médiocre. Je pensais qu'il m'aimait tout en aimant toujours Eve, mais ce n'est pas le cas. Je mérite mieux. Tout le monde mérite mieux.

Eve méritait mieux qu'Elliot, mais elle a eu de la chance : elle a eu Jack. Et, d'après ce qu'il ressent toujours pour elle, c'est sans doute aussi ce qui est arrivé de mieux dans sa vie à lui.

Chapitre 14

Eve

13 avril 1992

« *Je vous offre un verre ?*
— *Si vous voulez.*
— *Un verre de vin blanc pour la demoiselle, s'il vous plaît. Et une bière.* »
Plus bas :
« *Vous travaillez ?* »
Aussi bas :
« *Oui.* »
Encore plus bas :
« *Combien ?*
— *Fellation, soixante-quinze ; à la main, cinquante ; la totale, deux cents.*
— *Par-derrière ?*
— *Mille.*
— *Sans ?*
— *Deux mille.*
— *Cent cinquante pour la totale ?*
— *Cent soixante-quinze.*
— *Chambres 214. Dans dix minutes.*
— *OK.* »
Le vin n'a pas été touché. Dans la chambre, les vêtements s'ôtent lentement, de façon aguichante, tout comme au club. L'acte n'est pas déplaisant : on se touche,

on s'embrasse, mais pas sur la bouche. Le rhabillage est plus rapide que le déshabillage – puis on se rend compte qu'on n'a pas pris l'argent dès le début.

On me tend dix billets de vingt – vingt-cinq livres de pourboire – et puis on se recoiffe, on se brosse les dents, on vérifie le maquillage dans la salle de bains. Un signe d'au revoir et la promesse de refaire ça à l'occasion.

C'était ma première fois. La première fois de Honey. La deuxième fois a été pire. Plus ou moins la même chose, mais – tout comme la deuxième fois au club – la deuxième fois vous dit que c'est le chemin que vous avez choisi et qu'il va être très difficile d'en sortir.

J'ai pleuré dans la salle de bains un peu plus tôt. Aucun d'eux n'a été méchant avec moi; aucun d'eux n'a été affreux. Ils ont tous payé et laissé un pourboire; ils étaient tous les deux parfaitement gentils après. Je suis rentrée à la maison avec six cent cinquante livres – mais j'ai quand même pleuré.

J'ai pleuré parce que je ne voulais pas que Honey fasse ce genre de choses, tout comme je ne voulais pas qu'Eve le fasse. J'ai pleuré parce que j'aurais dû rester à la maison à Leeds. J'aurais dû laisser Alan me violer, comme ça, je ne me serais pas mise dans cette galère. Je n'aurais pas laissé des hommes parfaitement gentils, presque tous avec des alliances, me faire du mal comme je n'aurais jamais imaginé que ce soit possible, comme je ne peux même pas le décrire.

E

Chaque nuit je m'installe à la commode, mon maquillage devant moi.

Je commence par le correcteur pour masquer les imperfections – taches, boutons rouges et irrités, cernes. Puis je passe au fond de teint. J'utilise un pinceau plutôt qu'une éponge – selon Connie, on perd moins de produit comme ça. Je le passe sur ma peau, sur les contours de mon visage, puis dans le cou pour uniformiser. Ensuite je remonte jusque derrière les oreilles, pour que ça fasse naturel, même si j'en mets une tonne. Je dois en mettre une tonne pour passer la nuit, et tout ce que j'ai à faire. Après, je fixe mon fond de teint avec de la poudre à l'aide d'un plus gros pinceau. J'en mets aussi sur mes lèvres avant d'appliquer le rouge à lèvres. J'utilise un crayon noir pour les yeux et une ombre bleue pour les paupières. Ensuite je passe à nouveau le crayon autour des yeux, avant de mettre le mascara qui va allonger mes cils.

Je redessine mes lèvres avec un rouge-brun puis je remplis avec un rouge pâle mordoré qui ne tache pas la peau. Je tamponne ma bouche avec un mouchoir et remets de la couleur. Pour finir, je défais mes cheveux secs et propres pour les laisser tomber sur mes épaules.

J'enfile la robe – en général noire, courte et moulante – et des chaussures noires à talons. J'attrape mon sac (qui contient préservatifs, deux culottes de rechange, poudrier, eye-liner, brosse à cheveux, rouge à lèvres, brosse à dents, miroir et clés), et je retourne devant le miroir où Honey me regarde. Je dis toujours :

« Salut, Honey. »

Je sors de la chambre et traverse le salon. Elliot, le copain d'Eve, regarde la télé et fume sur le canapé. Il peut se le permettre maintenant qu'Eve lui donne de l'argent. Il articule quelque chose qui ressemble vaguement à « Fais

345

attention » mais Honey l'ignore. En dehors du boulot, Honey n'adresserait jamais la parole à quelqu'un comme lui, et ce n'est pas parce que c'est le copain d'Eve que Honey doit lui parler. Elle referme la porte et traverse le couloir miteux, l'escalier et le hall d'entrée avant de poser un pied dans la nuit. Il fait toujours plus frais le soir, elle inspire, laisse l'air froid brûler et ouvrir ses poumons, lui donner la force de sortir et de faire ce qu'elle doit pour gagner de l'argent.

Chaque nuit, j'exécute ce rituel pour voir Honey dans le miroir avant de partir. Quand je faisais du strip, Honey n'apparaissait que dans le miroir du club. Ça m'aidait à faire la part des choses. J'ai découvert que si c'est Honey – sûre d'elle, pragmatique, distante – qui sort et revient à la maison, Eve ne passe pas la nuit à pleurer. Parce qu'Eve est à la maison, au lit avec un livre ou devant la télévision à regarder des séries pendant que Honey travaille.

Je ne pleure plus maintenant. Et c'est tout ce qui compte.

18 janvier 1993

J'ai complètement arrêté les ménages, à la place, je deviens Honey, c'est-à-dire, je « travaille » de jour comme de nuit.

Je comptais arrêter l'épisode Honey, mais depuis que j'ai remboursé toutes les dettes, je suis devenue accro à la liberté que procure l'argent – et à la possibilité d'être moi-même.

Je n'avais pas pensé à ça, n'est-ce pas ? Maintenant que je gagne en trois ou quatre heures ce que je gagnais avant en un ou deux jours de ménage, je peux faire des trucs comme lire des livres. Je peux aller à la bibliothèque, je peux même acheter des livres. Ce n'est plus un luxe *injustifié. Je peux passer l'après-midi à visiter des quartiers de Londres que je ne connais pas, et j'ai même commencé à mettre de l'argent de côté.*

Pour une raison qui m'échappe encore, je donne même une partie de ce que je gagne à Elliot. Il va mieux maintenant, il pourrait travailler, mais il ne le fait pas. C'est presque comme si je le payais pour qu'il me permette de faire ça. Si ça a du sens ? Pas tellement, mais je le fais quand même.

Ça doit avoir quelque chose à voir avec ma nouvelle liberté. Au fond de moi, je me sens coupable de ne pas être obligée de travailler comme une acharnée parce que je couche avec des types, et pourtant je n'arrive pas à coucher avec lui. Ce n'est même pas une question de fracture Eve-Honey. Je pourrais devenir Honey quand Elliot veut de moi, je pourrais me glisser dans le rôle et le faire, mais je n'en ai pas envie. Je n'ai pas envie de coucher avec Elliot. Je me sens coupable, alors j'imagine que c'est pour ça que je lui donne de l'argent. Je le paie pour qu'il me fiche la paix. Je paie le loyer, les factures, j'achète la nourriture. En somme il est un peu mon mac puisqu'il vit sur ce que je gagne. Mais en vrai, il n'est que quelqu'un avec qui je partage un appartement, un lit, mais pas une vie.

Si un soir il décidait de ne pas rentrer, ça ne me dérangerait pas, je m'en ficherais un peu, mais ce n'est pas mon genre de le mettre dehors. Nous vivons des vies séparées et ça me va parfaitement.

Bien entendu, je cache très bien mon argent. Il n'est plus avec mes journaux intimes parce que si l'un était découvert, il me resterait toujours l'autre.

Ma vie n'est pas parfaite, ni même bien. Elle est… différente. Mieux.

J'aurais préféré ne pas avoir à faire ce que je fais : j'aurais préféré ne pas coucher pour financer une vie dans laquelle je suis reconnaissante de ne pas être encore plus désespérée ; j'aurais préféré mener une vie heureuse. Mais pour les gens comme moi, les pauvres filles sans aucune qualification sur le papier, c'est une manière de s'en sortir.

Là, ne pas avoir à m'inquiéter pour l'argent est la meilleure option. Plus importante que la menace de me faire arrêter, d'être blessée par un client ou de découvrir un jour que Honey a pris le dessus sur ma vie – la vie d'Eve.

Moi (Qui Que Ce Soit)

14 février 1995

Ils étaient deux.

Le premier m'a fait monter dans sa chambre d'hôtel en acceptant le prix sans marchander, l'autre se cachait dans la salle de bains, avec un couteau.

Ils ne voulaient que l'argent et je le leur ai donné sans résister. Je le cache dans l'ourlet déchiré de mon sac et je leur ai dit où chercher, les yeux fixés sur la lame appuyée contre ma joue droite. Mon cœur, trop effrayé pour battre, était gelé et immobile dans ma poitrine, je haletais.

Ils m'ont fait me déshabiller pour vérifier que je ne cachais pas de liquide, et puis ils m'ont jetée dehors toute nue. Trente secondes après, en riant aux éclats, ils m'ont jeté mes affaires. Je tremblais, leurs rires sonnaient à mes oreilles comme une alarme, j'ai couru au bout du couloir et je me suis rhabillée.

N'importe quelle autre femme aurait pu appeler la police. Faire une description de ses deux agresseurs blancs au regard froid et au rictus carnassier. Elle pourrait décrire chaque détail du tranchant de la lame appuyée contre sa peau. L'odeur de la peur dans ses narines. La terreur de penser qu'elle allait se faire violer et égorger dans un petit hôtel de Londres. Elle pourrait souligner l'horreur d'imaginer les détails de sa vie et de sa mort épouvantable et sordide rapportés dans la rubrique faits divers des journaux. Elle pourrait se rappeler le mélange aussi délicieux que dégoûtant de soulagement et d'humiliation tandis qu'elle courait dans le couloir pour se rhabiller près de l'ascenseur aussi vite que possible, et de ressentir de nouveau ce mélange d'émotions de retour chez elle.

Mais je ne suis pas n'importe quelle autre femme, je ne suis aucune femme. Je ne suis même pas une « femme », n'est-ce pas ? Je suis une prostituée, une putain, une pute.

La police s'en fiche qu'on me vole. Ils m'arrêteraient certainement pour racolage ; ils m'interrogeraient certainement pour savoir si je prends de la drogue. Dans le grand ordre de l'univers, dans la hiérarchie du crime, ce qui m'est arrivé serait classé en bas de l'échelle de leurs préoccupations. Et même si j'étais assassinée, qui s'en soucierait ?

X

17 février 1995

« *Tu ne bosses pas ce soir ?* » m'a demandé Elliot tout à l'heure.

Je n'ai pas travaillé depuis trois jours. J'ai trop peur. Ici, je peux l'avouer. Je n'arrête pas de me dire que je n'ai pas besoin de travailler parce que j'ai déjà assez pour finir le mois même si je me suis fait voler, mais, en fait, j'ai simplement trop peur pour sortir. Et savoir que, si je disparaissais, ce serait dans l'indifférence générale n'aide pas vraiment.

Quand je suis rentrée l'autre nuit, Elliot n'était pas là, alors j'ai pris un bain et j'ai pleuré – la première fois depuis des lustres – avant de me forcer à dormir. J'ai décidé que ça irait mieux le lendemain. Mais je me suis réveillée

*plusieurs fois en sueur, paniquée et terrifiée, et le matin
j'avais la tête lourde et j'étais crevée.*

*Il ne s'est rendu compte de rien – même pas que je
m'étais remise à fumer. Là, il a fini par remarquer que
je n'étais pas dehors, à gagner de l'argent. D'habitude,
quand je ne travaille pas, c'est que j'ai mes règles.*

« Non, ai-je répondu en fixant la télé.

*— Pourquoi ? a-t-il demandé, comme si j'avais un
boulot normal, comme si j'étais assez idiote pour le mettre
en péril. Comme si ce que je fais ne devrait pas le déranger.*

*— Parce qu'il y a trois jours, deux types m'ont agressée
et volé mon argent en me menaçant avec un couteau. »*

*Un frisson m'a transpercé le cœur devant l'exposition
crue des faits. Est-ce que ça m'est vraiment arrivé ? ai-je
pensé. Tout à coup, mon agression derrière le Habbie's
m'est revenue en mémoire. Après ça aussi, je n'avais pas
travaillé pendant quelques jours.*

*« Tu ne leur as quand même pas donné tout ton
argent ? »*

Son inquiétude pour l'argent est si touchante.

« Oui, je vais bien, merci de poser la question.

*— Bah, manifestement tu vas bien, a-t-il répondu
comme si j'étais stupide. Ils ont pris tout ton argent ?*

— Tu ne demandes pas s'ils m'ont violée ?

*— Bah, ils peuvent pas, non ? T'es une pute. On
peut pas violer une pute.*

— Va te faire foutre, espèce de connard.

— Quoi ? Mais on peut pas, non ?

*— Non ça veut dire non – de la part de qui que ce
soit. Quand je suis montée dans la chambre de ce type,
j'avais accepté de coucher avec lui contre de l'argent. Si
je change d'avis et que je ne prenne pas son argent, ça ne
lui donne pas le droit de le faire quand même.*

— Ouais, mais…

— Ferme-la. Si tu veux continuer à vivre ici et que je te donne de l'argent, tu la fermes. »

J'ai monté le son de la télé, replié les jambes contre moi et fixé l'écran. J'ai compris qu'il fallait que je m'éloigne de lui. Il m'empoisonne. S'il n'avait pas volé tout mon argent, je ne serais pas là, dégoûtée de mon corps, à ne pas savoir vraiment qui je suis, désespérée de sortir un jour de ce cercle vicieux.

Me voilà de nouveau dans l'impasse. Je ne voulais pas faire ça très longtemps, et pourtant ça fait deux ans et demi.

Il faut que les choses s'arrangent vite, hein ?

Hein ?

Une Dame (ha ha) Dans La Tourmente

Chapitre 15

Libby

« Qu'attendez-vous de ces séances, Libby ? » me demande la femme en face de moi.

Je me trouve dans une pièce de son appartement en contrebas de la rue, là où elle reçoit ses patients. Les stores opaques sur les grandes fenêtres laissent entrer un peu de lumière, l'endroit est un mélange délicat de fonctionnalité et de confort. Sur deux murs s'élèvent des étagères remplies de livres sur la psychologie, la psychothérapie, le soutien psychologique et le trauma. Au troisième mur derrière elle, près de la porte, sont accrochés tous ses titres et diplômes. Derrière moi, sous la fenêtre, se dresse un grand bureau en bois bien rangé. Elle a également réussi à faire entrer deux gros fauteuils mous, de ceux dans lesquels on se noie. Ils ont chacun trois coussins – un peu excessif mais probablement nécessaire pour créer l'illusion de confort. Ce qui va se passer ici n'a rien de confortable.

« Je n'en sais rien. »

Je veux redevenir moi-même, je veux revenir au moment de ma vie où je croyais que Jack m'aimait et que je devais seulement lui donner le temps de guérir pour qu'il soit complètement avec moi. Je veux arrêter de faire des rêves bizarres. Je veux que mon visage et mes cheveux redeviennent comme avant. Je veux comprendre comment quelqu'un d'aussi gentil qu'Eve a pu se mettre dans des situations pareilles. Je veux des tas de choses qui ne se produiront pas uniquement en parlant à cette femme.

« Croyez-le ou pas, c'est un bon début. Vous êtes probablement plus ouverte au processus si vous n'avez pas d'attentes irréalistes. »

Avant, j'avais la réputation de servir le blabla des attentes irréalistes aux clientes qui venaient pour des soins du visage dans l'espoir que cela puisse annuler vingt ans d'abus de soleil, de tabac et d'alcool.

« Vous avez de la chance d'avoir une bonne ossature à la base, leur disais-je. Un teint durablement jeune et beau vient des gènes autant que des soins que vous lui prodiguez, bien entendu, mais je ne peux pas vous promettre que ça effacera tous les dégâts. »

En d'autres termes, vous avez des attentes irréalistes et la seule façon de les rendre réalisables serait d'avoir une machine à remonter le temps pour vous enduire de crème solaire, vous arracher votre cigarette des doigts, et vous raccompagner chez vous après que vous avez bu votre deuxième verre.

Je sais que cette femme va me servir le même baratin parce qu'elle a pensé que je suis un cas classique à qui il suffira de parler deux, trois fois pour lui remonter le moral.

Je ne réponds pas à Orla Jenkins. La plupart des gens à qui je sers mon laïus savent que je ferai de mon mieux. Je sais qu'il n'y aura pas de miracle –

peut-être que je sortirai d'ici en me sentant mieux, mais rien n'aura changé fondamentalement.

« Quel est votre problème le plus urgent en ce moment ? » demande Orla Jenkins.

Je veux quitter mon mari. Je suis obsédée par une femme morte. Je n'arrive toujours pas à assimiler l'horreur de me regarder dans un miroir et de découvrir quelqu'un de totalement différent de l'image que j'ai de moi dans ma tête. Sortir de la maison est un enfer.

« Je n'arrive pas à monter dans une voiture.

— Comment êtes-vous venue ici ?

— À pied.

— Et comment ça s'est passé ?

— Ce n'était pas facile, marcher, même sur une courte distance, me fait souffrir.

— Êtes-vous montée dans une voiture depuis l'accident ?

— Oui, en revenant de l'hôpital. Je ne pouvais pas monter dans le bus alors on a pris un taxi.

— Et c'est tout ?

— Oui.

— Comment vous êtes-vous sentie à l'arrière de ce taxi ?

— Pas bien. Ç'aurait probablement été mieux si c'était moi qui avais conduit. Je n'aime pas l'idée de rester passivement assise et d'être…

— Et d'être ?

— Je ne sais pas, marmonné-je, en haussant les épaules.

— Garder le contrôle est important pour vous. Vous aimez avoir le contrôle ? »

357

Tout le monde veut avoir le contrôle ! Les gens qui y renoncent ne sont-ils pas constamment tourmentés par le doute de n'être pas en train de faire ce qu'il faut ?

« Oui, mais je ne vois pas ce qu'il y a d'étonnant. Ce n'est pas le cas de la plupart des gens ?

— Mais la vie est pleine de situations que vous ne contrôlez pas. »

Je n'arrête pas de me triturer les ongles et j'ai réussi à décoller une petite bulle de vernis pour passer mon ongle du pouce en dessous. Il se détache comme l'opercule d'un pot de yaourt. C'est assez jubilatoire pour me permettre d'ignorer les paroles blessantes d'Orla Jenkins. Elles me rappellent que je suis la preuve vivante que la plus grande partie de ce qui fait notre vie est aléatoire et incontrôlable. Qu'un homme que je n'ai jamais rencontré, qui croit pouvoir s'insérer dans la circulation mais évalue mal les distances parce qu'il est déconcentré par sa conversation au téléphone puisse changer ma vie. Je ne dirais pas « détruire ma vie », parce qu'elle n'est pas détruite. J'ai toujours ma vie, je peux toujours marcher et parler, je n'ai perdu personne, au sens propre – Jack c'est autre chose –, donc ma vie n'est pas détruite. Même si je ne redeviendrai probablement jamais esthéticienne. Même avec du maquillage et une perruque jusqu'à ce que mes cheveux repoussent, je ne crois pas pouvoir de nouveau faire ce travail. Malgré tout, j'ai de la chance. Je le sais.

« Peut-être. Mais ça ne change rien. Je n'aime pas vivre une vie chaotique ou anarchique. J'aime avoir le contrôle autant que possible. »

Orla Jenkins pousse un soupir.

« Le problème, Libby, commence-t-elle sur le ton de quelqu'un qui va vous gronder, c'est que ça m'inquiète de vous voir intellectualiser à ce point ce qui vous est arrivé. Vous ne vous autorisez pas à ressentir quoi que ce soit. »

Ah bon ? Pourtant je ressens énormément. J'ai pleuré, *comme une Madeleine.*

« J'ai plus pleuré ces dernières semaines que dans toute ma vie.

— Mais vous n'arrivez pas à lâcher prise et pleurer pour de bon, n'est-ce pas ? Vous devez être tellement furieuse et triste – tout le monde le serait dans votre situation –, mais vous n'avez pas l'air de vous en donner la permission.

— À quoi ça servirait d'être en colère, à part embêter tout le monde autour de moi ? Et contre qui pourrais-je être en colère ?

— Contre qui, à votre avis ?

— Le crétin qui conduisait l'autre voiture », dis-je, sans conviction.

Pour je ne sais quelle raison, je n'arrive pas à penser à lui et à ce qui lui est arrivé après l'accident. Chaque fois que la police appelle pour m'informer des suites, je ne peux me résoudre à leur parler, je leur passe Jack. Et les quelques premières fois où Jack a essayé de me raconter, il s'est arrêté en voyant que je me bouchais les oreilles, le regard absent. Je ne voulais pas savoir ; je ne pouvais pas savoir, pour je ne sais quelle raison.

« Vous n'avez pas l'air très sûre de ça.

— Ça fait déjà une heure, non ?

— Non.

—Ah bon… Écoutez, je suis désolée, vous avez l'air très gentille, vous avez une peau fabuleuse et je suis certaine que vous avez aidé des tas de gens, mais je vais m'en aller. Ce n'est pas du tout mon truc. Je crois… Je crois que je vais essayer de vivre avec ça. Vous voyez? Et laissez tomber cet air si pathétique. Si j'essaie d'être plus positive, que je me concentre sur ce que j'ai, je crois que ça ira. »

Je me lève, enfonce un peu plus mon chapeau sur mon crâne et ferme mon imperméable.

« Merci pour tout, vraiment. Vous avez été super.

—Je suis désolée que ça ne se soit pas passé comme vous l'attendiez, dit-elle en le levant aussi. Mais si vous changez d'avis, vous savez où me trouver.

—Merci. Je vous appellerai si j'ai besoin de votre aide. »

Je ne le ferai pas. Nous le savons toutes les deux.

En revanche, je sais exactement ce que je vais faire en rentrant à la maison.

Libby

À mon retour, je trouve les portes du « placard Eve » ouvertes et l'intérieur vide. Il n'était pas comme ça hier. Je reste devant, envahie par un sentiment d'horreur. J'espère que ce n'est pas pour moi qu'il a fait ça. J'espère qu'il ne s'est pas débarrassé de toutes ses affaires à cause de moi. Je n'en vaux pas la peine, pas pour lui.

S'il détruit ou se débarrasse de ses affaires à elle parce qu'il croit que ça va changer quelque chose entre nous, il va se mettre à me haïr de « l'avoir poussé à faire ça », et il se haïra lui-même d'avoir été si faible.

Il ne peut pas s'empêcher de m'aimer. Pas plus que je ne peux m'empêcher d'être amoureuse de lui.

« *C'est un peu la galère, non ?* » dit Eve, assise jambes repliées contre elle, en m'observant avec compassion.

« Pour nous deux », réponds-je. Et, oui, je sais que je suis devenue complètement folle – parler à la femme décédée de mon futur ex-mari, ça doit bien être la chose la plus dingue qu'on puisse faire.

Eve

Et voilà, je suis à Brighton maintenant.

Cette dernière conversation avec Elliot a été la sonnette d'alarme dont j'avais besoin pour me sortir de cette vie. Dès qu'il a quitté l'appart le lendemain, j'ai attrapé mes journaux, ma robe, le chapelet de tante Mavis, la photo de mes parents et moi et le liquide que j'avais caché dans le sac d'oncle Henry. J'ai tassé autant de vêtements que possible dans le sac, et j'ai couru.

Après m'être rendu compte de l'opinion minable qu'il avait de moi, contrairement à celle qu'il avait de l'argent que j'obtenais grâce à ce que je faisais, j'ai décidé qu'il était temps de passer en premier. J'ai plongé dans un taxi pour Victoria et à chaque nouvelle rue que le chauffeur prenait, le nœud d'angoisse et de peur dans mon estomac se desserrait un peu plus parce que je m'éloignais de lui. J'avais déjà décidé de quitter Londres. Ça ne servait à rien de rester là alors qu'il y avait toujours une possibilité, même infime, de tomber sur Elliot. Ç'aurait été trop douloureux, trop affreux.

Tout quitter n'a pas été aussi terrible que la première fois. Laisser derrière moi livres, vêtements, sous-vêtements, vaisselle, bibelots s'est révélé plus facile qu'en quittant Leeds. Cette fois-ci, je savais ce qui importait, ce que l'argent ne pourrait pas remplacer, et que rien ne pouvait être plus difficile que de quitter ma mère.

C'est pourquoi je me trouve à Brighton.

J'ai passé les quelques premières nuits dans une auberge de jeunesse avant de trouver un joli petit trois-pièces à louer dans un endroit appelé Kemptown. C'est chouette ici.

Là, je suis dans mon salon tout propre, les cris stridents des mouettes résonnent dehors comme si elles pleuraient un amour perdu. Je m'apprête à partir pour mon troisième entretien d'embauche de la journée pour un poste de secrétaire.

Depuis cet anniversaire passé à Brighton, j'avais toujours rêvé de vivre près de la mer. Voilà qui est fait.

Je croise les doigts pour avoir ce boulot, après ça, ma nouvelle vie pourra enfin commencer. Tout le reste sera rejeté dans le passé et je serai de nouveau digne de ma robe. Croisons les doigts, croisons les doigts.

Eve (Oui, je suis de retour)

21 septembre 1995

Six mois à Brighton.

Voilà ce que j'ai appris : les hommes qu'on rencontre en escort sont tout à fait différents des clients des hôtels.

J'imagine que beaucoup ont réfléchi à ce qu'ils s'apprêtent à faire : ils l'ont organisé, réservé une chambre d'hôtel ou fait en sorte d'être seuls chez eux pour faire venir une fille comme moi.

À Londres, vers la fin, j'avais dû baisser mes prix parce que les hommes n'étaient plus prêts à payer autant qu'avant. Je ne sais pas pourquoi. Dawn avait mentionné qu'il y avait plus d'« approvisionnement » que jamais donc les « clients » étaient de plus en plus difficiles à satisfaire. Encore un coup de ce bon vieux capitalisme. Grâce à l'agence où j'ai signé, je gagne beaucoup plus qu'avant, même après prélèvement de leur pourcentage (trente pour cent !). En plus ils contrôlent pour s'assurer que les types sont réglo. Fini les agressions au couteau.

Henrietta (je ne crois pas que ce soit son vrai prénom mais elle m'appelle Honey, alors bon), la directrice avec qui j'ai passé mon « entretien », m'a dit d'aller me faire couper les cheveux dans un salon chic, d'aller régulièrement chez la manucure et l'esthéticienne, et d'acheter de la lingerie fine parce que les hommes à qui elle envoie des filles veulent de la classe. Et que j'avais de la classe... enfin, que je pourrais si je m'arrangeais. Elle m'a un peu rappelé Ophelia : même forme de visage, cheveux grisonnants tirés en arrière, vêtements élégants, accent bourgeois. Mais, contrairement à Ophelia, celui de Henrietta la trahissait tellement souvent qu'on y reconnaissait l'accent du Yorkshire derrière. Cela dit, c'est possible que j'aie imaginé ça parce que j'ai tellement souvent le mal du pays.

« Au bout du compte, ma chérie, ce n'est qu'une histoire de chatte, a-t-elle dit, mais ces messieurs considèrent que les chattes qu'ils "visitent" doivent être propres, soignées, et sentir bon. C'est une vision totalement irréaliste des femmes, mais qu'est-ce que ça peut faire ? Ils peuvent payer jusqu'à cinq mille livres de l'heure pour obtenir la fille parfaite, et ça, j'en suis très heureuse. »

Mais j'ai vite compris que ce n'est pas qu'une histoire de sexe. Certains veulent vraiment qu'on les accompagne dans les endroits où ils sortent – des événements mondains ou des dîners, des spectacles, ou même au cinéma. Certains veulent d'abord vous emmener dîner, vous parler, vous poser des questions, avant d'aller chez eux. Ils aiment être vus avec une belle femme à leur bras, ou ils aiment faire semblant d'avoir un rendez-vous galant. Moi je m'en fiche

– je suis payée à l'heure alors plus ils font durer, plus l'argent tombe.

Certains ne veulent pas coucher les premières fois ; ils aiment parler, qu'on les câline, qu'on les dorlote. Ils veulent qu'on caresse oralement leur ego tout en caressant physiquement leur corps. Certains vous demandent de vous déshabiller et de vous allonger devant eux pour pouvoir vous toucher et essayer de vous donner du plaisir.

Ce qui revient toujours, c'est la conversation : mes clients veulent surtout parler. Ils sont presque tous mariés ou engagés ailleurs, et très pressés de m'expliquer que leurs femmes ou leurs copines ne veulent plus jouer le jeu. Ils ne le disent pas comme ça ; ils disent que leurs femmes ne veulent plus faire l'amour, qu'elles sont trop occupées avec les enfants, ou qu'elles se sentent trop vieilles pour tout ça, ou qu'elles n'ont pas les mêmes besoins sexuels qu'eux, qu'ils sont à bout et ont un besoin désespéré de ce soulagement physique.

J'acquiesce parce que je ressens leur souffrance, je les prends dans mes bras, je leur permets d'entrer dans mon corps, je les caresse avec plus d'intensité, je m'assure qu'ils obtiennent ce soulagement dont ils ont désespérément besoin.

Puis je rentre à la maison, je redeviens Eve et je lève les yeux au ciel en pensant à toutes ces conneries qu'ils me servent. Si je n'avais pas été strip-teaseuse, copine d'un drogué ou prostituée à Londres, j'aurais peut-être pu croire à ces bêtises. J'aurais peut-être même réellement compris et compati. Mais j'ai été tout ça, alors je sais : si vous êtes aussi malheureux, vous partez, vous ne blessez pas l'autre avec vos mensonges et vos arnaques. Je ne réfléchis pas plus loin parce que, si je continue, je vais finir par me sentir coupable de prendre leur argent et je n'aurai plus de quoi vivre.

J'exécute toujours le rituel de Honey, seulement avec du maquillage et des vêtements plus chers, parce que je ne veux pas qu'Eve pleure. Ça représente plus d'argent dans des conditions de travail plus sûres, mais ça consiste toujours à louer mon corps, ça continue à trancher des morceaux de quelque chose de précieux pour les donner en pâture à celui qui est assez riche pour payer. Donc je ne peux pas ne pas pleurer.

Personne n'a voulu de moi. J'ai passé quatre mois à envoyer des candidatures pour des postes de secrétaire, mais personne n'a voulu de moi. Les postes revenaient à des diplômés, ou même à des gens qui n'avaient que le bac. Les personnes qui me recevaient m'appréciaient, pensaient que j'étais brillante et que je pourrais jouer le jeu, mais, pour eux, embaucher une ancienne femme de ménage sans diplôme plutôt qu'une diplômée ayant une bonne expérience aurait été une grosse erreur.

« Une fois, j'ai couché avec le directeur des ventes d'une compagnie internationale pour trois cents livres, ça compte comme expérience ? » ai-je failli dire à la dernière personne qui m'a téléphoné pour m'annoncer la mauvaise nouvelle.

Je me suis à nouveau sentie toute petite, effrayée et pas à la hauteur. Alors je suis retournée au moyen de me faire de l'argent qui me faisait me sentir moins petite et avoir moins peur d'être rejetée. Je ne me sentais toujours pas assez bien, mais c'était mieux que de n'avoir rien à manger avec les huissiers à la porte.

Je suis tombée totalement amoureuse de Kemptown. C'est super facile de venir ici depuis le centre de Brighton et d'aller jusqu'au front de mer. Il y a plein de petites boutiques sympas, de cafés super, de magasins de vêtements branchés et des tas de librairies d'occasion, qui me permettent d'assouvir mon addiction.

En parlant d'addiction, j'ai parlé avec mon proprio de Londres, il y a quelque temps. Avant de monter dans le train à Victoria, je lui ai envoyé une enveloppe avec une semaine de loyer et un mot pour lui dire que j'avais dû quitter la ville soudainement et que j'étais désolée de ne pas lui avoir donné de préavis. Je lui ai dit de garder ma caution comme dernier mois de loyer et l'ai remercié d'avoir été si gentil avec moi toutes ces années.

Je l'ai appelé pour m'assurer que tout était en ordre. Comme je ne changerai jamais, je me sentais coupable de l'avoir laissé tomber de cette façon. Je pensais aussi qu'il me fallait une référence pour le futur propriétaire. En fait, ici les gens sont moins regardants pour ce genre de choses si on leur montre qu'on a de l'argent.

Il m'a dit qu'il était désolé de me perdre comme locataire mais qu'il avait déjà trouvé quelqu'un pour l'appartement.

« Qui ? Elliot ? ai-je demandé.

— Elliot ? C'est le nom du crétin tu vis avec ? (Son anglais ne s'était pas tellement amélioré.)

— Oui.

— Non. Jeté à la porte ta lettre. Un homme qui vit aux crochets d'une femme… pour moi pas un homme. Je sais que lui pas payer. Je veux pas conneries de locataires en place. Pas le temps. Je fais venir un gars, il le prend, il le jette dans la rue avec drogues qui puent et vêtements stupides.

— Comment vous saviez qu'il vivait à mes crochets ?

— Evie, mon petit agneau, je sais ce que tu fais. J'ai des amis : ils parlent, ils me disent. Je sais ce que tu fais pour payer loyer. Je me sens mal, mais loyer c'est affaires. Et je sais un homme qui laisse sa femme faire ça, et prendre l'argent, ça c'est pas un homme. »

À sa façon tordue, il me montrait qu'il se faisait du souci pour moi. Pas assez pour ne pas augmenter le loyer, ni pour ne pas me suggérer de coucher avec lui pour le payer, mais personne n'est parfait, après tout.

Ça m'a fait un drôle d'effet de me rendre compte que je me fichais de ce qui était arrivé à Elliot. Je l'avais aimé et supporté pendant si longtemps, mais ça s'était érodé avec le temps. Érodé et corrodé jusqu'à ne laisser qu'un vague souvenir de ce qu'avait été notre relation.

J'ai recommencé à écrire à ma mère. Je lui raconte Brighton et comment c'est de vivre à la mer. Je lui décris la superbe architecture, l'air marin, le son des galets sous les pieds, le cri aigu et unique des mouettes qui se racontent leurs dernières aventures.

Toujours pas de réponse, mais ça ne m'arrêtera pas.

Voilà où j'en suis. De retour là où j'étais, mais un peu plus loin sur la route. Je ne suis pas malheureuse, je suppose que c'est ce qui compte.

Moi

7 décembre 1995

Il s'est passé quelque chose d'inattendu.

Je suis arrivée à un rendez-vous un peu plus tôt que prévu, dans un hôtel de Brighton où il y avait une réception privée. Le monde semble célébrer l'approche de Noël, alors que moi je ne sais pas vraiment avec qui je pourrais faire ce genre de chose, si tu vois ce que je veux dire. Le réceptionniste ne m'a pas remarquée parce que j'étais bien habillée, alors j'ai décidé de me glisser à l'intérieur pour voir.

La salle de bal était spectaculaire, il y avait une piste de danse et des tables entourées de chaises, des étoiles argentées, de la fausse neige et le plus grand arbre de Noël que j'aie vu de toute ma vie. Tout le monde était sur son trente et un et saoul ou en passe de l'être, à danser, rire, discuter – à s'amuser en gros. Je ne participe à des soirées de ce genre que lorsque j'accompagne l'un des invités, donc pour travailler. Je suis restée à la porte, pour ne pas me faire repérer et jeter dehors, pour voir un peu ce qu'on appelle l'esprit de Noël, même si c'était par procuration.

« Vous n'êtes pas d'ici, on dirait. »

C'est la première chose qu'il m'a dite.

Immédiatement, je me suis redressée, avec la peur de me faire sortir. Ça m'était arrivé plus d'une fois dans les hôtels londoniens. Certains réceptionnistes se montraient plus enclins que d'autres à fermer les yeux sur mes activités lucratives au bar.

« Oh, excusez-moi, j'ai vu qu'il y avait une réception, je voulais juste voir – excusez-moi, je m'en vais. Je ne voulais pas déranger.

— Non, non, non. Ce n'est pas ce que je voulais dire. Je connais presque tout le monde ici, à part vous.

— C'est parce que je suis une squatteuse, ai-je dit en prononçant le dernier mot en aparté.

— Moi aussi. »

Je n'ai pas bien compris : il portait un smoking et avait l'air de pouvoir se mêler à la foule, cela dit, moi aussi, avec ma robe du soir noire et mes talons aiguilles.

« Vraiment ? ai-je demandé.

— Techniquement, non, parce que j'ai une invitation, mais je ne suis pas vraiment à l'aise avec tous ces gens. »

Il a souri et j'ai eu l'impression que ma poitrine allait exploser.

« Vous leur ressemblez, pourtant, ai-je répondu, l'air de rien.

— Ahhh, les apparences sont parfois trompeuses », a-t-il rétorqué en souriant à nouveau.

À ce deuxième sourire, mon cœur s'est arrêté de battre n'importe comment et a exécuté une petite pirouette. Quand il s'est enfin calmé, les papillons dans mon estomac ont pris le relais.

« Ça c'est sûr », ai-je conclu.

J'ai levé la main pour toucher son visage à l'endroit où ses cheveux contournaient son oreille.

« On dirait que vous avez joué avec de la peinture blanche. »

Il fallait que je le touche, il était bien trop beau pour ne pas oser le faire. Ce tout petit moment où j'ai senti sa peau sous mes doigts m'a réconfortée. Je ne m'étais pas rendu compte à quel point j'étais gelée à l'intérieur après toutes ces années, jusqu'à ce que je touche quelqu'un de normal. J'ai eu l'impression de n'avoir jamais rencontré quelqu'un comme ça – quelqu'un qui ne savait absolument rien de ce que je faisais – depuis cette serveuse au café, après avoir acheté ma robe. La normalité de cet homme m'a traversée, a réchauffé toutes les parties de moi qu'elle a touchées.

« D'habitude, quand on est habillé comme vous l'êtes, on n'est pas couvert de peinture blanche. En effet, je dois admettre que les apparences sont parfois trompeuses.

— Mon Dieu, j'en ai oublié ? a-t-il demandé en se frottant la peau. C'est parti ?

— C'est parti.

— Ah là là. Les embûches de rénover une maison à mains nues.

— Une maison ? Vous avez une maison rien qu'à vous ?

— Oui. Enfin elle tient debout surtout grâce au papier peint et aux couches de poussière, mais je l'aime. Ça ne sonne pas un peu bête ? De dire que j'aime une maison ?

— Non, pas du tout. C'est bien d'aimer les choses qu'on possède. Ça vous aide à garder les pieds sur terre, ça vous rappelle ce que vous avez à perdre.

— Je n'y avais jamais pensé.

— C'est bien aussi d'aimer les gens. Mais si vous n'avez personne à qui donner votre cœur, alors posséder une chose qui a du sens pour vous, à la place, ça marche assez bien.

— C'est quoi la vôtre ?

— Qu'est-ce qui vous fait dire que j'en ai une ?

— Cette théorie n'a pas été élaborée par quelqu'un qui peut donner son cœur à une autre personne. Et j'espère que si vous ne portez pas d'alliance, c'est que vous n'avez pas donné votre cœur et que j'ai peut-être une chance. »

Dans une autre vie, une autre réalité, la façon dont mon estomac et mon cœur ont bondi aurait été exactement ce que j'aurais voulu qu'elle soit. Mais je ne pouvais pas continuer à me mentir.

« Je suppose que ça restera l'un des grands mystères de la vie, lui ai-je répondu. Je pense que je ferais mieux de partir avant qu'on commence à me montrer du doigt en hurlant "squatteuse", ou l'équivalent en plus bourgeois. »

Son sourire s'est un peu affaissé et je me suis sentie mal.

« Je peux vous raccompagner ?

— Oui, ce serait adorable. »

À la sortie du restaurant, il m'a tendu sa carte.

« Appelez-moi, si vous avez envie de répondre à ma question. »

J'ai lu son nom.

« Jack Britcham.

— Et le vôtre c'est ?

— Eve. »

J'ai failli dire Honey. Failli, et puis je me suis rendu compte que je n'avais pas besoin de mentir à cet homme.

Il ne me payait pas, il ne me regardait pas danser ; il était tout simplement gentil.

« Juste Eve ?

— Juste Eve.

— D'accord. »

Pendant un instant, j'ai cru qu'il allait m'embrasser sur la joue, mais apparemment il a changé d'avis, sûrement soucieux de ne pas pénétrer mon espace personnel. J'avais envie de le toucher encore, qu'il me réchauffe, mais je n'ai pas osé de peur de ne plus pouvoir retirer ma main.

Je voyais assez bien Jack Britcham devenir ma drogue de prédilection.

« Au revoir, Jack Britcham, ai-je dit, le cœur lourd de ne jamais le revoir.

— Bonne nuit, Eve. »

J'ai attendu quelques minutes au coin de la rue pour m'assurer qu'il était parti. Quand je suis retournée à l'hôtel, il n'était nulle part, je me suis précipitée vers les ascenseurs.

L'homme de la chambre 301 a ouvert la porte avant de s'installer dans le fauteuil à côté du bureau pour me regarder entrer.

« Salut, je suis Honey. »

D'un signe de tête, il m'a indiqué une enveloppe blanche aux armoiries de l'hôtel que j'ai ramassée pour en vérifier le contenu avant de la glisser dans mon sac.

Je me suis retournée vers lui avec un sourire – même si la pénombre dissimulait son visage, la lumière ne provenait que de la lampe de bureau et de la salle de bains entrouverte, il avait l'air mûr, distingué ; comme la plupart des hommes qui avaient les moyens de payer le prix de ma prestation.

« Enlève tes vêtements sauf les chaussures et assieds-toi sur le lit jambes écartées.

— D'accord.

— Je veux qu'on parle d'abord.

— Comme tu voudras. »

Moi – Eve –, j'étais déjà partie et Honey avait pris le relais.

Plus tard, dans mon bain, quand je suis redevenue Eve, j'ai pensé à Jack Britcham. En fait, je me suis disputée avec moi-même à propos de Jack Britcham. J'avais envie de l'appeler. Mais comment l'appeler quand, en même temps qu'Eve, la femme qu'il avait rencontrée, j'étais aussi Honey, la prostituée ? Comment lui aurais-je expliqué ça tout en espérant qu'il veuille bien sortir avec moi ?

Certaines des filles dans le métier avaient des copains, et ce n'étaient pas forcément leurs macs. Certaines disaient que leurs copains s'en fichaient un peu – ils les aimaient malgré le fait qu'elles couchaient avec d'autres types pour de l'argent. D'autre disaient que leurs copains n'étaient pas au courant, et que ça ne les regardait pas. Aucune de ces options ne me tente. Je ne respectais pas tellement Elliot qui se fichait de ce que j'étais obligée de faire pour nous assurer le gîte et le couvert, mais comment mentir à quelqu'un que j'aimerais, ne pas lui avouer ce que je faisais avant de le rencontrer pour ne pas me retrouver à la rue ?

Qu'est-ce que c'est dur de penser à Jack, son sourire, la forme de son visage, son regard, sans avoir envie de l'appeler. J'ai gardé sa carte, mais seulement parce que c'est un peu comme pour ma robe, le chapelet, le sac et la photo que j'ai piquée chez ma mère. C'est encore une chose qui appartient à Eve, encore une chose qui me rattache au monde. Encore un rappel que, malgré ce que je fais pour vivre, je suis toujours une vraie personne.

Eve (en l'honneur de Jack Britcham qui me l'a rappelé)

C'est débile, je sais, mais je n'arrête pas de voir Jack Britcham partout où je vais.

Ma raison sait que ça ne peut pas être lui, qu'il ne peut pas être partout – dans le bus, à l'arrière d'un taxi, à la terrasse d'un café, sur le front de mer, sur les visages des clients à qui j'offre mes «services» – mais chaque fois que j'aperçois des cheveux clairs, la forme de son nez, quelqu'un de sa taille, ou de sa stature, mon cœur sursaute dans ma poitrine et exécute cette même petite pirouette que la dernière fois. C'est une sensation agréable. Probablement la meilleure sensation que j'aie en ce moment. C'est comme voir la vie en rose tous les jours de la vie. Quand je pense à lui, ça me fait toujours sourire. Je me tords le cou pour jeter un coup d'œil quand j'aperçois ses sosies et je me dissous en un petit sourire secret et paisible quand cette sensation m'envahit.

C'est possible de tomber amoureuse de quelqu'un qu'on n'a vu que cinq minutes ?

J'ai l'impression qu'il fait partie de ma vie, et je suis déçue si je ne le vois pas. Si, à la fin de la journée, je n'ai pas aperçu quelqu'un qui me l'a rappelé, je sens comme une ombre morne qui me recouvre, et le seul remède consiste à regarder sa carte. Lire son nom et son numéro et me demander s'il sera un jour possible que je devienne Eve Britcham.

Oui, je sais, achète-toi une vie, ma fille. C'est ce qu'on dit de nos jours aux pauvres filles comme moi. Mais c'est dur. Parce que penser à Jack Britcham, le chercher dans le visage des hommes que je croise dans la rue, dans les magasins, ça m'aide à tenir la journée. Et ça me rappelle que j'ai vingt-quatre ans.

J'adorerais l'embrasser. Je n'ai embrassé que deux personnes dans ma vie – Peter et Elliot. J'adorerais le faire avec la langue aussi. Avec Peter on se roulait des pelles : on s'embrassait et on se roulait des pelles et on se faisait des câlins. Même après avoir couché ensemble, parfois, on ne faisait que se rouler des pelles. Avec Elliot on se comportait plus en « adultes ». On s'embrassait pour se dire bonjour ou au revoir, et aussi pendant les préliminaires, mais on ne s'embrassait pas juste pour s'embrasser. Pas quand ça a commencé à devenir sérieux.

J'adorerais rouler des pelles à Jack Britcham. J'adorerais inhaler son odeur, me régaler de son parfum, m'enivrer de lui. Et bien sûr, pourquoi pas le regarder ? J'adorerais faire courir mes doigts sur son corps, le toucher, voir si je peux l'absorber par le bout de mes doigts, qu'il pénètre ma circulation sanguine et coule dans mes veines. J'adorerais le goûter. Voir s'il est aussi bon qu'il en a l'air.

J'ignore pourquoi je l'ai dans la peau à ce point. Je ne crois pas que ce soit une mauvaise chose. Ça me donne un but, j'imagine.

Une Pauvre Fille Enamourée.

15 mars 1996

Ce soir je suis sortie avec l'un de mes habitués, un type qui s'appelle Caesar – c'est son vrai nom : j'ai vu sa carte de crédit, il y a marqué Caesar Holdings dessus, et c'est le nom qu'il a donné à l'agence.

Rien de remarquable, notable, ou inhabituel en soi, sauf qu'il s'est passé quelque chose pendant le dîner.

Ça doit faire trois ou quatre mois que je le vois maintenant, et il a toujours été un grand bavard. Le plus loin que nous soyons allés, c'est de nous allonger sur un lit dans les bras l'un de l'autre, moi en sous-vêtements. Il fait partie de ceux dont la femme ne veut plus faire l'amour, donc il est en manque d'affection et de contacts physiques plus qu'autre chose. Les types comme lui ne me dérangent pas. C'est sympa de discuter et qu'on me parle comme si on attendait que j'exprime un avis et qu'on s'y intéressait, et c'est sympa de gagner de l'argent sans avoir à se mettre à poil. Le mauvais côté, bien entendu, c'est que je dois faire très attention à ne pas franchir la ligne entre Honey et Eve. Ça serait tellement facile de baisser ma garde et de devenir Eve quand je n'ai pas à coucher, mais le truc, bien sûr, c'est que, vêtements ou pas, baise ou pas, je suis toujours payée pour aller quelque part où je n'irais pas autrement ; ça reste une transaction commerciale.

Nous avons dîné dans ce charmant restaurant à Seaford, très près de l'eau, si calme et si paisible le soir. On y avait déjà mangé quelques fois auparavant et cette fois-ci, j'ai commandé le confit de canard, même si Caesar a dit que c'était bizarre de prendre de la volaille dans un restaurant de poissons. Pendant le plat principal, il s'est reculé en se détendant un peu. Il est bien plus vieux que moi, des cheveux bruns, et un visage sain, ni pâle, ni artificiellement bronzé. Il a des rides autour des yeux, sur le front et dans le creux des joues, mais, tu vois, ce ne sont pas de vraies rides. Son visage aurait l'air bizarre, pas fini, sans elles. Il est ce qu'on appelle distingué parce que non seulement il est beau et bien habillé, mais en plus il sait se tenir. Il s'assied toujours bien droit avec l'air de savoir comment se comporter en toute circonstance – depuis la bonne manière de goûter le vin, quel couvert utiliser, quel pourboire laisser si le service n'a pas été spécialement convenable.

« As-tu certaines ambitions, Honey ? » m'a-t-il demandé en me détaillant avec attention.

J'ai interrompu mon découpage de canard et lui ai servi le sourire Honey. J'aime bien quand les hommes qui ne couchent pas m'appellent Honey – ça me rappelle que je ne suis pas à un rendez-vous galant mais bien en train de travailler.

« Oui. J'économise pour aller à l'université.

— Pour étudier quoi ?

— Soit l'anglais, soit la sociologie. Les mécanismes de la société me fascinent. C'est le plus important pour nous en tant qu'humains, tu ne crois pas ? »

Il n'a rien dit, il a continué à me scruter, si bien que je me suis demandé si je n'étais pas allée trop loin, si je n'en avais pas trop dit. Si je n'avais pas franchi la ligne entre l'escort intéressante, et l'escort qui ennuie le client en étant trop intelligente.

« J'aurais aimé faire des études d'anglais. Mon père a décidé que le droit me conviendrait mieux. J'ai fini par me ranger à son avis. »

J'ai souri avec un signe de tête, en essayant à tout prix de ne pas parler tant que je n'aurais pas compris ce qu'il attendait de moi ce soir. En général, il désire uniquement discuter et, ça, c'est dans mon rayon : on développe des idées ensemble, on se lance des défis, on se taquine. D'autres fois, il veut quelqu'un pour l'écouter sans l'interrompre ni trop contribuer à la conversation, que j'en connaisse un bout sur le sujet ou non. Ce soir, je croyais que ça allait être une conversation normale, mais, manifestement, je me suis trompée.

« J'ai une offre à te faire, a-t-il dit après un moment. Je te paie trente mille livres – assez pour t'envoyer à l'université – si tu deviens mon escort exclusive pour six mois. »

Ça m'a rappelé Pretty Woman, avec Julia Roberts. Je l'ai vu il y a longtemps, bien avant de débuter dans le métier, et j'avais aimé la belle histoire d'amour. À présent que je me trouvais de l'autre côté, ça semblait un tout autre problème. Même quand elle arpentait le trottoir, elle avait l'air bien trop honnête pour faire ce genre de chose. Et bien sûr, lui, c'était quand même une ordure qui allait voir des prostituées – a-t-on jamais vu moins romantique ?

Et voilà qu'on me proposait quelque chose de pas si différent.

« C'est une offre très généreuse. Mais je ne peux pas l'accepter.

— Tu n'y as même pas réfléchi. »

Il a eu l'air surpris et un peu perturbé. Qui pourrait lui en vouloir ? Nous, les prostituées, ne faisons-nous pas ça pour l'argent ?

« Si. Mais ce n'est pas pour moi.

— Tu n'as même pas demandé les conditions. »

J'ai eu l'impression de lui faire un affront. Je ne voulais pas le vexer ; c'est un client lucratif et il ne m'a toujours pas demandé de coucher avec lui. Les hommes comme lui sont rares.

« Pardon, excuse-moi. Quelles seraient les conditions ?

— Simplement d'être mon escort, sans voir personne d'autre.

— Pendant six mois ?

— Pendant six mois.

— Merci, c'est une offre merveilleusement généreuse, et merci d'avoir pensé à moi, mais, vraiment, je ne peux pas accepter.

— Pourquoi pas ? J'aurais pensé que ce serait l'occasion parfaite pour te permettre de poursuivre tes ambitions.

— Oui, bien sûr, c'est une offre merveilleusement généreuse, mais ce n'est pas pour moi.

— Donne-moi une bonne raison et je te laisse tranquille. »

Même bien dissimulées, je voyais la contrariété sur son visage et la douleur du rejet dans ses yeux. Mais je n'allais pas lui dire pourquoi je ne pouvais pas accepter son offre.

Je ne pouvais pas, parce que je ne pouvais pas être Honey vingt-quatre heures sur vingt-quatre pendant six mois – même avec tant d'argent à la clé. Je ne voulais pas perdre Eve ni avoir à me déchirer pour me glisser dans ce rôle chaque fois qu'il se pointerait. Il faudrait que je sois toujours soignée – à n'importe quelle heure de la journée. Que je fasse tous les trucs dégoûtants dont Dawn m'avait parlé pour pouvoir travailler pendant mes règles. En résumé, il faudrait que je vende des parties de moi qui n'étaient pas – et n'ont jamais été – à vendre. Je ne voulais pas lui révéler cela parce que ça revenait à avouer que je jouais un rôle en sa compagnie, et il aurait sûrement deviné que, quand je n'étais pas Honey, je ne ressentais aucune empathie, aucune compassion pour les hommes avec qui je sortais. Je faisais de mon mieux pour ne rien ressentir du tout.

« On ne peut pas tout simplement se mettre d'accord sur le fait que ce n'est pas pour moi ? ai-je dit en soupçonnant que j'allais devoir lui rendre l'enveloppe et ne plus jamais le revoir.

— Honey, je vais être franc : le fait que tu ne sautes pas sur l'offre est l'une des raisons pour lesquelles je te l'ai proposée. Tu n'es pas comme les autres femmes que j'ai rencontrées : tu ne fais pas ça uniquement pour l'argent. »

Bien sûr que si.

« Tu as vraiment l'air d'aimer ce que tu fais. »

Bien sûr que non.

« Tu as quelque chose de spécial. »

Non mais vraiment, vraiment pas. C'est juste que je suis très bonne actrice, apparemment.

« Et pour être encore plus honnête. Je n'aime pas l'idée que tu voies d'autres hommes. Je n'aime pas l'idée que d'autres hommes te parlent, et fassent des choses intimes avec toi.

— C'est très flatteur », ai-je dit pour l'empêcher de se retrouver dans une situation trop embarrassante pour lui.

Ça n'était jamais arrivé – je ne pensais même pas que c'était possible – mais on aurait dit qu'il était en train de m'avouer ses sentiments. Qu'il se pouvait qu'il soit en train de tomber amoureux de moi alors que ça ne serait jamais réciproque : Honey était incapable d'aimer, elle n'était là que pour le sexe ; Eve était amoureuse d'un homme à qui elle avait parlé cinq minutes, des mois auparavant. L'amour n'était pas au programme.

« Je suis vraiment honorée que tu ressentes ça. Mais je ne peux vraiment pas accepter ton offre. Ça ne serait pas juste d'apaiser ton sentiment d'insécurité pendant quelques mois, tout ça pour qu'il revienne à la charge si je décide de retourner au travail normal à la fin. C'est la meilleure raison que je puisse te donner. Ça ne serait tout simplement pas juste pour toi. »

Son maintien a changé, il semblait se tasser, cesser d'être le gentleman distingué que j'accompagnais. Il paraissait vulnérable, déçu, blessé, même. Quand il a posé sa main sur la mienne, la sensation était différente de la sensation habituelle. D'habitude, il aurait cherché l'affection, essayé de me l'extirper pour réapprovisionner son stock ; cette fois-ci, il me donnait de l'affection, c'était une façon de créer un lien pour me montrer ses sentiments.

Ce n'était pas désagréable, mais, vraiment, là n'était pas la question.

« S'il te plaît, Honey, réfléchis-y. Prends le temps d'étudier ma proposition, et si tu décides que ce n'est vraiment pas pour toi, alors je n'en parlerai plus jamais. Fais ça pour moi, d'accord ? S'il te plaît.

— D'accord, j'y penserai. »

Et donc voilà, je suis en train d'y penser. Avec un peu de ressentiment, je dois dire. C'est très intelligent de sa part de m'avoir fait promettre d'y réfléchir, n'est-ce pas ? Parce que, du coup, je suis en train de faire quelque chose pour lui, gratuitement, et en tant qu'Eve. J'ai l'air sans cœur, mais il ne me paie que pour le temps passé avec lui – quand il n'est pas là, il n'existe pas.

Cela dit, trente mille livres, c'est trente mille livres. Pour quelle raison je refuserais ce marché ? Il est marié, sa carrière lui prend énormément de temps – je ne le verrais probablement pas tous les soirs. Et puis, d'après ce qu'il avait l'air de dire, je pourrais certainement contrôler la situation et poser des conditions comme ne le voir que la nuit et qu'il me prévienne avant pour que je puisse devenir Honey.

Ce serait facile d'enlever toute trace d'Eve dans l'appartement, mais je devrais sûrement quand même lui avouer mon vrai prénom.

Et puis il y a l'agence : ils ne seraient pas ravis que j'accepte un travail dans leur dos. Je devrais démissionner. Cependant, avec trente mille livres sur mon compte, je pourrais recommencer à faire des ménages tout en allant à l'université.

Je ne sais pas quoi faire, à vrai dire. Mais cette phrase : « Si quelque chose est trop beau pour être vrai, c'est que probablement ça l'est », n'arrête pas de me tourmenter. Je crois que je devrais laisser tomber, non ?

Perplexe à Brighton

3 avril 1996

Quarante-cinq mille livres pour trois mois maintenant. Il a remis ça sur le tapis, même s'il avait promis de ne pas le faire – en fait ça a semblé le motiver encore plus.

Comment je peux refuser quarante-cinq mille livres pour trois petits mois ? Ça en devient ridicule. Est-ce qu'il les a au moins ? Quand je lui ai posé la question, il a dit qu'il les mettrait sur un compte spécial juste pour moi que je pourrais consulter tous les jours si je le désirais, mais que je ne pourrais retirer l'argent qu'à minuit, le dernier jour. En attendant, il me fournirait assez de liquide pour le loyer, les factures, la nourriture et autres dépenses, et ça serait déduit des quarante-cinq mille à la fin.

Quand je lui ai dit que j'avais une vie en dehors de l'escort, il a dit que je pouvais poser les conditions que je voulais. Alors j'ai demandé des choses complètement exorbitantes :

1. Pas de visites ni de rendez-vous la journée – même s'il est totalement désespéré.

2. Pas de visites sans avoir prévenu au moins deux heures avant.

3. Interdiction de rester toute la nuit – il devra être parti à trois heures du matin.

4. Pas de questions sur ce que je fais ou non.

5. Interdiction de parler d'amour ou de ce genre d'émotion.

6. Pas de sexe – si on doit en arriver là – pendant mes règles.

7. Contraception : toujours.

8. Pas de chipotage si j'ai besoin de plus d'argent pour des robes ou quoi que ce soit lié à un rendez-vous avec lui.

Il a tout accepté sans discuter, ça m'a scotchée. Quelle raison avais-je de refuser ? J'aurai le temps de devenir Honey avant qu'il arrive et je ne coucherai qu'avec lui. J'imagine que ça pourrait devenir dangereux si je commençais à m'attacher à lui, mais ça c'est le genre de truc que font les filles qui ne sont pas des prostituées. Les prostituées, elles, savent qu'il est plus dangereux de tomber amoureuse d'un client que de faire le trottoir sans mac – un client n'est pas quelqu'un à qui on peut faire confiance, même s'il semble bien intentionné, gentil, généreux, affectueux *et abîmé par la vie. Il se servira TOUJOURS de ce que tu faisais contre toi. Toujours.*

Je ne vais pas lui révéler mon nom. Ça représente beaucoup trop pour moi. J'ai besoin de me rappeler que, pour lui, pour tous ceux qui me paient pour coucher, je suis Honey. Je vais aller à la banque avec lui pour récupérer un relevé de compte. Je pourrai vérifier à tout moment que l'argent y est toujours crédité.

Je crois que j'ai bien couvert mes arrières. Dans trois mois, je pourrai arrêter de me faire du souci pour l'argent et abandonner Honey pour toujours. J'aurai récupéré ma vie. Je prendrai peut-être même quelques vacances pour aller voir ma mère. Elle ne m'a toujours pas écrit, mais ce sera plus dur de m'ignorer quand je serai devant sa porte.

Je crois que je vais faire ça.

Ce ne sera pas si différent de ce que je fais maintenant, mais pourquoi j'ai l'impression – juste une toute petite impression – que je vais le regretter ? Mais ce n'est qu'une minuscule impression, un grain de sable, ça partira quand je commencerai.

Moi

7 juin 1996

Je n'ai pas écrit parce que je n'ai rien à raconter. Deux mois sont déjà passés et je n'ai toujours pas couché avec lui.

On s'allonge sur mon lit et parfois, il me demande de me mettre en sous-vêtements, mais il ne s'intéresse pas au déshabillage. Il aime juste me voir en soutien-gorge et culotte et poser ses mains sur moi, même pas de façon trop sexuelle. Il a un besoin maladif de toucher ma peau, on dirait, il se blottit contre moi et me murmure à l'oreille tous ses malheurs, comme on fait avec une poupée. Il se détend quand je le prends dans mes bras et lui caresse les cheveux. Mais ça ne mène jamais au sexe.

Je ne sais pas si c'est parce qu'il a peur que ça se termine trop vite, ou s'il ne veut pas, mais en tout cas, il bande – je le sens à travers ses vêtements.

Maintenant il m'emmène à des rendez-vous d'affaires le soir parce qu'il dit que ça fait bien d'avoir quelqu'un comme moi à son bras. La plupart de ses associés ont aussi leur «cavalière» (on sait toutes ce qu'on est), les autres amènent leur femme.

Si on me posait la question – pas seulement les épouses –, je répondrais que je suis étudiante en droit et que j'ai eu la chance de pouvoir suivre Caesar dans tous les aspects de son travail. Mais personne ne me la pose. Ça n'intéresse personne. De temps en temps, on me demande ce que je pense du vin ou du repas, mais en général, ils s'intéressent plus à eux-mêmes, à leurs conversations et à leurs affaires.

Hier nous sommes allés dîner à l'hôtel où j'ai rencontré Jack Britcham. Dans ma gorge, mon cœur palpitait au rythme des émotions conflictuelles qui m'assaillaient. Je voulais le voir (même s'il n'y avait aucune raison qu'il soit là, mais, de toute façon, mes sentiments n'ont rien de logique ; en même temps je ne voulais pas qu'il me voie avec un autre. Je voulais pouvoir lui dire : «Je suis libre !» Alors que ce n'était évidemment pas le cas).

À ce dîner se trouvaient au moins trois hommes que j'avais eus comme clients. Bien entendu, ils ont tous fait semblant de ne pas me connaître, heureusement, mais si j'avais été Eve, je me serais demandé pourquoi ils se montraient si froids. Nous avions eu des relations intimes, ils s'étaient retrouvés nus près de moi, m'avaient certainement servi le couplet sur leur femme – dont aucune n'avait l'air «trop vieille pour ça» ni «plus tellement partante», d'ailleurs – et ils avaient eu besoin que je leur fasse du bien et maintenant ils m'ignoraient, ou pire, m'avaient oubliée.

J'ai couché avec des tas d'hommes – et je me les rappelle tous. Je me rappelle leur visage, leur nom et je me rappelle le genre de relation que nous avons entretenue. Il le faut : pour ma sécurité, pour éviter de me retrouver dans des situations dangereuses si le type m'a déjà fait un sale coup ; et pour les affaires – les hommes sont flattés qu'on se souvienne de détails sur eux, et ils le montrent avec leur portefeuille. Comme je l'ai dit, c'est le genre de choses auxquelles Eve ne penserait jamais. C'est pour ça qu'il vaut mieux que ce soit Honey qui fasse le boulot.

Cela dit, c'est bien de ne pas avoir à coucher. Ça soulage. Il utilise toujours mon corps pour le réconfort et l'affection dont il a besoin, mais il ne fait que toucher ma peau. Ça, je peux le supporter encore quelques semaines.

Moi

27 juin 1996

Plus que trois jours mais tout a changé.

Caesar est venu la nuit dernière, il avait l'air troublé.

« Ça va ? je lui ai demandé.

— Oui, a-t-il répondu avec un signe de tête triste. Ça va.

— Attends, je vais t'aider à te détendre, ai-je continué en défaisant sa cravate et le bouton du haut de sa chemise.

— J'aimerais m'allonger, si ça ne te dérange pas.

— Bien sûr. »

Son humeur commençait à déteindre un peu sur moi.

« Je sais quel jour on est. »

Il me tenait contre lui et je sentais son érection sous ses vêtements, sur ma jambe. Sa main remontait sous ma robe d'été, celle avec les boutons devant, et me caressait la cuisse.

« J'ai essayé de me mentir à moi-même, je me disais que ça n'allait jamais se terminer. Tu vas me manquer, Honey.

— Toi aussi », ai-je dit mécaniquement, même si c'était vrai.

C'était sympa, reposant, de ne pas toujours avoir à bien s'habiller pour sortir sans savoir qui j'allais rencontrer ni ce qu'il voudrait de moi. C'était sympa d'entretenir une pseudorelation de couple sans les complications sentimentales.

Ça m'a pris un certain temps pour comprendre qu'il était en train de me déshabiller, de déboutonner maladroitement ma robe. J'étais surprise, mais pas horrifiée – après tout, il me payait pour ça. Il a déniché le crochet de mon soutien-gorge – qui s'attache par-devant –, l'a ouvert et, avant que j'aie pu prendre des forces, sa bouche s'affairait déjà assez gauchement sur ma poitrine. Puis il m'a retournée sur le dos pour enlever ma culotte. Alors que je soulevais les hanches pour l'aider, je me suis rendu compte qu'il voulait le faire lui-même. Il voulait me déshabiller tout seul.

Il a bien vite libéré son pénis en érection, que je n'ai pas regardé parce que j'essayais d'attraper les préservatifs dans la table de chevet. Avant même d'avoir pu ouvrir le tiroir, il était en moi. Les yeux clos, le visage crispé et en même temps détendu dans un étrange mélange de souffrance, d'extase et d'effort. Au bout de quelques minutes, son corps a été pris de secousses tandis qu'il jouissait et que j'avais à peine bougé. Comme presque chaque fois que je couche en tant que prostituée, je n'avais pas tellement besoin d'être là.

« Désolé pour le préservatif. Il fallait que je te sente complètement. »

Je n'ai rien répondu parce que, non, ça n'allait pas. Heureusement que je prends la pilule, mais je ne sais ce qu'il a fait avant, ni avec qui. Mais bon, après presque trois mois, ça semblait assez surmontable. Il faudrait faire en sorte que ça n'arrive plus et faire un test de dépistage plus tôt que d'habitude.

« Ça... Ça allait ? »

Il avait l'air nerveux. Mais si, comme il me l'avait dit, il n'avait pas couché avec sa femme depuis des années, alors ça se comprenait.

J'y ai réfléchi : à l'acte en lui-même. Est-ce que ça allait ? Il était plus maladroit que je ne l'aurais pensé. Il ne semblait pas savoir ce qu'il faisait, il n'avait pas l'air très expérimenté, ce qui m'a surprise de sa part. Il donne l'image d'un homme du monde qui aurait couché avec pas mal de femmes – dont probablement des prostituées – et que ces multiples expériences auraient fait de lui un expert en la matière. Peut-être, ai-je pensé, assez honteuse, qu'il disait la vérité. Peut-être que sa femme était vraiment l'amour de sa vie et ne pas pouvoir faire l'amour avec elle, qu'elle refuse tout contact physique parce qu'ils savaient tous deux que ça ne mènerait qu'à une tentative ratée de séduction, peut-être que tout cela le faisait énormément souffrir. Peut-être avait-il réellement un besoin terrible d'affection et n'avait franchi la limite avec moi que pour s'épargner un nouveau sentiment de perte à la fin.

« C'était parfait », ai-je fini par dire.

Et à ma plus grande horreur, il s'est mis à pleurer.

Après ça, nous sommes restés blottis l'un contre l'autre sur le lit. Puis il s'est levé, habillé, et il est parti.

Qu'est-ce que ça veut dire ?

J'ai un peu peur qu'il ne tienne pas sa part du marché et qu'il ne me laisse pas partir dans trois jours. J'ai la frousse qu'il me sorte qu'il m'aime ou un truc de ce genre. Je serais finie. Parce que je ne peux pas le forcer à me donner

l'argent et, pour être franche, je ne veux pas de son amour.
Qu'il reçoive ou non de l'affection de la part de sa femme,
il ne lui est pas moins infidèle. Je ne peux pas être avec
quelqu'un comme ça – même si j'étais capable de l'aimer.
Et je ne pourrais pas non plus être une femme entretenue.

Gagner ma vie, ne dépendre que de moi-même, c'est
la seule chose que je désire.

Arg ! Mais pourquoi il a fait ça ? Je peux me tromper,
mais ça change tout et pas pour le meilleur. Ne reste plus
qu'à attendre la suite.

L'Idiote

29 juin 1996

Il m'a offert quarante-cinq mille de plus pour continuer encore trois mois. Ça, je ne m'y attendais pas.

D'un côté, ça me dit bien, vu que les trois derniers
mois n'ont pas été si mal. Mais de l'autre, je n'ai pas
envie de lui donner de faux espoirs ni de le blesser. C'est
ce que je lui ai dit.

« Tu ne me blesseras pas, Honey, a-t-il répondu avec
conviction. L'autre soir, j'étais un peu… troublé, à cause
de ma femme. Elle a dit la même chose que toi la première
fois que nous avons eu des rapports. C'était notre première
fois à tous les deux et tes mots ont ravivé des souvenirs
un peu doux-amers de cette époque. J'aime être avec toi,
Honey, et ce que tu as fait pour moi, comment tu m'as
ramené à la vie, je ne peux pas vraiment le décrire, mais
je me rends compte à présent que tout ce que je ressens pour
toi, je le ressens pour ma femme. Ça me rend tellement
triste que nous n'ayons plus de relations charnelles. Je
crois que c'est pour ça que je veux continuer avec toi – c'est
comme retrouver un peu de ma relation avec ma femme.
Tu comprends ? »

J'ai acquiescé et me suis sentie un peu mieux. Mais quand même…

Je ne sais pas pourquoi j'écris ça comme s'il y avait encore une décision à prendre. On a parlé, parlé, parlé et j'ai fini par accepter. Il va me montrer l'argent sur son compte demain, et puis on va continuer trois mois.

Je suis peut-être folle, mais si ça se passe comme ces trois derniers mois, ça ne sera pas une grosse épreuve à surmonter.

13 juillet 1996

Sur ma tombe sera probablement écrit : « Ci-gît Eve Quennox, la femme la plus idiote du monde. » Ou quelque chose de plus cinglant.

Humour noir, comme on dit.

Pourtant la nuit dernière n'a rien eu de drôle. J'ai besoin de le raconter sinon je crois que je vais aller prendre un couteau à la cuisine et me le planter dans la poitrine. Ou m'écorcher la couche supérieure de l'épiderme jusqu'à ce que la saleté ait totalement disparu.

La nuit dernière, Caesar est venu avec un de ses amis que j'avais rencontré quelques fois à ses réunions d'affaires. Nous n'avions jamais parlé mais il avait l'air plutôt sympa, un peu maladroit, un peu bête mais pas désagréable. J'ai été plutôt surprise parce que, au téléphone, il n'avait pas précisé qu'il amenait quelqu'un, mais je les ai quand même amenés au salon, et ils se sont installés sur le canapé tandis que je jouais les hôtesses parfaites en leur offrant à boire, en demandant qu'ils désiraient manger quelque chose et en attendant les instructions de Caesar.

Comme font les hommes quand je vais à leurs réunions, ils m'ont ignorée en discutant, fumant des cigares et buvant le whisky que je garde pour Caesar. Puis, Arnold s'est levé et a demandé où étaient les toilettes. Cigare dans une main, whisky dans l'autre, Caesar m'ignorait toujours. Il n'avait rien de l'homme que j'avais connu ces derniers mois, c'était déstabilisant.

« Viens t'asseoir sur le canapé, tu seras gentille », a-t-il dit tout à coup, sans un regard.

Je me suis exécutée, de plus en plus mal à l'aise. Il semblait si froid, si distant, je ne comprenais pas pourquoi. Je ne comprenais pas ce que j'avais bien pu faire de mal. N'avais-je pas été assez accueillante ? L'avais-je offensé d'une manière ou d'une autre ?

À son retour des toilettes, Arnold s'est assis dans le canapé si près de moi que nos cuisses se touchaient. J'ai immédiatement regardé Caesar, pour voir sa réaction. Il me regardait, il nous regardait tous les deux. Il regardait toujours quand Arnold a posé sa main sur mon genou comme sur un meuble.

J'ai regardé la main d'Arnold : petite, potelée, le bout des doigts jauni. Sa paume était humide sur ma peau. Mes yeux ont dérivé une fois de plus vers Caesar, attendant toujours une réaction de sa part. Rien. Il s'est contenté de s'enfoncer dans son siège et de lever son verre à ses lèvres avec un regard de dédain.

La main d'Arnold a laissé une trace moite sur ma jambe en remontant sous ma robe, avant de forcer le passage entre mes cuisses. Je me suis rappelé la façon dont le copain de ma mère essayait de me toucher, sa main dégoûtante sur ma peau. Celle d'Arnold était tout aussi répugnante, même si beaucoup d'hommes m'ont touchée à cet endroit ces dernières années.

Son pouce s'est mis à remuer maladroitement dans une pathétique tentative de caresse. Il s'est penché vers moi :

« J'attends ce moment depuis le soir où je t'ai vue entrer dans le restaurant », a-t-il dit, l'haleine rendue rance et pâteuse par l'alcool et le cigare.

Mon regard s'est fixé sur Caesar, ses yeux durs et inflexibles, froids et sans expression. Par son absence de réaction, il me faisait comprendre ce qu'il attendait de moi.

Je n'avais pas mentionné que c'était hors de question dans notre accord, n'est-ce pas ? Je n'avais pas dit qu'il ne pouvait pas inviter des gens quand ça lui chantait et les laisser se donner du plaisir en se servant de moi.

« Tu voulais aussi, hein ? » a continué Arnold, me serrant la cuisse de plus en plus fort ; son pouce allait laisser des marques.

J'ai ravalé d'un coup la bile dans ma gorge et le dégoût m'a transpercé le corps. Je me suis efforcée de me concentrer sur l'homme devant moi. J'ai obligé ma main à ouvrir le deuxième bouton de sa chemise ; obligé mon visage à sourire ; forcé mon corps à se détendre ; forcé mon cœur à arrêter de pleurer.

« Tu la veux, hein ? » a dit Arnold dans un souffle, mais pas assez pour paraître sexy. Pathétique. Tout comme lui. Tout comme moi de m'être mise dans cette situation.

Arrête de penser, je me suis dit, arrête de ressentir, redeviens elle. Redeviens Honey, redeviens celle qui peut faire ça.

« Je crois qu'on sera mieux dans la chambre », ai-je dit avec la voix de Honey.

J'avais son maquillage, ses vêtements, j'avais seulement oublié de mettre sa personnalité en marche. J'ai senti mon sourire s'élargir. Je me suis levée en prenant mon temps, en mettant mon corps bien en avant. J'ai pris la main d'Arnold et ignoré l'autre homme qui s'apprêtait également à nous suivre dans la chambre. Cigare et whisky toujours en main, Caesar s'est arrêté à la porte comme s'il regardait la télé.

« Déshabille-toi, ai-je dit de la voix rauque et sexy de Honey, et allonge-toi. Je suis à toi dans une minute. »

Saoul et visiblement sur le point d'exploser, Arnold s'est mis à déchirer ses vêtements. Je connaissais assez bien ce genre de type : le genre qui se vante du nombre de jeunes femmes qui le supplient de coucher avec elles, mais qui n'a clairement couché avec personne d'autre que sa femme. Ou alors le genre qui s'en est tiré à bon compte après avoir harcelé sexuellement plusieurs secrétaires et qui croit que ça fait de lui un « homme à femmes ».

Je lui ai tourné le dos quelques secondes, la main sur la poignée, et j'ai observé l'homme qui se tenait dans l'embrasure. Il n'avait rien à faire là-dedans.

Déterminée, j'ai fermé la porte à clé.

Puis, je me suis tournée vers Arnold, nu sur le lit, son corps potelé et flasque, tout blanc et pâteux, mais étrangement solide et immobile, son visage impatient, son pénis en érection, prêt.

Il portait toujours ses chaussettes noires et, vu comme elles lui montaient sous le genou, il avait certainement dû les tirer juste avant de s'allonger.

Honey aurait trouvé celui-ci facile à gérer.

Mais c'est Eve qui était là. Elle utilisait la voix de Honey, son sourire, mais c'est Eve qui s'est déshabillée pour travailler.

14 juillet 1996

Obligée d'arrêter d'écrire hier, je le revivais et j'ai cru que j'allais vraiment me faire du mal.

Caesar est parti il y a deux heures, il était venu me dire que je ferais ça avec qui ça lui chanterait et quand ça lui chanterait. Sinon pas d'argent, il ne paiera pas le prochain loyer et il me traquera où que j'aille pour me tuer.

« À la fin des six mois – et, oui, c'est six mois maintenant – je ferai un bilan de la situation, et je déciderai si je veux te libérer de notre contrat ou non. »

J'ai lu dans ses yeux que ce n'était pas une menace en l'air ; j'ai compris en le voyant si tranquille et froid qu'il n'aurait de cesse de tenir sa promesse. Il est certainement assez riche et puissant pour le faire, pour m'éliminer.

En regardant l'homme sur mon canapé, j'ai vu l'ombre de la mort prématurée qui guette toutes les prostituées, alors je n'ai rien dit. Qu'est-ce que j'aurais pu dire ? Il ne m'a pas donné les premières quarante-cinq mille livres – ça va faire une grosse somme à la fin – et je n'ai nulle part où aller. La police ne me prendrait pas au sérieux et mes économies ont beaucoup souffert des mois où je cherchais un vrai boulot avant de me remettre à l'escort.

« C'est compris ? »

Je l'ai regardé. Par compris, il voulait bien sûr dire : tu vas accepter les termes du contrat sans discuter.

« Je n'apprécie pas le mutisme.

— Oui, ai-je dit.

— Je suis content pour toi que tu aies accepté. »

Et puis... Et puis il m'a montré comment il est vraiment. Le type maladroit, sans expérience qui se morfond sur sa relation perdue avec sa femme, celui qui a pleuré après sa première et seule fois, n'est qu'un mensonge. Ce type-là n'existe pas.

Caesar n'a rien à voir avec ça. Le vrai Caesar a laissé tellement de bleus sur mon corps que je peux à peine bouger. Je me sens si avilie que j'arrive à peine à penser. Le vrai Caesar est le diable en personne. Et moi, j'ai fait un pacte avec lui.

Il faut que je dorme maintenant, j'espère que ça ira mieux demain, lui. Mon corps va peut-être s'en remettre vite, mais qu'en sera-t-il de mon esprit ?

Moi

30 juillet 1996

Ils ne sont pas tous comme Arnold, même si j'ai dû le « revoir ».

La plupart sont bien pires qu'Arnold. Quelques-uns sont aussi pathétiques, mais les autres...

393

Tu sais, le pire dans tout ça c'est que Honey n'est plus là. Elle est partie. Je n'ai plus accès à elle ; le masque ne tient plus. C'est moi qui fais tout ça. Toujours moi. Eve.

Je passe tellement de temps dans le bain, dans la douche, à pleurer, à me changer et à changer les draps, même ceux qui sont propres. Je ne dors même plus dans ma chambre. Je dors dans la petite chambre pour ne pas me réveiller entourée de tous les souvenirs, les images presque palpables, les émotions par lesquelles je suis passée.

Dawn m'avait dit de me méfier des macs comme de la peste.

« Ils te bouffent jusqu'à la moelle, prennent tout ce que t'as et puis se trouvent une autre fille. Toujours. »

Regarde-moi maintenant : non seulement j'ai un mac, mais j'ai sûrement le mac le plus classe et le plus bourge de la ville, qui me bouffe jusqu'à la moelle, mais qui ne se cherche certainement pas d'autre fille.

Chapitre 16

Libby

« Bon, écoute-moi, Butch. On sait tous les deux que Jack t'a sorti ce matin, donc n'imagine même pas que je vais le faire maintenant. »

Butch gémit devant la porte, sa laisse entre les dents, ses grands yeux noirs tout tristes tournés vers moi.

« Tu me fais du chantage émotionnel ? »

Un autre gémissement, plus long, plus bas et plus pathétique que le précédent, il penche un peu plus la tête, ses yeux s'élargissent encore.

« Tu n'as pas honte ? Personne ne se ferait avoir à ce petit jeu-là. »

Il se contente de gémir en réponse. Bien sûr que je vais me faire avoir. Je me fais avoir à tous les coups. Chaque fois qu'il fait une bêtise, il va se cacher sous la table de la cuisine et se met à gémir et à pleurnicher jusqu'à ce que je lui pardonne.

« Tu vois, le truc, c'est que je ne suis absolument pas sortie de la maison depuis la séance chez la psy. Je n'ai aucune raison d'aller dehors et d'ailleurs je n'aime pas me retrouver dans la rue. Je suis tranquille ici, personne ne me dévisage. »

Il s'allonge, tête sur les pattes, sa laisse cliquette en atteignant le sol.

Je n'y crois pas. Un petit chien arrive à me faire culpabiliser. Et ce n'est même pas le mien en plus.

Butch soupire avec beaucoup de théâtralité pour une si petite créature, mais ça marche :

« Bon allez, viens. On va sortir par-derrière pour que j'aie le temps de me préparer à affronter le monde extérieur. »

Il prend son temps pour se lever, comme s'il n'était pas certain que je dise vrai. Mais tandis que je vais chercher un jean et un chapeau dans ma chambre, je sais qu'il effectue une petite danse de la victoire dans le couloir.

J'ai atteint la sortie sur le côté de la maison sans encombre, mais là, juste devant le trottoir, j'ai du mal à libérer mon pied du sol.

Ce qui n'est manifestement pas le cas de Butch qui m'observe depuis le trottoir. La main sur le crépi beige de la maison pour me maintenir, j'essaie de respirer mais l'air circule trop vite dans mon corps.

Je peux le faire, je peux le faire.

Cela dit, mon corps ne bouge pas. Mon pied ne décolle pas du sol. Ma poitrine se soulève plus vite.

Je peux le faire. Je peux le faire.

Je m'efforce de baisser les yeux pour voir si mes pieds ne se seraient pas coulés dans le béton.

Je peux le faire. Je l'ai déjà fait deux fois, je peux le faire maintenant.

BANG ! Un choc violent fait vibrer toutes les cellules de mon corps. Je cherche dans la rue d'où provient ce bruit et BANG ! encore une fois. J'entends le crissement des pneus, mon corps est projeté sur le côté, je vois le mur et le réverbère se rapprocher…

Je trébuche en arrière dans l'attente de la collision qui n'aura pas lieu, qui a eu lieu il y a presque un mois, qui appartient au passé. Mais j'ai l'impression que ça se passe maintenant et je me mets à hyperventiler.

Sur le trottoir, Butch me regarde.

« *Viens, Butch* », réussis-je à articuler.

Mais je ne produis aucun son. Comme après l'accident, je remue les lèvres mais aucun son ne sort.

« *Butch !* »

Rien. Rien. On appelle ça aphonie. La main sur la gorge, je me retourne en espérant que Butch me suive.

La douleur que je contrôlais jusque-là m'envahit. Bras croisés sur le ventre, je m'efforce de bouger, de me traîner à l'intérieur, en sécurité. Tout à coup, Butch se trouve à mes côtés et me jette sans cesse des regards qui passeraient pour de l'inquiétude sur un visage humain.

« *Ça va aller*, lui dis-je de ma voix silencieuse. *Quand on sera à l'intérieur, ça ira mieux.* »

Mon corps se détend une fois la porte de la cuisine refermée.

« Ça va, Butch ? »

Le son de ma voix est d'une telle douceur, je ne pensais pas que cela me manquerait un jour.

Butch aboie en retour.

« Bien. C'est bien. »

Je m'asperge le visage d'eau froide, j'apprécie la fraîcheur sur ma peau autant que l'oxygène qui emplit à présent mes poumons.

« Je vais m'allonger. Et prendre des antidouleurs. »

Même si j'ai essayé de m'en faire prescrire plus, je n'en ai pas tellement eu besoin cette dernière semaine. Mais là si. Il faut qu'ils anéantissent complètement cette douleur et me fassent dormir.

Sans bruit, Butch me suit dans la chambre. Il attend que j'aie pris deux cachets, puis que je me couche. Une fois installée, il saute sur le lit et vient se lover tout contre moi. Il fait ça presque toutes les nuits depuis que Jack est retourné dormir à l'étage. Je devrais sûrement lui ordonner de descendre, ne pas l'habituer à dormir sur le lit d'un humain, mais tandis que les cachets font effet, je le caresse paresseusement du bout des doigts. La vérité c'est que je suis prisonnière de cette maison, et je me sens vraiment mieux avec Butch à mes côtés.

Libby

Aujourd'hui Eve est allongée sur le dos, les yeux immobiles, grands ouverts. On dirait que toute vie s'est retirée d'elle. Qu'elle n'a plus rien à offrir.

«Je suis désolée que tout cela te soit arrivé», lui murmuré-je.

Elle se tourne vers moi avec un sourire.

« *Ce n'est pas ta faute*, dit-elle. *Je suis désolée de ce qui t'est arrivé aussi.* »

Puis elle dirige son regard fixe vers le plafond, retourne à l'état de presque mort.

Eve

Aujourd'hui, je suis allée faire l'une de mes activités préférées – lire, perchée sur l'un des murs entre la mer et la promenade. C'est tellement bien de pouvoir passer autant de temps dehors pendant la journée, que souvent, je m'allonge sur le béton, le livre sur la poitrine, et j'écoute le monde tourner.

Ça apaise l'âme, nettoie l'esprit et fortifie le corps. Je vais toujours à Hove parce qu'il y a moins de monde qu'à Brighton.

Là, j'étais en train de dévorer mon livre quand soudain quelqu'un m'a dit :

« On ne voit pas souvent des gens lire Noel Coward. »

Jack Britcham. Je savais que j'allais lever les yeux et voir Jack Britcham. Et que j'allais me décomposer ou éclater en sanglots, ou encore me jeter à son cou comme un ami que je n'aurais pas vu depuis des années.

En le voyant, un chœur d'un millier d'anges s'est mis à chanter dans mes oreilles, et je n'ai rien fait de tout cela. À la place, je l'ai observé. Puis j'ai regardé la couverture de mon livre comme si je ne savais pas que je tenais ma pièce préférée de Noel Coward.

« Juste Eve, a-t-il dit quand j'ai tourné les yeux vers lui.

402

— Tiens, bonjour », ai-je répondu, assez surprise que ma bouche fonctionne alors qu'elle – comme tout le reste – était complètement vaincue. C'est le mot : vaincue.

J'ai pris une grande respiration avant de remarquer que sa poitrine, en bleu de travail couvert de peinture, se soulevait et retombait aussi vite que la mienne quand il respirait. Il avait les mains propres mais les cheveux et le visage tachés de blanc.

« L'esprit s'amuse, c'est l'une de ses meilleures pièces, ai-je dit. C'est un peu dingue, mais surtout fascinant de cynisme. »

En me redressant, j'ai remarqué la façon dont il regardait mes cheveux retomber sur mes épaules. Ça m'arrive souvent d'observer les hommes en train de m'observer, mais lui n'avait pas dans les yeux ce regard qui me dégoûte. Il n'était pas en train d'imaginer ses mains dessus, en train de les tirer, ou ses doigts dedans tandis que je lui faisais quelque chose. Jack Britcham regardait mes cheveux tomber comme on regarde une cascade – avec respect et fascination. Presque avec vénération.

« Je ne crois pas l'avoir lue, a-t-il dit. Enfin non, je sais que je ne l'ai jamais lue. Je ne sais pas pourquoi j'ai dit ça.

— Pour dire quelque chose peut-être ?

— Probablement. »

On s'est regardés un moment et puis on s'est mis à parler en même temps. Puis on s'est arrêtés tous les deux. Et puis on s'est remis à parler. Puis on s'est arrêtés. Jamais je n'ai été aussi synchrone avec quelqu'un. On a attendu un instant avant de lever la main en même temps pour donner la parole à l'autre.

Il a souri et tous les papillons dans mon ventre ont exécuté cette fameuse petite pirouette avant de s'envoler en battant des ailes.

«J'allais dire que, depuis notre rencontre, je vois des sosies de vous partout. C'est bête, mais je n'arrête pas de vous voir avant de me rendre compte que ce n'est pas vous. En fait, là, en vous voyant, j'étais en train de me dire que j'allais devoir m'expliquer avec une femme qui ne me connaissait absolument pas.

— Ça m'a fait la même chose. Sauf que moi je n'ai abordé personne.

— Ah bon ? Pourquoi vous ne m'avez jamais appelé ? »

Parce que je suis une pute, ai-je pensé. Parce que presque toute la semaine, des types que je ne connais pas et que je n'aime pas me pénètrent ou m'avilissent pour l'unique raison que j'ai vendu mon âme au diable sans savoir qui il était. Parce que vous ne pourrez jamais aimer une femme comme moi. Parce que je ne pourrai probablement jamais aimer l'homme que vous êtes vraiment, seulement l'homme que je veux que vous soyez.

«Parce que. »

Jack Britcham a souri et ça m'a fait comme des milliers de petites morts, son air innocent et sympa, quand moi, j'étais tout le contraire. Cela dit, ce n'est peut-être qu'une façade. Peut-être que Jack Britcham est tout sauf ça. Avec Elliot, j'ai fermé les yeux sur la drogue, avec Caesar, j'ai fermé les yeux sur tout le côté «visites de prostituées», je me suis demandé sur quoi il faudrait fermer les yeux avec Jack Britcham, quelle noirceur d'âme il pourrait posséder que j'ignorais encore.

Sur le moment, ça n'avait aucune importance parce qu'il se tenait devant moi, sourire aux lèvres. Et depuis tout ce temps, je n'avais rien désiré d'autre que ça.

J'ai souri en retour, de la façon la plus naturelle au monde. Et puis on a recommencé à parler en même temps, on s'est tus, on a recommencé, on s'est tus. J'ai pointé

404

l'index vers lui encore une fois. Son grand sourire m'a tuée encore une fois.

« Ça vous dirait une balade sur le front de mer avec moi ? a-t-il demandé. Je suis venu me vider la tête, a-t-il continué en désignant ses vêtements. Je travaille toujours dans ma maison – c'est du boulot – et j'adore faire l'aller-retour jusqu'à Brighton. Ça vous dit ?

— Oui.

— Vraiment ?

— J'allais dire que je m'apprêtais à rentrer parce que j'ai un rendez-vous plus tard, et vous demander si ça vous dirait de vous promener un peu si vous n'aviez pas trop de travail.

— Ah bon ?

— Oui. »

Un nouveau sourire a fait exploser des étoiles filantes le long de ma colonne vertébrale.

« Waouh. Le nombre de fois où ce genre de chose m'est arrivé doit se compter sur un seul doigt de la main, a-t-il déclaré.

— Ah oui ?

— Oui. »

Il m'a observée un instant glisser du mur sans savoir s'il devait m'aider ni comment j'allais le prendre. J'ai bien aimé ; j'ai bien aimé qu'il respecte mon espace personnel.

Nous avons flâné sur le front de mer, assez près l'un de l'autre pour se tenir la main, et j'avais d'ailleurs l'impression que nous aurions dû nous tenir la main, comme si nous étions ensemble depuis assez longtemps pour nous accrocher l'un à l'autre en nous frayant un chemin dans le monde.

« Je ne sais pas quoi dire, a-t-il avoué. Tout ce temps, j'ai imaginé tomber sur vous et j'avais préparé des phrases pour avoir l'air érudit et spirituel, et impossible de m'en rappeler une seule.

405

— Moi non plus.

— La dernière fois, on n'a parlé que cinq minutes.

— Je sais.

— Mais je n'ai pas cessé de penser à vous.

— Moi aussi. »

Il s'est arrêté pour se tourner vers moi, alors moi aussi je me suis arrêtée pour me tourner vers lui.

« J'ai envie de vous embrasser là, tout de suite.

— Moi aussi. »

Ça commençait à me ficher la frousse sa façon de toujours dire ce que j'étais en train de penser.

Il a dégluti, a eu l'air de s'apprêter à avancer vers moi, quand, tout à coup, la réalité m'a frappée. J'étais une pute prisonnière d'une situation sans issue. Je n'étais pas une jeune femme de vingt-cinq ans insouciante, libre de s'engager avec n'importe quel homme.

J'ai fait un pas en avant. Et lui aussi.

Les gens passaient autour de nous, sans désapprouver ni même nous remarquer, comme à Londres. Ici, sur la large promenade, tout était permis. Quand nos corps se sont touchés, il n'y a eu ni étincelle, ni soudaine explosion de passion ; c'était bien plus beau que ça. J'ai eu l'impression qu'il avait atteint mon être et entouré mon âme de ses bras aimants. J'ai su, sans aucun doute possible, que j'avais trouvé mon âme sœur.

Le baiser, aussi charmant fut-il, n'a eu que peu d'importance.

Eve

15 août 1996

Mon Dieu, que cette dernière page était pleine d'effusions.

Cela dit, ça ne me surprend pas, je voulais juste raconter quelque chose de bien qui m'était arrivé. Et embrasser Jack Britcham au bord de la mer, c'est un peu le truc le plus génial qui me soit JAMAIS arrivé.

Le baiser, au demeurant charmant, n'a duré qu'une minute ou deux avant que nous nous mettions à regarder nos pieds en gloussant timidement. C'était si débile et gênant – pour tous les deux.

« Qu'est-ce qui a bien pu nous arriver ? a-t-il demandé en souriant à ses chaussures.

— La folie de l'été ?

— Tu accepterais de dîner avec moi ? Pour faire les choses bien. »

J'avais été dans les meilleurs restaurants de Brighton, Hove, Worthing, Shoreham, probablement du Sussex et de Londres avec les hommes les plus ignobles du monde. Ces deux derniers mois, particulièrement, chaque fois que je me suis assise pour dîner, se trouvaient à la table au moins deux hommes qui avaient pris leur pied à me faire du mal en me baisant et moi je devais faire semblant de trouver leur compagnie agréable. La dernière chose que je voulais, c'était bien d'aller dîner avec quelqu'un que j'aimais.

« Non, merci.

— Oh. Oh, d'accord, d'accord. Pardon.

— Ça n'a rien à voir avec toi. C'est juste que je n'aime pas aller au restaurant.

— Oh, OK. Alors un verre ?

— Et si tu me montrais plutôt cette maison que tu rénoves ?

— Tu aimerais vraiment la voir ?

— Bien sûr.

— Fantastique, a-t-il dit, l'air sincèrement ravi. Pourquoi pas demain soir, si tu as un rendez-vous aujourd'hui.

— Demain après-midi et j'accepte. »

Il a regardé en l'air, pensif.

« J'imagine que je peux déplacer quelques réunions, disons quinze heures trente ?

— Parfait.

— Je peux prendre ton numéro, si je n'arrive pas à déplacer ma réunion ?

— Non. Si tu ne peux pas déplacer la réunion, alors c'est que le destin essaie de nous dire quelque chose. Donne-moi ton adresse et, avec un peu de chance, on se verra demain. »

Là je me prépare à y aller.

Je suis tellement impatiente, je ne te dis pas. Je ne me suis plus trouvée dans cet état depuis mon premier rendez-vous avec Peter.

Quand j'y repense, j'ai été un peu dédaigneuse en parlant du baiser, non ? Quand on sait que je n'ai embrassé personne depuis des années – des années, vraiment –, je n'arrive pas à croire que je ne me sois pas plus étendue sur le sujet. C'était charmant, et différent du souvenir que j'en avais. Peut-être parce que, quand j'ai fini par mieux le connaître, je n'aimais pas tant que ça embrasser Elliot. Avec Jack c'était tellement différent. Tellement beau et pur, et tendre et généreux.

J'avais oublié à quel point j'aimais embrasser, jusqu'à Jack. C'était mieux que tout ce dont j'avais rêvé. J'espère qu'il y en aura d'autres cet après-midi.

Juste des baisers. Je ne désire vraiment rien d'autre.

Eve

15 août 1996

Caesar est en train de sonner à la porte et moi je suis assise par terre dans la petite chambre à écrire ça, parce que, grâce à la lumière orange du lampadaire dans la rue, je n'ai pas besoin d'allumer. Je suis par terre car on pourrait apercevoir ma silhouette depuis la rue si je me mettais sur le lit. Ce n'est pas sûr, mais je préfère ne pas prendre ce risque.

J'en paierai les conséquences demain, parce que, lorsque je suis rentrée à la maison, il avait laissé un message sur mon répondeur pour me dire qu'il venait. Ce qui peut vouloir dire uniquement lui, mais je n'ai aucun moyen de le vérifier. De toute façon, après l'après-midi que j'ai passé, hors de question d'offrir mes services à qui que ce soit. Comment le pourrais-je alors que le parfum de l'homme que j'aime me colle à la peau et que je refuse de m'en débarrasser ?

Caesar peut bien faire ce qu'il veut demain, je m'en fiche. Tout ce qui m'importe, c'est de me retrouver seule avec le souvenir de Jack Britcham. Je ne peux pas m'empêcher de toucher mes lèvres, tendres et un peu douloureuses à cause de tous ces baisers. Tous ces délicieux baisers. Il n'y a pas assez de mots, je crois, dans toutes les langues du monde pour décrire la sensation. J'aimerais pouvoir l'écrire, la reproduire sur cette page afin de la revivre encore et encore.

La sonnette s'est tue. Je ne sais pas si Caesar a abandonné ou s'il cherche un moyen d'entrer dans l'immeuble. De toute façon, je m'en fiche. Il faudra qu'il fracasse la porte pour entrer.

De l'extérieur, la maison de Jack Britcham était incroyable, un bâtiment énorme sur l'une des rues les plus chères qui mènent au front de mer. La façade décolorée par l'air de la mer et le soleil a gardé cette merveilleuse couleur beige crème. La peinture s'écaille et le bois se fendille autour des belles fenêtres anciennes à guillotine, et les marches de pierre du perron sont usées par les années.

En arrivant devant la porte manifestement neuve, je me suis demandé combien de gens s'étaient trouvés dans ma situation, à gravir ces marches pour voir quelqu'un dont ils pensaient être amoureux ? Combien de fois l'amour était-il passé sur ces marches fatiguées ?

Il a ouvert la porte avec un grand sourire et nous nous sommes regardés de la même façon que sur la promenade – je ne pouvais détourner mon regard, et je crois que lui non plus. Jack Britcham me fait sourire, tout simplement.

« Tu es venue.

— Tu es là. »

Il avait son costume de travail – j'avais deviné qu'il travaillait dans un bureau – et d'après sa mallette près de la porte et sa veste sur la rampe d'escalier, il devait tout juste être de retour chez lui quand j'ai sonné.

« Tu viens juste d'arriver ?

— Oui. Je n'ai pas vraiment pu déplacer la réunion, donc j'ai dû feindre une urgence pour partir.

— Tu penses qu'ils t'ont cru ?

— On verra demain. Sur mon bureau, il y aura soit une lettre de renvoi, soit une tasse de thé. Les deux mé vont. »

Il m'a fait visiter la maison, chaque pièce a sa propre atmosphère, sa propre histoire. Il y en a de complètement dépouillées – le plancher nu, les murs sans rien d'autre que du plâtre grisâtre ou du plâtre frais brun-rouge, le plafond récemment retapé et des fils électriques qui pendent n'importe comment dans l'attente d'une rosace très élaborée toute neuve et d'un éclairage. D'autres pièces semblent encore plus dévastées, arborant d'énormes trous dans les murs où les câbles électriques ont été remplacés, des endroits du plancher découverts où la tuyauterie a été refaite, sur les murs restent encore des bouts de l'ancien papier peint, des plinthes presque détachées, radiateurs tout neufs qui sortent du mur, cheminées qui ne sont que bouches noires et béantes menaçant de vous avaler. Cependant, d'autres pièces n'attendent plus que la peinture : parfaitement en ordre, plinthes et radiateurs en place, rosaces au plafond et éclairages, sols prêts pour la moquette, murs lisses, cheminées fournies avec leurs garde-feux en fer noirs prêts pour l'hiver.

Quelques pièces – sa chambre, la salle de bains principale et l'énorme cuisine – sont terminées. Manifestement pour qu'il puisse y vivre pendant les travaux. J'ai visité toutes les pièces visitables, caressé les murs, fascinée de pouvoir toucher l'histoire si intimement. Moi j'habite une vieille demeure victorienne divisée en appartements, dont le cœur a été arraché et, avec lui, toute trace d'histoire. Il est blanc et beige, sans vie.

Restauré avec tant de tendresse et de soin par Jack, cet endroit fourmille encore d'histoires, des vies qu'il a abritées, de tous les événements qui s'y sont déroulés. Le cœur de la maison semblait battre sous mes doigts, j'avais tellement envie de poser la tête contre les murs et de l'écouter, entendre chaque fragment du passé, de tout accueillir en moi pour que, ainsi, tous ceux qui sont partis ne soient jamais oubliés.

C'est débile je sais, mais Jack Britcham ne m'a pas regardée comme si j'étais dingue – il s'est contenté de me guider de pièce en pièce, de me laisser toucher les murs et de m'y intégrer.

« C'est très beau, lui ai-je dit de retour dans la cuisine tandis qu'il mettait la bouilloire en marche.

— Merci.

— Mais même "beau" ne convient pas. Ça ne semble pas l'adjectif adéquat.

— C'est ce que je me dis quand je pense à toi. Quand j'essaie de te décrire dans ma tête, je sais que tu es belle mais le mot n'est pas suffisamment fort pour refléter la réalité. »

Je l'ai regardé, surprise. Personne auparavant ne m'avait jamais parlé de la sorte. C'était tellement au-delà du compliment banal, et j'étais si étonnée, que je n'ai même pas eu le temps de me sentir flattée ni mal à l'aise.

« Tu es toujours aussi franc ?

— Presque jamais. Je n'ai pas été élevé comme ça. Je viens d'une famille où on cache toute la poussière sous le tapis. Mais je n'y arrive pas avec toi. »

J'ai continué à le fixer, encore plus étonnée – mais, cette fois, par ma propre réaction. Je n'étais pas aussi mal à l'aise que j'aurais dû l'être, je n'étais pas flattée, j'étais… C'était la chose la plus naturelle du monde parce que sa bouche exprimait tout ce que je ressentais. De la part de quelqu'un d'autre, de quelqu'un avec qui je n'aurais eu aucun lien, ç'aurait semblé exagéré, baveux et gênant, mais de sa part à lui, c'était comme le miroir de mon âme.

« Je ne sais rien de toi, lui ai-je dit. Tu ne trouves pas ça bizarre ? Et je suis quand même venue chez toi sans hésiter – alors que tu aurais très bien pu être un tueur fou à la hache.

— Tu bois ton café avec trois sucres.

— Quatre.

— Tu fumais un paquet de cigarettes light par jour et tu as arrêté, mais pas pour des raisons de santé.

— En effet.

— Tu vis seule dans un trois-pièces parce que tu as vécu si longtemps dans un studio qu'il te fallait de l'espace maintenant que tu peux te le permettre.

— Oui.

— Et tu es originaire du Yorkshire.

— Tu as fait une enquête sur moi ?

— Non. J'ai simplement deviné, sauf pour le Yorkshire : tu as un reste d'accent dans la voix. Tout m'est venu comme ça, alors je l'ai dit. Il y en a encore plein d'autres, au cas où tu te poses la question. Par exemple, tu es l'épouse malheureuse du président destitué d'un petit pays. Tu vas hériter d'une fortune énorme d'ici peu. Tu

412

es également un agent double en cavale, recherché dans le monde entier. Et je n'arrive pas à croire que tu es chez moi depuis vingt minutes et que je n'ai toujours pas essayé de t'embrasser.

— Tout est vrai. Chaque mot. Et toi… je crois que tu exerces ton métier à cause de ton père. Tu as parié gros en achetant cette maison et tu n'es toujours pas certain d'avoir fait le bon choix. Tu préfères le foot au rugby, même si tu faisais du rugby à l'école et à la fac. Et tu es probablement le plus jeune employé à avoir accédé au poste que tu occupes dans ta compagnie.

— Mais c'est toi qui as enquêté sur moi !

— Oui. »

Nous avons explosé de rire. Puis soudain, il m'a attirée contre lui pour m'embrasser. Et je lui ai rendu son baiser en me rappelant combien j'aimais ça. À quel point ça me faisait me sentir bien et innocente.

Je ne sais pas combien de temps nous sommes restés comme ça dans la cuisine, le temps semblait immobile. Puis, comme par un accord tacite, nous avons grimpé l'escalier main dans la main. Je sais que je n'aurais pas dû faire ça, mais avec lui ça semblait si naturel. On s'est embrassés près du lit dans sa chambre.

Au moment de dénouer sa cravate, j'ai pensé un instant à toutes les cravates que j'avais pu desserrer dans ma vie, tous les hommes que j'avais aidés à se dévêtir, tous les hommes avec qui j'étais tombée sur un lit en me débranchant au moment d'en arriver au sexe. Et puis j'ai pensé aux baisers, comme ça faisait toute la différence. Je ne dénouais pas la cravate d'un client, je dénouais celle de Jack Britcham. L'homme dont j'étais amoureuse depuis des mois. C'était différent. C'était entre lui et moi, et personne d'autre. Personne ne pourrait s'immiscer entre Jack Britcham, moi et nos baisers parfaits. Alors que je m'abandonnais à lui, il a saisi ma main et s'est écarté.

413

« Je n'ai jamais fait ça.

— De quoi tu parles ? »

Il a caressé mes mains dans les siennes, l'air perplexe et effrayé.

« Je n'ai jamais… Je n'ai jamais fait l'amour.

— Jamais ?

— J'attendais la bonne personne. Je sais que c'est pathétique mais je… je voulais juste faire ça bien, la première fois. Que ce soit spécial. »

La pute et le puceau : qui aurait pu prévoir ça ? J'aurais dû lui dire la vérité, mais je n'ai pas pu. Je n'étais pas cette personne en sa présence.

« Alors tu veux qu'on attende ? On n'est pas obligés de le faire. On peut juste s'allonger et discuter. »

Il a embrassé mes mains.

« Non, je veux le faire, si tu en as encore envie. Ça ne va peut-être pas te plaire parce que je ne sais pas vraiment comment on le fait… Mon Dieu, je n'aurais jamais pensé avoir cette conversation avec quelqu'un dont je ne connais même pas le nom de famille.

— Tu connais mon nom de famille, c'est Eve.

— Eve ?

— Oui. Je te l'ai dit, je m'appelle Juste Eve. »

Quand il m'a souri, j'ai senti mon âme s'alléger un peu. Je voulais être avec lui plus que tout. Pour des raisons tout à fait égoïstes. Pour pouvoir exprimer ce que je ressentais pour lui, franchir cette barrière que j'avais plantée autour de moi chaque fois que je couchais avec un homme. Pour être avec lui et savoir que c'était possible – après toutes ces années de désert affectif –, ressentir quelque chose pour la personne avec qui je faisais l'amour.

« Si tu le veux, alors moi aussi. C'est aussi simple que ça », lui ai-je dit.

Quand il m'a embrassée de nouveau, dans ma tête j'ai fermé la porte à tous les hommes qui l'avaient précédé.

Je me suis allongée contre lui, je lui ai fait l'amour, je l'ai laissé me faire l'amour, et mon esprit n'a pas résisté, je n'ai pas laissé le mur se construire autour de moi, je me suis autorisée à ressentir ce qu'être avec Jack Britcham représentait.

Après, nous sommes restés longtemps serrés l'un contre l'autre, sans parler, simplement ensemble, à nous caresser de temps en temps, mais principalement à exister. Je pouvais être avec Jack Britcham. Je pouvais être tout et rien avec lui en même temps. Je pouvais exister, tout simplement.

Je suis partie quand il s'est endormi, je me suis rhabillée dans le couloir pour ne pas le déranger. À la porte, je l'ai observé quelques secondes dormir la tête sur l'oreiller, le drap remonté sur son torse, ses longs cils reposés sur ses pommettes, ses cheveux en bataille qui lui donnaient un air sexy, le contour de son visage si bien dessiné et proportionné. Ce genre de perfection ne serait pas aisément égalée. Je lui ai envoyé un baiser et j'ai attendu qu'il atterrisse sur ses lèvres avant de partir.

En bas, j'ai aussi dit au revoir à la maison. Elle était si incroyablement belle, elle faisait tant partie de Jack Britcham que j'ai soudain été triste de ne probablement plus jamais pouvoir les revoir. Ce que j'ai fait est égoïste. Je n'aurais pas dû coucher avec lui en sachant combien c'était important pour lui. C'était important pour moi aussi, mais pas de la même manière. Moi, ça m'a nourrie et permis de ne plus être une marginale, un paria, alors que ça représentait beaucoup plus qu'un acte physique pour lui.

En cherchant un vieux ticket de caisse dans ma poche pour lui laisser un mot, je n'ai trouvé que sa carte. Un talisman que j'avais glissé dans ma poche pour me souhaiter bonne chance cet après-midi. Je n'en aurais plus *besoin étant donné que je n'allais pas le revoir, alors j'ai écrit :*

Acheter cette maison est la meilleure chose que tu aies faite. Je voulais te le dire. X

Et puis j'ai appelé un taxi pour rentrer parce qu'il se faisait tard et que Caesar allait certainement se montrer.

Je n'ai pas pris de douche tout de suite parce que j'aimais son odeur sur moi. C'est la seule personne que je n'ai pas eu envie de faire disparaître de ma peau. J'ai adoré la sensation à son contact, les empreintes de son corps sur le mien. Je me suis accrochée à son souvenir, à ce que nous avons fait et comment nous étions liés. Et il me restait mes lèvres, si fantastiquement douloureuses, pour me souvenir encore et encore.

Ça me paraissait inconcevable d'être avec quelqu'un d'autre ce soir. C'est pour ça que je me suis cachée et que je n'ai pas ouvert la porte à Caesar. Peu importe ce qui se passera demain, j'ai eu un instant de bonheur parfait et, grâce à ça, je pourrai tout supporter.

Eve

Février 1997 (petite mise à jour)

J'étais déjà enceinte quand j'ai couché avec Jack.

J'avais un petit garçon ou une petite fille qui grandissait en moi quand, pour la première fois depuis mes quinze ans, j'ai compris ce que « faire l'amour » signifiait.

Je ne savais pas, bien sûr, sinon je ne l'aurais pas fait.

C'est aussi parce que j'étais enceinte que j'ai quitté Caesar. Quand j'ai compris, quand j'ai découvert que les vomissements et la fatigue n'étaient pas uniquement liés au fait que je haïssais presque chaque seconde de ma vie, je me suis rendu compte que je ne pouvais plus continuer comme ça. Je ne pouvais plus laisser d'autres hommes pénétrer mon corps pour que Caesar prenne son pied.

C'était à cause du changement de pilule, tu vois. Le médecin a changé mon ordonnance parce que j'avais ces maux de tête affreux, et on m'avait prévenue que je devais utiliser des préservatifs pendant le changement, mais tous les hommes ne l'acceptaient pas. Le sexe non protégé, comme tous les autres trucs dégueulasses et épouvantables qui, parce que je les refusais, m'avaient fait perdre de la clientèle dans les hôtels et avec l'agence, c'étaient des choses que je devais faire parfois avec Caesar. J'ai pris un risque et je me suis fait avoir.

J'ai fait le test un lundi. Je l'ai dit à Caesar le mercredi. J'ai gardé ce petit secret pendant deux jours, quelque chose que personne d'autre que moi ne savait, et c'était tellement bien. J'avais l'impression qu'on m'avait offert quelque chose de spécial. Pour la toute première fois, on m'avait donné quelque chose qui n'appartenait qu'à moi. Je me fichais de savoir qui était le père, tout ce qui importait, c'était la mère, et la mère, c'était moi. Il fallait que je le dise à Caesar avant le vendredi, parce que les vendredis étaient toujours les pires. Ils allaient à l'un de leurs clubs, se saoulaient au vin, au porto et à toutes sortes d'alcools, fumaient des cigares et venaient à l'appartement. Parfois, ils étaient deux en même temps à profiter de mes services. Parfois, il y en avait autres qui regardaient. C'était une bonne soirée s'il n'y en avait qu'un seul. Je n'aurais jamais pu faire tout ça avec un bébé dans mon ventre.

«Débarrasse-t'en», a été la première chose que Caesar a dite.

Il n'a même pas attendu d'avoir digéré la nouvelle, il a juste dit ça. Puis, de son portefeuille, il a sorti une petite carte blanche et une liasse de billets.

Il les a posées sur la table devant moi. J'étais assise par terre à ses pieds – la position qu'il préfère avec moi –, alors j'étais bien placée pour lire la carte.

« Ces gens feront ça vite et discrètement avec un minimum d'histoires. C'est tout ce dont tu as besoin. Ça doit être réglé avant la fin de la semaine. »

Vendredi. Il voulait que je le « fasse » en deux jours.

Je ne sais pas à quoi je m'attendais. Je ne sais pas si j'avais secrètement espéré qu'il me laisserait garder le bébé.

Sa réponse était claire. Il ne m'a pas touchée de toute la soirée, il n'a pas défait le bouton de son pantalon qui signifiait normalement que je devais me mettre à genoux et le prendre dans ma bouche. Il est resté et a bavardé comme si tout allait bien, comme si rien n'avait changé, comme si, sur la table devant moi, ne se trouvaient pas les moyens et renseignements nécessaires pour tuer le bébé en moi.

À deux heures du matin, dès que j'ai été aussi sûre que possible qu'il était chez lui avec sa femme et qu'il ne reviendrait pas de la nuit, j'ai fourré ma robe, mes journaux intimes, le chapelet de tante Mavis et ma photo dans le sac d'oncle Henry et je suis partie sans prendre le temps de me changer. C'était probablement stupide, mais je n'ai pas pris l'argent – les mille livres – qu'il m'avait donné.

Après la nuit où je l'avais laissé poireauter dehors, il m'avait obligée à faire un double des clés pour qu'il puisse venir quand ça lui chanterait. Je voulais qu'il vienne, trouve l'argent et la carte et sache que je ne lui avais pas obéi.

Donc, en septembre, j'ai quitté Brighton avec à peine plus que ce que j'avais en quittant Londres. J'ai pris un taxi pour Worthing et, d'une cabine téléphonique à la gare, j'ai trouvé le courage de composer le numéro d'un foyer pour femmes que j'avais mémorisé.

Ils m'ont aidée. Ils m'ont trouvé un endroit pour vivre en sécurité, très loin dans la campagne du Kent, et ils

418

ont été vraiment gentils avec moi, même quand je leur ai dit que j'étais une prostituée enceinte qui fuyait son mac. Ils se sont occupés de moi pendant une semaine, m'ont pris des rendez-vous chez le médecin, m'ont laissée rester à l'intérieur au cas où quelqu'un me voie et se sont montrés si incroyables avec moi. Et, pourtant… ça n'aurait jamais dû se passer comme ça. C'est ce que je me suis dit à l'époque et c'est ce que je me dis toujours maintenant. Ça n'aurait jamais dû se passer comme ça.

J'ai traversé pas mal d'horreurs dans ma vie, mais celle-là, c'était probablement la pire. Je ne peux pas la décrire. Je ne peux pas la revivre. Je n'arrive à en supporter le souvenir qu'en me disant que ça n'aurait jamais dû se passer comme ça.

Après, j'ai décidé que je me fichais pas mal qu'il me trouve. Qu'il me traîne de nouveau dans l'appartement. Qu'il me fasse des choses indescriptibles. Je suis retournée à Brighton, j'ai pointé au chômage et j'ai posé ma candidature pour tous boulots où je n'avais pas besoin d'expliquer les trous dans mon CV, et, avant même d'avoir reçu mes allocations, j'ai été embauchée pour faire le ménage dans des bureaux tôt le matin et tard le soir, et comme serveuse l'après-midi. Quand je ne travaillais pas, je lisais des livres empruntés à la bibliothèque en me disant que ça n'aurait pas dû se passer comme ça. J'étais payée au lance-pierre, et juste assez pour payer le loyer, la nourriture et les factures, mais c'était mieux que l'autre solution. Quand je faisais le ménage tard le soir, alors que mes collègues se plaignaient des porcs dont nous devions nettoyer les cochonneries, moi je souriais parce que je savais que cette nuit-là, je ne serais pas pénétrée par un type que je méprisais. Je savais que nettoyer des toilettes valait mieux que d'être prise pour des toilettes. Je savais que peut-être un jour, j'aurais la chance d'éprouver à nouveau ce que j'avais éprouvé pour Jack Britcham.

Rester occupée, m'obliger à remplir mes journées de travail, de lecture et de m'efforcer à ne penser à rien d'autre fonctionnait comme un baume sur mon âme. Petit à petit, je suis revenue à moi-même. Très vite, j'ai été assez forte pour commencer à penser à l'avenir, à m'inscrire à des cours intensifs pour aller à la fac, éventuellement obtenir un diplôme et mettre enfin la femme que j'ai été derrière moi. Chaque nouvelle étape participait au démantèlement d'Eve l'idiote, d'abord secrétaire, puis strip-teaseuse, puis prostituée, et enfin esclave sexuelle.

Eve

Libby

Aujourd'hui Eve est allongée sur le côté, les yeux dans le vague. Elle a l'air si abattue, mais je ne suis pas surprise. Après avoir traversé tout ça, elle était toujours quelqu'un que Jack aimait et que Grace adorait. Elle était extraordinaire.

Eve

J'imagine qu'il fallait que ça arrive un jour. Brighton n'est pas tout à fait la plus grande ville du monde. J'habite dans un appartement au-dessus d'un magasin de vin, pile au centre de Brighton. C'est minuscule, sûrement plus petit que mon appart à Londres, mais c'est bien situé et je peux aller où je veux à pied.

Le loyer n'est pas excessif parce que je me suis mise d'accord avec la propriétaire pour le repeindre moi-même. Et il est à deux minutes du café où je travaille. Et pas non plus très loin des différents bureaux où je fais le ménage. Je mène une vie ordonnée à présent, et j'aime ça. Alors qu'est-ce qui devait arriver un jour et qui est arrivé aujourd'hui ?

Je suis tombée sur Jack, bien sûr.

J'ai arrêté de l'appeler Jack Britcham parce que je l'appelais comme ça quand j'étais si éprise de lui, quand il était encore l'homme de mes rêves qui m'avait tendu sa carte. À présent, plus mûre et plus sage, pour moi il est Jack, tout simplement. Marrant comme un changement de situation peut changer la façon dont on voit quelqu'un. Je n'ai aucun doute sur le fait que, à l'époque, j'étais amoureuse de lui. La force de ce sentiment n'était pas imaginaire, mais ça ne pouvait pas durer, enfin je ne crois pas.

Je suis allée à sa table pour apporter la commande – café serré – que Clara avait prise avant de sortir en douce fumer une cigarette, mais je n'avais pas vraiment regardé le client. J'ai cessé de les regarder parce que je n'arrêtais pas de voir des hommes qui ressemblaient à ceux que j'avais escortés. Certains l'étaient probablement, mais d'autres – des innocents – en avaient simplement l'air et me donnaient des frissons.

J'avais aussi de temps en temps l'impression que mes cicatrices intérieures se voyaient et que je devais me cacher, ne pas regarder les gens, pour éviter qu'ils ne se posent des questions, pour ne plus voir en moi une erreur de la nature, mais tout le monde se fiche de mes cicatrices parce que les gens sont tellement empêtrés dans leur propre vie, leurs amours, leurs traumatismes.

«Juste Eve, ça alors, je rêve!» a-t-il dit tandis que je posais la tasse sur la table.

J'ai levé les yeux et nos regards sont entrés en collision.

«Tu as vu? Ça rime.»

Je n'ai pas pu m'empêcher de lui sourire et il m'a rendu mon sourire.

«Jack.»

Dans ma voix, j'ai entendu que j'avais toujours des sentiments pour lui, j'ai aussi entendu qu'ils avaient changé. J'ai changé, j'imagine. Tout comme j'étais devenue trop vieille pour les romans d'amour, j'étais devenue trop vieille pour me faire avoir par l'amour.

«Tu as prononcé mon nom, a-t-il répondu d'une voix différente elle aussi, lui aussi était devenu trop vieux pour se faire avoir. Tu ne l'avais jamais prononcé après notre première rencontre.

— C'est parce que j'ai toujours pensé à toi comme Jack Britcham, pas seulement Jack, pour une raison qui m'échappe, et je n'ai pas pensé une seconde que tu comprendrais pourquoi je faisais ça.

— Pourquoi tu as fait ça?»

J'ai su tout de suite de quoi il parlait.

«Parce que.

— Ce n'était pas bien?

423

— C'était fantastique, Jack, vraiment. Ça n'aurait pas pu être mieux, mais… c'était ce que c'était. » Ce furent les heures les plus incroyables de ma vie.

« Même si le destin veut clairement que nous soyons réunis, j'imagine qu'un verre est hors de question ?

— Non, pas du tout.

— Tu accepterais qu'on se voie toi moi ?

— Oui.

— Pourquoi ?

— Parce que.

— Est-ce que je peux prendre ton numéro ?

— Oui. »

La surprise a une fois de plus illuminé son visage. Il pouvait avoir mon numéro et j'allais sortir avec lui boire un verre parce que j'avais souvent pensé à mes moments de bonheur. Et Jack apparaissait dans l'un des plus beaux. Je n'en ai pas eu beaucoup, et j'en voulais d'autres. S'il n'y avait qu'une chance infime qu'il fasse partie d'un autre moment de bonheur, alors j'allais saisir cette occasion. Je n'avais rien à perdre et tout à gagner. Je n'allais pas continuer à me martyriser.

Et donc, ce qui avait commencé comme un jour ordinaire est devenu une bonne journée. J'ai dû retourner au travail, lui, il a bu son café et on n'a pas arrêté de se regarder jusqu'à ce qu'il parte. Il a laissé un pourboire – cinq livres – sous un petit carré blanc. J'ai su ce que c'était avant même de la ramasser ; sa carte, bien sûr. Je l'ai retournée et au dos se trouvait le mot que je lui avais laissé il y avait une éternité de cela.

Je l'ai glissée dans mon soutien-gorge et apprécié son contact en reprenant mon travail. (Bien sûr, j'ai donné les cinq livres à Clara.)

Le téléphone sonne et je sais que c'est lui.

Eve

424

Mai 1999 (une autre mise à jour)

J'avais oublié à quel point c'est génial d'embrasser Jack. J'avais vraiment oublié. Il n'existe rien de mieux. Je crois que c'est ce qu'on fait le plus, même si on fait d'autres choses et qu'elles sont tout aussi incroyables, mais ça nous a pris quelques mois pour y revenir. Oui, j'ai bien écrit : des mois.

Nous avions tous deux nos raisons pour attendre. Je crois que les siennes étaient liées à ma fuite après notre première fois et au fait qu'il n'avait eu personne d'autre depuis moi. Jack semble posséder un remarquable self-control. Même si je suis certaine qu'il aime l'acte en lui-même, il ne ressent pas le besoin de le faire dès qu'il a une occasion. Et je suis assez certaine que les occasions se présentent assez souvent parce que des femmes se présentent devant lui assez souvent. C'est bizarre que je ne m'en sois pas aperçue plus tôt, mais des femmes s'arrêtent dans la rue pour le regarder quand nous sommes tous les deux. La peur que mes cicatrices internes ne soient visibles par les passants me rend hypervigilante, mais Jack se révèle un excellent camouflage parce que, lorsqu'il est avec moi, je deviens invisible.

Les femmes lui sourient tout le temps, certaines le saluent, d'autres entament la conversation tandis que d'autres encore lui donnent leur numéro de téléphone – même s'il est en train de me tenir la main ou qu'il me tient par les épaules. Elles s'en fichent parce que la plupart sont des bourges qui ne voient en moi qu'une prolétaire.

J'adore la façon dont Jack m'inclut dans la conversation et se tourne vers moi en disant : « Je ne sais, est-ce qu'on veut prendre le numéro de – nom de la bourge – ? » Ça les scie parce que j'imagine que dans leur monde on prend des gants pour dire les choses. Ce que j'essaie de dire, bien sûr, c'est que Jack aurait pu avoir plusieurs femmes entre nos deux rencontres, mais il s'est accroché à l'espoir

425

de me revoir un jour. Parfois je me demande combien de temps il aurait attendu.

De mon côté, après la perte du bébé, j'ai passé beaucoup de temps à essayer de reprendre contact avec mon corps. Au début, je me demandais constamment si c'était pour ça que tout était allé de travers. Cette distance qu'il y avait entre mon corps, mon cœur et mon esprit. Je savais que ce n'était pas le cas, qu'il y avait très probablement quelque chose qui n'allait pas avec le bébé – que j'étais censée appeler un embryon – et que c'est pour ça qu'il ne s'est pas développé. Apparemment, la nature gère les choses à sa manière. Et peut-être, en considérant sa conception, que c'était pour le mieux. Mais, en réalité, moi, je pensais à lui ou à elle comme à un bébé, et je le voulais, je voulais quelqu'un dont j'aurais pu m'occuper, quelqu'un à aimer, et je l'ai perdu, et on ne m'a donné aucune véritable raison ni explication sur ce qui s'est passé. Ce n'était qu'un fardeau de plus à porter. Une autre cicatrice à dissimuler. J'en ai rejeté la responsabilité sur mon corps. Qu'est-ce que je pouvais faire d'autre ? Dans un cas pareil, « parce que » n'était pas une raison suffisante.

Donc je n'étais pas pressée de coucher à nouveau avec quelqu'un, de prendre part à cet acte qui m'avait laissé tant de marques. Je me fiche totalement qu'on dise qu'il faut se remettre en selle aussi vite que possible après un traumatisme – la dernière chose dont on a envie c'est bien de se remettre en danger. Oui, même si ça signifie qu'on ne voudra peut-être plus jamais refaire ça.

Si je tombais de cheval et que je me sente comme je me sens en ce moment à cause des choses que j'ai faites, je ne m'approcherais plus jamais d'un cheval. Pas jusqu'à ce que quelqu'un puisse me garantir que le prochain cheval que j'approcherai – des années plus tard, quand je serai capable, en quelque sorte, de mettre en perspective ma peur et ce qui s'est passé – sera cent pour cent sans danger.

Jack était sans danger.

Ça m'a pris quelques mois pour le découvrir. Mais de toute façon, rien ne pouvait être plus agréable que l'embrasser. Il m'a dit l'avoir fait avec des tas de filles, parce que c'est ce qu'il faisait au lieu du reste, mais il ne s'était pas rendu compte à quel point il pouvait apprécier cette caresse jusqu'à ce qu'il m'embrasse moi. Ce qui, écrit ici, a l'air vraiment bête, mais j'ai compris ce qu'il voulait dire.

J'ai failli répondre (mais je me suis retenue) qu'il n'aurait plus à embrasser personne d'autre que moi, parce que moi j'espérais n'avoir plus à coucher avec personne d'autre que lui. Si ça ne marche pas avec lui, je suis sûre que je ne le referai plus jamais avec personne. En tout cas pas le sexe. Peu importe à quel point je veux un bébé, je ne crois pas pouvoir autoriser quelqu'un d'autre à entrer en moi.

Je ne vais sûrement pas écrire avant un bout de temps dans ce journal parce que Jack et moi passons la plupart de notre temps libre ensemble. Nous profitons goulûment de chaque moment de liberté que nous avons. Je peux écrire aujourd'hui parce que c'est dimanche après-midi et qu'il est parti à la chasse aux provisions. Il n'y a littéralement plus rien dans les placards ni dans le frigo parce que nous ne sommes pas sortis de la maison, enfin, de la chambre, depuis vendredi soir.

« Je pars à la chasse », a-t-il dit en se frappant la poitrine.

J'ai dû l'embrasser plusieurs fois avant de me sentir assez en sécurité pour le laisser partir.

C'est bête, mais chaque fois qu'on se quitte, je dois lui dire que je l'aime et sceller cette déclaration d'un baiser parce que j'ai peur qu'il ne l'oublie si nous ne devions plus nous revoir. Je ne prévois pas de partir ni de mourir, mais parfois je suis prise d'une peur irrationnelle qu'Elliot ou Caesar me pourchassent, qu'ils me trouvent et me tuent.

427

Ça ne m'effraie pas autant que l'idée que Jack ignore que, dans ma vie, je n'ai jamais aimé qu'un seul homme. J'ai aimé Peter, mais c'était un garçon. Dans cette vie-là, je n'ai qu'un seul véritable amour, et c'est Jack.

Voilà pour la mise à jour.

Je ne crois pas avoir bien fait comprendre à quel point je suis heureuse. Le bonheur est un concept étranger à quelqu'un comme moi, je crois, mais je suis heureuse. Il me fait rire, réfléchir, on parle, on s'embrasse, parfois on décore la maison ensemble. Je refuse de le faire venir dans mon appartement parce qu'il est important de ne pas faire entrer d'homme dans mon espace. J'ai besoin d'un refuge, et c'est pour ça que je garde l'appartement même si je n'y vis quasiment plus.

Je suis heureuse. J'ai mes boulots, mes cours intensifs, et mon Jack. Donc je suis heureuse. C'est tout ce qui compte finalement : je suis heureuse.

Bisous,
Eve

22 novembre 1999

Salut vieille branche, encore toi.

J'aime le fait que tu sois toujours là, et que tu ne me juges, que tu ne m'abandonnes pas. Même si je t'abandonne longtemps, je sais toujours où te trouver quand j'ai besoin de toi. Et là, j'ai besoin de toi.

Que s'est-il encore passé dans le petit monde dramatique d'Eve ? Je l'ai revu, voilà ce qui s'est passé. Caesar. Je l'ai revu.

Hier soir, à force de persuasion parce que je n'aime pas le truc du «rendez-vous», Jack a fini par m'emmener à l'opéra à Londres.

428

C'était l'occasion de porter ma robe. Je ne l'ai plus portée depuis le jour de son achat, la remettre c'était comme se retrouver dans les bras d'une vieille amie. Je me suis sentie aussi merveilleusement bien que ce jour-là dans le magasin, et j'ai été reconnaissante envers Jack de m'avoir persuadée de l'accompagner, de m'avoir donné l'occasion de porter ma robe.

L'opéra, Madame Butterfly, était très beau. Je me suis laissé porter par la musique, par les émotions des paroles ; j'avais lu l'histoire des années auparavant. J'ai compati pour Butterfly, prête à tout – même à trahir sa foi – pour être avec l'homme qu'elle aime alors que, pendant tout le temps, tout ce qu'il voulait, lui, s'était se la taper.

Pendant l'entracte, je suis allée faire la queue aux toilettes tandis que Jack était parti nous chercher à boire.

Dans le miroir des toilettes, j'ai remarqué à quel point je semblais différente. Pas seulement grâce à la robe, mais le contour des yeux, les yeux eux-mêmes, j'étais différente parce que j'étais heureuse. Je ne portais pas de maquillage – le maquillage me rappelle Honey – donc je n'en porte jamais. N'en restait pas moins que j'avais l'air et que j'étais effectivement heureuse.

En revenant, j'ai vu Jack discuter avec un homme. Pas vraiment très surprenant, Jack semblait rencontrer des connaissances où qu'il aille. Mais en m'approchant, j'ai découvert à qui il parlait. À quoi il parlait.

La vision d'horreur m'a stoppée dans mon élan, c'était Caesar.

Jack connaissait Caesar. Mes genoux se sont mis à trembler. Leur langage corporel semblait formel, réservé, ce qui signifiait qu'ils ne se connaissaient pas très bien. Mais... je les ai observés, l'un puis l'autre, même taille, même stature, la forme de leurs visages... Non, non, j'ai chassé la pensée de mon esprit. Non. Juste non.

En même temps, j'ai battu en retraite vers les toilettes, loin d'ici. Dans les toilettes somptueuses, j'ai passé frénétiquement en revue le visage de toutes les femmes, à sa recherche, je l'ai cherchée parmi les robes élégantes, les coiffures très chères et les parfums entêtants. Et soudain, elle était là : grande, blonde, fraîche, cheveux attachés, une robe fourreau noire toute simple, un collier de perles autour du cou, des chaussures, un sac hors de prix et un maquillage immaculé. L'escort-girl de Caesar. Les autres femmes ne la remarquaient pas, pensaient qu'elle était là comme elles pour la musique, l'atmosphère, l'expérience. En revanche, il y avait un certain nombre d'hommes qui savaient ce qu'elle était, parce que beaucoup d'entre eux avaient les moyens de louer ses services.

Voyant que je la dévisageais, elle m'a adressé un sourire glacial et j'ai su qu'elle pouvait lire en moi. Elle savait ce que j'avais été. Nos yeux se sont croisés et j'ai su qu'elle n'en était pas du tout là où j'en étais à la fin. Elle se disait certainement encore que l'argent en valait la peine, qu'elle aidait ces hommes, qu'elle se sentait puissante et libérée grâce à ce qu'elle faisait. Je lui faisais sûrement pitié de ne pas avoir été capable de tenir la distance et de m'être laissé vaincre. Arrogante, elle est passée devant moi et j'ai glissé la tête par la porte pour voir si j'avais raison.

J'avais raison. Dès qu'elle a vu qu'il parlait à quelqu'un, elle a gardé ses distances, elle est restée dans le coin, à fouiller dans son sac, à jouer avec son téléphone, en gros demeurer invisible jusqu'à ce qu'il soit seul.

La sonnerie de la fin de l'entracte m'a fait sursauter et je suis rentrée dans les toilettes avant que Jack lève la tête pour me chercher. Je suis restée dans une cabine jusqu'à ce qu'il n'y ait plus un bruit dehors et que la seconde sonnerie retentisse pour indiquer le début de la deuxième partie.

J'ai attendu encore quelques minutes avant de sortir et de trouver Jack, tout seul, nos verres à la main et nos programmes sous le bras.

« Ça va ? Tu es partie tellement longtemps, j'allais lancer une équipe de secours.

— Désolée. C'est juste que je… je ne me sens pas très bien.

— Tu es un peu pâle, en effet. Et… tu trembles. »

Il a jeté un coup d'œil alentour à la recherche d'une surface plane pour y poser nos verres, puis il est revenu me prendre la main.

« Tu es gelée. Allez viens, on rentre à la maison.

— Tu es sûr que ça ne te dérange pas ? Les billets ont dû te coûter une fortune.

— Aucune importance, ce qui m'importe c'est que tu ailles bien.

— Merci.

— Tu n'as pas besoin de me remercier. Je t'aime. On s'occupe des gens qu'on aime. »

À l'extérieur, à l'air frais, je me suis sentie un peu mieux, probablement parce que j'étais plus loin de lui. J'ai respiré l'air de Londres, en me rappelant comme j'aimais cette ville, comme elle m'avait semblé parfaite à mon arrivée. Et comme elle me paraissait effrayante et pleine de dangers inconnus et cachés quand je l'ai quittée.

« Tu as loupé mon père, a dit Jack. Il était à l'opéra. J'aurais dû me douter qu'il serait là. Il assiste à toutes les nouvelles productions de Madame Butterfly qu'il peut. »

J'ai à peine entendu le reste parce que la première partie m'a obligée à me tourner vers le mur le plus proche et me plier en deux pour vomir.

Le pauvre Jack était horrifié. Une fois mon estomac vide, il m'a prise dans ses bras et m'a tenue jusqu'à ce que mes tremblements diminuent suffisamment pour pouvoir m'appuyer sur son bras et retourner à la voiture. Plus tard, il m'a portée au lit et m'a veillée jusqu'à ce que je m'endorme dans ses bras.

Qu'est-ce que je dois faire ?

Il faut que je quitte Jack, bien sûr. Il avait parlé de rencontrer sa famille mais je n'en avais pas très envie. Je ne voulais pas parce que je ne pouvais pas lui rendre la pareille. Et aussi, j'aimais notre monde rien qu'à nous. Ça rendait notre couple encore plus spécial. Je n'aimais pas y faire entrer d'autres gens. Et maintenant, j'ai une bonne raison de ne pas le faire.

En y repensant, c'est bizarre que Jack et moi n'ayons jamais vraiment parlé de nos familles. Je savais qu'il avait ses deux parents et un frère, il savait que mon père était mort quand j'étais petite et que ma mère vivait à Leeds, mais ce n'était que des informations superficielles. Nous n'avions pas eu besoin de creuser plus.

Il faut que je quitte Jack, mais comment faire ? Je n'ai pas été aussi heureuse depuis des années, comment suis-je censée simplement l'abandonner ?

Ce n'est pas juste, tu sais ? N'ai-je pas assez payé pour ce que j'ai fait ? Perdre mon bébé n'était pas une assez grosse punition ? Pourquoi devrais-je perdre Jack aussi ? Pourquoi faut-il que Caesar soit son père ?

Libby

Je jette le cahier par terre dans l'espoir de l'éloigner le plus possible de moi. Je cherche sur mes mains la crasse qui a dû passer de Hector sur moi.

Il ne peut pas être Caesar, c'est impossible.

Mon corps est parfaitement immobile, seule ma respiration s'emballe. Je parcours la cave du regard à sa recherche, mais elle est partie. Bien entendu qu'elle est partie. Elle ne pouvait pas affronter ça.

Je me remets sur mes pieds à grand-peine et commence à faire les cent pas pour m'empêcher de hurler. Comment a-t-elle pu vivre avec ce secret ? Est-ce qu'elle l'a dit à Jack ? Sûrement. Mais comment, lui, a-t-il pu vivre avec ça ? Vouloir jeter son fils dans les bras d'une prostituée, c'est une chose, mais…

Comment vais-je pouvoir regarder Jack en face après ça ? Comment vais-je pouvoir lui parler normalement alors que je sais ? Hector a réduit une femme en esclavage, et cette femme est devenue l'épouse de son fils.

J'entends vaguement une voiture s'arrêter dehors, puis Butch gratter à la porte et aboyer. Jack.

Très vite, je remballe les journaux et les remets dans leur cachette avant de sortir de la cave le plus rapidement possible. J'atteins la chambre quelques secondes avant que Jack entre dans la maison. Butch cesse d'aboyer puis je l'entends courir à son panier.

« Libby ?

— Oui ? réponds-je de derrière la porte.

— J'ai trouvé deux pauvres miséreux qui ont besoin d'être nourris. »

Angela et Grace. Oh, merci, mon Dieu. Merci, mon Dieu. Avec un peu de chance, elles vont rester toute la soirée et je n'aurai pas à parler à Jack ni à lui révéler ce que je viens de découvrir. J'ai le temps de décider comment gérer ça.

Je passe la tête par la porte en souriant.

« Bonjour, Liberty, dit Harriet.

— J'espère que ça ne vous dérange pas que nous débarquions comme ça, enchaîne Hector.

— Nous étions dans le coin et Jack a pensé que ça ne poserait pas de problèmes, ajoute Harriet.

— Ça n'en pose aucun, n'est-ce pas ? » demande Jack. Respire, respire, respire. Je dois juste me concentrer sur ma respiration. Ne pas parler, ne pas rester debout, juste respirer.

« Aucun problème, dis-je, aucun problème. »

Chapitre 17

Libby

Hector est assis dans notre salon avec un apéritif.

Le Caesar d'Eve est dans notre salon à attendre qu'on le nourrisse.

Je me suis affairée dans la cuisine depuis leur arrivée, même si Harriet a essayé de me faire asseoir avec eux pour discuter. Hector me donne la chair de poule, j'ai l'impression d'être recouverte d'une pellicule visqueuse qui rampe sur ma peau. Chaque fois que je le regarde, je vois l'homme qui a fait subir toutes ces choses épouvantables à Eve. À combien d'autres a-t-il fait ça ? Combien de femmes a-t-il payées pour du sexe. Payées. Pour. Du. Sexe. Rien que l'idée est déjà assez laide, mais savoir qu'une fois que l'argent a changé de mains, il ne voit plus dans la femme qui lui fait face qu'un morceau de chair qu'il peut traiter comme bon lui semble…

« Qu'est-ce qu'il y a ? » me demande Jack.

J'ai failli lâcher le plat que je tiens. Je suis tellement concentrée sur le dîner, pour tenter d'oublier ce que je sais sur l'homme à côté de qui je vais devoir passer la soirée, que je ne l'ai pas entendu arriver.

Est-ce que Jack sait ? Est-ce qu'il sait comment Eve, si prisonnière de la pauvreté, gagnait l'argent qui lui permettait de vivre ? Est-ce qu'il sait pour Eve et son père ?

Je me tourne vers lui avec un sourire forcé.

« Rien. Pourquoi ? »

Il veut poser une main sur mon bras, ça me fait tressaillir. Il retient son geste mais le chagrin se lit dans ses yeux.

« Tu as l'air très nerveuse, dit-il à travers sa déception. On peut leur dire pour le divorce, si tu veux. Comme ça tu n'auras pas besoin de faire semblant. Si c'est ça qui te stresse. »

Divorce ? Je réfléchis un instant. *Qui va divorcer ?* Et puis je me souviens. Nous. Moi.

« Non, non, ce n'est pas ça. Je veux juste que le dîner soit réussi.

— Tu ne veux vraiment pas que je t'aide ?

— Non.

— Tu sais, Libby… »

Il se tait. Instinctivement, je m'avance vers lui et le prends dans mes bras. C'est fabuleux de le toucher à nouveau. Les yeux clos, je pose la tête contre sa poitrine et écoute les battements de son cœur. Lentement, précautionneusement, il m'enveloppe de ses bras, pose une main derrière ma tête et me tient tendrement contre lui.

Je t'aime, pensé-je, en espérant qu'il puisse le ressentir à travers ma peau. *Je t'aime tellement.*

« Ils ne vont pas rester tard. Peut-être qu'on pourrait parler tous les deux après ? »

En effet, nous n'avons pas parlé d'Eve jusqu'à présent. C'était trop douloureux, la fin trop inévitable pour qu'il m'expose ce qu'il ressent vraiment pour Eve, pour moi. Mais comment le quitter alors que nous n'en avons même pas correctement parlé. Je ne lui ai pas demandé ce qu'il ressent réellement pour moi. Je n'ai fait que supposer.

« Oui, j'aimerais bien. »

Il arrive à me tenir encore plus près de lui, il ose franchir le vide entre nous en me serrant plus fort et je sens son cœur s'emballer, au même rythme que le mien.

« Libby, c'était fantastique », dit Harriet en déposant soigneusement ses couverts sur l'assiette.

Toutes les assiettes sont vides – sauf la mienne. Jusqu'au moment de m'asseoir en face d'Hector, je ne savais pas que j'allais me retrouver incapable d'avaler quoi que ce soit. J'ai également du mal à parler, oh, et à respirer.

« Je crois que le coq au vin est l'un de mes plats préférés, fait Hector avec entrain. Et maintenant, je ne sais pas si je préfère le vôtre ou celui de ma femme. »

Il pose sa main ridée et veinée sur celle de Harriet.

« Ne le prends pas mal, ma chérie. »

Celle-ci sourit et accueille la main de son mari avec une tendre reconnaissance.

« Ne t'inquiète pas. »

Horrifiée, je détourne les yeux et me lève pour ramasser les assiettes.

« Ah non, vous n'allez pas débarrasser après avoir fait la cuisine », m'admoneste Harriet avant de se lever elle aussi pour le faire à ma place.

Jack se lève aussi pour aider sa mère et je vois venir la suite : ils vont rassembler les assiettes, les emporter à la cuisine puis remplir le lave-vaisselle et me laisser seule avec Hector. Et je vais devoir parler avec lui.

« Non, non, je vais vous aider.

— Hors de question, répond Harriet.

— Pas de discussion, ajoute Jack, tu t'assieds et tu te reposes. »

Une fois seuls, Hector s'adosse à sa chaise et me sourit. Même si je ne le regarde pas, les contours de son visage sont imprimés dans mon esprit. Je n'ai donc aucun répit. J'ai du mal à imaginer comment Eve a pu endurer toutes ces choses terribles.

« Vous avez l'air de bien vous porter, dit Hector.

— Merci.

— Vous serez bientôt prête pour reprendre votre travail. »

Je hausse les épaules en écoutant les bruits de la cuisine, dans l'espoir que Jack et sa mère se dépêchent de revenir, de me libérer de cette torture.

Hector se tait, cesse d'essayer de communiquer avec moi. S'installe alors un silence inconfortable.

« Vous aurais-je contrariée ? » finit-il par demander.

Mon corps gèle sur place. Qu'est-ce que je vais lui dire ? Il ne m'a rien fait à moi, mais il a fait quelque chose à Jack, et à Eve. Parfois j'ai l'impression d'avoir traversé ce qu'Eve a vécu. Mais ce n'est pas le cas.

Je secoue la tête.

« Me feriez-vous au moins l'honneur de me regarder et de me répondre avec des mots ? »

Mon esprit est plongé dans une telle confusion que je m'exécute, je lève la tête et, avec une profonde inspiration, je dis :

« Non. »

440

Ses yeux, les mêmes que Jack, soutiennent mon regard. Je veux voir aussi profondément que possible en eux pour découvrir la nature maléfique tapie dans son esprit, dans son âme. En même temps, je veux détourner le regard et ne plus jamais le regarder.

« De quelle manière vous ai-je contrariée ? » demande-t-il, raisonnablement, calmement – ce qui le rend encore plus menaçant.

Hector, l'homme que j'ai connu ces dernières années, a disparu et a fait place à celui qui a abusé d'Eve. Je ne savais pas qu'ils étaient aussi étroitement intriqués l'un dans l'autre. Inutile de lui mentir.

« Je sais pour vous et Eve. Ou devrais-je dire Honey ? »

J'ai l'air plus sûre de moi que je ne le suis.

« Et que pensez-vous savoir ? »

La seule chose qui a changé dans son expression, c'est sa bouche – plus pincée, plus sévère.

« J'ai trouvé ses journaux intimes. »

Immédiatement, j'ai envie de retirer ce que j'ai dit. Il l'a fait, il l'a tuée. Bien sûr. Il l'a tuée pour récupérer ses journaux, les preuves qu'elle possédait contre lui.

Et maintenant que je lui ai révélé que je les avais, c'est comme si je lui avais dit : « Allez-y, tuez-moi, c'est mon tour. »

Jack

Je me demande souvent si ma mère n'a vraiment aucune idée de la véritable nature de mon père. Ou si elle sait et qu'elle a décidé de faire semblant que tout va bien.

À notre retour de Londres, pour mon quinzième anniversaire, ma mère m'attendait dans la cuisine avec un gâteau. Il y avait quinze bougies et elle a dit :

« Je sais que c'est bête, mon chéri, tu es bien trop grand pour ça, mais j'aimerais tant que tu restes mon petit garçon une année de plus. »

Ce qui s'était passé m'avait presque rendu muet et je ne voulais rien autant que rester son petit garçon. Mon père s'était enfermé dans son bureau, comme chaque fois que quelque chose le contrariait.

Je l'ai prise dans mes bras. Je répugnais toujours à me laisser dorloter, à ce qu'elle me traite comme un bébé, mais là, j'avais besoin de son réconfort, qu'elle soit ma mère. Étonnée, elle a m'a serré fort contre elle.

« Qu'y a-t-il ? a-t-elle demandé, aussi inquiète que troublée. Tu t'es disputé avec ton père ?

— Non, ai-je répondu en essayant de retenir mes larmes. Non.

442

— Allons, dis-moi. Dis-moi, je sais qu'il s'est passé quelque chose. »

J'ai regardé la montre qu'il m'avait achetée après coup pour couvrir mon véritable « cadeau ». Il me l'avait pratiquement jetée au visage.

« Je, euh, je n'aime pas la montre qu'il m'a donnée. Il s'est un peu fâché. »

Ma mère a hésité, sans savoir si elle devait me croire ou pas.

« Merci pour le gâteau », ai-je dit en m'écartant.

Je devais me comporter en homme pour la première fois de la journée et ne pas l'embêter avec ça. Et puis, comment lui expliquer que j'avais vu mon père aller avec une autre femme alors qu'il l'avait, elle, à la maison ? Il avait choisi quelqu'un de si jeune pour…

« Au chocolat, mon préféré. On peut allumer les bougies ? »

Ma mère s'est tenue très raide un instant avant de m'adresser le sourire que j'adorais et de sortir les allumettes.

« Fais un vœu », a-t-elle dit une fois que les flammes des bougies se sont mises à danser devant moi.

Faites que je ne devienne jamais comme mon père, ai-je pensé avant de souffler. *Dieu merci, j'ai éteint toutes les bougies d'un coup. Merci, parce que je ne veux sous aucun prétexte lui ressembler.*

« Comment va Libby ? » me demande ma mère.

J'ai toujours été jaloux de la façon dont Libby appelle si facilement ses parents maman et papa. Moi, je n'ai jamais su faire ça, je n'ai jamais été si décontracté avec eux. Pour moi, ce sont des personnes solennelles et distantes. Eve ne parlait jamais de sa famille, jusqu'à cette nuit où elle m'a tout révélé sur elle. Et ça s'est perdu dans le brouillard de ce qu'elle m'a raconté après ça. Je n'ai jamais trouvé le bon moment pour lui poser la question : encore une case à cocher dans la liste de tout ce que je croyais acquis à perpétuité.

« Elle va mieux. Elle a encore du mal à sortir de la maison, mais elle n'est plus aussi… blessée. »

Je repense au moment que nous avons partagé un peu plus tôt, je crois que j'ai encore une chance. Une seconde chance avec elle.

« Elle est vraiment charmante, dit ma mère.

— Je sais. »

Nous continuons à ranger la vaisselle en silence, puis ma mère pose résolument une assiette en haut de la pile avant de se tourner vers moi.

« J'aurais aimé que tu sois plus proche de ton père. Les choses ne se sont jamais arrangées entre vous deux après ce voyage à Londres pour ton anniversaire. Que s'est-il passé ?

— De quel voyage tu parles ? »

Je me demande si je peux lui dire la vérité maintenant. Je la regarde : sa coupe de cheveux, striée de blanc, flatte ses traits doux. Ses yeux, toujours si tendres et compréhensifs, sont entourés d'un réseau de rides : comme une carte des éclats de rire de sa vie. Ma mère est une femme chaleureuse, c'est pour cela que je me suis toujours demandé pourquoi mon père faisait ça. Qu'est-ce qu'il peut bien vouloir qu'il n'a pas avec elle ?

«Ton voyage à Londres pour tes quinze ans»,
dit-elle calmement, manifestement pas impres-
sionnée par ma tentative d'éluder sa question.

«Quand on s'est disputés pour la montre?

—Jack, dit-elle en me caressant le visage. Mon
petit garçon, tu n'as pas besoin de me protéger.
Dis-moi ce qui s'est vraiment passé.»

Si moi je ne la protège pas, qui le fera?

«Maman, ça fait longtemps. J'ai oublié presque
tout ce qui s'est passé ce jour-là. Et Hector aussi,
probablement.»

Elle répond avec un sourire triste.

«C'est ce que je pensais aussi. Mais Jack, ne crois
jamais cela. Ton père n'oublie jamais rien.»

Libby

Je suis assise là, défiant du regard l'homme qui a probablement assassiné Eve.

Je sais qu'il va gagner. La certitude paisible dans son regard, son attitude imperturbable devant ma révélation ont confirmé ce dont je me suis rendu compte une demi-seconde après avoir révélé que je détenais les journaux : il possède la froideur nécessaire pour tuer.

Sans aucun complexe, je détourne mon regard de ces yeux hypnotiques et me concentre sur mes mains. Grace n'a pas eu l'occasion de refaire mes ongles et j'ai négligé la crème hydratante – mes mains vont vieillir avant l'heure. Comme c'est ironique : mon corps va vieillir normalement, mais ce qui s'en détache, mes cicatrices, aura toujours au moins trente-six ans de moins que le reste. Quand les cellules de mon corps se seront entièrement régénérées dans sept ans, mes cicatrices seront vieilles, mais tout le reste sera encore plus vieux.

« Eve était une jeune femme très perturbée, encline aux divagations, et à l'imagination débordante », m'informe Hector, de manière tout à fait mesurée.

Pas surprenant qu'Eve ait été trop effrayée pour s'enfuir jusqu'à ce que quelque chose de plus important que sa propre sécurité ne lui en donne le courage. Moi je suis déjà déstabilisée, mal à l'aise, probablement au bord de la terreur alors qu'il y a une table entre nous et deux personnes dans l'autre pièce pour me protéger.

« Si vous me montriez ces journaux, je pourrais vous expliquer ce qu'elle a peut-être voulu dire en écrivant. »

J'en ai déjà assez fait pour creuser ma propre tombe jusqu'à présent. Si je continue à me taire, je peux peut-être le garder à distance raisonnable jusqu'à ce que les deux autres reviennent.

« Je n'apprécie pas le mutisme. »

Ça me glace les sangs. Je garde la tête baissée sans rien dire. Ce n'est pas une bonne idée de le mettre en colère, mais je ne veux pas non plus continuer cette conversation. Comment gérer l'homme le plus dangereux qu'on ait jamais rencontré ?

« Thé ? Café ? » demande Harriet en entrant dans la pièce alors que j'allais être forcée de prendre une décision.

Je bondis immédiatement.

« Harriet, asseyez-vous, j'insiste. Jack et moi allons faire le café, il faut que je lui parle de toute façon. »

Harriet ouvre la bouche pour protester, mais je suis déjà à la porte. Ses yeux passent de Hector à moi, mais si elle soupçonne quelque chose, elle ne le montre pas.

« Je prendrai du café, dit Hector, soudain redevenu un père et un époux normaux.

— Moi aussi, ajoute Harriet.

— Café pour tout le monde, dis-je à Jack qui observe la bouilloire brillante.

— Tu ne bois jamais de café aussi tard d'habitude.

— En effet. D'ailleurs, je crois que je vais aller me coucher. Ça te dérange si on parle demain ? Je suis un peu fatiguée. »

Il est déçu, je ne lui laisse pas le temps de me toucher, de me persuader de rester et passer la soirée en compagnie de Hector.

En me déshabillant, je pense aux journaux intimes d'Eve. Je dois finir leur lecture le plus vite possible, pour découvrir ce qui lui est arrivé. Pour découvrir si je viens réellement de dîner avec un meurtrier.

Et si je suis la prochaine sur sa liste.

Chapitre 18

Libby

Toute la journée un crétin n'a pas arrêté d'appeler à la maison. Je ne peux pas ignorer le téléphone parce que ça pourrait être important et comme je passe toute la journée à la cave, je dois chaque fois me déplacer pour prendre la communication. Et chaque fois, la personne au bout du fil reste quelques secondes en ligne avant de raccrocher. J'espère qu'il va se lasser rapidement et trouver quelqu'un d'autre à embêter, parce que la situation commence à me gonfler.

«Tu viens, Butch?»

Il est plus calme que d'habitude aujourd'hui. Je n'avais même pas vu qu'il s'était glissé dans ma chambre avant de me coucher. Il avait sauté sur le lit pour se blottir contre moi. Caresser sa fourrure m'apaise, je me sens *plus en sécurité* avec lui à mes côtés.

Il aboie, tout content, saute de son panier et se précipite dans l'escalier devant moi.

Eve

Je n'ai pas quitté Jack. Et je ne lui ai pas dit que je connaissais son père. Comment aurais-je pu ?

Je sais, je sais : trop de secrets. Ce n'est pas bon, les secrets, c'est malsain dans une relation. Surtout depuis qu'il commence à évoquer le mariage. Je me fais peut-être des idées, mais il a parlé de l'avenir, de nous, il m'a demandé ce que je pensais de la décoration de cette belle maison. Il m'a demandé plus d'une fois d'y emménager pour de bon, d'abandonner mon appartement ; chaque fois j'ai refusé en prétextant que c'était trop tôt.

Ce n'est pas trop tôt – c'est trop effrayant. Si j'accepte sans lui raconter mon passé, je ne suis pas quelqu'un de bien. Si je garde un pied hors de notre relation, alors je peux encore me donner l'illusion de ne pas lui avoir trop menti.

Ça blesse Jack, pourtant il le serait bien plus de savoir quel genre de femme je suis. Mais il va se passer quelque chose et il va falloir prendre une décision, je le sais. Il suffira de rencontrer Caesar dans la rue.

Et puis il ne restera plus qu'à attendre de voir si ce dernier viendra en personne, ou s'il me détruira par l'intermédiaire de Jack, en lui disant que la femme avec qui il couche était une prostituée. Je ne sais pas.

Bien sûr, tout cela serait plus simple si je n'aimais pas Jack à ce point. Je sais que je me suis beaucoup calmée comparé aux premiers jours, et la perte du bébé m'a rendue prudente, mais je ne peux pas ignorer mes sentiments pour lui. Je ne peux pas ignorer que c'est l'homme avec lequel je veux passer le restant de mes jours. Mais ça, c'est égoïste, n'est-ce pas ? Est-ce que je serais la femme avec qui il voudrait passer le restant de ses jours s'il savait ? J'en doute. J'en doute énormément.

Et ça me tue.

Eve

25 janvier 2000

Il est venu.

Hector, Caesar, le père de Jack – quel que soit son fichu nom. Il est venu me remettre à ma place.

Je suppose que je l'ai énervé. J'ai agité un chiffon rouge devant le taureau, sa réaction était prévisible. Tout a commencé le week-end dernier, quand Jack a insisté pour que je rencontre ses parents. Comme je l'ai déjà dit, j'avais évité ce moment avec la dernière énergie jusque-là. J'ai inventé des excuses, feint la maladie, j'ai même tout fait pour qu'on me demande de venir travailler. Mais, ce week-end-là, Jack n'a rien voulu entendre, je savais que c'était important pour lui. Mes manières évasives lui faisaient de la peine ; il se demandait si j'avais honte de lui alors que, évidemment, c'était plutôt le contraire.

Je me suis habillée aussi sobrement que possible : robe crème à fleurs, cheveux détachés, chaussures plates. En chemin, j'étais prise entre minicrises de panique, refoulement de haut-le-cœur.

453

« Je sais que tu es nerveuse, a fini par me dire Jack, mais ce n'est pas la peine. Je suis sûr qu'ils vont t'adorer.

— Jack, à propos de... », ai-je commencé plusieurs fois, mais chaque fois les mots restaient coincés dans ma gorge, bien calés, pas décidés à sortir.

Comment lui dire que son père a été mon mac ? Que j'ai couché avec son père avant de coucher avec lui ?

« Ça va aller, répétait Jack, dès qu'ils te rencontreront, mes parents verront comme tu es belle et gentille et généreuse.

— Ça, j'en doute, ai-je dit en essayant de dissimuler mon angoisse sous une fausse jovialité. Il n'y a que toi qui me vois comme ça. Personne d'autre.

— Tout le monde t'aime. »

J'ai regardé ses mains en me rappelant comme elles m'avaient toujours touchée avec tant d'amour et de tendresse. Même dans la chaleur du moment, consumés par la passion, ses mains, son corps, tout était toujours tendre avec moi. Tendre et aimant. Malgré tout ce que j'ai vu et subi, je sais que les vrais hommes sont comme ça. La plupart des hommes sont comme ça. Ils sont attentionnés, doux, et ne veulent faire de mal à personne. Ils sont gentils parce que c'est dans leur nature, ils n'exigent rien ; ils sont passionnés sans être cruels ; ils sont gentils sans être manipulateurs. C'est grâce à Jack que je me suis rappelé ça.

Il est si différent de son père.

Quand Jack est sorti pour m'ouvrir la portière, j'ai failli passer côté conducteur et démarrer la voiture pour m'échapper. Le problème c'est que je ne sais pas conduire et que Jack avait glissé la clé de contact dans sa poche.

On s'est tous serré la main dans le couloir. Je n'arrivais pas à rencontrer le regard d'Hector. Je lui ai glissé un coup d'œil en coin, pour ne pas voir l'âme de l'homme qui a contrôlé si longtemps ma vie. Est-ce que c'est comme ça que se sentaient les esclaves affranchis avant ? Une fois libres, une fois que leurs maîtres n'avaient plus d'autorité sur eux, se sentaient-ils pleinement hommes alors qu'ils n'avaient pas encore pu oublier les chaînes, les abus et les corrections ?

Je voulais me montrer forte, fière, me tenir droite. Je voulais lui dire : « Regarde-moi, malgré tout ce que tu m'as fait subir, j'y suis arrivée. » Mais je ne pouvais pas. Je suis sûre que la plupart des gens ne pourraient pas. Je sais bien faire semblant, mais pas à ce point.

Il m'a serré chaleureusement la main, tout comme Harriet, sa femme. Nous avons pris le thé au salon, Jack et moi côte à côte sur le canapé. Nous avons discuté tous les quatre. La mère de Jack, la femme de Caesar, était assez sympa. Un peu froide. Réservée. Je suppose qu'elle serait comme ça avec n'importe quelle femme qui sortirait avec ses précieux fils.

Jack me tenait la main, souriait beaucoup, racontait des blagues auxquelles nous riions tous, mais l'atmosphère ne se détendait pas et je n'arrivais toujours pas à regarder Caesar – Hector (je dois me souvenir de l'appeler Hector) – sans me sentir mal. Le souvenir de ses mains sur moi, son corps près du mien, lui en train de me dominer, de m'exploiter, me donnait envie de vomir.

J'essaie de ne pas me sentir victime, mais, assise dans ce salon, sachant que c'était là qu'il rentrait après avoir quitté mon appartement, qu'il s'y servait à boire, lisait le journal certains soirs en compagnie de sa femme, peut-être même qu'il y faisait l'amour devant la cheminée, ça me donnait la nausée.

Finalement ça s'est terminé et nous avons pu partir. On m'avait étudiée, interrogée, approuvée, en gros. Je le sais parce que, à la porte, Harriet a dit :

« Il faut que vous reveniez dîner tous les deux. Nous aurons le temps de faire plus ample connaissance. »

Peut-être me réinvitait-elle parce qu'elle voyait à quel point j'aimais Jack ? Pour moi c'était hors de question, mais l'invitation semblait très importante pour Jack. Je savais qu'il souriait jusqu'aux oreilles à côté de moi. J'allais sourire à mon tour quand, du coin de l'œil, j'ai vu Caesar se raidir pour me faire comprendre qu'il ne fallait même pas y penser. C'est pour ça que je l'ai fait. Pour dire à l'homme qui croyait pouvoir contrôler tout le monde d'aller se faire foutre. J'ai souri à Harriet et j'ai dit :

« Merci, merci beaucoup pour l'invitation. Nous adorerions revenir. Si votre cuisine est à moitié aussi délicieuse que ces scones, alors ce sera avec joie. »

Harriet a souri et j'ai senti le sourire de Jack s'élargir davantage. Et va te faire foutre, Caesar, ai-je pensé, va te faire foutre.

Bien entendu, il n'a pas pu laisser passer ça. Personne ne s'en sort après l'avoir insulté. Il m'avait parlé des jeunes arrivistes qui travaillaient dans la firme dont il était associé et qui pensaient pouvoir le mettre sur la touche. Ils pensaient pouvoir se retrouver en haut de l'échelle grâce à lui. Il les piétinait toujours. Il s'assurait toujours qu'ils ne restent pas plus de six mois, et qu'ils ne soient plus jamais embauchés dans aucune grande firme en sabotant leur réputation. Je me souviens de l'un de ses associés qui avait laissé une marque sur mon visage quand il m'avait frappée pour prendre son pied. Quand j'en avais parlé à Caesar, il s'était vraiment mis en rogne. Je l'avais vu dans ses yeux, à la façon dont son corps s'était quasiment tétanisé de rage. Oui, Caesar l'avait mis dans mon lit, mais il n'avait pas approuvé ça, et il n'était pas content. Quelques semaines plus tard, il m'avait informée que la femme de l'associé, qui avait reçu des preuves qu'il couchait avec sa secrétaire, avait demandé le divorce, que le type était aussi soumis à un contrôle fiscal et qu'il avait perdu *son emploi. Caesar m'avait sorti ça l'air de rien, dans la conversation, pour me faire comprendre que quiconque le mettait en colère avait affaire à lui. Pour me rappeler également qu'il n'hésiterait pas à me piétiner si je projetais de le quitter.*

Du coup, je n'aurais pas dû être surprise de le trouver devant moi en ouvrant la porte tout à l'heure. Dressé du haut de son mètre quatre-vingt-cinq, solide et menaçant dans son costume sombre, son pardessus et ses gants noirs.

Avant que j'aie pu réagir, sa main enserrait ma gorge, m'étranglait, tandis qu'il me poussait dans le couloir, fermant la porte d'un coup de talon derrière lui et me plaquant contre le mur.

« Ne me cherche pas, a-t-il grondé. Je me ferai un plaisir de te casser en deux, espèce de sale petite pute. »

Respirer, je ne peux pas respirer, hurlais-je intérieurement, les ongles enfoncés dans sa main pour essayer de me dégager. Je ne peux pas respirer, je ne peux pas respirer.

« Tu vas sortir de la vie de mon fils à tout jamais. Je me fiche de ce que tu vas lui dire, ou si tu ne lui dis rien du tout, mais tu vas le quitter. Aujourd'hui. Et ne reviens jamais. Je ne te le dirai pas deux fois. »

Il m'a lâchée et je me suis effondrée par terre en toussant, essayant de faire entrer l'air dans mes poumons, tremblante, main sur la gorge.

« Non », ai-je dit, toujours haletante. Les yeux pleins de larmes et le visage en feu, j'ai quand même trouvé les mots pour le défier. « Je ne le quitterai pas.

— QU'EST-CE QUE TU AS DIT ?

— J'ai dit non, je ne le quitterai pas. Et tu ne pourras rien y faire. »

Depuis le sol, j'ai levé les yeux vers Hector, comme une esclave, mais je me sentais tout le contraire.

Il a serré les poings, il allait me frapper. Il pouvait me défigurer, mais ce n'était pas une raison pour faire ce qu'il voulait ni pour lui dire ce qu'il voulait entendre. Au moment où il était entré dans la maison, je m'étais rendu compte de quelque chose, une possibilité qui n'avait jamais été aussi réelle. Et qui l'était d'autant plus maintenant qu'il avait montré ses cartes. S'il était vraiment tout-puissant, pourquoi me menaçait-il ? Après tout, je n'étais qu'une sale petite pute.

« Tu as plus à perdre que moi, ai-je dit. Si tu me fais du mal, je dirai tout à Jack. Et tu perdras ton fils, ta femme, et je sais que les gens avec qui tu travailles ferment les yeux sur tes agissements, mais ne le feraient certainement plus si ça devenait public. Et tu peux bien me tuer. J'ai écrit des cahiers entiers. Tout y est : les dates, les noms, les lieux. Et tu ne trouveras pas mes journaux avant Jack. Alors, vas-y, tu peux toujours essayer, c'est toi qui souffriras le plus. Être une pute, ça marche de pair avec la souffrance : je peux tout encaisser.

— Si tu parles…, a-t-il commencé l'air soudain plus grand, plus imposant.

— Je ne dirai rien, si tu ne dis rien, chéri. »

C'était le genre de chose que Honey aurait dite, mais je n'étais plus Honey. Ou peut-être que si ? Peut-être m'étais-je menti à moi-même toutes ces années en me disant qu'elle n'était qu'un personnage ? N'était-elle pas plus moi qu'Eve, en fait ?

« Fais très attention, petite fille », a-t-il encore grondé, en découvrant un peu plus ses dents parfaites.

Et puis il a disparu, claquant la porte derrière lui avec une violence effroyable.

Je suis restée effondrée par terre pendant un sacré bout de temps, à toucher ma gorge là où il l'avait serrée, et à me demander comment j'allais expliquer ça à Jack. Il suffirait de porter une écharpe ou un col roulé quelques jours et ça irait.

Je sais que le père de Jack reviendra. Il m'aura, peut-être pas physiquement, mais il trouvera un moyen

458

de m'atteindre – ce n'est qu'une question de temps. Il a peut-être plus à perdre, mais il ne laissera pas passer ça. Ce n'est pas son genre.

Il m'aurait peut-être laissée tranquille si je ne m'étais pas mise avec son fils, si je ne faisais pas à nouveau partie de sa vie. Et si je ne l'avais pas menacé. Mais ce qui est fait est fait.

Je sais que c'est stupide, mais, ce qui m'effraie le plus, c'est de ressembler davantage à Honey que je ne le pensais. Si c'est le cas, alors… toutes ces choses que j'ai faites par le passé, je les ai faites parce que moi – EVE – j'en étais capable. Je n'étais pas sortie de mon corps pour les faire ; je n'avais pas porté de masque pour me protéger de toutes ces horreurs.

Moi, Eve, j'ai été une prostituée.

J'étais sale, avilie et dégoûtante.

J'étais désespérée, piégée et effrayée.

Ces choses ne font pas partie du passé, elles font partie du présent parce que Honey ne fait pas partie du passé et c'est Eve que je vois quand je me regarde dans un miroir. Et si c'est Eve qui a fait toutes ces choses, alors elle n'est pas partie. Elle est là, ici et maintenant.

Je suis Eve. Et je suis une prostituée.

Moi

14 février 2000

Ce matin, Jack était à côté de moi dans le lit, à m'observer dormir jusqu'à ce que son regard insistant finisse par me tirer d'un sommeil relativement profond et satisfaisant.

« Bonjour », a-t-il dit, appuyé sur un bras.

Du café. Ça sentait le café. D'habitude, c'est moi qui me lève, avec difficulté, pour mettre en marche la super machine et rapporter deux tasses au lit.

«Hmmm», ai-je fait, sachant qu'il était trop tôt pour les politesses et trop tôt pour le café. J'ai pensé qu'il traversait l'une de ses phases où il veut faire des trucs sains et bons pour le corps et l'esprit tandis que moi je voulais rester au lit et ne penser à rien jusqu'à midi.

«J'ai fait du café.

— Hmm-hmm?» ai-je répondu, ce qui signifiait: Tu veux des applaudissements?

«Et j'ai un cadeau.

— Hmmm.» ce qui voulait dire: Ça ne peut pas attendre? Au moins jusqu'à ce qu'il fasse jour.

Il a posé le «cadeau» devant moi sur l'oreiller.

«Et voilà, princesse.»

J'ai soulevé une paupière et là, sur l'oreiller blanc, il y avait une bague en or et diamant. Mes deux yeux se sont ouverts d'un coup et je l'ai regardée, surprise et un peu effrayée.

Mon regard est passé de la bague à son visage bien réveillé, tout sourire.

Il a haussé les sourcils.

«Alors?»

J'ai fini par retrouver mon sourire, j'ai posé de nouveau les yeux sur les fabuleux diamants puis encore une fois sur lui.

J'ai acquiescé en me mordant les lèvres.

«Viens ici, a-t-il dit en m'attirant à lui et en envoyant valser la bague quelque part dans le lit par la même occasion.

— Non, toi viens ici», ai-je répondu et nous nous sommes embrassés, embrassés et embrassés toute la matinée.

Eve

Le téléphone n'arrête pas de sonner et ça raccroche dès que je réponds.

Ça n'arrive que quand Jack est absent et le silence au bout du fil est vraiment perturbant. Je préférerais qu'il me dise ce qu'il veut, ce qu'il veut me faire, qu'il va me tuer. Je préférerais ça au silence. Parce que j'ai l'impression que ce silence résonne dans toute la maison quand je raccroche. Je me sens en danger ici, chez moi. Immobile, je regarde autour de moi, à la recherche d'une ombre qui ne devrait pas y être, d'un bruit qui m'indique la présence d'un intrus, à attendre que quelque chose sorte de nulle part pour m'agresser.

C'est Hector, bien sûr. Il a commencé quand nous avons annoncé nos fiançailles. Il veut que je parte, il veut me ficher la trouille. Il ne veut pas que j'épouse son fils. Sa stratégie fonctionne, cela dit : je suis de plus en plus nerveuse. Je n'aime pas me retrouver ici toute seule. Ça ne serait probablement pas un problème si la maison n'était pas si grande et divisée en espaces aussi petits, si nombreux et si effrayants.

Il a appelé dix fois ce soir. Pour finir, j'ai débranché le téléphone. Mais je vais devoir le rebrancher au retour de Jack, et si je me contentais de le décrocher, c'est comme si je lui montrais qu'il avait gagné. Il saurait qu'il m'a atteinte, qu'il me fait peur, me trouble au point de devoir prendre des mesures pour que ça s'arrête. Si je répondais, ça montrerait que ça ne m'ennuie pas tant que ça. Si je le débranchais, à l'autre bout ça ne ferait que sonner sans arrêt occupé, donc il pourrait croire que j'ai trop à faire pour décrocher.

Parfois j'aimerais juste qu'il vienne et le fasse, qu'il m'achève au lieu de me torturer. Mais la torture, c'est son truc, n'est-ce pas ?

J'aimerais qu'il y ait un moyen de le dire à Jack sans que cela mette un terme à tout.

Moi

Libby

Le téléphone sonne en haut de l'escalier.

Le téléphone sonne et sonne et sonne. Il a sonné toute la journée.

Ce n'est qu'une coïncidence, n'est-ce pas? Ce n'est qu'une coïncidence si Hector utilisait cette méthode pour ébranler les nerfs d'Eve.

J'efface la sonnerie de mon esprit et me concentre sur le journal intime.

Ce n'est qu'une coïncidence, juste une coïncidence, juste une coïncidence.

Eve

Le jour que j'ai espéré autant que redouté depuis toutes ces années est enfin arrivé.

J'ai reçu une lettre de Leeds ce matin et je n'ai pas osé l'ouvrir. J'ai écrit à ma mère en février pour lui annoncer mes fiançailles avec un homme charmant et que je voudrais qu'elle rencontre un jour et, bien sûr, elle n'a pas répondu.

Mais aujourd'hui, apparemment, j'ai une lettre d'elle. L'adresse et mon nom sont tapés à la machine, mais elle vient de Leeds et étant donné que je n'ai plus aucun contact avec personne de là-bas, c'est forcément une lettre de ma mère.

C'est sûrement les fiançailles qui l'ont fait réagir. Peut-être a-t-elle pensé que, du coup, ça ne me dérangerait pas qu'elle soit toujours avec Alan parce que j'ai fini par comprendre l'amour des grands.

Mais j'ai quand même peur de l'ouvrir, au cas où elle me maudirait. Qu'elle me souhaite de ne jamais avoir de filles qui me fassent ce que je lui ai fait à elle.

Je n'arrive pas à croire que je ne l'ai pas encore ouverte. Avant, j'aurais immédiatement déchiré l'enveloppe pour la lire, mais aujourd'hui j'ai trop peur.

Je l'ouvrirai plus tard. Quand Jack sera couché. J'ai besoin de sa présence mais je ne veux pas avoir à lui

463

annoncer une mauvaise nouvelle. Plus tard, je le ferai plus tard.

12 mai 2000

J'ai bien fait attention à ce que Jack soit endormi avant de me glisser dans son bureau pour ouvrir ma lettre. Mes mains tremblaient, bien sûr, parce que c'était mon premier contact avec elle depuis si longtemps.

Il n'y avait qu'une feuille avec dessus, rédigé d'une écriture très soignée, tout ce que j'avais besoin de savoir.

Désolée, je ne peux pas en écrire plus. Je croyais pouvoir, mais c'est impossible.

19 mai 2000

« Est-ce que tu me trompes ? » m'a demandé Jack quand je suis rentrée aujourd'hui.

J'avais essayé de rentrer en douce, sans le réveiller, mais peine perdue : il m'attendait assis dans l'escalier. Il avait l'air d'être là depuis pas mal de temps.

« Non, ai-je répondu, un peu attristée qu'il me croie capable de ce genre de chose.

— Je ne te crois pas.

— Ça je n'y peux rien, mais je n'ai rien fait qui puisse te laisser penser que je te suis infidèle.

— Alors, les appels téléphoniques en cachette, te pomponner avant de te rendre dans des endroits mystérieux et revenir des heures plus tard que prévu, ça me fait penser à une aventure. En plus, j'ai rencontré ta copine du cours d'anglais. Je lui ai demandé pourquoi elle n'avait pas fait l'excursion dans le pays des Brontë et elle ne voyait pas du tout de quoi je parlais. Quand elle a compris que tu

m'avais menti, elle a essayé de te couvrir en disant qu'elle avait été malade et donc qu'elle ne pouvait pas vraiment se permettre de partir en voyage.

— Pourquoi tu crois qu'elle me couvre ? C'est vrai qu'elle a été malade, ai-je dit sans conviction, en me demandant pourquoi je faisais durer cette comédie.

— De quelle copine je parle ? »

Je l'ai regardé sans rien dire.

« Donc je te le redemande, est-ce que tu me trompes ? »

Je l'ai regardé, j'aurais aimé que ce soit aussi simple qu'une aventure. Ç'aurait été facile de le rassurer. J'ai secoué la tête pour répondre à sa question.

« Qu'est-ce qui se passe ? Ton silence me fait peur. »

La tension de ces derniers jours est soudain ressortie, des frissons me parcouraient le corps, je me sentais faible et sans substance ; je ne savais pas comment je tenais encore debout car mon corps semblait incapable de défier la gravité.

« Si… Si je te le dis, il faudra que je te dise tout le reste. Je ne vois pas comment faire autrement. Et si je fais ça, c'est toi qui finiras par préférer ne jamais l'avoir entendu. Tu préféreras que ce soit quelque chose d'aussi simple qu'une aventure.

— Eve, tu peux tout me dire, je croyais que tu le savais. »

Je me suis retenue de lui rire au nez. Rire au nez de mon pauvre et innocent Jack. Il ne se doutait de rien ; il était loin de s'imaginer de quoi avait été faite ma vie jusqu'ici. C'est ce que j'appréciais en lui, adorais, même. Et ça me révulsait aussi un petit peu. Comment quelqu'un de si proche de moi pouvait-il n'avoir aucune idée de ce que j'avais fait ? Étais-je si bonne actrice ? Avais-je réellement enterré ça si profond ? Le monde me voyait-il comme Eve Quennox, ancienne serveuse, étudiante à mi-temps, fiancée aimante et rien d'autre ?

« Eve, dis-moi. Où étais-tu aujourd'hui ?

— J'étais… »

Je tenais un couteau sous la gorge de la version actuelle d'Eve Quennox. Les prochains mots allaient taillader son visage avant d'enfoncer le couteau dans sa gorge devant l'homme qu'elle aimait.

« J'étais à Leeds. »

Le couteau a plongé dans la chair d'Eve.

« À l'enterrement de ma mère. Ça faisait dix-sept ans que je ne l'avais pas vue. »

Le visage d'Eve était presque impossible à reconnaître à cause des coups de couteau.

« Quand je lui ai avoué que son copain essayait de me violer depuis mes quatorze ans et qu'elle ne m'a pas crue. »

Les entailles étaient presque réconfortantes : une douleur souhaitée.

« Elle est morte dans son sommeil la semaine dernière.

— Eve, pourquoi ne m'as-tu rien dit ? J'aurais pu venir avec toi. J'aurais pu te soutenir. »

Sa sollicitude m'a déroutée, elle n'avait pas sa place ici.

« Parce que, Jack, je… je… »

J'ai secoué la tête en essayant de lui expliquer, de lui faire comprendre.

« J'ai fait des choses terribles parce que j'ai dû partir de la maison si tôt. Je l'aimais tellement, mais elle l'a choisi lui, plutôt que moi, alors j'ai arrêté l'école, je n'ai pas passé mon bac et je suis allée à Londres. J'ai essayé de reprendre contact avec elle tant de fois durant toutes ces années, mais elle m'a toujours ignorée.

— Ce n'est absolument pas ta faute. Je suis vraiment stupéfait que tu sois assez indulgente pour aller assister à son enterrement après tout ça.

— C'était ma mère. Bien sûr que j'y suis allée. Je l'aimais. C'était la personne la plus importante de ma vie.

466

— Je ne comprends toujours pas pourquoi tu n'as pas pu me dire ça. Tout ça n'est en aucun cas ta faute. »

Une fois le visage de cette Eve réduit en lambeaux, le couteau est revenu sur sa gorge, prêt au massacre final.

« Mais tout ce que j'ai fait après, si.

— Je ne comprends pas.

— Une fois à Londres, j'ai trouvé un travail, mais j'ai été licenciée pour raison économique et je, euh, finalement j'ai trouvé un autre travail… »

Je me suis tue pour rassembler autant de courage que possible.

« Dans un club de strip-tease, pour gagner de l'argent. »

Le couteau a frappé la gorge d'Eve, profondément, faisant jaillir le sang.

« Au bar ? Je ne vois pas le problème.

— J'avais dix-sept ans, Jack, ils contrôlent tes papiers si tu veux travailler au bar, ils s'assurent que tu as l'âge légal pour ne pas perdre leur licence. Mais si tu veux être strip-teaseuse, en général, ils te croient sur parole. »

J'ai vu le choc élargir ses yeux, l'horreur descendre sur son visage tandis qu'il réalisait.

« Mais… Mais tu avais besoin d'argent. Tu n'avais ni vraie qualification ni expérience de travail, et tu avais évidemment besoin d'argent.

— Oui, j'avais besoin d'argent. Et c'est pour la même raison que, quelques années plus tard, quand mon petit copain toxico nous a presque ruinés, j'ai commencé à vendre mon corps pour joindre les deux bouts. »

Le couteau était bien enfoncé dans la gorge d'Eve – pas d'histoire, pas de bazar. C'était terminé.

Les yeux plissés, Jack se demandait si je lui disais la vérité.

« Quoi ? Qu'est-ce que tu es en train de me dire ?

467

— Que, jusqu'à la fin de l'année 1996, j'ai été une prostituée. »

Je ne sais pas à quoi je m'attendais comme réaction, mais j'ai quand même été surprise quand il s'est assis en me regardant. À chaque seconde, il devenait plus pâle, son teint éclatant s'est estompé sur son visage, ses lèvres, ses mains, jusqu'à devenir grisâtre.

Dans ses yeux, j'ai vu qu'il sondait ses souvenirs, à la recherche de quelque chose qui lui aurait mis la puce à l'oreille, donné un indice.

« Mais ce n'est pas possible. Pas possible. Pendant l'été 1996, toi et moi… Tu ne m'as pas demandé d'argent. Je ne t'ai pas payée. Ce n'est pas possible.

— Si. Quand on a… je l'étais.

— Ça veut dire que… ma première fois, j'ai… avec une prostituée ? »

Il a eu un haut-le-cœur comme s'il retenait un vomissement.

« Tu t'es moquée de moi pendant tout ce temps ? C'était un genre de jeu dégueulasse, c'est ça ? Se taper un puceau complètement naïf ? Puis tu t'es servie dans mon portefeuille pendant que je dormais ?

— Non, Jack. Bien sûr que non ! Ça n'avait rien à voir. Je ne t'ai pas pris d'argent. Tu te souviens comment tu t'es senti à l'époque ? Moi je ressentais exactement la même chose. Si tu avais la moindre idée de ce que ça signifiait pour moi… J'avais couché avec beaucoup d'hommes, mais tu es le seul avec qui j'ai fait l'amour. Si tu ne dois croire rien d'autre, crois au moins ça, s'il te plaît. »

Son corps a été secoué d'un nouveau haut-le-cœur. Et puis, soudain, il s'est levé sans un mot et a monté l'escalier, comme s'il avait du plomb dans les semelles ; du plomb dans les os.

Je suis restée là, à me demander quoi faire. J'avais toujours les clés de mon studio, je pouvais y retourner, mais toutes mes affaires étaient ici. Je ne savais pas ce qu'il voulait que je fasse. Je pouvais dormir dans l'une des chambres d'amis mais peut-être allait-il m'ordonner de disparaître pour toujours ? Quelques minutes plus tard, il est réapparu vêtu de son short de sport, d'un tee-shirt et de baskets. Il est passé devant moi comme si je n'existais pas.

C'était il y a deux heures. Il n'est toujours pas rentré. Je ne sais pas quoi faire.

Depuis, je suis assise sur notre lit, dans ma tenue d'enterrement.

Je ne sais pas quoi faire. Ni comment savoir s'il va bien.

Encore une fois, j'ai tout fichu en l'air. En disant la vérité à quelqu'un que j'aime, j'ai tout fichu en l'air.

Moi

Nous avons passé des jours bizarres et déstabilisants, et je crois qu'aucun de nous ne comprend vraiment ce qui se passe.

Cette nuit où j'ai tout dit à Jack, il est sorti courir pendant des heures. Il est parti vers minuit, il a dû rester dehors jusqu'à quatre heures du matin.

J'ai dû m'assoupir à un moment, même si je ne pensais pas pouvoir dormir. J'avais la tête pleine de tout ce que les gens avaient dit à l'enterrement : comme ma mère était si fière de moi, partir à Londres toute seule et réussir à sortir du lot dans une société de comptabilité, puis à Brighton avec un travail de secrétaire dans un cabinet d'avocats. Ma mère m'a inventé toute cette vie à partir de mes lettres qu'elle a lues et gardées, sans jamais y répondre.

Et quand je me suis fiancée, elle était si impatiente que le jour du mariage arrive. Elle imaginait comment ça se passerait, où ça se passerait, près de la mer, et disait qu'elle ferait le déplacement.

Bea, la meilleure amie de maman au bingo, m'a prise à part plus tard parce qu'elle connaissait la vérité. Elle m'a dit que maman avait jeté Alan après ma première lettre envoyée de Londres. Apparemment, le fait que je parte si loin lui avait ouvert les yeux. Elle savait, d'après Bea, que je ne serais jamais partie si j'avais menti ou que je me sois trompée, comme l'en avait convaincue Alan.

« Mais un jour, j'ai appelé, et c'est lui qui a répondu, ai-je dit.

— Alors c'était bien toi. Elle n'en était pas certaine, mais on a essayé de lui faire comprendre de ne pas trop espérer. Non, ma chérie, ce n'était pas lui – c'était Matthew, mon mari.

— Qu'est-ce que vous voulez dire par "ne pas trop espérer" ? Elle n'a répondu à aucune de mes lettres, pourquoi elle aurait espéré un appel ?

— Tu sais ce que c'est, ma chérie, une lettre, c'est une chose ; parler à quelqu'un, c'en est une autre. C'est terrible, la honte. Ta mère avait tellement honte de ne pas t'avoir crue qu'elle ne pouvait pas se regarder en face. Elle ne se l'est jamais pardonné. Combien de nuits ai-je passées à la consoler pendant qu'elle pleurait de t'avoir laissée tomber. Elle disait souvent que ton père aurait eu honte qu'elle n'ait pas su te protéger. J'ai essayé de lui dire de te contacter, d'arranger les choses, mais elle ne m'écoutait pas. Tu sais comment était ta mère, si dure avec elle-même. Mais elle n'aurait pas pu continuer à garder ses distances et à se punir comme ça si elle t'avait eue au téléphone ou devant sa porte. »

Ce n'est pas vrai, ce n'est pas vrai, ai-je pensé. Si seulement je lui avais parlé…

« Je serais revenue si j'avais su qu'il était parti.

— Je lui ai dit : "Envoie-lui au moins une carte d'anniversaire ou pour Noël", mais ta mère pensait que tu étais heureuse. Dans tes lettres, tu avais toujours l'air heureuse et tu ne semblais pas avoir besoin d'elle. »

Je me suis écroulée sur place.

« C'est faux. C'est faux. J'avais besoin, tellement besoin d'elle. Tant de fois dans ma vie j'ai eu besoin de ma maman. »

Je me suis mise à pleurer sans pouvoir m'arrêter. Jusqu'à maintenant, ça n'avait pas eu l'air réel, ça n'avait pas eu l'air possible que je ne puisse plus jamais lui parler. Ça n'avait pas d'importance parce que je croyais qu'elle me prenait toujours pour une menteuse. Mais si j'avais été honnête avec elle, si, rien qu'une fois, je lui avais montré à quel point ma vie était affreuse et comme je voulais qu'elle m'aide…

Bea m'a prise dans ses bras pour essayer de me consoler. C'est pour ça que je suis rentrée si tard. Je n'arrivais pas à me relever ni à arrêter de pleurer, et j'ai raté mon train. Tout était allé de travers après mon départ de Leeds et je n'aurais plus jamais d'occasion d'arranger ça parce que j'avais fait tant de choses si terribles, et ma mère n'était plus là pour me réconforter et faire en sorte que tout aille mieux.

« Je ne l'ai jamais vue aussi heureuse qu'en apprenant tes fiançailles, n'arrêtait pas de dire Bea. Elle était si contente que tu aies quelqu'un pour s'occuper de toi. »

Après mes révélations à Jack, j'ai repassé tout ça en revue, en me disant, comme je l'avais fait dans le train de retour de Leeds, que j'aurais tellement voulu que maman m'appelle, me parle. À un moment, j'ai dû m'endormir.

À mon réveil, Jack m'observait depuis la porte. En sueur, vêtements collés, son corps d'habitude musclé semblait amaigri, épuisé. Il avait les cheveux presque noirs

471

de transpiration et le visage pâle. Je ne sais pas depuis combien de temps il me regardait, mais sa présence, son maintien, n'avaient rien de malveillant malgré ce qu'il devait éprouver.

« Jack ? »

Sans un mot, il s'est dirigé vers la grande salle de bains. Quelques secondes plus tard, j'ai entendu la douche. J'ai attendu, assise sur le lit, sans savoir quoi faire.

Finalement, il est revenu, une serviette autour de la taille et il s'est dirigé droit sur la penderie puis dans la salle de bains de la chambre pour s'habiller. J'ai ramené les genoux contre ma poitrine. Je portais toujours mes vêtements noirs, ceux de l'enterrement de ma mère. Ça semblait assez approprié, en fait, étant donné qu'une autre relation – détruite par mes vérités – était sur le point d'être enterrée.

Quand Jack est réapparu, il n'avait plus l'air aussi absent qu'auparavant. Il avait l'air aussi normal que possible. Normal, propre, purifié.

Il s'est assis tout doucement au bord du fauteuil en cuir de la coiffeuse avant d'allumer la petite lampe malgré le jour qui commençait à filtrer par les stores ; nous serions bien vite samedi matin.

« Dis-moi tout. J'ai besoin de tout savoir. Dis-moi tout, s'il te plaît. Je vais essayer de t'écouter sans porter de jugement, mais je crois que ça sera plus facile si je sais tout.

— Tu es sûr, Jack ?

— Oui. Je ne sais pas comment on va surmonter ça si tu ne me dis pas tout, sinon je vais m'imaginer que c'est pire que ça ne l'est déjà.

— Alors tu penses que tu vas pouvoir surmonter ça ?

— Oui. Je l'espère. C'est ce que je veux plus que tout. Alors, dis-moi, s'il te plaît. »

Alors, je lui ai dit. Je suis sortie de moi-même et je lui ai raconté : le strip-tease, Elliot, mon départ de Londres,

472

la recherche d'emploi à Brighton, l'agence d'escort. Je lui ai raconté Caesar, sauf que j'ai changé le nom. Je lui ai dit que j'avais rencontré un homme qui semblait gentil et qui avait fini par devenir mon mac mais ne m'avait jamais donné d'argent et me forçait à voir des tas d'autres hommes jusqu'à ce que je décide de m'enfuir. Je ne lui ai pas raconté le bébé perdu.

« La seule fois où je lui ai résisté, c'était l'après-midi que j'ai passé avec toi. Je ne pouvais pas me faire à l'idée de laisser un autre homme s'approcher de moi après avoir passé les plus belles heures de ma vie avec toi. J'espère que tu me crois. Voilà. C'est tout. »

Jack ne m'a pas interrompue, il a écouté, tressailli, retenu ses haut-le-cœur autant que possible. Ça n'a pas été facile, mais il l'a fait. Est-ce que c'est ça l'amour ?

« Je ne peux pas imaginer ce que ça a dû être pour toi, a-t-il dit doucement. Je suis désolé, je suis tellement désolé que tu aies dû affronter tout ça. Je ne sais pas comment tu as fait pour survivre.

— Je suis désolée de ne pas te l'avoir dit plus tôt.

— Ce n'est pas facile d'en parler, a-t-il dit en se levant. Je vais être franc : j'ai beaucoup de mal, mais je ne veux pas te perdre. J'ai besoin de temps seul, maintenant. Je vais dormir dans la petite chambre. Mais seulement pour aujourd'hui. Demain, si tu le veux, on pourra reprendre notre vie normale. »

J'ai acquiescé.

« Et on n'en reparlera plus.

— Si tu penses pouvoir.

— J'aimerais vraiment qu'on essaye, si tu le veux aussi.

— Oui, vraiment.

— Bonne nuit, Eve.

— Bonne nuit. »

C'était il y a une semaine. Il a tenu parole. Le lende-main, tout semblait revenu comme avant. Mais est-ce que ça l'était vraiment ? Est-ce que ça le redeviendrait vraiment un jour ?

13 juin 2000

Hier, à la fac, une femme qui s'appelle Michelle parlait de sa relation avec son ex-mari.

Je ne me souviens pas pourquoi elle parlait de ça, mais elle est très bavarde et parle très fort, toujours de trucs intimes qu'on ne raconterait même pas à ses meilleurs amis. J'écoutais à moitié mais à un moment elle a dit qu'ils s'étaient séparés depuis longtemps avant de se séparer physiquement. Ça a attiré mon attention.

« On ne s'est pas mis à se disputer ni rien, simplement c'était fini bien avant que j'aie le courage de partir.

— Pourquoi, qu'est-ce qui s'est passé ? » a demandé quelqu'un.

Je voulais poser la même question mais pas qu'elle croie que son histoire m'intéressait. Parce que s'il y a bien une chose que Michelle aime plus que parler d'elle-même, c'est faire parler les autres et elle y arrive parce qu'elle insiste tant qu'au bout du compte on craque pour en finir une bonne fois pour toutes.

« Je ne sais pas trop, a dit Michelle, mais je crois que ça a commencé après que quelqu'un au boulot m'a harcelée sexuellement. Tout a été réglé, au boulot je veux dire, et le type a été viré parce qu'il ne s'en était pas pris qu'à moi, mais après ça, je ne sais pas, mon mari s'est comme éloigné de moi. Il m'a soutenue et a été parfait à l'époque mais, après, c'était comme s'il avait été recouvert de film alimentaire, on n'a plus jamais été proches.

« Il me prenait dans ses bras, m'embrassait, me donnait de petites tapes sur les fesses, on regardait la télé l'un contre l'autre, on faisait l'amour, mais il n'était plus entièrement là. Vous voyez, sur le papier il était toujours le même homme aimant et attentionné que j'avais épousé, mais j'avais l'impression que seul son corps agissait ; son esprit et son cœur ne s'engageaient jamais vraiment.

« C'est difficile à comprendre si vous n'avez jamais été dans ce genre de situation, ça vous tue, lentement mais sûrement. Vous savez quand on parle de mort à petit feu ? C'était exactement ça. »

Ce qu'elle décrivait ressemblait fort à ce que nous vivions, Jack et moi.

« Qu'est-ce qui l'a provoquée, à ton avis ? a demandé quelqu'un.

— Le truc du harcèlement sexuel, je crois. Il était de mon côté, mais j'imagine qu'un petit doute s'est installé dans sa tête. Il ne pouvait pas être tout à fait sûr que je n'avais pas encouragé ce type, flirté ou que sais-je – en gros il m'a fait porter le chapeau. Je suppose que, dans sa tête, c'était comme si je l'avais trompé, mais pas tout à fait, donc il pouvait rester avec moi, mais je pense que l'image de moi avec cet autre type ne s'est jamais effacée. Ça a creusé un énorme fossé entre nous.

« Pendant très, très longtemps, j'ai cru que je devenais folle. J'ai cru que ça venait de moi, jusqu'à ce que je lui demande ce qui avait changé et qu'il hausse les épaules en disant qu'il ne savait pas, mais qu'il y avait bien quelque chose. J'ai proposé qu'on aille voir un psy mais il a refusé. Comme la plupart des hommes. Je crois qu'il ne voulait pas s'avouer à lui-même ou à un inconnu qu'il me tenait pour responsable. Alors on s'est séparés. »

En l'écoutant, j'ai compris que je ne devenais pas folle. Jack s'est montré charmant depuis cette nuit-là. Il me demande comment je vais, si je veux parler de ma mère.

Il me fait du thé, me dorlote, m'embrasse, me dit qu'il m'aime. Mais on dirait un robot. Comme s'il exécutait ces actes mécaniquement au lieu de les faire parce qu'il en a vraiment envie. Il simule – face à moi, la plus grande simulatrice qui soit ! J'ai cru que ça venait de moi, j'ai cru que c'était moi qui me montrais trop prudente, qui imaginais des choses, qui voyais un faux éloignement. Mais c'était bien ce qui se passait en réalité : il s'éloignait de moi.

Comment lui en vouloir ? C'est moi qui ai vécu cette vie et je n'arrive toujours pas à gérer, alors comment le pourrait-il, lui ? Le sexe était une chose tellement précieuse pour lui qu'il avait attendu de rencontrer la femme parfaite et cette femme, celle avec qui il a finalement couché, était une pute. Je déteste ce mot, si sale, si humiliant. Quand je l'entends, je me sens sous-humaine – même si on parle de quelqu'un d'autre, même si je l'utilise pour moi-même.

Ça me donne toujours l'impression d'être une citoyenne de la plus basse extraction qui soit. Quand un homme me le murmurait à l'oreille, m'ordonnait de dire que j'étais une sale petite pute et que j'aimais ce qu'il me faisait, ça me tuait de l'intérieur ; ça me rappelait que peu importe le nombre de douches que je prendrais, l'argent que je gagnerais, la façon dont je me sortirais de là, je serais toujours inhumaine et sale ; personne ne me respecterait jamais parce que j'étais une pute. Je les dépréciais et je dépréciais le sexe en faisant ce que je faisais.

Savoir ce que j'ai fait doit le miner de l'intérieur. Il agit tellement normalement alors qu'il est probablement dégoûté par ce que je suis et ce que j'ai fait.

Encore une fois, est-ce ainsi qu'on agit quand on aime ? On met de côté ses propres sentiments et on fait ce qu'on pense être le mieux pour la personne qu'on aime ?

Je l'espère, parce que j'aime Jack. Et c'est pour cela que je l'ai fait : j'ai quitté la fac plus tôt aujourd'hui et j'ai fait mes valises. Il fallait que je lui laisse un mot, mais, au

476

lieu de ça, j'ai fini par écrire pour essayer d'organiser mes pensées. Je ne sais pas quoi faire. Contrairement à Elliot et Caesar, Jack ne mérite pas que je disparaisse comme ça. Mais, quoi que j'écrive, il aura l'impression que je lui en veux, alors que ce n'est pas sa faute. C'est la mienne, de n'avoir pas vécu une vie meilleure; d'être devenue une pute.

Après avoir quitté Caesar, je ne pensais pas que faire ce que j'ai fait allait me déposséder de tout le reste, mais, à présent, je comprends que j'ai perdu toute chance de mener une vie normale.

Le temps file. Peut-être que je devrais partir et lui envoyer une lettre plus tard. Il sera sûrement soulagé que la comédie prenne fin pour pouvoir se trouver une fille convenable.

Parce que c'est ce que je ne suis définitivement pas: une fille convenable.

Moi

16 juin 2000

Ça ne s'est pas exactement déroulé comme prévu: il avait deviné que j'allais partir. DEVINÉ! Tu y crois? Manifestement, il me connaît mieux que je ne me connais moi-même parce que je n'avais décidé ça que le matin même.

«S'il te plaît, ne t'en va pas», a-t-il dit les yeux plissés devant le sac d'oncle Henry, comme s'il avait la vue brouillée par la douleur, alors qu'en fait il retenait ses larmes.

«J'essaie, j'essaie réellement de me sortir ça de la tête. Et je sais que c'était avant qu'on... Mais c'était aussi

477

pendant notre première fois. Et mon père a voulu me jeter dans le lit d'une prostituée pour ma première fois... Je... »

Il tremblait en s'efforçant de ne pas pleurer.

« Je n'ai pas pu. Je n'ai pas pu et puis tu es apparue. Je ne te connaissais pas mais ça semblait aller de soi alors j'ai... Et maintenant... Je n'arrive pas à me sortir de la tête l'image de toi avec d'autres hommes. Je sais que ce n'est pas juste pour toi, que c'est mon problème, alors s'il te plaît, ne t'en va pas. Donne-moi du temps. J'ai simplement besoin de temps. Je vais essayer plus fort, je te le promets.

— Je ne peux pas, Jack. Quand on aime quelqu'un comme je t'aime, le voir blessé est la pire souffrance du monde. Ce que je t'ai fait... Je suis désolée, tellement désolée. Je ne sais pas... »

En trois enjambées il a franchi la distance qui nous séparait, m'a prise dans ses bras et m'a embrassée. Ça m'a pris quelques secondes pour réagir. J'ai laissé tomber mes affaires et je l'ai embrassé à mon tour. Je n'aurais probablement pas dû. J'aurais probablement dû m'en tenir au plan et partir, mais c'était tellement bon.

Et ce fut encore mieux de faire l'amour là, par terre dans le couloir. D'effacer tous les doutes, de se déconnecter du reste du monde et de se débarrasser de tous les mots impuissants d'expliquer ce que je ressentais pour lui.

Après ça, tout a semblé différent, un petit peu mieux, nous étions un petit peu plus proches. Je savais que je ne le quitterais pas et j'espérais, envers et contre tout, qu'étant donné que j'avais arrêté la pilule, nous avions fait un bébé.

Eve

478

Fin août 2000 (nouvelle mise à jour)

Ces coups de téléphone me rendent dingue.

Parfois ça s'arrête pendant quelques jours, et juste quand je commence à me détendre, à les oublier, ça recommence. Il sait quand et comment m'atteindre. Mais moi aussi, je sais comment l'atteindre.

Une fois, j'ai entendu une voix quand j'ai décroché. Ce n'était pas la sienne, mais celle d'un homme qui me disait que, si je partais, on me donnerait quatre-vingt-dix mille livres. En gros ce qui m'avait été promis pour ces mois passés en 1996 avec Hector. J'ai raccroché.

Deux semaines plus tard, Jack et moi avons reçu un chèque sur lequel était inscrite la somme dont on m'avait parlé au téléphone. Je me suis sentie mal quand Jack me l'a montré, je savais ce que cet argent représentait, ce qu'il signifiait. Hector utilisait mon passé pour contaminer ma relation.

JE SAIS QUE VOUS L'UTILISEREZ INTELLIGEMMENT, avait écrit son père.

J'ai persuadé Jack d'envoyer l'argent à un foyer pour femmes (celui où j'avais reçu de l'aide) et à une association pour les sans-abri. J'aurais aimé voir la réaction de Hector quand Jack lui a dit ce que nous avions fait de son chèque.

Le téléphone a recommencé à sonner dès le lendemain. C'est ma faute, je l'ai contrarié, mais je déteste me sentir faible et sans défense.

Toujours pas de bébé et je reprends la pilule.

Parfois c'est si douloureux de vouloir autant un bébé. Je veux une fille, et je l'appelle Iris, comme ma mère. Ça m'aidera. Ça m'aidera à combler l'immense puits de malheur qui se creuse en moi chaque fois que je pense à maman et au temps que nous avons perdu.

Je crois que c'est aussi un peu pour ça que je veux un bébé. Je veux quelqu'un d'autre à aimer. Mais je ne veux pas faire pression sur Jack. Les choses viennent juste de s'arranger, je ne veux rien compromettre.

Moi

21 octobre 2001

En ce moment, l'une de mes personnes préférées est Grace Clementis.

Elle et son mari Rupert sont des amis très proches et de longue date de Jack, et elle est tellement sympa. C'est l'une de ces filles riches qui possèdent des tas de vêtements de créateurs et semblent être nées avec une cuillère en argent dans la bouche, mais elle est aussi incroyablement chaleureuse et gentille. Au premier dîner que Jack avait organisé pour nous quatre, j'ai pensé qu'elle allait se montrer narquoise et condescendante, mais en fait elle n'a fait que sourire et me serrer contre elle quand nous sommes arrivés à notre table et elle m'a parlé comme si nous nous connaissions depuis des années. Quand elle m'a posé des questions sur ma rencontre avec Jack, ce que je pensais de la maison, et pourquoi j'avais disparu de sa vie si longtemps, j'ai eu l'impression qu'elle ne m'aurait pas taquinée de cette façon si elle estimait qu'on n'allait pas bien ensemble, lui et moi. Elle me considérait comme une vieille amie avec qui tous les sujets étaient permis ; ils s'abstenaient le plus possible de faire des blagues que je n'aurais pas comprises, parce que j'étais l'une des leurs à présent.

« Tu as une idée du nombre d'appels que j'ai reçus de Jack pour me demander mon avis sur la raison de ta disparition ? a-t-elle dit.

— Grace... », a grondé Jack.

— Bah quoi ? C'est vrai, non ? Mon préféré c'est quand il m'a dit que tu devais être en mission secrète et

480

que tu n'aurais pas dû t'approcher de lui. Eh oui, il a vraiment dit ça. »

À la fin du dîner, elle m'a prise dans ses bras comme une vieille amie.

« Je suis contente que tu sois revenue, a-t-elle dit, comme si elle m'avait connue avant. J'espère que tu vas rester. »

Ce soir, elle m'a sauvé la vie parce que Jack était d'une humeur épouvantable. Tout allait bien quand nous nous sommes préparés pour aller les voir, et il était magnifique dans son costume trois-pièces bleu marine avec sa cravate rouge – moi je portais une robe rouge toute simple qui allait très bien avec sa cravate. Ce n'était pas fait exprès.

Comme toujours, on a rigolé sur le chemin du restaurant, et tout s'est bien passé jusqu'au plat principal. Là, son attitude a changé, son visage – d'habitude si détendu – s'est fermé et il semblait serrer les dents en silence, les yeux dans son assiette. Son agneau rôti, son plat préféré, était cuit à la perfection et l'accompagnement semblait délicieux. Le vin était bon mais il n'en buvait pas parce qu'il conduisait. Je n'ai pas compris son changement d'humeur. J'ai posé une main sur sa cuisse pour demander si ça allait, et il s'est dégagé brusquement. Le message était clair : ne me touche pas.

Je ne savais pas ce que j'avais fait pour mériter ça ou ce qui n'allait pas. Mal à l'aise et un peu inquiète, j'ai reposé ma main sur ma cuisse et fixé mon assiette, pas certaine de pouvoir avaler quoi que ce soit, attendant que les larmes se mettent à couler dans la sauce tomate de mes pâtes. En levant la tête j'ai croisé le regard de Grace et j'ai dû détourner les yeux, gênée qu'elle ait été témoin de la scène.

« Qu'est-ce qu'il y a, Britcham ? » a-t-elle demandé.

Jack lui a lancé un regard meurtrier.

« Ohhh, heureusement que les regards ne tuent pas.

481

— Tais-toi, Grace.

— Bon appétit à toi aussi. »

L'atmosphère se détériorait et je savais que c'était ma faute, mais j'ignorais pourquoi.

« Bon, a soudain déclaré Grace, si Jack ne se déride pas rapidement, on lui vole son portefeuille et on s'en va tous en le laissant faire la vaisselle pour payer l'addition.

— Ça ne le dérangera pas, il est très fort pour faire la vaisselle, hein, mon vieux ? a dit Rupert.

— Activité qui t'est complètement inconnue, a soudain dit Jack, l'air de sortir enfin de son humeur massacrante. »

J'ai repoussé ma chaise et exécuté une sortie aussi digne que possible pour aller aux toilettes tandis que Rupert et Jack continuaient à plaisanter. Dans la pièce vide, j'ai fait les cent pas sans me regarder dans le miroir en essayant de respirer pour me calmer et – plus important – de ne pas pleurer.

Quelques secondes plus tard, Grace est apparue et a posé ses mains sur mes épaules.

« Ça va aller, tu sais », a-t-elle dit alors que je m'effondrais contre elle.

C'était si bien qu'elle soit là pour me soutenir, si merveilleux pour mon âme. Je ne voulais pas me mettre à pleurer pour ne pas me retrouver à table avec les yeux rouges et le cœur lourd.

« Jack peut être un vrai con parfois, a-t-elle continué en me caressant le dos et me serrant contre elle. Mais il t'aime. »

J'ai acquiescé.

« Allez, viens, on y retourne et on se saoule à mort, ça lui apprendra.

— D'accord », ai-je répondu avant de la suivre dans la salle, là où attendait mon hostile fiancé.

Bien sûr, j'ai compris plus tard quel était le problème. À peine avions-nous passé la porte d'entrée de la maison que Jack s'est tourné vers moi.

«Est-ce qu'il y a un seul homme à Brighton avec qui tu n'as pas couché?»

J'ai eu un mouvement de recul en entendant ces mots aussi méchants que venimeux.

«Quoi? Qu'est-ce que tu me fais?

— Ce soir au restaurant, il y avait un de tes anciens clients, n'est-ce pas?»

C'était vrai. Mais je ne voyais pas comment Jack pouvait le savoir.

«Quand tu en vois un, tu as ce regard. Normal que tu n'aimes pas les restaurants: ça arrive toujours dans ce genre d'endroits. Une minute avant tu es normale, et tout à coup tes yeux deviennent vitreux et tu as ce regard fixe, comme si tu essayais de te rappeler les détails.

— Ce n'est pas le cas.»

Je ne m'étais jamais rendu compte que ma réaction se voyait sur mon visage, qu'un témoin attentif de la scène pouvait deviner ce qui se passait à ce moment-là.

«Alors qu'est-ce que tu fais? a craché Jack avec un sourire méprisant.

— J'essaie de faire semblant que ça n'est jamais arrivé. J'essaie d'effacer son visage et tout le reste de ma mémoire pour ne pas perdre mes moyens si je suis amenée à le revoir.

— Il y en avait combien ce soir?

— Je croyais qu'on ne parlait plus de ça?

— Parfois je n'arrive pas à gérer la situation. On partage cet énorme secret, et la plupart du temps, ça va. Mais en même temps, j'ai peur de sortir avec toi dans des lieux publics au cas où on croise l'un d'eux et que tu aies ce regard. À la seconde où je comprends, le film se met à défiler dans ma tête. Je t'imagine avec lui et je...»

Il s'est interrompu et l'horreur a percé dans ses yeux, puis il a lentement baissé la tête jusqu'à ce que je ne sais quel nouveau cauchemar qui le tourmentait lui fasse ouvrir la bouche.

« Est-ce que tu as "escorté" mon père ? Est-ce que tu l'as fait avec lui ? »

Je l'ai regardé. Mon si beau Jack qui me haïrait à jamais quand je répondrai à cette question.

Ne me force pas à répondre, Jack, ai-je pensé. Ne m'oblige pas à te faire, à me faire ça.

« Alors ? »

J'ai fermé les yeux pour ne pas voir les ravages que j'allais causer.

« Oui. »

Je l'ai murmuré, aussi bas que possible, pour qu'il ne l'entende pas et ne souffre pas. Mais bien sûr, il l'a entendu. En réponse, il y a eu un ignoble bruit sourd alors qu'il frappait le mur, en même temps qu'un craquement d'os. J'ai su qu'il s'était probablement cassé presque tous les os de la main.

Immobile dans le couloir, les yeux fermés, j'avais désespérément besoin d'être ailleurs. Être ailleurs, être quelqu'un d'autre. Quand j'avais commencé à vendre mon corps, je ne savais pas que ça dévasterait l'homme que j'aime. Comment aurais-je pu le savoir ? Je ne pensais pas à l'avenir, je vivais au jour le jour, en essayant de ne pas finir clocharde et plus bas que je ne l'étais déjà. Comment aurais-je pu me douter qu'à un moment, dans le futur, je serais heureuse, je n'aurais plus de copain toxico, et je serais véritablement amoureuse ?

« Je suis désolée », ai-je prononcé tout bas, pour lui autant que pour moi.

Je m'excusais d'avoir commis les erreurs qui nous dévastaient lui et moi.

Des petits morceaux de plâtre sont tombés en pluie par terre quand il a retiré son poing du mur. Puis je l'ai entendu s'écrouler et emplir lentement l'espace de ses sanglots.

Je l'avais brisé.

Je ne pouvais même pas imaginer ce qu'il ressentait parce que personne ne m'avait fait autant de mal que je venais de lui en faire. Rien ne pourrait soulager cette douleur en Jack. Son père m'avait baisée. Je n'appelle même pas cela du sexe ni « coucher » parce que ce qui était censé n'être qu'une transaction commerciale avait été déformé par cet homme et il en avait abusé. Il en avait fait une affaire personnelle, il en avait fait un calvaire.

« Je suis désolée », ai-je répété, plus fort cette fois.

Je ne savais pas quoi dire d'autre. Ce n'était pas une aventure ; ce n'était pas quelque chose que j'avais aimé ; ce n'était pas quelque chose que je voulais recommencer. Et si Hector me laissait tranquille, ce serait quelque chose que je pourrais oublier.

Jack a fini par se relever en s'appuyant au mur de sa main valide. L'autre main n'était qu'un amas sanguinolent.

« Tu aurais dû me mentir. »

Son visage bouffi et baigné de larmes s'efforçait d'avoir l'air fort.

« Oui, je sais. »

Et toi tu n'aurais jamais dû poser la question, ai-je pensé. Si tu ne voulais pas une réponse honnête, ou du moins une réponse que tu ne pourrais pas supporter, tu n'aurais pas dû poser la question.

« Je vais appeler un taxi pour l'hôpital.

— Non, je veux juste être seul », a-t-il répondu avant de se diriger vers la porte d'entrée.

Je l'ai regardé monter dans sa voiture et se pencher sur le volant. Il y est toujours, là. Je ne sais pas s'il va se décider à rentrer ou s'il compte y passer la nuit.

Comme une idiote, j'ai rendu mon studio et je n'ai nulle part où me réfugier. Je ne pense pas qu'il m'oblige à déménager tout de suite, de toute façon. Ce n'est pas son genre. Je suis sûre qu'il va me laisser rester dans l'une des chambres d'amis jusqu'à ce que je trouve quelque chose. Il n'a pas arrêté de dire que je n'avais pas besoin de travailler, qu'il gagnait largement assez pour nous deux, mais je n'allais pas me fourrer là-dedans une fois de plus. Je n'allais pas me reposer sur quelqu'un d'autre pour assurer ma subsistance. J'ai quelques économies et je vais trouver un logement. Pas sûre d'avoir envie de rester dans le coin, cela dit. Pas avec la possibilité de tomber sur Jack et la nouvelle femme qu'il se trouvera.

Une part de moi a envie d'appeler Grace, de lui raconter ce qui se passe et de lui demander de venir s'occuper de Jack. Mais je ne pourrais pas lui avouer toute l'histoire. J'ai bien assez d'une seule personne dégoûtée de moi dans ma vie, je ne pourrais jamais supporter que quelqu'un d'autre me voie uniquement comme une sale petite pute.

Je suis imparfaite, pleine de défauts, mais je ne suis plus une prostituée.

Combien de fois ai-je dit ça dans ma vie : je ne sais pas quoi faire. Alors c'est ça la vie pour les gens comme moi ? Ça ne se résume qu'à une série d'événements qui conduisent à plusieurs croisements où l'on doit faire un choix ? Est-ce que la vie n'est qu'une suite de moments où l'on se trouve dans des situations impossibles à gérer et l'on se demande quoi faire ? C'est en tout cas à ça que ressemble la mienne.

Eve

486

Après huit semaines de plâtre, on vient de libérer la main de Jack et nous nous marions demain.

Nous nous sommes mis d'accord pour ne plus en parler. Disons qu'à son retour de l'hôpital, le lendemain de notre dernière révélation, il m'a dit qu'il savait depuis longtemps que son père voyait des prostituées et qu'il le détestait pour ça, mais il refusait de prendre ses distances à cause de sa mère. Il ignore sa réaction si elle devait découvrir à quel point il la trahissait.

J'avais très envie de demander s'il était vrai qu'elle ne faisait plus l'amour avec Hector et ne lui témoignait plus aucune marque d'affection, parce qu'elle n'en avait pas l'air quand je l'avais rencontrée – mais on ne sait jamais ce qui se passe chez les gens, derrière la façade de « famille heureuse » qu'ils offrent au monde.

Jack m'a dit qu'il avait perdu tout respect pour son père il y avait déjà longtemps, et qu'il se haïssait d'être capable de fermer les yeux sur ce qu'il faisait. Ce qu'il fait toujours.

« Mais tu aimes ta mère, lui ai-je rappelé. Je me souviens d'avoir pensé plus d'une fois que j'aurais dû rester et laisser le copain de ma mère me faire ce qu'il voulait, parce que j'aimais tellement ma mère. On serait presque prêts à tout pour les gens qu'on aime.

— Est-ce que mon père t'a reconnue ? Est-ce qu'il t'en a parlé ? »

J'ai regardé sa main et j'ai compris que je ne pouvais pas le lui dire.

« Je ne crois pas. Mais les gens qui vont voir des prostituées ne les voient en général pas autrement que comme des objets sexuels, alors ça ne me surprendrait pas qu'il ne m'ait pas reconnue. »

On s'est regardés en se rappelant qui nous étions lors de notre première rencontre et qui nous étions à présent.

« Marions-nous le plus vite possible. »

C'était sa façon de me faire comprendre que nous n'en parlerions plus.

« D'accord.

— Grace et Rupert peuvent être nos témoins. »

J'ai acquiescé.

Je n'avais personne à inviter – à part peut-être Dawn, mais comme je n'avais plus de nouvelles d'elle depuis plus d'un an, j'avais décidé de ne pas penser à la possibilité qu'elle fasse partie de ces prostituées qui disparaissaient chaque année dans l'indifférence générale. Je me suis dit qu'elle était occupée et qu'elle n'avait pas le temps de me voir.

Il a baissé ses yeux pleins de tristesse.

« Tu es sûre que c'est ce que tu veux ? »

J'ai posé une main sur sa main blessée.

« C'est ce que tu veux, Jack, n'est-ce pas ? On n'a pas besoin de le faire si tu n'es pas sûr de toi. »

Soudain, son visage s'est illuminé d'un sourire qui a désarçonné mon cœur et l'a fait trébucher dans ma poitrine.

« Eve, je crois que je n'ai jamais rien voulu autant que t'épouser. »

Grace ne va pas tarder et Jack va dormir chez eux cette nuit. J'ai débranché le téléphone, je le rebrancherai quand elle sera là. Grace veut absolument voir ma robe ; j'ai dit que je ne la lui montrerai que la veille du mariage. Elle va être plutôt surprise.

J'attends demain avec impatience. Je l'attends depuis que je l'ai rencontré. Mon rêve se réalise.

19 décembre 2001

Je suis Mme Eve Britcham.
Je peux le répéter ?
JE SUIS MME EVE BRITCHAM.
   Jack a versé une larme en me voyant remonter l'allée et on s'est tenu la main tout le long de la cérémonie. Grace a pleuré et même Rupert avait la larme à l'œil.
   Ça m'a fait un choc quand nous avons prononcé nos vœux. Oui, tout ce que cela représentait m'a bouleversée, mais j'étais si heureuse de pouvoir le faire.
   Le soleil est apparu et Grace a lancé des confettis tandis que Rupert prenait des photos.
   Jack m'a portée pour franchir le seuil et nous sommes restés au lit à boire du champagne et rigoler en pensant à combien notre vie allait être fabuleuse.
   Je n'arrive pas à croire à mon bonheur.

Amoureuse pour toujours,
Mme Eve Britcham.

17 mars 2002

   Avec Jack nous avons parlé de bébés aujourd'hui. On en avait déjà parlé, mais c'était la première fois que nous discutions du moment le plus propice pour en avoir.
   Moi bien sûr, j'en veux tout de suite, je suis prête, je crois qu'il est prêt, alors pourquoi attendre ? Je pourrai reporter mes cours à la fac pendant un an comme un congé maternité. On ne me versera certainement pas d'indemnités à mes boulots donc je vais devoir me reposer sur Jack pendant cette période. Mais je veux vraiment un petit Jack – garçon ou fille, je veux vraiment une autre petite partie de lui à aimer.

Lui aussi, il veut un bébé, mais il préfère attendre parce que nous n'avons pas vraiment eu beaucoup de temps pour faire des choses ensemble, comme partir en vacances et nous découvrir en tant que couple.

Il a raison, bien sûr, et je le comprends, mais j'adorerais être enceinte à nouveau et, cette fois-ci, l'avoir désiré, plutôt que... plutôt que comme ça s'est passé la dernière fois. J'adorerais être mère. Je sais que ce n'est pas facile, mais l'idée d'avoir un bébé de Jack me remplit d'un tel bonheur.

Dans douze mois, on essaiera d'en avoir. Je lui serai probablement reconnaissante de ce répit quand notre bébé arrivera et que nous ne ferons plus une nuit complète pendant des semaines et des semaines !

Tout se passe très bien entre nous en ce moment. Il faudrait quelque chose d'énorme pour faire vaciller notre couple. Il semblerait que notre relation soit revenue à l'état dont nous rêvions au tout début pour notre vie entière. Nous voulons parler et rire, et rester dans les bras l'un de l'autre dans notre petite oasis pendant que le monde continue de tourner autour de nous. Si nous n'avions pas besoin de sortir régulièrement pour aller au travail ou à la fac, je crois que nous deviendrions des ermites, nous vivrions en autarcie dans une harmonie que la réalité du quotidien nous refuse.

La maison est enfin terminée. Chaque pièce est décorée et « habillée » de meubles et d'objets. Ç'a été une tâche épique, réalisée en grande partie par Jack, mais ça en valait la peine.

Il m'arrive souvent de me promener à l'intérieur, de caresser les murs, de frotter mes orteils sur les tapis, de respirer l'odeur de chaque pièce, de me livrer avec délices à ce que nous avons accompli. À présent, je me sens aussi chez moi. J'ai eu une chance incroyable de pouvoir apporter amour et attention à cet endroit en même temps que Jack.

Nous avons peint les murs d'un blanc relevé d'une touche de vert qui rend le tout beaucoup moins austère qu'avant. J'ai encouragé Jack à apporter de la couleur dans chaque pièce pour les rendre chaleureuses, et, le plus important, il y a des photos partout. Ça m'a manqué toutes ces années, alors, dans chaque pièce il y en a de Jack plus jeune et de lui et moi. Il y en a quelques-unes de moi qui me donnent envie de rentrer sous terre, mais en gros ça va.

Dans le salon, nous avons accroché celle du mariage. Celle où nous sortons de la mairie sous une pluie de confettis en nous tenant la main, un large sourire sur nos lèvres.

J'ai aussi un double de la photo de mes parents et moi, la seule que j'avais emportée de Leeds.

On ne va pas faire de bébé tout de suite, mais notre maison est prête, nous sommes prêts, alors à moins que quelque chose d'ÉNORME n'arrive cette année, nous ne devrions pas tarder à devenir parents. Moi ça me va. Comme dit Jack : « Pourquoi se presser ? Ce n'est pas comme si on allait quelque part. »

Plein d'amour,
Eve

19 février 2003

Cette note sera la dernière de ce journal, à tout jamais.
Ça devient trop dangereux de les sortir, d'écrire dedans – il faut que je les cache pour toujours. Je pourrais les brûler, mais je ne veux pas les détruire, ça serait comme détruire ma vie, aussi imparfaite et étrange soit-elle.

Je me suis fait agresser hier. En plein jour quelqu'un m'a attrapée par-derrière sur le chemin entre Kingsway et la maison et m'a entraînée vers l'entrée d'un immeuble en

491

bas de notre rue. Il était plus grand et costaud que moi, je le sais parce qu'il me serrait tellement fort que son corps et sa silhouette m'éclipsaient totalement. L'odeur dégoûtante de son gant plaqué contre mon nez et ma bouche m'a donné la nausée ; il sentait aussi ce mélange âcre, presque doux, de sueur et de marijuana – l'odeur d'Elliot les jours où il n'avait pas envie de se doucher.

Un instant j'ai cru que c'était lui, qu'il m'avait retrouvée et qu'il allait me tuer. Je me suis débattue, j'ai donné des coups de pied, essayé de hurler – n'importe quoi pour me sortir de là.

« M. Caesar te passe le bonjour, a murmuré le type à mon oreille – la même voix qu'au téléphone. Et ce sera bien pire la prochaine fois si tu ne lui donnes pas les journaux. »

Son autre main a arraché les boutons de ma veste. Je les ai observés s'éparpiller et un nouveau genre de terreur s'est emparé de moi. J'avais été agressée deux fois mais, cette fois, c'était différent, c'était personnel et ça semblait bien plus dangereux. Le messager de Caesar n'hésiterait pas à faire ce qu'on lui ordonnerait : en finir avec moi. J'avais compris jusqu'où il serait capable d'aller en le regardant dans les yeux lorsqu'il m'avait dit qu'il me tuerait si je partais, en 1996.

L'émissaire m'a poussée en avant avec assez de force pour me faire atterrir à quatre pattes, tout en m'arrachant mon sac. Tremblante de peur, je l'ai vu l'ouvrir et déverser son contenu au-dessus de moi.

Puis il est parti en riant. Je n'ai pu bouger que quand je n'ai plus entendu ni son rire ni ses pas. Tout en m'efforçant de ne pas pleurer, j'ai fourré quelques affaires dans mon sac avant de rassembler le reste dans mes bras et de courir à la maison aussi vite que me le permettaient mes jambes flageolantes.

J'avais failli mourir, à quelques mètres à peine de chez moi.

Je tremblais toujours au retour de Jack quand je lui ai dit que j'avais été agressée et que le type avait pris la fuite sans rien emporter. Jack a immédiatement appelé la police. Ils se sont montrés très gentils et ils ont pris ma déposition. Je n'ai pas pu leur en dire beaucoup parce que je n'ai pas vu son visage, j'ai seulement pu parler de l'odeur du cuir de ses gants et du fait qu'il sentait le cannabis, mais rien de plus. Je ne pouvais pas leur expliquer que c'était un avertissement, qu'un homme qui, pendant des mois, m'avait vendue à ses amis, frappée chaque fois qu'il couchait avec moi, avait à présent décidé de me tuer. Je ne pouvais pas leur expliquer que je commençais à avoir peur que mes jours ne soient comptés.

J'ai failli le dire à Jack après le départ de la police. Il me réconfortait et m'expliquait que le monde n'était pas un endroit si horrible, mais que quelquefois des gens commettaient de mauvaises choses. J'ai failli cracher le morceau. Et puis je me suis souvenue de sa main cassée, ses larmes en découvrant que j'avais couché avec son père. Pouvais-je réellement lui faire ça ? Pouvais-je réellement tout lui révéler pour briser l'emprise de son père sur moi ?

Je l'aurais avoué sans hésiter à n'importe qui, mais c'était Jack. Je l'aimais tellement, je ne pouvais plus lui faire de mal. J'avais eu l'occasion et je l'avais laissée filer. En lui disant maintenant, je le blesserais, détruirais sa famille et il ne me regarderait plus jamais comme avant.

Je pourrais donner les journaux à Caesar, mais ça ne reviendrait qu'à signer mon arrêt de mort. Caesar me menace uniquement parce qu'il ne peut pas mettre la main dessus. Peut-être que je devrais contre-attaquer ? Peut-être devrais-je lui dire que s'il continue comme ça je vais les faire lire à Jack. S'il me laisse tranquille, il n'a rien à craindre. Pourquoi ai-je été si passive dans cette histoire ?

Pourquoi l'ai-je laissé faire ça ? Il joue sur la peur ; moi je peux jouer sur le fait que je n'ai rien à perdre.

C'est ce que je vais faire. Je vais les cacher dans un endroit sûr et le combattre.

Mais il est temps de faire mes adieux. Tu as été mon ami le plus fidèle et le plus tenace, tu m'as toujours écoutée sans me juger. Tu vas me manquer. Peut-être que, plus tard, quand je serai vieille, je relirai ces pages et y trouverai de quoi rire. Peut-être l'âge me permettra-t-il de regarder d'un œil paisible et magnanime cette période, et j'arriverai à révéler à Jack tous mes secrets sans avoir peur de le perdre.

Merci pour tout ce que tu as permis par ta présence, tu m'as empêchée de devenir folle en m'offrant une issue de secours. Tu vas me manquer.

Avec amour, pour toujours
Eve x

Libby

« Oh, mon Dieu, Eve, qu'est-ce que tu croyais qu'il se passerait ? dis-je au carnet devant moi. L'affronter en sachant de quoi il était capable ? »

Je sais qu'elle pensait ne pas avoir le choix, mais il fallait être folle pour l'appeler et le menacer. Parce qu'il a fini par le faire, n'est-ce pas ? Et il a laissé Jack se faire arrêter à sa place. Son propre fils. Ce type est un psychopathe. C'est le plus troublant dans cette histoire : il a l'air parfaitement sain et normal – on ne devinerait jamais de quelles ignominies il est capable.

Et les coups de téléphone silencieux quand Jack n'est pas là continuent d'interrompre ma journée. Il en a après moi, c'est clair.

Ding dong, fait la sonnette.

Mon cœur s'arrête et dans mon esprit résonne le poème de John Donne : « Ne demande jamais pour qui sonne le glas, il sonne pour toi. »

Butch est déjà en train d'aboyer derrière la porte.

Ding dong.

La sonnette retentit une fois de plus, je remballe précipitamment les journaux dans le tissu puis dans le sac plastique avant de les remettre dans la cheminée et de replacer la plaque.

Ding dong.

Qui que ce soit, il n'est pas décidé à laisser tomber. Je remonte aussi vite que possible, prends soin de fermer la porte de la cave et mets la clé dans ma poche.

Ding dong.

«J'arrive, j'arrive!»

Ding dong.

Ce n'est qu'en ouvrant la porte que je me dis que ça pourrait très bien être Hector. Ne venais-je pas de penser, deux minutes avant, qu'il était l'auteur de tous ces appels et qu'il voulait ma peau? Et voilà que j'ouvre la porte sans chercher à savoir qui est derrière.

«Harriet», dis-je, soulagée.

Elle arbore son expression amicale habituelle, grand sourire, les yeux déterminés et immobiles. Cependant, aucune chaleur n'émane d'elle. En fait, elle est relativement effrayante. La peur, la même que celle que j'ai ressentie au moment de l'accident, monte en moi. Je vais mourir. Je le sais aussi bien que je l'ai su à l'époque. Harriet est une tueuse.

«Liberty, il faut que nous parlions d'Hector.

— Je… Je, euh… J'allais sortir. »

En entendant le tremblement dans ma voix, Butch se précipite dans son panier, les pattes presque sur les yeux.

«Pas avant que nous ayons parlé, fait-elle fermement en avançant et en me forçant à reculer. Ne vous inquiétez pas, je vais faire le thé. Après tout, c'est ce que je fais le mieux, le thé. Ça et être mère. »

J'ai mon portable dans ma poche et le doigt sur le bouton d'appel.

Pendant que Harriet s'affaire dans la cuisine comme si c'était chez elle, je compose le 999, le numéro d'urgence apparaît sur l'écran.

Je devrais être capable de maîtriser une femme de son âge, mais je n'en suis pas sûre parce que je n'ai plus autant de force qu'avant l'accident. Pourquoi je n'ai pas dit à Harriet de s'en aller ? Aucune idée. Impossible d'être impolie avec elle, même si je la suspecte de quelque chose d'atroce et de vouloir tenter la même chose contre moi.

Nous sommes assises sur le canapé du salon. Je me tiens aussi loin que possible d'elle. J'ai posé mon portable juste à côté de moi, hors de vue, je l'espère. Je ne pouvais pas m'asseoir avec une main dans la poche.

« Je vous ai fait du café plutôt que du thé. »

Les yeux de Harriet, du même vert que ceux de Jack, observent le tremblement de mes mains, avant de revenir sur mon visage.

« Vous allez bien ? demande-t-elle.

— Oui, oui, réponds-je en retournant à mon canapé et la laissant assise au bord de l'autre. Pourquoi ça n'irait pas ? »

Après avoir ajouté un nuage de lait dans son thé, Harriet boit quelques gorgées avec élégance. J'observe ses mains, ses lèvres, en me demandant s'il lui a fallu exercer un effort violent pour pousser Eve dans l'escalier, et si ses lèvres étaient déformées par la rage, si elle hurlait pendant qu'elle tuait.

« Ça va mieux. Conduire me donne vraiment soif. »

Elle pose sa tasse délicatement sur la table avant de reporter son attention sur moi. J'essaie de ne pas avoir l'air intimidée ni effrayée, malgré tout.

« À présent, Liberty – Libby – je vais vous poser une question et j'apprécierais une réponse honnête.

— D'accord.

— Couchez-vous avec Hector ? »

Je ferme les yeux pour me concentrer sur ce qu'elle vient de dire. Quand je les rouvre, j'ai le visage crispé de dégoût et d'incrédulité.

« Non. Catégoriquement, définitivement, NON ! Pourquoi me demandez-vous une telle chose ? »

Je frémis pour tenter de me débarrasser de cette seule idée qui me souille.

« Vous ne seriez pas la première femme de Jack à le faire. »

Un grand calme nous entoure tandis que je regarde Harriet droit dans les yeux et qu'elle me rend mon regard, nullement décontenancée.

« Vous êtes au courant de ça ?

— Bien sûr, c'est pour cela que vous pensez que j'ai tué Eve, n'est-ce pas ?

— Je… Je…

— Ce n'est pas grave. Si j'étais à votre place, disons que cela me serait aussi venu à l'esprit.

— Comment êtes-vous au courant ? »

Elle m'adresse un sourire amer.

« Vous savez, nous ne sommes ni stupides, ni aveugles, nous, les épouses des hommes comme Hector. Nous avons bien conscience des défauts de nos maris, mais simplement, nous devons les mettre en perspective avec ce que nous avons à perdre. »

Je ne peux pas répondre parce que je ne me vois pas rester avec un homme si je savais qu'il me trompait. J'ai déjà du mal avec le fait que Jack aime toujours une femme décédée ; l'idée qu'il couche avec quelqu'un comme ça… je ne le supporterais pas.

« Je vois que vous ne comprenez pas. Laissez-moi vous raconter un peu ma vie. Il y a de cela bien des années, j'occupais plus de fonctions que maintenant auprès de Hector. Nous sortions même dîner avec des amis ou simplement en tête-à-tête. Avec deux enfants devenus adultes et indépendants, c'est plus facile de faire des choses ensemble. Cela dit, dans les endroits que nous fréquentions, il arrivait souvent que des femmes se figent en voyant Hector. Parfois elles avaient l'air effrayées en le regardant, alors je lisais de la perplexité dans leurs yeux quand elles les tournaient vers moi. Parfois on voyait qu'elles avaient de la compassion pour lui. Celles-là me dévisageaient avec mépris ou dégoût.

« Je me suis lassée de ces regards, de me demander ce qu'elles chuchotaient à l'oreille de leurs amies, jusqu'au jour où je suis tombée sur l'une d'elles – une serveuse – dans le couloir d'un restaurant. Je l'ai prise à part pour lui demander comment elle connaissait mon mari. Elle a d'abord essayé de nier, mais je l'ai menacée de la faire virer si elle ne me répondait pas. »

Garce! pensé-je. *Espèce de garce friquée et privilégiée ! Menacer quelqu'un qui a probablement besoin de cet emploi pour obtenir ce que tu veux… garce !*

Remarquant l'expression sur mon visage, Harriet continue :

« Je ne suis pas fière d'avoir fait cela, mais vous devez comprendre que j'endurais les chuchotements sur Hector et moi-même, il fallait que je sache pourquoi. D'une certaine manière, j'aurais préféré pouvoir m'arranger de ces chuchotements et ces regards. Elle a fini par m'expliquer qu'elle avait travaillé dans une maison close et qu'elle l'avait rencontré là-bas. »

Il faudrait que je feigne la surprise, mais je n'en ai pas envie.

« Je vois que ça ne vous surprend pas, reprend tristement Harriet. Elle m'a dit qu'au début, il était très gentil et lui racontait que sa femme – *moi* – l'avait rejeté, avait mis un terme prématuré aux relations intimes, et qu'il avait besoin plus que tout d'affection. Elle m'a dit que les premières fois, ils n'avaient fait que parler, parfois elle le prenait dans ses bras. Puis elle m'a raconté la nuit où il s'était mis à pleurer, déplorant l'échec de sa relation avec sa femme et, tandis qu'elle le consolait, il l'avait maîtrisée et prise… »

Le ton neutre de Harriet vacille, mais elle continue :

« … sans aucune protection. »

Ses yeux pleins de larmes fixent la tasse devant elle.

Comment ai-je pu la prendre pour une meurtrière ? Je suis vraiment dingue.

« À l'époque, nous étions encore intimes, il aurait donc pu me mettre en danger en attrapant quelque chose, mais ça ne semblait pas lui importer. Elle m'a aussi expliqué qu'il était revenu en changeant son nom à chaque fois pour pouvoir la revoir. Chaque visite était pire que la précédente, plus violente, plus perverse. Et même s'il laissait un plus gros pourboire à chaque fois, au bout de la cinquième visite, elle était terrifiée quand il apparaissait. La direction de la maison close se fichait qu'il la brutalise parce que ça leur rapportait beaucoup d'argent. Après sa dixième visite, elle a décidé de partir parce que cette situation était devenue insupportable. »

Les yeux de Harriet se sont arrêtés dans cette zone, là où nous nous réfugions tous pour réfléchir, puis elle a brusquement essuyé une larme.

« J'ai compris qu'elle ne mentait pas. Et j'ai compris que mon mari était un monstre.

— Pourquoi ne l'avez-vous pas quitté ?

— Croyez-vous un seul instant que Hector soit le genre d'homme qui permet qu'on le quitte ? J'ai été une femme au foyer et une mère toute ma vie. Je n'ai pas eu de travail à l'extérieur depuis des années. C'est Hector qui décide quand les choses se terminent ; il ne me laisserait jamais m'en sortir indemne, il ferait tout ce qui est en son pouvoir pour me garder attachée par des moyens légaux et m'éloigner de mes enfants. J'ai fait tout ce que j'ai pu – c'est-à-dire ne plus coucher avec lui et établir des plans pour l'avenir. Je mets de l'argent de côté depuis longtemps. Je devrais bientôt en avoir assez pour pouvoir partir et survivre à toute bataille juridique sans trop en souffrir.

— Mais vous pourriez le quitter demain et venir vivre ici. Nous avons de la place.

— Non, fait-elle fermement. Souvenez-vous, j'ai deux fils, et même si j'ai bien peur que Jack n'en sache plus sur Hector que je ne le souhaiterais, j'ignore ce que sait Jeffrey et je ne veux pas prendre le risque de le perturber avant d'être vraiment partie et de lui avoir parlé. »

Je n'arrive pas à comprendre pourquoi elle reste avec un homme qui la révolte, qui l'a humiliée durant des années, et qu'elle ne respecte pas. Pour sauver la face ? Je ne crois pas que je pourrais faire ça, moi, même pour mon enfant, parce que ma peur de le traumatiser, de lui montrer involontairement qu'un tel comportement est acceptable, balaierait tout le reste.

« Pourquoi pensiez-vous que je couchais avec Hector ? »

Harriet sirote son thé et, à la façon dont ses yeux se perdent dans le vague, elle choisit soigneusement ses mots.

« Quand j'ai compris pourquoi ces jeunes femmes — elles étaient presque toujours jeunes — le regardaient comme ça, j'ai dû arrêter de fréquenter du monde avec mon mari. Lire ces expressions dans les yeux de ces pauvres filles m'était devenu insupportable. À la place, je passais plus de temps avec les femmes de ses amis et je devinais, à les observer se regarder d'un air entendu quand nous évoquions le sujet, que nous luttions toutes pour composer, à notre façon, avec les infidélités de nos maris. Je n'étais pas seule, avais-je découvert, loin de là. Les autres épouses supportaient la même épreuve. Cela m'a confortée dans ma décision de rester et d'attendre.

« Un jour Jack, mon fils bien-aimé, a amené à la maison la femme qu'il voulait épouser. J'étais si heureuse qu'il ait finalement décidé de s'établir, mais imaginez ce que j'ai ressenti en reconnaissant cette expression de terreur dans les yeux de la jeune femme quand elle a rencontré Hector, en comprenant qu'il l'avait brutalisée elle aussi. Pendant le repas, j'ai compris que cela avait été pire pour elle, quelque chose de bien plus intense, bien plus destructeur s'était passé. Jack n'en savait rien, alors j'ai dû garder mon calme, mais ce fut horrible de vivre avec ça. Ce fut l'une des choses les plus dures que j'aie eu à faire, mais j'ai décidé d'éviter de voir mon fils pour qu'elle n'ait plus l'occasion de se trouver en présence de Hector.

« J'ai pleuré pendant deux jours quand mes soupçons ont été confirmés par leur choix de se marier en secret. Je n'ai pas pu être présente au mariage de mon fils à cause de ce qu'avait fait Hector. »

Et pourtant vous avez la photo du mariage dans ton salon, pensé-je.

« Je ne vois toujours pas le rapport avec moi.

—Vous avez le même regard, Libby. Pas la première fois que nous nous sommes rencontrés, ni toutes ces années, mais les deux dernières fois que nous nous sommes vus, cette peur et ce dégoût se lisaient dans vos yeux… L'idée qu'il ait pu abuser de vous depuis votre accident m'a terrifiée. Qu'il ait utilisé votre vulnérabilité contre vous. »

Mon regard dérive sur mon portable à côté de moi. Sous son écran noir il y a le numéro d'urgence, la possibilité d'appeler à l'aide. Et là, j'ai besoin d'aide. Qu'est-ce que je peux lui révéler de ce que je sais ? D'un côté, si je la mets au courant alors peut-être que Hector ne représentera plus une telle menace ? De l'autre, comment savoir si je peux faire confiance à Harriet ? Comment a-t-elle pu ne pas s'éloigner d'un homme comme Hector à la seconde où elle a découvert la vérité ? Comment être sûre qu'elle ne souffre pas d'une forme du syndrome de Stockholm ? Elle a très bien pu tuer Eve sur l'ordre de Hector ; elle pourrait très bien être en train de se renseigner pour lui.

« J'ai découvert qu'il était allé voir des prostituées et j'ai perdu tout respect pour lui. Je suis désolée, mais ça me rend malade de penser à ce qu'il a fait.

— Et Eve ? demande-t-elle. Comment saviez-vous pour Eve ?

— J'ai fini par comprendre. Quand on connaît un peu la vie d'Eve et dans quel état de pauvreté elle se trouvait, ça et le comportement de Jack envers son père quelquefois, la conclusion n'est pas compliquée à tirer.

— Jack sait-il pour Eve et son père ?

— Je crois. Je ne lui ai jamais posé directement la question. »

La douleur, crue et terrifiante, plante ses griffes dans les yeux d'Harriet et sur son visage. J'ai envie de la prendre dans mes bras, de lui dire qu'elle peut se laisser aller et pleurer, je comprendrais. Mais cela lui serait impossible. Par-dessus tout, elle ne pourrait supporter de perdre sa dignité.

« Je vais vous laisser tranquille, dit-elle. J'ai déjà beaucoup abusé de votre temps et de votre gentillesse. »

Je ne peux pas la laisser partir comme ça. Je ne me le pardonnerais jamais si quelque chose lui arrivait sur la route.

« Non, Harriet, s'il vous plaît, restez. Restez dormir ici, je vous en prie. »

Elle est troublée, probablement un peu plus que je ne le suis car je n'avais pas prévu de lui faire cette proposition.

« Restez. Vous rentrerez demain. Une nuit loin de Hector vous fera du bien, et j'aurai le plaisir de votre compagnie. »

Elle reste muette.

« On ne parlera plus de ça, on passera simplement du temps toutes les deux, on regardera la télé, on prendra quelques verres. » *Ce que vous n'avez jamais pu faire avec Eve.*

« Ce serait avec plaisir, Liberty », dit-elle avec un sourire malgré sa souffrance.

Je n'arrive pas à imaginer la solitude qu'elle a dû ressentir toutes ces années, comment elle a pu vivre avec.

Je lui souris en retour avant de me lever pour rallumer la bouilloire. Ses yeux se posent sur mon portable, puis sur moi. Nous savons toutes les deux pourquoi il se trouve là, mais ça n'a plus d'importance maintenant. Vraiment. Parce que, dans mon cœur, je sais que Harriet est incapable de commettre un meurtre.

« Laissez-moi vous aider », dit-elle en emportant le plateau, et, pour la première fois, j'ai l'impression que je vais enfin pouvoir faire la connaissance de cette femme que j'ai toujours appréciée.

Chapitre 19

Libby

Dans mon lit je pense à Eve, bien sûr, quand, soudain, le téléphone sonne. Il est quinze heures, l'heure où Jack m'appelle d'habitude pour me dire quand il va rentrer et demander ce que je veux pour dîner.

Après la visite de Harriet, les coups de téléphone ont cessé. Elle l'avait décroché sans y penser et la personne avait raccroché beaucoup plus vite que d'habitude.

Je me suis dit que c'était une coïncidence, et que je n'avais rien à craindre.

Depuis la nuit où ses parents sont venus dîner, Jack a essayé de provoquer une conversation entre nous, et moi de l'éviter. Je ne veux pas qu'il sache ce que je sais, et chaque fois que je le vois, j'ai peur de faire une gaffe.

Avec raideur – parfois j'ai l'impression que je viens juste d'avoir cet accident –, je décroche le combiné.

«Allô?»

Silence.

«Allô?»

Silence?

« Allô », répété-je avec prudence.

Il y a quelqu'un au bout du fil, je le sais. Et il ne parle pas.

« Dernière chance, dis-je avec entrain pour qu'il ne s'imagine pas qu'il a pu me déstabiliser. Allô ? »

Silence.

« OK, comme tu veux. Salut. »

Je repose le combiné d'une main qui tremble tellement que je dois m'y reprendre plusieurs fois avant de le reposer sur son socle.

Le téléphone me regarde avec animosité. Il refuse d'être forcé de faire quelque chose contre son gré. Mauvais numéro ; appel longue distance qui n'a pas marché ; quelqu'un qui s'est rendu compte trop tard de son erreur de numéro, tout ça ce sont des raisons plausibles à cet appel. Ce n'était pas à cause d'Eve ou de Hector. Ce n'était que le produit de mon imagination.

Dring dring, répond le téléphone.

Je le regarde.

Dring dring.

Mon cœur bat si vite que la pulsation me fait mal à l'endroit de ma côte cassée, en rythme avec la sonnerie.

Dring dring.

J'attrape le combiné.

« Allô », dis-je fermement.

Silence.

« Allô. »

Silence.

« Allô. »

Silence.

510

Je finis par claquer le combiné et serrer mes jambes plus fort contre moi, mon cœur bat encore la chamade. Au lieu du téléphone, j'observe la télé pour essayer de me calmer, d'ignorer mes peurs. Chaque inspiration profonde déclenche une décharge douloureuse dans ma côte nouvellement ressoudée.

La logique me pousserait à appeler la police, à tout raconter à Jack. Mais qu'est-ce que je pourrais leur dire? Que j'ai trouvé les journaux intimes de la défunte femme de Jack et que je crois que son père l'a tuée parce qu'il l'avait payée pour coucher avec lui et permettait à d'autres hommes d'utiliser son corps? Que j'ai fait l'erreur stupide de dire à Hector que j'avais les journaux et que maintenant il essayait de m'intimider moi aussi? Je les imagine déjà tous me dire:

«D'accord, Libby, nous comprenons que votre traumatisme récent n'a pas du tout affecté votre perception des choses, et oui, bien sûr, nous croyons tout ce qui est écrit dans ces journaux. Nous ne pensons pas du tout que ce soit le résultat de l'imagination délirante d'une jeune prostituée perturbée. Allons arrêter l'avocat et pilier de la communauté Hector Britcham sans plus attendre.»

C'était quoi ce bruit?

Mes yeux volent vers la porte, je suis sûre d'avoir entendu un craquement et un bruit sourd. C'est une vieille bâtisse qui craque tout le temps, mais cette fois, j'en suis certaine, ça semblait provenir d'un élément extérieur à la maison. Les battements de mon cœur accélèrent.

Peut-être devrais-je demander à Jack de rentrer à la maison. Je lui dirai tout. Je lui expliquerai pour les journaux; tout ce que je sais à propos d'Eve et d'Hector; que je crois que Hector en a après moi comme il en avait après Eve. Et lui il dira… il dira…

Je ne veux même pas imaginer ce qu'il dira.

Qu'est-ce qu'il pourrait dire? Qu'est-ce que la découverte de l'ampleur de ce que Hector a fait à Eve fera à Jack? Il a déjà du mal avec l'idée qu'elle s'était prostituée, qu'est-ce que ça sera en apprenant les abus de son père sur elle? Il l'aimait – il *l'aime*.

Dring dring! recommence le téléphone.

Je ne fais que le regarder. Je ne veux pas répondre, mais ce silence chaque fois que je décroche me fait comprendre que je ne suis pas complètement dingue d'avoir peur de Hector. Ça me rappelle aussi qu'il pourrait me tuer, tout comme il a probablement tué Eve, et s'en sortir si je ne dis rien.

Dring dring!

Je ne bouge pas.

Dring dring!

Dring dring!

«Allô?»

Silence.

«Allô.»

Silence.

Tandis que je raccroche, les sanglots secouent mon corps.

Immédiatement: *Dring dring.*

Dring dring.

«Si vous m'appelez encore une fois, j'appelle la police! dis-je dans le combiné.

— Libby ? fait précautionneusement Jack. Qu'est-ce qui se passe ? »

Sa voix est un tel soulagement que je craque, je ne peux plus contrôler mes larmes.

« Oh, mon Dieu, Jack. Je crois que quelqu'un essaie de me tuer. »

Jack

Libby n'est pas du genre hystérique, alors quand elle m'a dit que quelqu'un essayait de la tuer, je l'ai prise au sérieux. J'ai quitté immédiatement le bureau. Quatre à quatre, j'ai grimpé les marches du perron, glissé la clé dans la serrure et failli renverser Libby. Maintenant elle est là, derrière la porte, pieds nus et portable serré dans la main. Exactement comme Eve.

Mon cœur se soulève en la voyant soulagée et terrifiée, tout comme Eve l'était quand je rentrais le soir. Est-ce que quelqu'un essayait de tuer Eve ? Elle n'en a jamais dit autant, même après l'agression. Je lui demandais tout le temps pourquoi elle était si nerveuse, mais elle répondait qu'elle avait regardé un film d'horreur ou raconté des histoires de fantômes avec ses collègues ou des étudiants de la fac. Et voilà que Libby agit de la même manière qu'Eve et, après ce qu'elle m'a dit au téléphone, je ne peux pas écarter l'idée qu'Eve a bel et bien été assassinée.

Pourquoi aurait-on voulu tuer Eve ? Elle avait laissé tout son passé derrière elle, mon père ne l'avait pas reconnue, donc personne n'avait de raison de lui faire du mal. Et puis les meurtres, ça n'arrive qu'aux autres, à d'autres familles. Les accidents, en revanche, ça arrive aux gens comme moi.

Libby me saute au cou et me serre comme jamais auparavant. Elle ne s'est jamais accrochée à moi avec autant d'impétuosité ; elle n'a jamais montré qu'elle avait à ce point besoin que je sois fort pour elle. Pas jusqu'à aujourd'hui. Mon cœur fait un bond.

« Ça va aller, tout va bien », lui dis-je en lui caressant la tête.

Elle tremble de partout, son cœur bat si vite et si fort que je le sens contre moi.

« Qu'est-ce qui s'est passé ?

— Il faut que je sorte d'ici, répond-elle aussi paniquée que terrifiée. Maintenant. Emmène-moi loin d'ici, maintenant, s'il te plaît.

— Mais tu es pieds nus. Laisse-moi te chercher…

— Non ! »

Son hystérie monte dangereusement comme une marée haute, incontrôlable.

« Il faut que je sorte d'ici, tout de suite.

— D'accord. »

Depuis son panier, Butch nous observe d'un œil prudent, manifestement il sait que Libby est en train de faire une crise de nerfs.

Elle inspire profondément, observe le monde extérieur avant de jeter un coup d'œil par-dessus son épaule sur le monde intérieur. Elle pose un pied timide dehors, tressaillant au contact de la pierre froide.

« Tu veux…

— Non, fait-elle en me repoussant fermement. Je peux le faire. Je peux le faire », répète-t-elle de moins en moins sûre d'elle.

Tremblante, accrochée à la rampe des deux mains, elle se met à descendre les marches. Je la surveille comme un parent surveille son enfant qui fait ses premiers pas : horriblement déchiré entre l'envie de foncer pour l'aider, lui éviter la peine d'échouer et de tomber, tout en sachant que je dois la laisser faire ça pour son bien. Je ne sais pas quelle terreur tapie dans la maison l'a conduite à sortir, mais je lui suis assez reconnaissant.

En bas des marches, elle s'arrête, toujours agrippée à la rampe, son regard embrasse lentement les alentours, l'air marin cinglant, l'ampleur du ciel, et les détails qui font ce qu'il est du monde dans lequel nous vivons. Avec une autre inspiration, elle lâche la rampe et se dirige vers la voiture.

« Emmène-moi quelque part, dit-elle devant la poignée de la portière, le visage tremblant de peur.

— Tu es sûre ? »

Elle acquiesce, même si je vois bien que son esprit lui rappelle qu'elle ne veut plus monter dans une voiture depuis l'accident.

« Emmène-moi n'importe où loin d'ici. »

Sa main se tend vers la poignée mais ne semble pas pouvoir la toucher, surmonter l'obstacle. J'attends pour voir si elle peut le faire, si elle peut sauter cette dernière haie de peur, mais non. Sa main reste immobile en l'air, tel un monument d'intention, un témoignage de l'échec – le parfait exemple de la domination de l'esprit sur la matière.

Tandis que j'ouvre la portière, elle essaie de reprendre sa respiration et s'avance. Je veux l'arrêter, lui dire qu'elle n'est pas obligée de faire ça, mais c'est bien la dernière chose qu'elle ait besoin d'entendre.

Si elle décide qu'elle ne peut pas, alors elle ne peut pas, mais moi je ne dois pas lui fournir d'excuse pour ne pas essayer. Agitée de tremblements, haletante, elle fait mine d'avancer un pied mais recule en secouant la tête.

Elle retourne vers le perron pour s'y asseoir et regarder la voiture.

« Je ne peux pas, je ne peux pas monter dans une voiture. »

Je m'assieds près d'elle.

« Qu'est-ce que je vais devenir, Jack ? »

Soudain, elle éclate en sanglots, la première fois depuis l'hôpital.

« Je ne peux rien faire. Je ne peux pas quitter la maison, je ne peux pas rester dans la maison. Je ne peux pas travailler. Je n'ai plus rien. Un connard a détruit ma vie au volant de sa voiture. Ce n'est pas juste. Qu'est-ce que je lui ai fait, moi ? Je sais que je ne suis pas parfaite, je sais que j'ai pris des tas de décisions stupides dans ma vie, mais lui, quel prix a-t-il payé pour ce qu'il m'a fait ? Il peut se regarder dans un miroir tous les jours sans voir *ça*. Et moi, qu'est-ce que j'obtiens au final pour être montée un jour dans une voiture avec mon mari ? J'ai tout perdu.

— Je suis désolé.

— J'aimerais tellement être plus forte, j'aimerais tellement pouvoir me regarder dans un miroir et que tout cela ne me pèse pas. J'aimerais tellement en tirer quelque chose de positif, mais impossible. Impossible. Impossible. Impossible. »

Chacun de ses sanglots me transperce.

J'ai pleuré comme ça pour Eve. J'ai pleuré pour moi, de l'avoir perdue. Me rendre compte que, peu importe ce que je faisais, je ne pouvais pas changer ce qui était arrivé et que ça ne servait plus à rien de vivre, de continuer. Pas tant que nous étions si mortels et limités et que tout était si vain et cruel. Oui, j'ai véritablement cru que la vie avait été cruelle de nous jouer ce tour. On rencontre quelqu'un, on en tombe amoureux et puis cette personne nous est arrachée. Pourquoi devions-nous tomber amoureux si c'était pour que notre histoire finisse de cette façon et que nos cœurs se brisent ?

Libby s'est perdue ; elle porte le deuil de son ancienne vie, de la femme qu'elle était et de la personne qu'elle allait devenir. Je sais ce qu'elle ressent, à quel point la terreur de devoir se forger un nouveau moi à partir des ruines de ce que l'on a été semble insurmontable. Mais elle peut le faire. Je le sais.

Elle m'autorise à l'entourer de mes bras, de mon corps, de mon amour. Elle n'a pas besoin d'entendre ce que j'ai découvert, ce dont sa décision de mettre un terme à notre relation m'a fait prendre conscience. Elle a simplement besoin que je sois là, que je la soutienne et l'écoute comme un meilleur ami.

Chapitre 20

Libby

«Je suis contente de vous revoir, me dit Orla Jenkins comme nous nous installons dans son bureau.

— Pas moi.

— Pourquoi?

— Parce que c'est comme admettre ma défaite, non? Ça revient à vous dire, à dire au monde, que je ne suis pas assez forte, que je suis faible et que j'ai réellement besoin d'aide. Je n'aime pas me sentir comme ça. Je n'aime pas me sentir impuissante.»

Je peux m'identifier à tant de choses qu'Eve a vécues. L'inquiétude constante pour l'argent, le sentiment d'être piégée, ne pas savoir quoi faire quand ce que vous voulez paraît si loin de ce que vous avez.

C'est comme cette situation avec Jack : ce que je veux, c'est lui. Surtout après ces deux jours de congés qu'il a pris pour rester avec moi. Pour me prendre dans ses bras et me laisser pleurer. Ce n'est pas juste pour lui, après tout, c'est moi qui ai mis un terme à notre relation, mais je n'ai rien pu faire d'autre. J'avais besoin de lui. Et je le veux toujours près de moi. Je sais qu'il n'est probablement pas capable de m'aimer, mais ça ne m'empêche pas de souffrir de son absence. De vouloir toujours être avec lui. Je n'arrête pas de me dire que je devrais lui demander de tout recommencer à zéro. C'est possible, maintenant que je sais pourquoi il ne peut pas parler d'Eve. Mais est-ce que je peux faire ça et ne rien lui révéler à propos de Hector ? Est-ce que je peux faire ça alors que je ne pourrai jamais savoir si Jack m'a jamais vraiment aimée ? Je ne sais pas quoi faire. Tout comme Eve, je suis piégée dans une situation sans issue.

Bien sûr, les coups de fil ont cessé depuis que Jack est à la maison, mais ça me semble secondaire comparé au moment où j'ai découvert que je n'étais absolument pas guérie.

Je savais bien que je ne m'en sortais pas, dans un sens j'ai vraiment essayé de « tourner la page », mais c'était plus facile de me concentrer sur l'obsession de Jack pour Eve, sur les journaux intimes d'Eve, et sur Hector, que d'admettre que j'avais besoin d'aide. J'avais besoin de me connaître parfaitement pour enfin commencer à reconstruire ma vie.

« Tout le monde a besoin d'aide, à un moment ou à un autre, dit calmement, et gentiment, Orla Jenkins.

— Mais oui, bien sûr.

— Vous n'allez pas me faciliter la tâche, n'est-ce pas, Libby ? fait Orla Jenkins avec un soupir.

— Probablement pas.

— C'est très bien. Ça montre qu'il reste quelque chose de votre ancienne personnalité quelque part là-dedans, non ? »

Libby

Quand j'arrive à la maison, le téléphone est en train de sonner. Je ne me hâte pas pour répondre parce que je sais qui c'est. J'ai parlé à Jack en sortant de chez la psy, Grace et Angela vont passer me voir après le boulot. Ce sont les seules personnes susceptibles d'appeler à la maison avant de venir. Elles, et Hector.

« Butch ? »

Rien. Pas même un aboiement.

« Ma parole, qu'est-ce que tu es en train de trafiquer ? »

Je vais voir dans la cuisine – sa cachette préférée quand il a mangé quelque chose ou laissé un petit cadeau dans l'une de nos chaussures. En général, il s'allonge sous la table en faisant ses grands yeux jusqu'à ce qu'on découvre ce qu'il a fait, en espérant que d'ici là, son air triste désamorce notre colère. D'habitude ça marche.

« Si tu t'es encore soulagé dans les tennis de Jack, je ne crois pas qu'il… »

Assis dans la cuisine, Hector tient Butch contre lui. Ce dernier n'a pas l'air d'apprécier. Il a peur et il étouffe, exactement comme moi.

« Bonjour, Liberty, dit Hector. Vous ne répondiez pas au téléphone alors je me suis dit qu'il valait mieux que j'utilise notre double des clés pour voir si vous alliez bien. »

Je veux m'éloigner, fuir cette maison et cet homme, mais la façon dont Hector tient dans sa grosse main gantée le petit cou de Butch m'effraie et me donne la nausée. Un mouvement brusque et…

« Ou peut-être que sa nuque avait été brisée avant qu'on la jette dans l'escalier pour camoufler le meurtre », dit la voix de Jack dans ma tête.

« Asseyez-vous, ordonne Hector.

— Non.

— Ne jouez pas à ça avec moi », dit-il en serrant un peu plus le cou de Butch.

Je m'assieds, les yeux sur Butch.

« Je veux ces journaux.

— D'accord. »

Il me regarde, incrédule, sans comprendre pourquoi ç'a été aussi facile. Il est habitué à ce qu'on s'exécute sans discuter, mais apparemment, il s'attendait à plus de résistance de ma part.

« Mais vous devez répondre à quelques questions d'abord.

— Je ne vous dois rien.

— Avez-vous tué Eve ? »

Il me regarde un instant avant de secouer la tête.

« Non. J'étais venu chercher ces journaux mais elle est rentrée à ce moment-là. Je ne devais pas être loin de les trouver, parce qu'au lieu de me provoquer en disant que je ne les trouverais jamais, elle s'est mise à courir. Et puis elle a trébuché et elle est tombée dans l'escalier ; en se brisant la nuque.

524

— Et ça ne vous est pas venu à l'esprit d'appeler une ambulance, au moins pour éviter à Jack l'horreur de la trouver dans cet état ?

— Elle était déjà morte, pourquoi me faire interroger par la police ? Tout cela était sa faute. Si elle m'avait donné les journaux…

— Vous l'auriez tuée plus tôt. Et moi ? Vous allez me tuer ?

— Bien sûr que non », dit sa bouche.

« Bien sûr que oui », disent ses yeux.

Un frisson glacial parcourt ma colonne vertébrale et je me recule sur ma chaise. Comment cet homme a-t-il pu engendrer un fils comme Jack ? Jack est si tendre, plein de failles et intrinsèquement honnête tandis que cet homme-là est toxique.

« Liberty, toute cette situation déplaisante n'a aucune raison d'être. Donnez-moi les journaux d'Eve et n'en parlons plus. »

Mon portable sonne dans ma poche, j'y glisse instinctivement la main.

« S'il vous plaît, ne faites rien de stupide, dit Hector avec un sourire froid.

— C'est la sonnerie de Jack. Si je ne réponds pas il va venir vérifier que je vais bien – s'il n'a pas prévenu les urgences avant. Depuis l'accident, il s'inquiète dès que je ne décroche pas. »

Hector me scrute tandis que le téléphone continue de sonner.

« Ne tentez rien d'imprudent, souvenez-vous de ce qu'il pourrait arriver à votre précieux petit Butch. »

Quand je réponds au téléphone, ma voix semble normale, calme. Mes yeux sont rivés sur Hector pour ne pas voir la tête terrifiée du pauvre petit chien.

« J'ai oublié de te demander ce que tu veux pour dîner, ce soir, dit Jack.

— Oh, je n'en sais rien. Ce que tu veux.

— D'accord. Mais ne te plains pas si ce n'est pas ce que tu voulais.

— Promis. Au fait, ton père est là. Tu veux lui parler ? »

Le visage de Hector s'assombrit, je m'arme de courage au cas où le risque que je viens de prendre ne paie pas et qu'il torde le cou de Butch. C'était la seule solution pour nous sauver tous les deux.

« Qu'est-ce qu'il fait là ? demande Jack.

— Il venait voir si Butch et moi allions bien, je crois. Tiens, tu n'as qu'à le lui demander. »

Je tends le téléphone à Hector qui me lance un regard furieux.

« Allô ? Allô ? » fait la voix de Jack.

Contre son gré, Hector lâche Butch d'une main pour saisir le téléphone. Le chien se libère aussitôt en se tortillant, saute sur la table puis dans mes bras.

« Bonjour, fiston, dit Hector, les yeux élargis par la rage, le visage blanc et transpirant de colère. Oui, oui, très bien. J'avais un client à rencontrer dans le coin alors je me suis dit que j'allais venir voir comment se portaient Liberty et le chien. Oui, oui, elle va bien. Tout va bien. Oui, d'accord, d'accord.

— Oh, Jack, m'écrié-je avant qu'Hector raccroche. Pardon, Hector, j'ai oublié de demander quelque chose à Jack, vous pouvez me repasser le téléphone, s'il vous plaît ? »

Sa colère monte et Hector se met à respirer de plus en plus fort, mais il me tend quand même l'appareil.

«Jack, j'ai oublié de te raconter ce qu'a dit Orla Jenkins, dis-je le cœur et l'estomac noués de peur. Excusez-moi Hector, ça vous ennuie si je vous mets dehors maintenant ? Cette conversation peut prendre du temps, et c'est assez personnel. Vous n'aviez besoin de rien d'autre, n'est-ce pas ? »

Il se lève et se transforme en Goliath devant moi. Je le suis de loin jusqu'à la porte.

Le regard meurtrier qu'il me lance en sortant me fait comprendre qu'il n'en a pas encore terminé avec moi. Il n'en aura pas terminé tant que je ne serai pas morte.

Je verrouille la porte derrière lui puis vais vérifier celle de derrière avant de m'effondrer par terre avec Butch contre moi.

« Ça va ? demande Jack.

— Oui, ça va. J'avais juste besoin de me débarrasser de Hector. Il avait l'air de vouloir rester un bon moment, et je ne peux pas affronter ça pour l'instant.

— Ah, d'accord.

— Écoute, quand tu rentres, je voudrais qu'on ait cette conversation qu'on doit avoir depuis longtemps.

— C'est vrai ?

— C'est vrai. Je veux qu'on parle de nous et… il y a plein de choses que je voudrais t'expliquer. On se voit plus tard.

— J'essaie de partir d'ici dès que possible. »

Je serre Butch dans mes bras en pensant à Jack, à ce qu'il lui a fallu de courage pour gérer le décès d'Eve – et sa vie – toutes ces années. Il a dû se sentir si seul, si déchiré. Peut-être que lui dire la vérité le soulagerait de la culpabilité de l'avoir laissée mourir seule ? Peut-être que savoir que quelqu'un d'autre connaît la vie d'Eve l'aiderait à en parler et à s'en remettre. Il est possible qu'il me déteste pour avoir détruit l'image de son père et lui avoir révélé la vérité sur Eve, mais au moins, Jack serait libéré de son père, et libre de laisser partir Eve.

Et pour ma propre sécurité, il faut que je parle à Jack, que je lui montre les journaux intimes d'Eve. Je ne veux pas lui faire de mal, ni lui donner une raison de repasser au crible chaque moment, chaque seconde de sa vie avec Eve, mais je ne veux pas non plus mourir assassinée. Hector reviendra jusqu'à ce qu'il obtienne ce qu'il veut. Et ce qu'il veut, c'est tuer en toute impunité.

Jack me rappelle deux heures plus tard. Sa voix oscille entre la peur et l'angoisse en me disant qu'il ne rentrera pas directement à la maison.

«C'est mon père, dit-il. Il a fait une crise cardiaque grave. Ils pensent qu'il ne passera pas la nuit.»

Jack

À quinze ans, mon père m'a emmené dans une maison close et a essayé de me faire choisir une femme pour perdre ma virginité. Devant mon refus, mon père a décidé de me considérer comme un échec. À vingt-neuf ans, j'ai découvert que ma femme avait couché avec mon père quand elle se prostituait. À trente-trois, je me suis demandé une seconde, une fraction de seconde, si mon père avait tué ma femme. C'était ridicule, une idée sortie de nulle part, mais j'avais toujours pensé mon père capable de meurtre. Surtout sur quelqu'un qu'il considérait comme un sous-humain – une ex-prostituée, par exemple. Mais ce n'était qu'une idée sans fondement et qui ne menait nulle part. Croire quelqu'un capable de meurtre ne veut pas dire qu'il va passer à l'acte.

À présent, je suis devant sa chambre d'hôpital, et je me demande si, bientôt, je penserai, à trente-huit ans, que mon père est mort et que j'ai davantage ressenti ce que sa perte représentait pour ma mère que pour moi-même. Tous les jours je constatais à quel point Eve était affectée par la mort de sa mère, et je ne crois pas ressentir la même chose. Ma mère est avec eux dans la chambre, moi j'attends Jeff, mon frère, qui doit arriver d'Écosse.

Je suis assis la tête contre le mur. J'ai l'impression que ça ne fait que quelques minutes que je suis là, et que j'attends des nouvelles de Libby après l'accident. J'ai l'impression que j'ai arrêté de prier il y a quelques minutes parce que j'avais trop peur que Dieu me donne la même réponse que la dernière fois. Prier pour mon père ne m'est même pas venu à l'esprit.

«Comment ça va?» demande Libby.

J'ouvre les yeux et je me lève; elle est vraiment là?

«Libby? Qu'est-ce que tu fais là?

— Tu avais l'air tellement malheureux au téléphone, il fallait que je m'assure que ça allait.

— Comment tu es venue?

— En taxi.

— Tu es montée dans une voiture?

— Oui. Je suis montée dans une voiture. Et je me suis accrochée à la poignée les yeux fermés en priant, au bord de l'hyperventilation, et j'ai failli hurler deux ou trois fois, mais je suis venue, finalement.

— Tu as fait ça pour moi?

— Tu as des nouvelles?» demande-t-elle avec un signe de tête, en essayant de faire passer ce qu'elle vient de faire pour quelque chose d'insignifiant.

Un jour, Eve a dit que quand on aime quelqu'un, le voir blessé est la pire souffrance du monde. Libby est montée dans une voiture pour moi alors que deux jours avant, l'idée même lui donnait des crises de panique.

«Rien, pour l'instant.»

Nous nous asseyons côte à côte, en fixant la porte.

« Elle n'a jamais été mon amie, dis-je à Libby qui tourne son joli visage et son crâne rasé recouvert d'un duvet vers moi pour m'écouter. Eve n'a jamais été mon amie. Je l'aimais, passionnément, ça je ne peux pas le nier. Mais je ne peux pas non plus nier que je t'aime passionnément toi aussi. Et aussi de façon rationnelle, complète, comme une amie, comme quelqu'un sur qui je peux compter à cent pour cent. »

Elle entrelace ses doigts dans les miens.

« Et après l'accident, quand j'implorais Eve de ne pas mourir parce que je croyais que c'était elle qui était dans la carcasse de la voiture, je l'ai fait parce que je n'avais pas pu le faire pour elle. Quand je suis revenu à la raison et que j'ai compris que c'était toi qui avais failli mourir, je me suis senti tellement coupable que je n'arrivais plus à me souvenir si je lui avais dit que je l'aimais le jour de sa mort. Alors je me suis empêché de te le dire à toi aussi. Je suis désolé. Et je suis désolé de t'avoir menti. J'essayais de faire ce qui me semblait juste alors que la justice n'a rien à faire dans ce genre de situation.

« Tu m'as aidé à grandir, à devenir quelqu'un de meilleur, et je n'ai pas été totalement honnête avec toi. Il y a beaucoup de choses à propos d'Eve dont j'ai du mal à parler. Tellement de secrets que j'ai passé tant d'années à essayer d'oublier. Mais je veux les partager avec toi. Je pense que ça ne la dérangerait pas et je veux te dire ce que tu ignores encore pour que nous puissions avancer.

— Tu n'as pas idée depuis combien de temps j'attends que tu dises ça, répond Libby. Si tu veux parler d'elle, je t'écouterai volontiers, mais si tu ne veux pas, sache que je ne t'obligerai jamais à le faire.

— Tu es sûre ? »

Elle acquiesce.

« J'avais remisé les affaires d'Eve parce que je n'étais pas encore prêt à m'en séparer, et puis je les ai enlevées parce que je veux que cette maison soit notre maison. Tout entière. »

Le sourire de Libby s'élargit et, sans un mot, elle pose sa tête contre mon bras – sa manière de me dire que nous allons réessayer.

Harriet

Internet est un instrument merveilleux.

Les femmes comme moi y trouvent tout ce dont elles ont besoin, achètent ce qu'elles veulent sans trop se soucier du regard des autres. Elles y trouvent également ce qu'il leur faut pour accomplir certaines choses.

Je trouve qu'il est parfaitement logique qu'un homme qui, durant des années, a prouvé qu'il n'avait aucun cœur tout en portant une attention particulière au visage qu'il offre au monde soit attaqué par l'organe qu'il a le plus négligé toute sa vie, et montre maintenant toute sa faiblesse à la face du monde. Il se peut qu'il en réchappe, cependant sa vie sera toujours limitée car son cœur est irrémédiablement abîmé. Il aura toujours besoin de quelqu'un pour s'occuper de lui, et, bien entendu, cette tâche m'incombera. Une femme aussi aimante et dévouée, que pourrait-elle faire d'autre ?

« Comment te sens-tu ? » lui demandé-je.

Il est pâle et visiblement secoué, le dos appuyé contre tous ces oreillers. Il est diminué. Cet homme si puissant se retrouve dépouillé de sa dignité et de sa force ; à présent, il est allongé dans un lit d'hôpital, et il essaie de comprendre ce qui lui arrive.

« Mieux, dit-il.

— Très bien, très bien. J'en suis heureuse. »

Il me prend la main. La sienne est ridée, bien plus que la mienne ; vieillie, abîmée par le temps. C'est un vieil homme. Il aurait vraiment dû réduire ses activités il y a déjà des années.

« Je t'aime, Harriet », dit-il.

Je sais qu'il m'aime, à sa façon – égoïstement. Il le dit parce qu'il est faible et vulnérable. Il faut qu'il s'assure que je ne le quitterai pas maintenant qu'il a vraiment besoin de moi.

Je ne le quitterai pas. Je ne l'aime pas, mais je ne le quitterai pas. Partir était mon plan d'origine, mais, plus j'y pensais, plus je me demandais pourquoi cela aurait été à moi de partir. C'était ma maison, mon foyer, ma vie. Pourquoi aurais-je dû m'éloigner alors que je n'avais rien fait de mal ?

Quand j'ai découvert, en écoutant en douce une conversation entre Jack et Grace, qu'il l'avait emmené, et Jeffrey avant lui, dans une maison close, qu'il avait essayé de transformer mes deux fils en deux autres lui-même, qu'il avait essayé d'insuffler ses vices écœurants en eux, j'ai su que je ne partirais pas. J'ai choisi de faire cela à la place.

Hector s'est toujours reposé sur moi pour tout ce qui a trait à la vie quotidienne y compris aller chercher ses médicaments et mettre ses comprimés dans sa boîte à pilules. Internet est un instrument merveilleux. On y trouve toutes sortes de choses. Disons, par exemple, les bons médicaments mais à doses considérablement réduites. Ça mettrait du temps à marcher, mais ça marcherait. Et ça a marché.

«Je ne veux pas te perdre, dit-il, jamais. »

Hector a besoin de moi. Et moi, j'ai besoin qu'il paie pour ce qu'il a fait à mes enfants et pour m'avoir humiliée.

«Ne t'inquiète pas, Hector. Je ne compte pas m'en aller. Je ne te quitterai pas. »

Il m'adresse un sourire de gratitude et de soulagement, et je lui souris en retour, reconnaissante d'avoir pu patienter toutes ces années et pour cette invention merveilleuse qu'est Internet.

Chapitre 21

Libby

Les journaux intimes prennent feu rapidement, les étincelles se délectent goulûment du papier jusqu'à devenir des flammes bleues qui dansent, devenir une myriade de couleurs du spectre orange. Je les regarde brûler, le cœur battant à toute vitesse, je sais que j'ai fait le bon choix. C'est ce qu'elle voulait.

Eve est morte pour que Jack ne découvre jamais le monstre qu'est son père, et maintenant que je suis en sécurité, ce n'est pas à moi de révéler ce secret. La terreur que pouvait susciter Caesar s'est éteinte – il est si malade qu'il ne fera plus jamais de mal à personne.

Je m'assieds en attendant que les braises refroidissent. Il fait un temps radieux, le soleil brille au-dessus de moi comme si rien d'autre n'importait. Les cendres tiédissent assez vite pour que je puisse les ramasser avant de les éparpiller dans le jardin. Je sais à quel point Eve aimait cette maison, alors ça semble normal que ce qu'il reste d'elle devienne une partie de cette maison. Le jardin, plutôt petit pour une si grande demeure, me permet de laisser un peu de cendre, un peu d'essence d'Eve presque partout.

En me lavant les mains, je regarde dehors et elle est là. Au milieu de la pelouse, presque transparente sous les rayons de soleil brillants. Elle porte sa robe avec ses baskets, comme la première fois. Son sourire fait plisser ses magnifiques yeux indigo et adoucit le contour de son visage. Elle m'adresse un signe de la main.

Sans réfléchir, je lui rends son salut.

Elle dit quelque chose, et même si elle est là-bas et moi ici, et que je sais que ce n'est pas réel, j'entends sa voix dans ma tête. C'est une voix différente de celles que j'ai imaginées.

Elle est douce et claire, ordinaire – c'est la voix de n'importe quelle femme dans la rue.

«Merci, me dit-elle.

— Merci à toi.»

Derrière moi, la porte d'entrée claque.

«Libby, tu es prête? Si on n'y va pas maintenant, Butch va rater sa petite copine écossaise.

— J'arrive! crié-je les yeux toujours rivés sur Eve. Et puis tu dis ça comme si Butch allait faire autre chose que simplement rester là à la regarder en bavant.»

Eve me chasse d'un signe de main, elle me dit d'y aller, de continuer ma vie. Son sourire s'élargit et, alors que je la salue, elle s'efface jusqu'à ce que je ressente dans tout mon être qu'elle est finalement partie pour un monde meilleur.

Merci à...

Ma merveilleuse famille (ainsi qu'à ma fabuleuse belle-famille). Je vous aime tous – ne changez jamais.

Mes agents, Ant et James. Il devient de plus en plus difficile de trouver des manières différentes d'exprimer à quel point vous êtes extraordinaires. Mais vous l'êtes. Vous le savez bien.

Mes éditeurs chez Sphere. Jo, Jenny, David, Kirsteen, Caroline et tous ceux qui m'ont soutenue toutes ces années, encore un ÉNORME merci pour tout ce que vous avez fait.

Mes amis. Je pourrais m'émouvoir plus que de raison sur cette page tant vous êtes fantastiques, mais je me retiens jusqu'à vous voir en personne.

Sally Windsor, pour les recherches complémentaires, et le **docteur Sarah Marshall**, pour ses compétences médicales (avec lesquelles j'ai dûment pris des libertés créatrices).

Matthew. Une fois de plus, rien de tout cela n'aurait été possible sans toi. Je t'aimerai toujours.

Vous, lecteurs. Comme toujours, merci d'avoir choisi mon livre – j'espère sincèrement que vous l'apprécierez.

Et à G & B-B : merci d'être vous, tout simplement.